L'hippopotame

Du même auteur
aux Éditions J'ai lu

Mensonges, mensonges, *J'ai lu* 6051

Stephen Fry

L'hippopotame

Traduit de l'anglais
par Christiane et David Ellis

Titre original :
THE HIPPOPOTAMUS
Hutchinson, Londres

© Stephen Fry, 1994

Pour la traduction française :
© Belfond, 2000

Pour Kim, *alter ipse amicus*

L'hippopotame au dos puissant
Vautre sa panse dans la fange ;
Quelque robuste qu'il nous semble
Il n'est jamais que chair et sang.

« The Hippopotamus »,
T.S. ELIOT[1]

---

1. Trad. P. Leyris, 1947.

Avant-propos

Vous ne pouvez pas attendre d'un animal de mon espèce qu'il vous livre une histoire bien ficelée. J'ai déjà un mal de chien à m'en sortir avec cette foutue machine. En interrogeant la fonction « comptage des mots » de mon ordinateur, chose que je fais régulièrement toutes les heures, il semble – si l'on accepte de se fier à la technologie – que vous soyez parti pour vous en taper 95 536. Vous l'avez bien cherché. Vous m'avez payé pour ça et vous devrez aller jusqu'au bout. Comme on dit : j'ai souffert pour mon art ; eh bien, désormais, c'est à votre tour.

Je n'irai pas jusqu'à dire que l'expérience a été totalement dénuée d'intérêt. Le Projet, comme vous tenez absolument à l'appeler, a eu l'avantage de me tenir éloigné des bars à l'heure de l'apéro, d'écarter de mes pensées des créatures de rêve inaccessibles, d'empêcher des engueulades avec les affreux d'à côté. Sur vos conseils, je mène depuis sept mois une vie à peu près régulière dont, paraît-il, on peut constater les effets sur mon teint, mon tour de taille et mon blanc de l'œil.

Une routine s'est installée et j'y ai trouvé un plaisir pervers. Chaque matin, je me lève à l'heure où tout honnête homme pense à s'en jeter un petit dernier derrière la cravate avant de se mettre au lit. Je prends ma douche et je descends d'un pas léger avaler un bol de céréales aux fibres de son, avant de diriger mes pantoufles réticentes vers ma table de travail. Puis je branche mon ordinateur – une procédure que mon fils Roman appelle « le branle de la matrice ». Je relis d'un œil affligé mes inepties pondues la veille, j'écoute un autre enregistrement de ces conneries d'interviews de Logan, j'allume une Rothman et c'est parti mon kiki. Si la journée se passe bien, je m'éclipse en haut fêter ça avec une petite branlette – ce que Roman appellerait sans aucun doute « le branle du matelas » – et je n'accorde pas la moindre pensée à la bouteille avant les sept heures du soir. L'un dans l'autre, donc, une vie digne et pure.

Le problème, quand on loue une maison à la campagne, c'est qu'elle vous rend populaire. Je dois constamment écarter Oliver, Patricia, Rebecca et une flopée de gens qui pensent que mon temps est élastique et ma cave sans limites. De temps en temps, la Garce vient en coup de vent me déposer un fils ou une fille pour le week-end. Mais ils sont assez grands ou assez dépravés pour se débrouiller sans moi et ils se passent très bien de mon aide pour rouler un joint ou rajuster un stérilet. La semaine prochaine, Leonora va emménager dans la maison que je lui ai donnée et j'en serai débarrassé une fois pour toutes. Il est grand temps qu'elle arrête de s'accrocher à mes basques.

Non, tout bien pesé, je dirai que la chose a été un succès. Du moins, le processus en soi. Quant à dire que le *produit* vaut quelque chose, naturellement, c'est à vous d'en juger.

J'ai conscience qu'il va falloir sérieusement reprendre tout ça. J'imagine que vous allez devoir trancher : est-il nécessaire ou non de partir d'un point de vue unifié, genre narrateur permanent à la troisième personne, auteur omniscient ; *je* innocent – ou jeu innocent – enfin toutes ces couillonnades de stylistique littéraire. Comme la moitié de l'histoire se présente sous forme de lettres, vous pouvez bichonner par-ci, pomponner par-là et décider d'appeler ça un roman épistolaire, vous ne croyez pas ?

Personnellement, si je devais choisir le titre, mon favori serait *La Poésie des autres*. Mais j'ai le sentiment que vos affreux bonzes du marketing risquent de le trouver un poil trop chochotte. J'ai pourtant la certitude que c'est le bon titre. Le seul. Donc, quel que soit le choix que vous adoptiez, pour moi ce livre restera *La Poésie des autres*, point final. Votre suggestion de l'appeler *Et après ?* ou *Quoi encore ?* – j'ai oublié la formule exacte – me semble un tantinet trop « Joseph Heller » ou un peu trop « titre porteur orienté marché » comme on dit, je crois. Sinon, j'aime assez *Le Thaumaturge* et je miserais bien quelques thunes là-dessus. Mais je vous fais confiance pour nous pondre une idée de génie, petit malin. Roman trouve que *Whisky soda* serait assez cool.

Les détails qui suivent sont plus ou moins exacts. Si vous vous sentez pris de la chiasse de l'éditeur, vous pouvez toujours changer les noms et les dates – je m'en tamponne. Cependant, je vous rappelle que dès réception de la présente vous devez me verser le deuxième quart de mon avance sur droits d'auteur. Je m'en vais de ce pas regagner les brumes de Londres, à la recherche d'un bar et d'une pute. Déposez donc le chèque au Harpo où vous pouvez aussi me faire passer un message – si toutefois vous jugez bon de me faire partager votre avis d'expert, pour le peu qu'il vaut.

E.L.W.

Un

En fait, je venais de me faire lourder de mon journal, après une grande scène d'hystérie, pour avoir chahuté et balancé quelques injures de mon fauteuil d'orchestre, un soir de première.

« La critique théâtrale doit être le fruit d'un jugement élaboré avec sérénité », avait glapi cette couille molle de rédacteur en chef, encore tout tremblant du déferlement de plaintes et de hurlements que les acteurs, metteurs en scène, producteurs et aussi – on croit rêver – ces pleutres de critiques, mes béni-oui-oui de collègues, lui avaient infligés par téléphone ou par fax toute la matinée.

— Tu sais que je soutiens mes collaborateurs, Ted. Tu sais que pour moi votre travail est sacré.

— Mon cul, que je le sais. Je sais seulement que des gens autrement plus intelligents que toi ont déclaré que j'étais trop bien pour ton torchon de journal.

Je savais aussi que ce type était le genre de minus débile qu'on entendait se répandre dans les foyers et bars de théâtre du West End, son gin-tonic à la main, en réflexions à gerber, du style : « Je vais au théâtre pour me distraire. » Je ne me suis pas gêné pour lui balancer ma façon de penser, avec une bonne louchée d'autres gracieusetés en prime.

Résultat : un mois de salaire, avec nos regrets les plus sincères, le numéro de téléphone d'une clinique de désintox à la con et me voilà free-(ba)lancé !

Si vous faites partie des êtres humains à peu près fréquentables, vous avez certainement dû vous retrouver saqué, un jour ou l'autre, d'un endroit quelconque : école, conseil d'administration, équipe de sport, comité d'honneur, club des amis de Satan, parti politique. Vous connaissez donc ce sentiment d'exaltation qui vous envahit lorsque vous sortez de chez le proviseur, videz votre casier dans le vestiaire ou nettoyez la surface de votre bureau de toutes vos petites affaires. Inutile de le nier : on a tous la certitude d'être sousestimés. S'entendre annoncer officiellement qu'on est viré nous conforte dans l'idée qu'on n'est pas apprécié à notre juste valeur dans ce monde insensible. Chose curieuse, cela contribue même à augmenter ce que les psys et autres docteurs Foldingue des médias appellent notre « self-estime ». Cela démontre qu'on avait raison depuis le début. Et il est bien rare d'avoir raison en ce bas monde. Rien de tel pour vous tonifier *l'amour-propre*[1], même si, paradoxalement, c'est aussi la preuve que vous avez raison de penser que tout le monde vous considère comme un énorme gaspillage de molécules.

Je montai à bord de la nef qui relie de sa course vaine Newspaperland au Londres de la vraie vie, regardant le building du *Sunday Shite* dévoiler sa haute silhouette au rythme lent des nœuds qui m'en éloignaient, mettant une distance entre mon ego et ce quartier sinistre des docks. Loin d'éprouver cafard ou sentiment d'injustice, je me sentais la poitrine gonflée d'un immense soulagement, le cœur plein d'une allégresse espiègle de fin de trimestre.

---

1. En français dans le texte.

C'est dans ces moments-là – et seulement ceux-là – qu'on bénit le ciel d'avoir une fille. Il était midi et demi, l'heure où les talons aiguilles de Leonora devaient l'avoir menée jusqu'au Harpo Club. Vous connaissez certainement l'endroit (impossible d'utiliser son vrai nom, les avocats ne me louperaient pas), portes à tambour, grand bar, fauteuils confortables, gravures d'un goût artistique à peu près supportable aux murs. Le jour : le monde smart de l'édition et ce qu'on appelait naguère les moudjahidin des médias ; la nuit : le dernier quarteron des représentants de la Soho bohème d'autrefois, des soiffards au bout du rouleau, tout heureux de se faire lécher les bottes par les morveux prêts à assurer la relève nationale.

Dans la salle de brasserie à l'arrière, Leonora (prénom que je n'ai pas à me reprocher et qui vous en dit long sur la personnalité de sa génitrice) m'accueillit avec force bisous, câlins et piaillements.

— Mon papa chéri ! Qu'est-ce qui t'amène ici en plein jour ?

— Si tu voulais bien ôter ta langue baveuse de mon oreille, je pourrais te le dire.

Elle s'imaginait sans doute que sa très légère célébrité ajoutée à mon infime notoriété autorisait ces touchantes manifestations d'affection père-fille destinées à susciter envie et admiration dans sa génération de culs coincés, ces gosses de bourges qui ne rencontrent leurs parents qu'occasionnellement, à l'heure du thé dans des hôtels, et qui ne pourraient jamais jurer, fumer ou boire en leur présence. Encore une de tes idées à la noix, ma pauvre Leonora ! On trouve tous les soirs, dans des milliers de pubs, trois générations de gens bien ordinaires en train de pinter, cloper et déconner en famille sans s'imaginer pour autant super-veinards de vivre une relation exceptionnellement fâââbuleuse avec un papa remââârquablement cool.

15

Je jetai mon paquet de Rothman et mon briquet sur la table et m'installai sur la banquette qui, sous mon poids, exhala une flatulence d'empereur romain. Je filai un coup de zoom panoramique sur l'assistance. Les connards habituels : quelques acteurs, un petit groupe de publicitaires anonymes ; cette tantouze qui présente les émissions d'architecture sur Channel Four, deux épaves décrépites que j'identifiai comme des ex-stars du rock, quatre nanas assises à une table, dont l'une travaillait dans la publicité et dont chacune provoquait chez moi l'envie de les conduire à l'étage pour les tromboner plus ou moins sauvagement.

Leonora, que je n'avais jamais eu envie de tromboner, les dieux en soient loués dans leur infinie clémence, m'apparut plus mince et les yeux plus brillants que jamais. Si je n'avais pas été certain que ce ne soit complètement passé de mode, je l'aurais soupçonnée de se droguer.

— C'est quoi, ce bazar ? lui demandai-je en désignant le magnétophone portatif posé sur sa table.

— Je fais un portrait de Michael Lake à une heure. Pour *Town & Around*.

— Ce nullard ? Ses vomissures nauséabondes en trois actes sont la raison de ma présence en ces lieux.

— Qu'est-ce que tu veux dire ?

Je le lui expliquai.

— Oh, papa ! gémit-elle. Tu dépasses vraiment les bornes. J'ai assisté à l'avant-première, lundi. J'ai trouvé cette pièce positivement géniale.

— Pas étonnant. Cela explique d'ailleurs pourquoi tu n'es qu'une tâcheronne du clavier qui passe son temps à écrire des inepties pour des magazines snobinards en attendant le jour où un riche pédé semi-aristo viendra te choisir comme jument reproductrice, tandis que moi ton père, malgré tous mes défauts, je suis et resterai un écrivain.

— Mais plus maintenant, non ?

— Même apprivoisé, un aigle reste un aigle, déclarai-je avec une imposante dignité.

— Alors qu'est-ce que tu vas faire ? Attendre des propositions ?

— Je ne sais pas, ma douce chérie. Mais il y a une chose dont je suis certain : va falloir que quelqu'un s'occupe de calmer ta mère le temps que je me refasse. J'ai déjà deux mois de retard.

Leonora promit de faire tout son possible. Sur ce, je me tirai de la brasserie en vitesse, des fois que ce zéro de Lake aurait pointé son nez en avance. Chez les auteurs dramatiques, plus que dans toute autre profession, on n'hésite pas à jeter un verre de bon vin ou à assener un mauvais coup à quiconque s'avise d'ouvrir les yeux du public trop naïf en osant appeler leur minable déballage de tripes par son nom.

J'allai m'asseoir au bar de façon à pouvoir surveiller dans le grand miroir le flot de ceux qui franchissaient la porte placée dans mon dos.

La foule des habitués de midi s'agitait autour du bar, attendant qui son ticket-restau, qui son pique-assiette. Le parfum des femmes et le soleil pénétrant à flots par les fenêtres créaient une ambiance tellement différente de l'ombre caverneuse qui nimbait l'endroit en soirée qu'on aurait pu se croire dans un lieu différent, à une autre époque. En Amérique, où les abreuvoirs sont souvent relégués en sous-sol, comme le bistrot d'opérette de cette série télévisée merdique que Channel Four nous inflige tous les jours, toute atmosphère diurne est positivement taboue. J'imagine que le chaland ne doit en aucun cas se voir rappeler qu'il existe à l'extérieur un monde de labeur, de peur qu'il ne se sente coupable de siroter dans son coin. Tout comme un nombre croissant d'Européens bégueules, les Américains associent la boisson avec les jeux de hasard et les putes, autant d'activités clandestines auxquelles il convient de se livrer uniquement dans l'obscurité. En ce qui me concerne, je n'ai aucun scrupule de ce genre et je ne me sens nullement obligé de filer en Toscane ou aux Caraïbes pour pouvoir picoler sans complexe en plein jour. Cela me classe parmi les phénomènes aberrants dans l'écosystème du lunch, où tout ce qui est d'ordre vineux se voit abâtardi par des jets effervescents d'eau gazéifiée et où toute saveur un peu corsée est immédiatement diluée dans des rasades de vinaigre balsamique ou affadie par un accompagnement de mauvaises herbes pléthoriques, chicorée, trévise et autre roquette. Mon Dieu, on vit vraiment une époque qui chie dans son froc.

Un jour – puisqu'on en est à parler salades et nouvelle cuisine –, au cours d'un déjeuner de plumitifs littéraires, le romancier Weston Payne a préparé une salade à base de plantain, de feuilles de sycomore et autres espèces ramassées dans le jardin des résidents de Gordon Square. Il avait accommodé cette verdure d'une vinaigrette et l'avait servie sous les applaudissements unanimes de l'assistance en annonçant une chiffonnade de *cimabue*, *putana vera* et *lampedusa*. Un petit connard du *Sunday Times* était même allé jusqu'à prétendre qu'on trouvait de la *putana vera* au Waitrose de Chelsea où il faisait ses courses. Une bouteille d'eau du robinet de Londres bien rafraîchie et gazéifiée fut dégustée avec force exclamations ravies sous le nom d'*Aqua Robinetto*. Rien d'étonnant, après tout, si l'on songe que cela faisait des années que ces mêmes nullards avalaient sans broncher tous les romans de Weston qu'on leur faisait gober pour de la littérature. Il m'arrive de penser que Londres est la plus grande vitrine d'empereurs nus au monde. Elle l'a peut-être toujours été mais au moins, autrefois, on n'avait pas peur de crier: «Tu es à poil! Tu as les roustons à l'air, pauvre con!» Aujourd'hui, il vous suffit de péter en présence d'une petite brune du *Sunday Times* – dont le papa est un politicien sur la touche ou un poète de second rang comme votre serviteur – pour qu'on crie au génie et qu'on vous considère comme un nouveau Thackeray.

Vous ne pouvez pas imaginer, si vous êtes plus jeune que moi – ce qui, statistiquement, a toutes les chances d'être le cas –, ce que cela peut représenter d'être né dans la génération des fumeurs-picoleurs. Découvrir, en prenant de l'âge, que les générations qui vous suivent sont plus crades, plus dévergondées, moins disciplinées et d'une ignorance et d'une stupidité abyssales, passe encore. Après tout, n'est-ce pas là le lot de toute génération ? Mais sentir monter autour de soi ce puritanisme rampant, voir se plisser leurs jeunes narines quand vous passez devant eux en titubant, détecter ce dégoût compatissant chez des gamins aux poumons roses, au foie sain et à l'œil clair, se sentir dans la peau de quelqu'un qui a raté un bus dont il ignorait l'existence pour une destination dont il ne sait rien, ça, c'est franchement dur à digérer. Et tous ces petits culs-bénits de Malvolio déambulant la bouche en cœur, avec une expression très « un peu de tenue, s'il vous plaît, il y en a qui ont des examens, demain matin » peinte sur leur petite gueule de pions blafards. Beurk, à gerber !

Il semblerait qu'un peu de cette nausée ait dû suffisamment se lire sur mon visage pour être perçu par la nana assise sur le tabouret voisin du mien car elle me lança un long regard en coin, sans savoir que je la regardais me regarder par grand miroir interposé. Elle fit glisser de son siège ses petites fesses osseuses mais néanmoins appétissantes pour aller les poser sur une chaise, un peu plus loin. Je restai donc seul dans les verts pâturages du bar, à brouter les olives et grignoter les noix de cajou. Je l'avais déjà vue quelque part. J'étais prêt à parier dix contre un que c'était une chroniqueuse du *Standard*. Leonora devait le savoir.

Le grand dramaturge avait dix minutes de retard, naturellement, et il traversa la salle au pas de charge sans même me voir. Le sourire béat qui barrait son visage suggérait deux hypothèses : ou bien il avait réussi à mettre dans sa poche la totalité de mes ex-collègues (rien de très difficile) et à se faire encenser par l'ensemble de la critique pour ses abominations, ou bien alors il venait d'apprendre la nouvelle – si douce – de mon récent licenciement. Ou probablement les deux. Il avait sans doute oublié – ce sont des choses que les gens s'empressent d'oublier – que c'était moi qui l'avais découvert, ce petit con. Cela remontait à l'époque où j'écumais chaque nuit les cafés-théâtres et où je me payais les productions d'avant-garde de troupes portant des noms comme Les Enfants des Douars et Banlieues Associés ; une époque où il suffisait que j'opine du bonnet pour leur garantir le transfert immédiat d'un pub de Battersea vers les loges cossues d'un bordel théâtreux du West End. À l'époque, Michael Lake avait commis une pièce qui, dans un univers normal, aurait été considérée comme parfaitement ordinaire mais qui avait paru extraordinaire – vu la médiocrité crasse et le sombre vide culturel d'à peu près tout ce qui avait été écrit cette année-là et les cinq années précédentes. Sur un tas de fumier, même une bille en plastique brille comme un saphir. Ça devait être en 1993. Ou 1994. Maintenant notre homme ne pouvait pas écrire une seule ligne, fût-ce une note à son laitier, sans que ce soit monté à grands frais par le National Theatre... Pardon : le *Royal* National Theatre, faites excuse, Votre Grandeur. Les quelques rares flammèches de saine colère et de vraie passion qui avaient vacillé dans ses premières œuvres s'étaient vite éteintes, arrosées par la pompe de la solennité nationale préva-lente, par sa superbe ignorance du public et son mépris du théâtre. Ce qu'il n'aurait pas manqué de formuler lui-même, vu son âge, en utilisant l'incon-tournable : « au niveau du » public et « au niveau du » théâtre. Comme si le Public était une notion globale et non un échantillon d'humanité toussante et remuante, comme si le Théâtre était un concept intellectuel complètement dissocié des acteurs, du décor, des éclairages et du bois de la scène. Peu importe si c'était ce Théâtre qui transformait ses textes dépourvus de tout humour et les rendait à peu près supportables l'espace d'une soirée. Peu importe si c'était ce Public qui finançait son vieux moulin restauré dans le Suffolk et sa collection de Bratby aux couleurs criardes... Le théâtre et le public pouvaient toujours attendre ses remerciements. Au contraire, l'idée générale, c'était qu'on aurait dû le remercier, lui. Petit trou du cul arrogant !

— Remettez-moi ça, dis-je au barman.

— C'est ma tournée... fit une voix féminine à côté de moi.

— Une des plus belles phrases de notre langue, approuvai-je sans me retourner.

Dans le miroir, je vis que c'était la créature aux fesses osseuses, juchée à nouveau sur un des tabourets. Personnellement, j'adore les petites femmes. Elles font paraître ma queue beaucoup plus grosse.

— Et un Maker's Mark pour moi, commanda-t-elle en pointant un doigt vers une bouteille sur l'étagère du haut.

Bien, approuvai-je. Une vraie pro de la picole. Le buveur expérimenté qu'est votre serviteur sait que les barmen n'entendent jamais du premier coup la marque de la boisson que vous commandez. » Mais non, pas un Glenlivet, un Glen*fiddich* ! Non, crétin, pas un petit jus d'orange, un grand whisky-orange. »

Il faut trouver la bouteille du regard et la lui désigner du doigt en passant la commande. Un gain de temps.

Il y eut des effluves un soupçon florisques ou à la limite penhaligonyesques dans les mouvements qu'elle fit pour s'installer. Un tour de poitrine correct et un cou mince et blanc. Quelque chose d'un peu névrosé dans son comportement, ce que l'on remarque très

21

vite chez les piliers de bar en jupon. La plupart d'entre elles sont généralement juste au bord d'une crise d'hystérie qui les amène assez souvent à fracasser les verres ou à gifler les spectateurs innocents.

Roddy lui versa une bonne dose de whisky dans un grand verre tandis qu'elle le surveillait attentivement. Autre point positif. J'ai été très copain avec Gordon Fell, le peintre, avant qu'il soit anobli et s'estime d'un standing trop élevé pour ma compagnie. On faisait régulièrement la bringue ensemble dans les années soixante. Gordon était un habitué des Old-Fashioned, un cocktail qu'il buvait depuis trente ans. Il ne quittait jamais une seconde le barman des yeux pendant qu'il le lui préparait. Comme un joueur de black-jack qui surveille la donne. Un après-midi, la vieille Mim Gunter qui manœuvrait les pompes à liquides au bar du Dominion Club de Frith Street, le troquet favori de Gordon, étant malade, c'est son fils Col qui avait dû la remplacer. Mais le pauvre môme n'avait que seize ans et pas la moindre idée de ce que pouvait bien être un Old-Fashioned. Quant à Gordon, il n'en savait foutre rien, lui non plus ! J'ai essayé plus tard de calculer combien d'heures dans sa vie Gordon avait passées à fixer de ses yeux ronds le barman pendant qu'il lui préparait son verre, mais je me suis trouvé à court de serviettes en papier pour faire l'addition. Je savais que l'angostura entrait à un certain moment dans la recette mais ça s'arrêtait là. Pour finir, on a dû téléphoner à la vieille Mim, laquelle gisait sur son brancard en chemise de nuit, en route pour le bloc opératoire où l'on s'apprêtait à lui enlever ce cancer qu'elle avait dans la gorge. Notre SOS l'a vachement amusée, évidemment. J'étais de l'autre côté du comptoir et à trois mètres du téléphone, mais j'ai pu l'entendre engueuler ce pauvre Col et envoyer paître les médecins sous prétexte qu'elle avait « une affaire importante à régler ». Elle est morte sous le scalpel du chirurgien, deux heures plus tard, et l'Old-

Fashioned servi par procuration à Gordon Fell est passé à la postérité comme le dernier cocktail préparé par Mim Gunter.

En réalité, on se contente généralement de fixer le barman sans vraiment enregistrer ce qu'il fait. Ce qui rassure, c'est le mouvement des mains, l'heureuse harmonie entre les bouteilles du bar et le matériel à cocktail, les couleurs, les bruits, les odeurs puissantes et évocatrices. Dans le même registre, cela me rappelle ces gens qui ne savent pas conduire et qui restent totalement incapables de se rappeler un trajet qu'ils ont pourtant parcouru chaque jour en taxi pendant des années.

Les verres furent déposés sur leur petit rond en dentelle, le cendrier discrètement avancé, et Roddy, ayant fini son travail, se retira. Nous pouvions parler.

— À votre santé, madame !

— À la vôtre !

— J'ai comme le sentiment, remarquai-je, que nous nous sommes déjà rencontrés.

— C'était précisément ce que je me disais, il y a un moment. Et puis j'ai conclu que vous étiez trop impressionnant pour que j'ose vous poser la question et j'ai jugé préférable d'aller m'installer un peu plus loin.

— Impressionnant ?

J'avais déjà entendu ce genre de bêtise avant. Quelque chose lié au modelé des pommettes, au dessin des sourcils et à une mâchoire inférieure agressive à la Bernard Ingham.

— Au contraire. Je suis doux comme un agneau.

— Et puis, pendant que j'étais assise dans mon coin, j'ai compris que vous étiez Ted Wallace.

— Lui-même.

— Vous ne vous rappelez sans doute pas mais…

— Oh, merde ! Vous ne voulez pas dire qu'on a…

Elle sourit et me lança, comme si cela expliquait pourquoi je ne l'avais jamais sautée :

— Certainement pas ! Je suis Jane Swann.

— Jane Swann ? Et je devrais vous connaître ?

— Essayez de remonter vingt-six ans en arrière. Les fonts baptismaux d'une petite église du Suffolk. « Le Bébé et le Jeune Poète ». Le bébé a beaucoup pleuré et le jeune poète a promis de renoncer en son nom à Satan et à ses pompes. Promesse à laquelle le bébé lui-même ne semblait pas croire.

— Eh bien, par ma première chaude-lance ! Jane... La petite Jane Burrell !

— C'est moi. Mais je m'appelle Jane Swann, maintenant.

— Je te dois un certain nombre de ronds de serviette en argent. Et une pleine rangée de livres édifiants et moralisateurs.

Elle haussa les épaules, signifiant par là qu'elle ne me croyait pas la personne la mieux qualifiée pour choisir les ronds de serviette ou la morale correspondant à ses propres goûts. En la regardant plus attentivement, je vis quelque chose dans sa physionomie qui me rappela en effet ses affreux parents.

— Pas eu vraiment le temps de bien te connaître, repris-je. Ta mère m'a flanqué à la porte une demi-heure après le baptême. Depuis, je ne l'ai pratiquement plus jamais revue, ni elle, ni Patrick.

— J'ai toujours été fière de vous, pourtant. De loin.

— Fière de moi ?

— Deux de vos poèmes étaient au programme du lycée. Personne ne voulait croire que vous étiez mon parrain.

— Merde, tu aurais dû m'écrire ! Je me serais fait un plaisir de venir bavarder avec les élèves de terminale.

Et c'était la vérité. Rien ne vaut un parterre de jeunes collégiennes, lèvres humides entrouvertes, pour donner à un homme le sentiment d'être désiré. Comment expliquer autrement que l'on ait envie de devenir poète ?

Elle haussa les épaules et but une gorgée de son bourbon. Je remarquai qu'elle tremblait. Ou plutôt frissonnait. Il y avait chez elle quelque chose qui me rappelait un passé lointain. Penchée en avant, comme pour réprimer une envie de pisser, elle balançait sa jambe. Elle évoquait... des images d'égouttoir à vaisselle en bois, les timbres d'escompte... les soutiens-gorge pointus... une époque triste.

Je la regardai mieux, les petits signaux se mirent en place et je compris : Jane me rappelait exactement une de ces filles des années soixante revenant de se faire avorter. Des indices concordants, facilement perceptibles à la fois dans des gestes et des attitudes que je n'avais plus eu l'occasion de voir depuis des années. Un mélange de honte et de défi, de dégoût et de triomphe. Un appel pressant du regard vous encourageant soit à partager le deuil et la désolation d'une existence gâchée, soit à célébrer la victoire d'une vie superbement libérée. Un regard dangereux. Je suis bien placé pour savoir qu'il valait mieux deviner l'état d'esprit de la fille, dans ces moments-là. Si on la félicitait alors qu'elle espérait être consolée, on avait droit aux grandes eaux et à quinze jours de récriminations véhémentes ; en revanche, si vous lui adressiez sympathie et compassion au lieu des bravos et compliments que méritait, selon elle, une décision courageuse et héroïque, c'était une beigne accompagnée d'un rire méprisant. Pourquoi l'expression du visage de ma filleule retrouvée me rappelait-elle l'atmosphère de cette époque sordide et fort heureusement disparue, je ne saurais le dire. Cela fait bien trente ans que les femmes n'ont plus cet air coupable et vulnérable. Maintenant, c'est devenu l'apanage des hommes.

Je toussai.

— Quels poèmes ?

— Hmm ?

— Au programme du lycée. C'étaient lesquels ?

— Oh, attendez… « L'Historien » et « Lignes sur le visage de W.H. Auden ».

— Bien sûr. Ben voyons ! Les deux seuls qu'on ait jamais admis dans les anthologies. Des petites merdes faciles.

— Vous le pensez ?

— Certainement pas. Mais c'est ce que tu t'attendais à m'entendre dire.

Elle me gratifia d'un sourire triste.

— La même chose, Roddy, dis-je en tapant sur le bar.

— Je lis souvent vos critiques théâtrales, lança-t-elle, sentant que son sourire avait été un peu trop visiblement compatissant.

— Maintenant tu n'en auras plus l'occasion.

Je lui parlai de mon licenciement.

— Oh ! dit-elle.

Et puis une fois encore :

— Oh !

— Remarque, je m'en bats l'œil, repris-je pour couper court à toute velléité de condoléances.

Je lui déballai mes sentiments sur l'état actuel du théâtre britannique mais elle ne m'écoutait pas.

— Alors, vous avez un peu de temps libre, non ? demanda-t-elle quand je m'arrêtai enfin.

— Eh bien, je ne sais pas trop… J'ai plus ou moins une proposition pour tenir la rubrique restaurant dans *Metro*…

— Parce que je ne suis pas écrivain, vous comprenez, et je ne connais pas assez…

— Et, bien sûr, il y a toujours la possibilité d'écrire un livre supplémentaire sur les Jeunes Gens en colère…

— … et vous faites presque partie de la famille, après tout…

Je m'arrêtai, remarquant des larmes qui perlaient au bord de ses paupières.

— Qu'est-ce qui se passe, ma chérie ?

— Écoutez, vous voulez bien me raccompagner chez moi ?

Dans le taxi, elle évita d'évoquer ce qui la tracassait. Elle esquissa une brève autobiographie destinée à démontrer qu'elle n'était ni aussi intelligente, jolie, sophistiquée ou intéressante qu'elle pouvait le paraître, assise au bar. Mais, après tout, personne ne l'est jamais vraiment. D'où l'intérêt d'avoir toujours quelques actions dans l'industrie du whisky et des cosmétiques.

Cinq ans auparavant – elle avait alors à peine vingt et un ans –, elle avait épousé un certain Swann, un vendeur de tableaux. Pas eu d'enfants. Swann se trouvait en ce moment même à Zurich où il partageait la couette d'une Suissesse suffisamment débauchée et baraquée (d'après le portrait au vitriol qu'en faisait Jane) pour apprécier sa brutalité au plumard. Patrick, le père de Jane, avait été rappelé par le Créateur, il y avait six étés de cela, ce qui, à la réflexion, m'avait déjà été rapporté. Et Rebecca, la mère, sévissait toujours entre Kensington et Brompton Road, en se donnant de grands airs. Leur autre enfant, Conrad, le frère de Jane – dans mon souvenir un type pas intéressant du tout – s'était crashé en voiture. Plein comme une barrique, apparemment. Une circonstance atténuante. Parce qu'on n'a aucune excuse de démolir une bagnole à jeun.

À ma connaissance, Rebecca était une des rares femmes qui... Eh bien, c'est un fait avéré: peu de femmes aiment réellement la baise. C'est devenu pour elles une profession de foi que d'affirmer le contraire, mais le fait est là. Les femmes tolèrent les rapports sexuels parce que c'est le prix à payer pour garder un homme, pour avoir ce qu'elles appellent une « relation », mais, sinon, elles s'en passent très bien. Elles n'éprouvent pas cette faim, cette fringale aiguë, douloureuse, qui nous vrille l'estomac et qui nous torture, nous, les hommes. Ce qui est pénible,

27

c'est que chaque fois que je dis ça, on m'accuse de misogynie. Pour un homme qui a passé toute sa vie à penser et à rêver aux femmes, à bondir derrière leurs jupes comme un chiot cherchant à attirer l'attention de son maître, à organiser son existence pour se trouver le plus souvent possible en contact avec elles, à mesurer sa qualité de vie à l'aune de ses scores de séduction auprès des nanas, à ramper pour se faire désirer d'elles, c'est franchement un peu vexant d'être accusé de ne pas aimer les femmes. Tout ce que je ressens envers elles n'est que profonde adoration, amour et sentiment d'infériorité mêlés à une forte dose de ce bon vieux dégoût de soi-même.

Je connais par cœur leurs arguments. Bon Dieu, qui ne les connaît? Le désir, disent-elles, est une forme de possession. Avoir envie d'une femme, c'est la rabaisser au rang de l'animal ou de la proie. Même l'adoration, selon un raisonnement un peu trop chiadé pour mon simple intellect, est perçue comme une forme de mépris. Tout cela, ai-je besoin de vous le dire? n'est que suprêmissime couillonnade.

Certains de mes meilleurs amis – on peut s'y attendre chez un vieux poète – sont des tantouzes. Tout comme le sont, là encore ça n'a rien d'étonnant chez un ex-critique de théâtre, certains de mes plus féroces ennemis. Vous ne pourriez pas trouver meilleur laboratoire d'expériences contrôlées, pour arriver à y voir clair dans cette histoire des sexes, que l'univers des tapettes, on est bien d'accord? Les gays, sodomites, tantes – enfin, choisissez le nom qu'il vous plaira –, une fois mis à part le problème des casseurs de pédé, la presse, le virus, la police et la société, mènent finalement une vie fabuleuse. Toilettes publiques, jardins, parcs, plages, supermarchés, cimetières, pubs, clubs et bars résonnent de la musique érotique de leurs rencontres faciles. Un homme, gay, voit un autre homme, gay. Leurs regards se croisent et… bang, ils s'envoient en l'air! Ils n'ont pas besoin de connaître le nom de leur partenaire, pas besoin de faire la causette; ils n'ont même pas besoin, dans l'obscurité des arrière-salles de night-clubs de la métropole, de voir la foutue gueule de celui qu'ils baisent. C'est un univers de mâles, organisé selon des critères d'ordre masculin, correspondant aux désirs et aspirations d'une sexualité strictement masculine. Vous croyez que ces grandes pédales poilues qui posent pour les magazines avec des bracelets de cuir autour de la bite et des tubes en caoutchouc enfoncés dans le troufignon se considèrent comme des opprimés? Vous croyez que les homos qui se pomponnent avant d'aller draguer la nuit en boîte pleurnichent contre l'abject sexisme qui les oblige à se faire beaux et à se comporter comme du bétail un jour de comices agricoles? Mon cul, oui!

Parfois, dans mes rêves, j'imagine un monde où les femmes aimeraient vraiment la baise, un monde de drague hétérosexuelle dans les parcs et lieux publics. Des bars hétéros. Des back-rooms hétéros, des cinémas hétéros, des quartiers hétéros où les femmes pourraient aller traîner en quête de rencontres érotiques de hasard. De telles images ne peuvent naître que dans l'imaginaire d'une chambre, suscitées par de farouches pignolades sur fond de grognements intermittents. Si les femmes avaient autant besoin de sexe que les hommes – attention, Ted, baisse la tête et planque-toi! –, je vous le dis: il n'y aurait pas autant de viols dans ce bas monde.

Nous vivons dans un univers établi où, sans aucun doute, les anthropologues et les zoologues nous diront qu'il est biologiquement nécessaire que l'un des deux sexes soit toujours en demande alors que l'autre trouve toute cette activité en général plutôt barbante. La permanente insatisfaction masculine, pour torturante qu'elle soit, a ses compensations, après tout. C'est nous, et de loin, qui dirigeons le monde, qui contrôlons l'économie et qui nous pavanons partout avec des airs de supériorité risibles. Je ne charrie pas. Je veux simplement qu'on reconnaisse une fois pour toutes cette vérité. Les hommes aiment le sexe. Les femmes, non. Il faut l'admettre et l'accepter.

Que les femmes rejettent constamment cette évidence n'aide en rien. Chaque fois que j'essaie de le faire remarquer à mes amies femmes, elles s'empressent de le nier. Elles affirment se masturber régulièrement. Elles prétendent que l'idée d'une bonne baise avec un inconnu les excite. Elles vous disent que, tiens, pas plus tard que l'autre jour, elles ont vu un mec avec un petit cul à la Mel Gibson qui les fait mouiller encore, rien que d'y repenser. Seulement *l'autre jour*? Et pourquoi pas l'autre *minute*? Pourquoi pas chaque putain de minute de chaque putain d'heure de chaque jour de merde, nom de Dieu? Pourquoi les femmes ne comprennent-elles pas qu'elles devraient plutôt faire sauter les bouchons de champagne et se réjouir de n'être pas comme les hommes, de pauvres clébards quémandant, la bave aux lèvres? Qu'elles devraient profiter de ce merveilleux hasard biologique qui leur permet d'être des créatures rationnelles, de garder leurs capacités de raisonnement, d'évaluer sainement les bénéfices d'une relation avec un homme, de se consacrer à la maternité, à leur travail, à leurs amis… un hasard qui leur permet de penser, point à la ligne. Pas comme nous, pauvres connards, qui passons le temps qu'on pourrait consacrer au travail et aux nobles réflexions à rajuster dans le kangourou notre bite douloureuse et gonflée chaque fois qu'une paire de nichons traverse notre champ de vision. Évidemment, l'entrejambe les démange aussi de temps en temps, les nanas. Sinon, la race humaine serait déjà éteinte; et évidemment elles ont l'équipement génital suffisamment sensible pour garantir aux relations sexuelles, une fois entamées, un minimum de frissons agréables, quelques glapissements de plaisir avec les petites cochoncetés allant de pair. Mais elles ne connaissent pas – ô les veinardes, mille fois veinardes – cette *faim* perpétuelle, cette *obsession* perpétuelle, cette *idée fixe* : s'envoyer en l'air. Prenez mon cas, par exemple. C'est cinq heures de l'après-midi et je me suis déjà astiqué le manche deux fois : une première fois au saut du lit sous la douche, et à nouveau après le déjeuner, avant de m'asseoir pour écrire ces lignes. N'importe quelle nana vous dira, avec une compassion d'infirmière, que les hommes, les pauvres chéris, ont besoin de cracher leur semence. Pourquoi les femmes tiennent-elles absolument à exiger la parité dans cette dépendance absolue ? Cela me dépasse !

Il se trouve que, dans mon travail, j'ai rencontré beaucoup d'hommes importants, des hommes célèbres, de bonne renommée. Et savez-vous que, sans exception, tous ceux que je suis arrivé à connaître avec la familiarité qu'apporte une bouteille de whisky partagée aux lueurs du petit matin m'ont confié que la motivation réelle qui les avait poussés à devenir acteurs, ou politiciens, ou écrivains ou ce que vous voulez de célèbre, c'était l'espoir, plus ou moins avoué, que l'argent, la gloire et le pouvoir leur permettraient de s'envoyer en l'air plus facilement ? Le whisky finit par ronger la couche de fard qui masque cette vérité toute simple : l'ambition de réussir, le désir de changer le monde, le besoin de s'exprimer, la vocation de servir… tous ces motifs nobles – et presque vraisemblables – cachent une seule et unique motivation : derrière tout cela, il n'y a vraiment que des histoires de… derrières, précisément.

C'est au whisky que je dois cette vérité. Ce n'est pas une boisson sur laquelle les femmes de ma connaissance sont très portées mais, personnellement, elle m'a sauvé. Sans le whisky, je serais encore plus paumé et largué que je ne le suis. Sans ces fins de nuit imbibées de scotch, j'aurais traversé la vie absolument convaincu d'être un exemplaire unique d'abjection et de perversité. La ruine d'une carrière prometteuse, quelques séjours chez les flics, la destruction de deux mariages, voilà ce que le whisky a exigé comme rançon. En échange, il m'a permis de me rendre compte que je n'étais pas tout seul. Une sacrée bonne affaire.

Mais… assez de blablabla. Je me laisse toujours emporter. Si vous voulez des théories au rabais sur les sexes, vous en trouverez plein les rayons dans les librairies spécialisées. *Les hommes se rebiffent, Les femmes se rebiffent contre les hommes qui se rebiffent…* des réponses aux réponses et aux contre-réponses. On se croirait revenu aux beaux jours de la guerre froide, lorsque chaque publication de l'autre bloc était lue, chaque attitude analysée, chaque mouvement détecté au radar, et chaque glissement culturel commenté. Seigneur! Il y a suffisamment de chroniqueurs, de commentateurs et de pseudo-universitaires pour assurer à perpétuité le réarmement et la relève des troupes dans cette guerre des sexes. De toute façon, qui s'intéresse à ce que peut avoir à dire un quarteron de journalistes incultes?

Non, si je vous rote toutes ces niaiseries nauséabondes en pleine figure, ce n'est pas pour leur importance ni pour leur nouveauté. Ce n'est pas non plus parce que je veux m'engager dans un débat stérile sur la question. Mais je voudrais que vous compreniez quels étaient mon état d'esprit et mon humeur le jour où Jane m'a découvert et entraîné chez elle à Kensington. Sa mère, Rebecca, comme j'allais vous le faire remarquer avant d'enfourcher un de mes dadas favoris et de partir au galop pendant quelques paragraphes, est probablement la seule femme de ma connaissance à aimer le cul, vraiment, avec une faim et une soif comparables à celles des hommes. C'est aussi la seule femme de ma connaissance à aimer le whisky. Les deux sont sans doute liés.

Jane habitait quelque part près d'Onslow Gardens. Elle n'était pas sur la paille, visiblement, grâce à tonton Michael sans aucun doute, et comme toutes les petites filles riches et désœuvrées de son époque, elle se prenait pour une décoratrice d'intérieur.

— Des tas de gens ont vu ce que j'avais fait de mon appartement et m'ont demandé de les conseiller, fit-elle alors que le taxi s'arrêtait devant le portique standard à colonnes blanches de son immeuble de South Kensington.

L'intérieur répondit à mes pires attentes. Des bouillonnés froufroutants, hideux, en guise de rideaux, de la soie sauvage comme papier peint – je suis sûr que vous êtes tout à fait capable d'imaginer le désastre vous-même. Hideux et barbare. Un certificat sur papier timbré proclamant ouvertement le vide absolu d'une vie totalement futile. À quel degré d'oisiveté faut-il être tombé, pensai-je, à quel point faut-il se faire chier pour avoir le temps et la capacité de concocter une telle merde friquée ? Elle se tenait au milieu de la pièce, le sourcil interrogateur, prête à recevoir mes borborygmes admiratifs. Je pris une grande inspiration.

« C'est une des pièces les plus franchement repoussantes que j'aie jamais vues. Elle est en tous points aussi totalement hideuse que je m'y attendais. En tous points aussi hideuse qu'une mégachiée de piaules des environs. C'est une insulte à l'œil humain, un cocktail écœurant des pires horreurs engendrées par Beverly Hills dans le genre chicos-tartignole. Je serais plus volontiers disposé à bouffer une merde de chien qu'à poser mon cul sur ce canapé aux coussins laborieusement assortis dans un camaïeu criard du plus mauvais goût. Mes félicitations pour avoir réussi à gaspiller une éducation coûteuse, une petite fortune et ta misérable existence. Salut ! »

C'est sans doute ce que j'aurais dit si j'avais eu deux doigts de whisky de plus dans l'estomac. Au lieu de cela, je réussis à gargouiller un « Grands dieux, Jane… ».

— Tu aimes ?

— Aimer n'est pas exactement le mot… C'est… C'est…

— Tout le monde s'accorde à dire que j'ai l'œil, admit-elle. *Homes and Interiors* est venu la semaine dernière, faire des photos.

— Ça ne m'étonne pas du tout !

— Tu aurais dû voir l'allure de l'appartement quand j'ai emménagé !

— Quel sens de la lumière et de l'espace ! soupirai-je (remarque qu'on peut caser sans risque en toute circonstance).

— Ce sont des choses que les hommes n'apprécient pas, généralement, approuva-t-elle, satisfaite, en se dirigeant vers le chariot de boissons.

« Va te faire foutre, sinistre pouffiasse », me disais-je intérieurement tandis que le mouvement ample de mes bras écartés suggérait lâchement : « Comment un homme ne pourrait-il pas être époustouflé par ce subtil dosage d'ethnique et de domestique ? »

— Tu prends du Macallan, je crois, disait-elle. Mais j'ai aussi du Laphroaig, si tu préfères.

— Non, non. Du Macallan, c'est parfait.

Elle apporta les verres, replia une jambe sous elle et s'assit sur une ottomane qu'une bonne volonté imbécile avait recouverte d'un motif inspiré, je présume, par un drap funéraire maya ou une serviette hygiénique empruntée à un rituel balinais. Et derrière cet effroyable viol culturel, derrière ces tentatives prétentieuses et ratées qui encombraient la pièce, il y avait, j'imagine, le grand projet de Jane: trôner ici, au milieu d'amis dont la diversité de goûts en matière de boissons justifiait tout cet échantillonnage ridicule et coûteux de bouteilles d'alcools, de liqueurs et d'apéritifs pas même entamées, tandis que des conversations courtoises mais néanmoins profondes fuseraient d'un bout à l'autre de la pièce. Et au lieu de cela, elle se retrouvait, tremblante comme une adolescente, avec pour seule compagnie un vieux croulant fripé qui avait connu ses parents autrefois. Lequel, en dépit des litres de whisky qu'on mettait à sa disposition, aurait violemment souhaité être ailleurs.

Elle fit tournoyer son drink dans son verre.

— D'abord, la première chose que je dois te dire, fit-elle enfin, c'est que je suis en train de mourir.

Ah, merveilleux. Génial. Tout simplement parfait.

— Jane…

— Je suis désolée.

Elle alluma une cigarette avec des mouvements saccadés.

— C'est nul de te l'annoncer comme ça.

Elle avait bougrement raison. Personne ne semble comprendre que, dans ce genre de conversation, le tact et la compassion doivent venir de celui qui est en train de claquer et se manifester à l'égard du pauvre con obligé d'encaisser la nouvelle. Remarquez, elle avait frappé à la bonne porte. La mort, je connaissais suffisamment pour n'avoir pas besoin d'y mettre les formes.

— Tu es vraiment sûre ?

— Les médecins sont unanimes. La leucémie. Plus de rémission possible.

— La vache ! Sincèrement désolé, Jane.

— Merci.

— Tu as peur ?

— Plus maintenant.

— J'imagine qu'il est difficile de prévoir quand le couperet va tomber, non ?

— Bientôt, selon eux… D'ici à trois mois.

— Eh bien, ma chérie, si tu as fait la paix avec tes ennemis, pris congé de tes amis, tu ne devrais pas trop regretter de tirer ta révérence si tôt. C'est un monde pourri, une époque pourrie, et, de toute façon, on ne va pas tarder à tous aller te rejoindre.

Elle eut un petit sourire.

— C'est une façon de voir les choses.

— La seule.

35

Maintenant que je le savais, bien sûr, tout devenait évident : ce regard trop brillant, ce visage pâle et émacié, cette maigreur que j'avais prise tout d'abord pour de l'anorexie de gamine riche et névrosée, pouvaient à coup sûr être attribués à la maladie.

Elle se cala dans son siège et poussa un long soupir. La frime, maintenant, pensai-je. Le soupir résigné visant à démontrer à quel point sa condamnation à mort lui avait apporté sagesse et maturité. Comment elle avait remis les choses « en perspective ». Comment, curieusement, elle l'avait libérée.

— Je t'ai dit que je n'avais pas peur, reprit-elle. Et c'est vrai. Mais au début, j'ai flippé. L'hystérie totale. Dis-moi...

— Vas-y...

— Je ne sais pas trop par où commencer. Qu'est-ce que tu penses... Qu'est-ce que tu penses des prêtres ?

Je m'assis. Et voilà, c'est parti, pensai-je. Nous y voilà ! L'imposition des mains. Et si on échappe aux prêtres, on a droit aux huiles essentielles. Si ce ne sont pas les huiles essentielles, l'acupuncture. Ou les plantes. Ou bien les morceaux de pierres translucides et les ondes magnétiques.

— Les prêtres ? Variété catholique romaine ou variété anglicane ?

— Je ne sais pas. Je présume que tu es athée.

— Pas athée pratiquant mais en gros on peut dire ça, oui. J'essaie de ne pas trop y penser. Les vautours en soutane se sont mis à tournoyer au-dessus de ta tête, c'est ça ? Les charognards se battent déjà pour s'arracher les droits sur ton âme ?

— Non, non... Ce n'est pas ça... Ô mon Dieu !...

Elle se leva et commença à marcher de long en large tandis que je restais assis, accroché à mon whisky, à attendre. Je me demandai à quoi ressemblait la vie d'un critique gastronomique. Je m'interrogeai : restait-il en moi quelques graines tardives de poésie ? Et je me disais, avec l'intolérance des gens bien portants, que la leucémie était une maladie dont, personnellement, je serais capable de me tirer. Allez, marche et secoue-toi, ma fille ! Si tu n'arrives pas à régler leur compte à quelques corpuscules blancs, qui es-tu donc ?

Finalement elle se tourna vers moi, comme ayant pris une décision.

— Voilà, dit-elle, il est arrivé une chose étrange. Dans ma famille. Je n'y comprends rien mais je pense que ça pourrait t'intéresser. En tant qu'écrivain.

— Oh ! Ah ?

Chaque fois qu'on me dit : « En tant qu'écrivain, vous devriez trouver ça fascinant », je me prépare à entendre quelque chose de phénoménalement barbant et de la plus monstrueuse banalité. Et puis « écrivain », c'est vite dit ! Elle essayait simplement de gagner mon attention en me flattant.

— Je me suis dit que puisque tu n'étais pas… euh, *occupé* en ce moment, tu pourrais peut-être m'aider. Il y a une enquête à faire.

— Eh bien, chère petite, je ne sais pas exactement ce que tu as en tête. Je ne suis pas ce que l'on appelle d'ordinaire un journaliste d'investigation. En fait, je ne suis pas journaliste du tout. Je ne vois pas en quoi un poète raté, un romancier raté, un critique théâtral raté, bref un raté quasiment exemplaire, pourrait t'aider.

— Eh bien, tu connais les gens concernés, pour commencer, et…

— Stop !

Je levai la main.

— Jane. Ma chérie. Mon ange. Ma puce. À une époque plus tonique et plus heureuse, ta mère et moi avons fait la bête à deux dos. Point final. Cela fait des lustres que je ne l'ai plus revue. Elle m'a signifié mon congé, il y a vingt ans et des poussières, en me balançant un gâteau de baptême et un chapelet d'insultes à la tête.

37

— Je ne te parle pas de maman. Je te parle de son frère.

— Logan ? Tu parles de Logan ? Par Jésus enculé dans la douleur… fillette…

J'essayai d'en dire plus mais je fus pris d'une quinte de toux, comme ça m'arrive parfois ces jours-ci. D'abord simple chatouillement au fond de la gorge, mais qui finit par prendre, malgré tous mes efforts, une dimension dramatique assez impressionnante. Quelque chose qu'on pourrait situer entre le vomissement d'un mulet et l'explosion d'une usine de crème pâtissière. Jane m'observa froidement tandis que je recouvrais mon calme après m'être à moitié étouffé.

— Tu l'as connu, reprit-elle. Tu l'as connu mieux que quiconque. Et tu es le parrain de David, ne l'oublie pas.

— Eh bien, articulai-je avec difficulté en essuyant les larmes sur mes joues, il se trouve justement que je n'ai pas oublié. Je lui ai envoyé un cadeau pour sa confirmation pas plus tard que la semaine dernière. Il m'a envoyé un poulet fort bien tourné.

— Il t'a envoyé un poulet ?

— Un petit mot, une lettre… euh… Bon, laisse tomber.

C'est fou ce que certaines expressions se perdent.

— Alors tu as été mis au courant de la confirmation de *David* mais pas de la mienne ?

Seigneur, quelle râleuse !

— Je t'ai déjà dit, expliquai-je patiemment, que ta mère ne veut plus entendre parler de moi. J'ai eu l'occasion de la rencontrer à Swafford, il y a trois ou quatre ans, et elle m'a signifié clairement qu'elle n'avait rien pardonné. En revanche, ton oncle Michael possède une grande âme.

— Et un compte en banque encore plus grand.

Cela ne méritait même pas une réponse. Il est vrai que j'ai toujours trouvé que l'amitié de Michael avait beaucoup de valeur tandis que celle de Rebecca ne valait pas tripette. Mais j'aime à croire que cela n'a rien à voir avec le fric. Remarquez, j'ai toujours aimé à croire que le monde vénérait les poètes ; qu'un jour il n'y aurait plus de guerre ; qu'un jour les vedettes de la télévision seraient victimes d'un virus fatal. Entre ce que j'aime à croire et les faits dans leur froide vérité, il y a comme qui dirait un sacré décalage.

— Je voudrais que tu considères cela comme une commande. Je ne suis pas spécialement riche...

Ben non, voyons. Mais tu as foutu des fortunes en l'air dans tes flacons de Lalique, tes couvertures de parturiente péruvienne, tes bijoux de négresse à plateaux, pauvre nouille !

— ... mais je pourrais t'offrir cent mille immédiatement et le reste... plus tard ou légué dans mon testament.

— Cent mille livres ?

J'aperçus mon reflet dans le miroir pédérasto-rococo au-dessus de la cheminée et j'y vis une sorte de gros poisson, bouche ouverte, yeux exorbités, congestionné, l'air très, très gourmand.

— Un quart de million, en tout.

— Un quart de million ?

— Oui.

— Tu ne parlerais pas en *lires* par hasard ? Il s'agit bien de livres sterling ?

Elle acquiesça gravement.

— Je ne... Jane... Un quart de million, c'est... une fortune. Et je ne te cache pas que c'est le genre de somme à me... tenter monstrueusement. Mais je ne sais pas si je possède en moi, pour être honnête, quoi que ce soit qui puisse rapporter à quiconque ne serait-ce que le dixième de cette somme.

— Tu devras travailler dur, dit Jane.

Quelque chose dans la ligne ferme de sa bouche me disait que, quoi que je puisse rétorquer, rien ne la ferait changer d'avis. Sa détermination, comme son style de maquillage, était farouche.

39

— Et tu devras travailler vite. Tout ce que tu pourras découvrir, j'ai besoin de le savoir avant de mourir. Si ça m'arrive.

— Euh… S'il t'arrive quoi ?

— Si je finis par mourir.

— Si tu finis par… ?

— Par mourir.

Ça commençait à ressembler à un duo de vieux pochetrons.

— Mais tu as dit…

— Non. Ce sont les médecins qui l'ont dit. Les médecins ont dit que j'allais mourir. Moi, je ne le crois pas. C'est ça le problème.

Voilà, on y était. J'imaginai que si elle me donnait vraiment un chèque, il serait probablement signé « Jessica Rabbit » ou bien « L. Ron Hubbard ».

— Tu vois, je crois avoir été sauvée.

— Ah ? Bon. Sauvée ? D'accord. Chouette, alors !

Elle se leva et se dirigea vers un bureau laqué, avec, sur les lèvres, le sourire séraphique des zinzins certifiés.

— Je devine ce que tu penses mais ce n'est pas ça du tout. Tu verras.

Elle sortit un carnet de chèques d'un tiroir et commença à écrire.

— Voilà !

Elle arracha le chèque de sa souche et l'agita, tel un petit étendard de croisé séchant dans la brise.

— Écoute… réussis-je à sortir. Jane, mon honneur – enfin, les bribes qu'il m'en reste – m'interdit de prendre ton argent. Je ne comprends pas ce que tu veux. Je doute même d'en avoir la capacité et il m'apparaît de plus en plus clairement que, de toute évidence, tu es légèrement perturbée. Tu devrais consulter… un type.

Ce que je voulais dire par « un type », je n'en suis pas très sûr. Un docteur, un psychiatre, un prêtre ? Une hypocrisie à gerber de la part d'un homme qui ne croit pas à ces foutaises, mais que dire d'autre dans un cas pareil?

— Je veux que tu ailles à Swafford. Je veux que tu racontes à la famille que tu écris la biographie de l'oncle Michael, dit-elle en me tendant le chèque. Tu es probablement le seul être vivant à qui il permettrait de le faire.

Un chèque de cent mille livres, signé et daté en bonne et due forme, reposait sur mes genoux. Ma banque avait une succursale à deux pas de la station de métro de South Kensington. En dix minutes je pouvais y être et me retrouver en train de remplir un bordereau de versement.

— Il y a, repris-je, des écrivains professionnels qui pourraient te torcher une histoire de famille pour une bouchée de pain. Une édition à compte d'auteur, ça s'appelle.

— Tu ne comprends pas. Tu ne vas pas écrire une histoire de famille. Tu vas faire une enquête sur un phénomène.

— Un phénomène, grommelai-je, agacé.

— Tu vas être témoin d'un *miracle*.

— Un miracle? Je vois. Et quel genre de miracle, précisément?

Elle marqua une pause.

— Je veux que tu ailles à Swafford, que tu fasses ton enquête, reprit-elle. Écris-moi constamment. Je veux savoir si tu remarques quelque chose. Tu penses que je suis devenue folle mais je sais que si tu vas là-bas, tu verras toi-même ce qu'il faut voir.

Je quittai la maison et remontai Brompton Road, réfléchissant aussi intensément qu'un miroir un jour de soleil. Jane était siphonnée, sans doute, mais son chèque semblait d'une santé remarquable, le cher petit. Maintenant, il restait à résoudre la question d'obtenir une invitation à Swafford. Et aussi la question de savoir ce que j'aurais à faire pour mériter cet argent. Je maudissais cette fille de ne pas m'avoir dit ce que

41

j'étais censé rechercher. Si au moins elle m'avait donné une vague indication, je me serais arrangé pour la conforter dans ses illusions. Mais quelles illusions ? Ma dernière visite à Swafford m'avait beaucoup distrait, certes, mais de là à parler de miracles… !

Deux

I

Lord Logan s'agenouilla entre ses fils et pointa son doigt vers la tour. David leva la tête. La brume de la nuit permettait tout juste de distinguer le cadran de l'horloge, fraîchement repeint en or sur fond bleu.

— Très beau, père, dit Simon. C'est de l'or pour de vrai ?

Lord Logan se mit à rire.

— C'est doré.

— Mais il y a bien de l'or dans le salon ! C'est toi qui l'as dit.

— Dans le salon, oui.

— Et dans le boudoir chinois, père. Et dans la chapelle.

— De la feuille d'or.

— De la feuille d'or, répéta Simon d'un ton satisfait. Les décorateurs m'ont montré le livre. Toutes les pages étaient en or. De l'or pur.

David plissait les yeux. Dans la brume, la lumière électrique nimbait d'un halo l'horloge de la tour qui semblait une boule jaune flottant au-dessus de la cour des écuries.

— Et maintenant, reprit lord Logan, quelle heure est-il ?

— Ouh là là ! fit Simon en se couvrant les oreilles des mains.

David regarda et vit qu'il ne restait plus qu'une demi-minute avant dix heures. Mentalement, il se mit à compter les secondes.

Lord Logan serra les garçons contre lui et imita le bruit du tic-tac en claquant la langue. Il sentait la chaleur de la main de David et la fraîcheur de celle de Simon.

David guetta le sourd grincement, prélude au carillon. Un cheval tapait du sabot dans son box et, plus loin, dans les chenils, David entendit glapir une portée de beagles.

L'horloge restait silencieuse. Comme ils ne se trouvaient pas directement en face du cadran, David se dit que leur angle de vue donnait sans doute l'impression que l'aiguille était plus avancée qu'en réalité. Il recommença à compter. Un jour, Simon lui avait dit qu'on pouvait compter les secondes avec précision en intercalant le mot « crocodile » entre chaque nombre.

« Dix crocodiles, neuf crocodiles, huit crocodiles, sept crocodiles, six crocodiles… », compta mentalement David.

Simon ôta les mains de ses oreilles.

— Père, fit-il sur un ton de reproche.

C'est au cours de ces vacances qu'il avait décidé d'abandonner « papa » au profit de « père » et il se plaisait à utiliser le nouveau terme aussi souvent que possible.

— Vous voyez, dit lord Logan en se trémoussant de joie.

Il apparaissait clairement que, quel que soit l'angle de vue, on avait largement dépassé dix heures.

— Mais moi, j'aimais tellement entendre la cloche ! gémit Simon.

— Oui, mais on a fait mettre un système de contrôle. On entend toujours le carillon pendant la journée mais le soir il s'arrête.

— Génial ! C'est génial, père !

— Il fallait faire quelque chose. Les jumeaux étaient réveillés toutes les heures, à l'heure pile.

— Je sais, père, dit Simon. Ma chambre est juste au bout du couloir, n'oublie pas.

— Ah, oui, c'est vrai, fit lord Logan en se redressant et en brossant ses genoux du revers de la main. Et je voulais t'en parler. Allez, viens, David, tu n'es pas trop grand… Hop !

David s'accrocha au dos de son père et ils repartirent vers la maison.

— Maintenant que tu as treize ans, Simon, il me semble que tu devrais quitter la nursery pour une vraie chambre, tu ne crois pas ?

— Oh, chouette ! s'exclama Simon.

— Et puisque tu vas suivre la chasse avec les grands, le lendemain de Noël…

— Papa !… s'écria Simon qui, dans son enthousiasme, shoota dans le gravier. Chouette, alors ! Mince ! Chouette !

Lord Logan hissa David un peu plus haut sur son dos.

— Ouf… Je suis devenu trop vieux pour ce jeu, Davey !

Mais David savait pertinemment que, bien qu'âgé de presque douze ans, il était frêle et petit pour son âge et que son père aurait pu le porter sur son dos pendant des kilomètres, sans le moindre problème.

Quinze jours plus tard, David se trouvait étendu sur son lit, les yeux fixés au plafond, tout comme la nuit précédente. La veille, c'était la nuit de Noël, la nuit où tous les enfants restent réveillés pour surprendre leur père. Bien sûr, ce n'était pas lord Logan en personne, en tout cas pas d'après Simon.

— Il oblige Podmore à se déguiser et à tout larguer dans nos chambres.

— Non, moi, je te parie que c'est papa. Ça l'amuse.

45

David n'avait pourtant pas réussi à rester éveillé assez longtemps pour découvrir la vérité. Mais, ce soir, il arriverait à ne pas s'endormir. Il le fallait absolument.

Son réveil tout neuf, le cadeau de Noël de tante Rebecca, égrenait son tic-tac sur la table de nuit.

Une heure et demie.

Le plus important était de ne pas réveiller les jumeaux. Ils avaient plus d'un an et, depuis qu'on avait bâillonné l'horloge des écuries, ils avaient commencé, selon l'expression de Nanny, à faire leur nuit. Mais on n'était jamais sûr, avec les jumeaux. Ils étaient toujours parfaitement capables de se mettre à hurler. Pour bien les fatiguer, David avait passé une heure à les amuser dans leur lit, ce soir-là. Il leur avait fait des dessins et mille grimaces, il leur avait fredonné des chansons et exécuté des danses de sauvage jusqu'à la visite de l'heure du coucher.

— Ils me paraissent avoir bien chaud, Sheila.

— Oui, lady Anne. C'est David qui les a énervés.

— Davey ?

— Je leur ai seulement lu une histoire, maman !

— Oh ! Quel drôle de garçon tu es ! Enfin, au moins ils dormiront bien. D'accord, mes chéris ? Allons, dodo, Edward ! Dodo, James !

Deux heures moins le quart.

David se leva, enfila un pantalon de velours côtelé sur son pyjama. Il mit son pull de sport de l'école, un pull bleu marine à col roulé, et choisit un bonnet de laine et des baskets noirs, qui faisaient également partie de son équipement d'écolier.

En s'examinant dans le miroir, il hésita un instant à s'enduire la figure de cirage noir. Puis il décida de n'en rien faire : ce serait un désastre s'il n'arrivait pas à se débarbouiller. Tout le monde remarquerait les traces, le lendemain matin.

Deux heures.

Il regarda par la fenêtre. Pas de pluie. Une nuit très claire, en fait, avec quelques nappes de brume çà et là.

C'était l'indice d'une bonne gelée, d'un sol dur qui ne garderait aucune empreinte. Dieu était de son côté. Dieu et la Nature.

David revint vers son lit et dépouilla son oreiller de sa taie. Il la plia soigneusement et la glissa sous son pull en la coinçant bien entre l'élastique de son pyjama et la ceinture de son pantalon.

Il franchit la porte sur la pointe des pieds et s'avança dans le couloir. En face, la porte de la chambre des jumeaux était ouverte. La lumière d'une veilleuse de vingt watts projetait une faible lueur jaune dans le passage. David entendit la respiration parfaitement synchrone des jumeaux.

En passant devant l'ancienne chambre de Simon, David longea le mur pour éviter une lame de plancher qui craquait. Nanny était la seule grande personne à dormir dans cette partie de la maison, mais elle se réveillait au moindre bruit. Il fallait donc être extrêmement prudent.

À pas de souris, David avança jusqu'à la porte de communication qui conduisait au corps principal du bâtiment. Le jour, on pouvait jouer au ballon, faire claquer les portes de placard, crier ou hurler dans l'aile de la nursery sans risquer d'être entendu. Mais la nuit, le moindre bruit était amplifié. Même sa propre respiration lui semblait horriblement bruyante. Les murs, la moquette, le toit, les radiateurs, tout vibrait, cliquetait et ronronnait comme les pièces d'une machine.

Il ouvrit la porte. Des effluves de fumée de cigare lui parvinrent ainsi que le tic-tac hautain d'une grande horloge à balancier. Le couloir nord était devant lui, menant à l'escalier. David laissa la porte se rabattre dans son dos et commença à avancer à longues enjambées. Le Petit Poucet et ses bottes de sept lieues. Il ne se rappelait pas exactement combien d'invités séjournaient au château. Au moins douze, auxquels devait s'ajouter la douzaine prévue le lendemain pour la chasse. Pour plus de précautions, il décida de passer devant chaque chambre comme si son occupant avait le sommeil léger.

Il progressa en restant bien au milieu du couloir, pour éviter vitrines et tables alignées le long des murs, pleines d'une profusion de porcelaines et de cristal qui feraient un raffut terrible au moindre effleurement.

Il était arrivé à mi-parcours et la tache blanche du marbre de l'escalier brillait devant lui quand un bruit l'arrêta. Un rai de lumière venait d'apparaître sous la porte qu'il dépassait, la chambre Hobhouse. Stoppé net dans sa course, David, pétrifié, prêta attentivement l'oreille, bouche ouverte, tempes battantes. Il perçut le bruissement soyeux d'une robe de chambre qu'on enfilait.

Il se souvint avec effroi que la chambre Hobhouse ne possédait pas de toilettes. La panique lui donna des ailes. Il se précipita au bout du couloir pour se tapir derrière la grande horloge. Aplati contre le mur, il essaya de calmer sa respiration haletante, tentant de la synchroniser avec les battements sonores du long balancier.

Il entendit s'ouvrir la porte de la chambre Hobhouse. Des pas se rapprochèrent.

David ne comprenait pas ce qui se passait. Il avait envie de crier : « Mais les toilettes, c'est de l'autre côté ! »

Les pas se faisaient de plus en plus proches. David retint son souffle et ferma les yeux en contractant très fort les paupières.

Les pas s'arrêtèrent. « Je suis sûr qu'il me regarde, pensa David. Je sens son souffle. »

Puis il entendit un bruit d'ongles pianotant gentiment sur le bois d'une porte. Il y avait une chambre face à l'horloge, la chambre Leighton, celle qu'occupait toujours tante Rebecca. David l'entendit chuchoter :

— Max, c'est toi ?

Un homme, tout près de David, répondit d'une voix rauque et impatiente :

48

— Laisse-moi entrer. On se les pèle, ici !

La porte s'ouvrit et se referma.

David attendit. Des rires et d'autres bruits lui parvinrent de la chambre Leighton. Il savait que tante Rebecca adorait les jeux, les jeux de toutes sortes. Il décida de miser sur l'éventualité d'une longue partie qui retiendrait Max assez longtemps dans la chambre de sa tante, puis, inspirant un grand coup, il se dirigea vers l'escalier.

Son itinéraire avait été méticuleusement planifié et il était assez compliqué : il devait aller d'abord dans la bibliothèque, puis dans la cuisine, avant de sortir dans la cour des écuries en traversant la réserve, puis revenir finalement une seconde fois dans la bibliothèque en passant par la cuisine.

Le sommet des escaliers était sombre. David ôta ses baskets pour éviter de faire crisser les semelles en caoutchouc sur le marbre. Il descendit lentement, touchant le cadre de chaque tableau accroché au mur. Quand sa main trouva l'angle de la dernière toile, un immense Tiepolo qu'il connaissait par cœur, il fut certain d'avoir atteint la dernière marche. Au bas de l'escalier, il tourna à gauche et traversa rapidement le grand hall en ligne droite pour gagner la bibliothèque.

Au milieu du hall, il se heurta soudain à quelque chose d'énorme, une chose acérée, aux poils rêches et piquants, qui sembla vouloir le saisir. Ce fut un choc total. L'impression d'être tombé aux mains d'un fantôme ou d'une bête fauve était si forte que, sans le vouloir, il poussa un cri. Un bref hurlement de douleur et d'épouvante.

Au moment même où il poussait ce cri, David se rendit compte qu'il s'agissait tout simplement de l'arbre de Noël. Honteux de sa propre lâcheté, il recracha une aiguille, se dégagea de l'arbre et tendit l'oreille. Aucun bruit, aucun mouvement ne se manifestait à l'étage. Pas le moindre cri, grognement ensommeillé, ni pleur de jumeaux. Seulement le doux tintement des décorations tandis que l'arbre se remettait de la collision. Le hurlement de panique de David n'avait sans doute pas été aussi fort qu'il se l'était imaginé. Dans sa tête, il se repassa le cri, qui n'était, en fin de compte, qu'une exclamation enrouée.

Contournant l'arbre avec précaution, David se dirigea vers la bibliothèque.

Dans cette pièce régnait une odeur de cigare si violente qu'elle lui donna un haut-le-cœur. Il y faisait chaud, en plus. Une faible lueur orange dans le foyer de la cheminée indiquait que le feu n'était pas encore éteint. David referma la porte et chercha à tâtons l'interrupteur.

Ébloui par la soudaine clarté, il parcourut la pièce en clignant des yeux. Il fut heureux de constater que les volets étaient fermés. Il n'y aurait aucun cône de lumière projeté sur la pelouse sud au cas où quelqu'un aurait l'idée de regarder par une fenêtre de chambre au premier étage.

Sur la cinquième étagère, derrière l'énorme bureau de lord Logan, il y avait, parfaitement alignés, les douze vieux volumes de *L'Histoire du comté de Norfolk* par Crabshawe. Ils étaient reliés en cuir beige clair et le titre était doré à l'or fin.

David suivit la rangée du doigt, comme un client parcourant les rayons d'une librairie, jusqu'au tome VI, qu'il retira et plaça sur le bureau. Il glissa la main sur l'étagère, dans l'espace resté libre entre les volumes, et chercha le levier. Il tira très fort et fut surpris du bruit sec que fit le ressort libérant le verrou. De jour, le mécanisme ne semblait pas émettre autre chose qu'un cliquetis.

Un pan entier d'étagères pivota et s'ouvrit. David s'engagea dans le passage secret et pénétra dans la pièce de l'autre côté.

Il ne réussit pas à trouver l'interrupteur, aussi dut-il travailler à la lumière projetée par la lampe du bureau.

Il y voyait assez, cependant, et ses sens l'aidaient à se repérer : les têtes de renard et de cerf au-dessus de sa tête, le léger arôme de la poudre de fusil, le battement sourd d'une autre grande horloge.

Il se dirigea vers un petit bureau contre le mur, entre deux armoires à fusils. Un gros livre épais y était posé, relié de cuir, provenant de chez Smythson de Bond Street : *Le Livre du gibier*, disait le titre. Simon l'avait offert à papa, il y avait deux Noëls de cela. David se rappela qu'il avait demandé à le voir, tout excité. Il s'attendait à une encyclopédie pleine d'images. Il avait été déçu de voir qu'il ne s'agissait que d'une sorte de registre aux pages blanches, avec des colonnes intitulées « Date », « Race », « Fusils », « Nombre de bêtes abattues », etc.

Derrière le livre se trouvait un petit tiroir. David l'ouvrit et fouilla son contenu du doigt jusqu'à ce qu'il trouve, parmi un bric-à-brac d'élastiques, de mouches pour la pêche, de bouts de silex, une petite clé qu'il serra dans son poing avec soulagement et détermination. Maintenant, il était temps d'aller à la cuisine.

Il prit grand soin d'éviter le sapin de Noël en retraversant le vaste hall. Maintenant qu'il l'avait repéré, il voyait très nettement l'arbre, bien sûr, qui montait la garde au pied de l'escalier comme un énorme ours poilu.

David frissonna en sentant le souffle d'air chaud venu à sa rencontre quand il ouvrit la porte matelassée qui conduisait aux cuisines en sous-sol. Il descendit l'escalier.

La lumière de la lune entrait par les hautes fenêtres cintrées et éclairait les paniers d'osier préparés en prévision du grand pique-nique du petit déjeuner. David contourna la table centrale et s'assit sur une chaise près du fourneau pour remettre ses baskets. Son coude toucha un morceau de papier sulfurisé posé sur la table. David en souleva un des coins et sentit une odeur de jambon fumé. Immédiatement, sa gorge se contracta et il fut pris de spasmes. Il détourna la tête et respira à fond, mais il dut enfouir son visage dans son bras replié afin de calmer ses haut-le-cœur. Après quelques instants, il se releva en essuyant les larmes de ses yeux.

Au fond de la cuisine, une porte conduisait à la réserve et au garde-manger. David entra et alluma.

Les moteurs de la chambre froide ronflaient et du bout du couloir un chat noir s'avança vers David, étirant ses pattes tout en marchant.

— Chut ! dit David.

Le chat s'entortilla autour de ses jambes et se mit à ronronner.

— Eh bien, viens donc ! fit David, et le chat l'accompagna jusqu'à la porte de la réserve.

Sur la deuxième étagère s'alignaient en ordre parfait sucre, farine, boîtes de bicarbonate, paquets de levure chimique, sachets de gélatine, épices, décorations pour gâteaux et fruits confits, le tout conditionné en emballages géants. Il y avait aussi des serviettes en papier pour fêtes d'enfants, des petites meringues, des sacs de confettis, des bols à dessert en carton et de grandes boîtes pleines de biscuits Playbox.

David sortit la taie d'oreiller de son pull et commença à la remplir. Il laissa tomber par terre un morceau d'angélique pour le chat qui le renifla, secoua une patte et s'éloigna, indigné.

Lorsque la taie fut remplie de ce qu'il voulait, David quitta la réserve, éteignit la lumière du couloir et regagna la cuisine.

La taie d'oreiller portée en baluchon sur son dos, à la manière du Père Noël, il sortit par la porte arrière.

Il marchait dans la nuit, heureux, plein de force et d'énergie, sa bouche et ses narines exhalant de petits nuages de vapeur.

La remise vers laquelle il se dirigeait faisait autrefois partie de la buanderie, entre le bloc des écuries et le cottage du garde-chasse. Simon l'avait surnommée la maison des R et C, initiales de rabatteurs et chargeurs.

La lune, très haute dans le ciel constellé d'étoiles, éclairait la porte et faisait briller d'un éclat argenté le gros cadenas en fer. David sortit la clé de sa poche et ouvrit la serrure. Au loin, dans les taillis et les fourrés, les faisans s'agitaient dans leur nid. Des lapins fuyaient les renards glapissants, des chouettes fondaient en piqué silencieux sur les musaraignes affolées ; le chat qui avait suivi David jouait avec une souris mourante entre ses pattes.

Assis sur une grosse caisse marquée « Eley », David mit en route l'engin. Il abaissa le levier de laiton et commença l'opération tout en fredonnant un petit air.

Deux

II

Simon sauta de la Range Rover suivi de Soda, sa chienne épagneule, et chercha à repérer son frère dans la troupe des rabatteurs. Il aperçut enfin David, à l'écart des autres, caressant la tête d'un labrador. Au coup de sifflet d'Henry, l'aide du garde-chasse, le chien se retourna et fonça vers le groupe des ramasseurs qui s'apprêtaient à partir. David, privé de son compagnon, leva les yeux en direction de Simon. Celui-ci fit alors mine de scruter le ciel et de flairer le vent.

En face de lui s'allongeait l'allée, une longue avenue de hêtres, de chênes et d'ormes. Simon ferma son fusil, l'épaula et visa la cime des arbres.

— Pan! murmura-t-il. Pan!

Une main de géant s'abattit sur son épaule:

— *Si tu veux bien chasser, écoute tes aînés. Ton fusil en aucun cas...*

Simon enchaîna:

— *... vers quiconque ne pointera. En traversant haie ou bosquet, Sois prudent et prends ton temps. De ton fusil, cartouche retireras, Et, ainsi, ton prochain protégeras.*

Lord Logan approuva d'un hochement de tête.

— Excuse-moi, père, fit Simon en cassant son fusil. Je voulais juste… tu sais.

Son père eut un petit sourire indulgent. Il jeta un coup d'œil par-dessus son épaule avec une mine de conspirateur puis sortit une flasque d'argent de la poche de sa veste.

— Du Chivas Regal, murmura-t-il. Une gorgée seulement, et pas un mot à ta mère !

Le whisky piqua la gorge de Simon. Ses yeux s'emplirent de larmes.

— Waouh ! Merci, père !

Lord Logan revissa le bouchon et regarda le chien de Simon.

— Whisky Soda ! fit-il avec un clin d'œil.

Simon éclata de rire. Aujourd'hui, il était le seul à chasser accompagné de son propre chien. Les autres devraient compter sur les ramasseurs pour leur rapporter le gibier abattu. Soda était la chienne de Simon et se chargerait de lui rapporter ses propres pièces.

Henry cria :

— On tire le poste huit. On en place deux.

Lord Logan jeta un regard vers l'allée où le tirage au sort avait commencé.

— Tu as tiré ton poste ? demanda-t-il à Simon.

Simon fit non de la tête.

— Très bien, dit son père. Laisse les vieux fusils entre eux ! Nous te mettrons en deuxième ligne, derrière Conrad.

Le visage de Simon s'assombrit.

— Mais je veux être à l'avant !

— Conrad tire très mal. Tu t'en sortiras bien.

La bouche de lord Logan se plissa en une expression dédaigneuse qu'il réservait aux geignards et aux pleurnicheurs.

Simon rougit.

— Merci, père.

— Parfait. Alors, que la bataille commence !

55

Simon resta quelques pas en arrière pour voir l'effet produit par son père quand celui-ci rejoignit le groupe des autres chasseurs. Sur son passage, hommes et femmes s'écartaient, en l'observant à la dérobée. Tout le monde souriait. Certains, Simon le savait, souriaient de la tenue ridiculement impeccable de son père – fusils Purdey étincelants, cuir neuf reluisant, chapeau fait sur mesure chez Lock, chaufferettes, cartouchière, veste de tweed sortant de chez le meilleur tailleur et jambières ajustées amincissant sa silhouette de colosse, avec des leggings de cuir sombre. Son père en était conscient et cela lui était égal. Il aimait avoir le meilleur en toutes choses et se plaisait à le répéter. Les amis et la famille de sa mère portaient de vieilles hardes de tweed, des bottes crottées, et en tiraient vanité. Père les laissait sourire. Il savait qu'on souriait aussi pour d'autres raisons.

David et les autres rabatteurs étaient partis dans le bois derrière l'allée. Les tireurs et les chargeurs, rien que des hommes, commencèrent à se mettre en ordre, par groupes de deux à chaque piquet. Simon s'approcha d'un des chargeurs.

— File-moi quelques boîtes, dit-il.

Les adultes avaient chacun leur chargeur attitré et utilisaient deux fusils pour pouvoir tirer avec l'un tandis qu'on leur rechargeait le second. Simon avait bien deux fusils de calibre douze mais l'un était un fusil à canons superposés, un cadeau de tante Rebecca qui, étant femme, n'était pas du tout dans la course. Les canons superposés étaient tout juste bons pour les métèques, les gangsters et les chasseurs du dimanche. Les canons d'un vrai fusil devaient se trouver, comme chacun sait, l'un à côté de l'autre. Pour comble de disgrâce, le fusil de tante Rebecca était un fusil à faux corps et non à platine, ce qui était du dernier ringard. Par conséquent, bien que l'arme fût très belle et convînt à la rigueur pour aller tirer quelques cartouches en solitaire, Simon ne l'avait pas prise. Il espérait seulement que tante Rebecca, qui traînait derrière la chasse avec l'oncle Ted et un groupe de femmes et de badauds du village, ne s'en apercevrait pas. Simon possédait bien un autre fusil, un quatre cent dix, avec lequel il avait grandi en s'exerçant à canarder les corbeaux et les lapins, mais, après mûre réflexion il avait décidé de ne prendre que son calibre douze, un vieux fusil très fiable, et de s'occuper lui-même de le recharger.

Il fourra les boîtes de cartouches dans sa veste Barbour. Soda gambadait autour de lui et se livrait ouvertement à toutes ces manifestations d'excitation et d'enthousiasme que Simon essayait de dissimuler tant bien que mal.

Il repéra son cousin Conrad, un garçon de dix-sept ans, affecté au numéro trois. Il alla se placer derrière lui.

— Ah, merde ! dit Conrad. Te fous pas derrière moi. Je ne tiens pas à être tué.

Simon rougit.

— Je suis très bon tireur, marmonna-t-il.

— Et en plus, t'as un chien ! Eh ben, t'avise pas de le laisser rôder dans mes jambes.

— Ma chienne ne rôde pas ! s'écria Simon, indigné.

— Elle a pas intérêt !

— Chut !

Lord Draycott, un vieil homme un peu plus loin sur la ligne, jeta un regard noir à Conrad sous la visière de sa grande casquette de toile.

Conrad ricana, méprisant, et lança :

— Il s'agit de faisans, sacré bon Dieu ! Des bestioles pratiquement sourdes !

— Ceux-là sont sauvages, Conrad, chuchota l'homme à côté de Conrad, que Simon reconnut : Max Clifford, un ami de son père. Du gibier de chasse. Facile à effaroucher. On ne les a pas élevés à la main comme dans le Hampshire.

Curieusement, le mot Hampshire, prononcé doucement par Max, sonna comme une insulte. Conrad

57

rougit et détourna la tête. Simon prit position, Soda assise à ses pieds, haletant doucement, la langue tirée. Le silence se fit.

Simon continua de murmurer doucement, pour lui-même, les « Conseils d'un père ».

Garde ton poste et sois silencieux, Le gibier a des oreilles et il a des yeux. Ne sois pas trop ambitieux, Montre-toi généreux. Partager le gibier, C'est mieux chasser.

Un coq faisan sortit du bois et déambula nonchalamment dans l'allée, en caquetant bruyamment. Un rire fusa.

Simon prit deux cartouches à tâtons dans sa poche.

Si la bête est entre toi et ton voisin, Laisse-la et passe ton chemin. Cette maxime respecteras et bien des vies tu sauveras.

Le faisan continua sa parade le long de l'allée, avec un mouvement arrogant du cou, d'avant en arrière. Simon enfonça deux cartouches dans les canons et ferma le fusil.

Traqueurs et rabatteurs sont souvent invisibles, Ne te méprends pas sur la cible. Calme et posé toujours seras, Silhouette qui bouge jamais ne tireras.

Le pas guilleret du faisan se ralentit. Il inspecta les alentours avec méfiance. Il venait seulement d'apercevoir, devant lui, la rangée de visages roses, les tweeds vert et roux et le métal étincelant des fusils. Il arrêta sa progression cérémonieuse et pointa le cou en avant en roulant des yeux incrédules. Simon lui trouva une forte ressemblance avec le barman qui louche, des films de Laurel et Hardy.

Simon prit une profonde inspiration et avala sa salive.

Tu peux tuer ou bien rater, Mais rappelle-toi cette pensée. Tout le gibier de la terre Ne remplace jamais homme qu'on enterre.

Le faisan jeta un regard vers le petit bois dont il était sorti. Simon comprit que l'oiseau avait fini par tirer certaines conclusions. Avec un cri de colère outragé, comme s'il tentait d'envoyer un signal d'alarme désespéré à ses congénères blottis dans les taillis, le faisan prit son envol.

Simultanément, lord Logan porta à ses lèvres une trompe d'argent et souffla. Du plus profond des bois, un vacarme assourdissant s'éleva tandis que les rabatteurs commençaient à piétiner le terrain et à frapper les broussailles.

Simon se passa la langue sur les lèvres, cala ses pieds en position de deux heures, avec tout le poids sur sa jambe gauche. Les autres chasseurs se levèrent de leur canne-siège. Soda se tint prête à bondir.

D'un seul coup l'horizon s'emplit d'escadrilles de faisans jaillissant des fourrés. Le fracas des fusils retentit, telle une gigantesque quinte de toux, tandis que de petits nuages de fumée explosaient dans les airs.

C'était un instant que Simon avait maintes fois répété mentalement. Il fallait que les oiseaux soient assez hauts pour être dégagés des arbres, ce qui expliquait le choix de la position des chasseurs. Mais ils se levèrent très vite : trois cents ou quatre cents d'un seul coup. À peine le temps de viser, ils étaient déjà au-dessus de sa tête. Simon suivit un faisan depuis la lisière des arbres et tira sa première cartouche juste avant que son fusil soit à la verticale. Il inclina son arme de cinquante degrés et suivit un autre oiseau dont il visa le bec. Il tira sa deuxième cartouche.

Il venait de casser son fusil et s'apprêtait à recharger lorsqu'il entendit un cri venant des bois.

— Du calme, les gars ! On ne tire plus !

Les derniers faisans passèrent dans un bruissement d'ailes tandis que l'écho des dernières salves résonnait contre les fenêtres et les murs de la maison à un kilomètre derrière eux. La première salve n'avait pas duré plus de quarante secondes et Simon n'avait pu tirer que ses deux cartouches. Conrad avait tiré quatorze coups. Un aboiement plaintif sortit du bois.

— Vas-y, Soda ! cria Simon. Vas-y, ma fille !

Soda bondit en avant et s'enfonça dans les bois. Simon se dit qu'il avait dû abattre une bête avec son deuxième coup. En tout cas, Soda l'avait vue.

Quelqu'un cria :

— Regardez ! Regardez !

Maintenant que la fumée se dispersait, Simon vit que l'air était empli de ce qui ressemblait à une pluie de pétales. Les ramasseurs restaient figés de stupéfaction. Leurs chiens tournaient en cercle autour d'eux, glapissant au milieu de ce blizzard multicolore.

Simon entendit s'élever la voix de tante Rebecca.

— C'est... Seigneur Dieu... Ce sont des *confettis* !

— Bravo ! Tout à fait charmant ! applaudit oncle Ted.

— Merde alors ! fit Conrad.

Soda sortit en trottinant des broussailles, un faisan dans la gueule. Elle vint le déposer aux pieds de son maître.

Simon baissa les yeux, dégoûté.

— Un faisan qui a piété, dit-il.

L'oiseau vivait encore, ouvrant et refermant son bec, ses pattes ridées et crochues s'agitant frénétiquement. Simon le ramassa et lui tordit le cou jusqu'à ce qu'il l'entendît craquer.

Les autres se rassemblèrent autour de lui.

— Qu'est-ce que c'est que ce bordel ?

— Merde alors, c'est la seule pièce abattue !

Simon, gêné, leva les yeux sur l'attroupement.

— Qu'est-ce que vous voulez dire ?

— Ça veut dire, fit Conrad, que personne d'autre n'a tué une seule de ces foutues bestioles. Voilà ce que ça veut dire !

Simon n'y comprenait rien. La première salve, dans un coin aussi giboyeux que celui-ci, aurait dû abattre au moins une centaine d'oiseaux.

Lord Logan prit le faisan des mains de Simon. Henry, l'assistant du garde-chasse, accourut vers eux, avec sur le visage une expression où la fureur le disputait à l'ahurissement.

Lord Logan examina le volatile. Il y avait de petites balles d'argent prises dans sa gorge.

— Des plombs en argent ? s'exclama quelqu'un. Michael, tu pousses un peu !

Simon vit le regard de son père étinceler sous ses sourcils en broussaille.

— Ce n'est pas une balle, dit-il en roulant la bille entre ses doigts. Et ce n'est pas de l'argent.

Il mit la bille dans sa bouche et la fit craquer sous ses dents.

— C'est du sucre, fit-il d'un ton lugubre. Du sucre, tout simplement.

Simon sortit une nouvelle cartouche de sa poche et commença à la dépiauter. Dans la main que lui tendait son père, il versa une myriade de petites billes multicolores, du sucre mêlé à des grains de riz et à une poignée de confettis.

— Bon Dieu ! cria Conrad. Les écolos ! C'est ces enfoirés d'écolos !

— Les écolos ? répliqua Simon. Ils n'oseraient pas...

— Les écolos ! Un coup de ces enfoirés d'écolos !

Une rumeur s'éleva, s'amplifia en vacarme, mêlée aux gloussements des faisans qui regagnaient leurs nids. Le tumulte couvrit les hurlements hystériques d'un des rabatteurs, riant aux larmes, loin derrière les autres dans les bois, qui se roulait par terre en se tortillant de joie, et qui, fidèle à sa tâche, battait, battait et rebattait le sol de ses petits poings.

Trois

I

Cher oncle Ted,

Je vous écris ce petit mot pour vous remercier de tout mon cœur de votre cadeau. J'ai bien regretté que vous n'ayez pas pu assister à l'office mais je sais que vous devez être incroyablement occupé.

M. Bridges, mon professeur d'anglais, m'a dit que vous m'aviez envoyé une première édition, un livre qui a donc énormément de valeur. Je suis très touché de votre générosité. Je n'avais jamais lu les *Quatre Quatuors* auparavant, mais nous avons étudié *La Terre vaine*[1] pour le brevet et ça m'a beaucoup plu. Je me réjouis donc d'avoir l'occasion de lire et d'apprécier ces nouveaux poèmes. Je me demande s'ils ont un rapport avec les quatuors de Beethoven. En ce moment, mon poète favori est Wordsworth.

La cérémonie de la confirmation a été magnifique. L'évêque de St. Albans nous a fait un petit discours juste avant le service pour nous rappeler la solennité de l'occasion. Au moment où il a imposé ses mains sur mon front, je n'ai pu m'empêcher de pleurer. J'espère que vous ne trouvez pas cela mal de ma part. Je

---

1. Œuvres de T. S. Eliot. *(N.d.T.)*

pense que c'est surtout l'idée de la continuité apostolique qui m'a ému. Le Christ a posé sa main sur la tête de Pierre, Pierre est devenu le premier évêque de Rome et il a posé sa main sur tous ceux qui sont devenus évêques par la suite. Même si nous avons rompu avec Rome au XVIe siècle, les évêques de l'Église d'Angleterre remontent donc, par l'imposition des mains, jusqu'à Jésus-Christ.

Lorsque j'ai croqué l'hostie, j'ai été surpris de découvrir que ce n'était pas mauvais du tout. Tout le monde m'avait raconté que c'était infect – comme du carton. En fait, le goût m'a rappelé celui du papier de riz qu'on trouve sous les macarons. Le vin était très sucré mais c'est comme ça que je l'aime de toute façon.

Vous avez dit que vous espériez que la confirmation serait un moment mémorable, que ce service serait l'occasion de confirmer, littéralement, ma foi aux yeux du monde et de confirmer aussi quelque chose sur le plan personnel. Eh bien, je crois que c'est vrai. Tout le monde s'accorde à dire que le monde va de mal en pis chaque année. Il y a davantage de crimes, davantage de misère, de corruption, de détresse. Je pense que la Grâce, dont nous avons beaucoup parlé pendant la préparation à la confirmation, reste probablement la seule chose qui peut sauver le monde. C'est très utopiste, je le sais bien, mais je pense que c'est beaucoup plus logique que tout le reste. La Grâce permet de regarder en soi et non hors de soi. Si chacun faisait l'examen intérieur de son âme, de sa psyché, enfin de ce que vous choisirez de l'appeler, alors tous les péchés du monde disparaîtraient. Si seulement nous pouvions tous lever la main et dire : « Je suis responsable de ce problème », il n'y aurait plus de problèmes.

Ce trimestre, Simon a été nommé chef de classe et il fait partie de l'équipe de rugby à XV. Évidemment, nous sommes tous très fiers de lui. Il veut s'engager dans l'armée après le lycée mais papa veut qu'il essaie d'entrer à Oxford. Je ne sais pas trop ce que j'ai envie de faire, mais certainement pas l'armée. Ce que j'aimerais vraiment plus que tout, c'est être un poète comme vous.

Après tout, qu'est-ce qu'il y a d'autre de valable ?

Le monde nous envahit. Tard ou tôt,
Amassant ou dispersant, nous gaspillons notre pou-
[voir :
Bien peu de choses sont nôtres, dans la Nature.
Nous avons dilapidé nos cœurs…

Maintenant c'est la fin de l'heure d'étude et je viens juste de lire un très beau vers des *Quatre Quatuors* qui dit que les pierres d'un bâtiment ne reflètent pas la lumière mais en fait l'*absorbent*. Je pense que c'est quelque chose qui s'applique bien à l'amour de Dieu.

J'espère que vous absorberez mon affection ainsi que ma gratitude pour ce magnifique cadeau.

Je vous embrasse.

David

Je me suis raclé le ciboulot pour essayer de me rappeler si, à cet âge, j'avais été ce genre de petit cul-bénit, ce petit connard tête à claques. Je me rappelle avoir écouté du jazz en cachette, avoir grimpé sur des échelles pour surprendre la fille du proviseur en train de se déshabiller. Je me rappelle encore les bagarres, les concours de pets, les chahuts d'une éducation à l'anglaise standard, niveau chiotte et caniveau. Je me rappelle m'être révolté contre l'injustice, avoir connu des moments de passion, avoir gémi de solitude. Je me rappelle avoir parlé de poésie, évidemment, et souhaité de tout mon cœur que les poètes du futur puissent saisir l'humanité par les couilles et les tordre méchamment jusqu'à ce que l'espèce humaine tout entière demande grâce à grands cris. Mais toutes ces couillonnades sur la Grâce et le péché ? Toutes ces

âneries de sonnets à la mords-moi-le-Wordsworth ?
Alors là non ! Certainement pas ! Je t'en foutrai, moi,
des « L'évêque de St. Albans nous a fait un petit discours juste avant le service pour nous rappeler la
solennité de l'occasion ». Est-ce que ce petit branleur
pompeux se croit en train d'écrire une lettre à son
parrain ou un article pour le bulletin de l'école ? « Ce
que j'aimerais vraiment plus que tout, c'est être un
poète comme vous. » Est-ce qu'il veut dire qu'il voudrait devenir comme moi, un poète ? Ou bien est-il
assez lèche-cul (et crétin) pour souhaiter devenir un
poète de mon genre ? Le Christ et la Sainte Trinité me
tripotent, quel parfait trou du cul !

4 Butler's Yard
St James
Londres SW1

Cher David,
Quelle lettre remarquable ! Je suis ravi que mon
petit cadeau ait été si bien accueilli.
Moi aussi, j'ai été déçu de ne pas pouvoir être dans
l'assistance le jour de ta confirmation. Le souvenir de
la mienne m'est resté présent avec une clarté exceptionnelle. Chichester, qui n'est certes pas la plus belle
de nos cathédrales, trapue et laide comme un crapaud,
il faut le reconnaître, est pourtant restée sacrée dans
ma mémoire. La cérémonie s'est déroulée par une de
ces journées ensoleillées qui semblent ne devoir exis-
ter que dans le passé. Les rayons du soleil caressaient
l'autel, faisaient luire les calices, les patènes et les bou-
geoirs, la mitre de l'évêque et nos jeunes têtes néo-
phytes, nimbant l'ensemble d'un halo doré qui semblait
calculé pour toucher dans l'auditoire l'athée le plus
endurci et le pousser à s'agenouiller pour hurler sa foi
inconditionnelle…

Un tas de conneries, naturellement. La seule chose qui luisait, cet après-midi-là, c'était la goutte qui pendait au nez de l'évêque.

Quelle que soit l'opinion de chacun en la matière, il est indéniable que la puissance divine générée par une foule rassemblée dans une même ferveur spirituelle est aussi tangible que le marbre sur lequel ces gens s'agenouillent. Dire que c'est plus perceptible dans une cathédrale anglicane que dans un temple bouddhiste ou dans un salon rassemblant des disciples de la table tournante ne relève pas de ma compétence. Ce qui me fait vraiment plaisir cependant, c'est que tu sembles apprécier la lecture de ce bon vieux Tom Eliot, un homme que j'ai personnellement connu, en fait. C'est lui qui m'a publié chez Faber and Faber à mes débuts. Il a prononcé quelques phrases gentilles à mon égard, mais il est vrai que, vers la fin de sa vie, il a dit des tas de gentillesses sur une palanquée de nullités sans talent, des gens qui te sont inconnus et te le resteront. Il y avait un certain Botterill dont il était absolument coiffé. Est-ce que Botterill est encore lu de nos jours ? Probablement pas davantage que je ne le suis ! Et crois-moi, c'est une référence !

De toute façon, tout cela est hors sujet. Ce que je voulais te dire, c'est à quel point j'ai été impressionné par la force et le courage des sentiments que tu exprimes dans ta lettre. Je n'ai qu'une seule autre filleule, ta cousine Jane, mais comme tu le sais, je ne suis pas en odeur de sainteté dans cette branche de ta famille. C'est pourquoi je m'estime bien fortuné d'avoir un filleul aussi intelligent et intéressant avec lequel je me fais une joie de correspondre. J'imagine que tu vas bientôt être en vacances. Cela me ferait grand plaisir qu'on ait l'occasion de se retrouver pour voir si par hasard, à nous deux, on n'arriverait pas à faire avancer ce grand débat sur « l'Art et la Vie ». Je me demande s'il ne me serait pas possible d'aller passer un moment à Swafford Hall, cet été. Ensemble, on pourrait lire, réfléchir, discuter, siroter quelques liqueurs vivifiantes, ramasser des pâquerettes – ou plutôt, comme le préférait le poète, « ces vermeillettes roses fraîchement écloses »… Mon fils (tu te souviens sans doute de mon fils Roman ?) sera chez sa mère – si peu mère qu'elle soit – pendant une grande partie de l'été. Je serai donc seul et j'aurai grandement besoin d'un petit stimulus intellectuel et spirituel.

Lamentable ! Ted, vieille peau, tu en es vraiment arrivé là ? À mendier une invitation à la campagne chez ton filleul ? Avoue-le donc, sinistre crapule : le seul « stimulus intellectuel et spirituel » dont tu aies jamais vraiment eu besoin, c'est une tringlette vite fait, derrière un buisson, avec une soubrette. Mais, maintenant, j'avais besoin d'une invitation à Swafford si je voulais mériter mes chères, mes si chères pépètes. Il était toujours possible, de plus, que la compagnie d'un jeune romantique acnéique m'agace suffisamment pour m'inspirer quelques nouveaux vers croustillants.

Alors, mon petit pote, qu'en dis-tu ? Pourquoi ne pas le mentionner à tes parents pour savoir ce qu'ils en pensent ? Cela fait des années que je ne t'ai vu et, tout dissipé et indigne que je sois, les promesses faites sur les fonts baptismaux ont encore une valeur à mes yeux. Qui sait si ta jeunesse ne m'incitera pas à reprendre la plume ! Je trouve que le temps et l'âge ont rouillé mes forces et, comme ton poète préféré le fait remarquer, « cette vision splendide » a vraiment tendance à « se faner à la vulgaire lumière du jour ».

Où s'est-elle donc enfuie, la lueur visionnaire ?
Où sont-ils donc maintenant, et la gloire et le rêve ?

Beurk! J'ai dû bondir, marcher de long en large en chantonnant et en expédiant des coups de pied dans les plinthes pour arriver à faire glisser ce sirop-là.

Donc, je te quitte, en me réjouissant déjà à la perspective de cet été de découvertes et de distractions.
Avec l'affection de ton parrain,

Ted

Oh! Espèce de sale vieil hypocrite! Quel porc tu es! Quel immonde porc répugnant! Ignoble scélérat, monstre bavant, être vil et méprisable! Comment peux-tu encore marcher la tête haute? Comment peux-tu encore te regarder en face? Comment peux-tu trouver le sommeil? Horrible, horrible bonhomme!

Cher oncle Ted,
Votre lettre m'a donné envie de danser. Papa et maman vont vous contacter très prochainement. J'espère que vous pourrez rester au moins un mois entier!

... ni les langues vipérines
Ni les jugements hâtifs, ni le mépris des égoïstes,
Ni les saluts perfides dénués de chaleur, pas plus
Que la monotonie de la vie quotidienne
N'arriveront à nous vaincre ou ébranler
Cette foi que nous avons, ancrée en nous,
Que toute chose est riche de grâce divine.

Je compte les jours.
Affectueux baisers,

David

Trois

II

Swafford Hall
Swafford
Norfolk

Dimanche 19 juillet 1992

Chère Jane,

Voici, comme promis, ton premier rapport venu du cœur même de la citadelle de Troie. Ma lettre à ton cousin et cofilleul, si un pareil terme existe, a fait des merveilles. C'est tout juste si le petit David n'a pas cassé sa tirelire pour me payer mon billet de train tant il tenait à ma visite ! À moins de merder terriblement, je pense que je suis bien installé dans la place… tant que je me conduirai correctement.

Depuis mon dernier passage, on a transformé la gare de Liverpool Street en une sorte de compromis sinistre et grotesque entre un parc d'attractions de la période édouardienne et un studio de télévision. Absolument révoltant. Comme, contre toute attente, ton chèque a été honoré, je me suis offert un billet de première classe. Il n'y a plus qu'un seul wagon fumeurs dans tout le train, d'après ce que j'ai pu constater. Britrail essayant désespérément de singer les compagnies aériennes en toutes choses (ce qui me

69

paraît un projet aussi parfaitement dément que d'aller chez le coiffeur pour une coupe à la Lindsay Anderson), on vous inonde les compartiments d'un magazine minable sur papier glacé au titre pompeux du style *Cadres sur rail* ou *Top voyageur* ou une connerie de ce genre. Dieu soit loué, je ne serai bientôt plus de ce monde. Désolé ! La remarque est cruellement déplacée quand on pense à ta maladie. Mais enfin, tu vois ce que je veux dire.

Finalement, après une heure et demie de décor rural défilant derrière la vitre, le train s'est arrêté, avec une brutalité à vous emporter les joyeuses, à la gare de Diss, faisant s'écrouler la jolie pyramide de bouteilles miniatures de Johnnie Walker que j'avais échafaudée sur la tablette devant moi. J'ai aperçu un jeunot sur le quai, qui s'amusait à lancer et rattraper un trousseau de clés de voiture comme un gangster jouant avec un dollar d'argent. Un épagneul noir au poil luisant était assis à ses pieds, exposant sa langue à l'air comme le font habituellement ces créatures. La façon maladroite dont j'ai essayé de faire passer ma valise, placée dans le sens de la largeur, par la porte étroite du wagon a dû renseigner le gamin sur mon identité. Sinon, j'imagine mal comment il aurait pu se souvenir de moi depuis la dernière fois où j'ai envahi Swafford Hall de ma présence, il y a quatre ans.

— Bonjour, monsieur, dit-il en empoignant la valise qu'il libéra adroitement. Je suis Simon. Bienvenue dans le Norfolk !

— Salut, mon gars !

— Et voici Soda, mon épagneule.

— Absolument enchanté de te voir, Soda ! lançai-je en lui posant le doigt sur le museau en guise de salut.

Simon me conduisit vers la sortie.

— David voulait venir lui aussi, mais j'ai pensé que vous aimeriez voyager dans la décapotable.

Une Austin-Healey bicolore nous attendait au parking, bleu glacier sur fond ivoire. Une voiture de starlette des années cinquante, me suis-je dit. Le genre de voiture où l'on imagine assez bien Diana Dors se laissant prendre en photo, sa tête protégée d'un foulard rejetée en arrière, offrant un sourire éblouissant et faisant miroiter ses lunettes noires en forme d'ailes de papillon. Tu es probablement trop jeune pour avoir connu Diana Dors mais je t'offre ce genre de détail en prime. J'avais plutôt espéré voyager dans la Rolls-Royce de Michael, au minibar bien garni, mais visiblement le gamin était tout content d'exhiber cet engin. Je roucoulai donc en conséquence.

— J'ai laissé la capote et la vitre à la maison pour qu'on puisse mettre vos bagages dans le coffre. Enfin, tant qu'il ne pleuvra pas !

Je jetai un regard vers le ciel immense de l'East Anglia, un ciel vierge de nuages et aussi bleu que... ma veine poétique semble s'être tarie en métaphores. Je n'arrive pas à trouver à quoi comparer ce bleu. Un vrai bleu de chez Bleu. Bleu comme la petite culotte de la Sainte Vierge. Aussi bleu que ça.

Ayant laissé la ville de Diss derrière nous, le ronronnement du moteur de l'Austin et les routes sans signalisation créaient l'illusion plaisante d'une Angleterre paisible et poussiéreuse à la Dornford Yates. On s'attendait presque à voir les chevaux se cabrer de terreur au spectacle inhabituel d'une automobile passant sur la route et les villageois bouche bée s'envoyer des coups de coude incrédules sur notre passage. Mais nous n'avons pas vu âme qui vive. Une chape de calme semblait s'être abattue sur tout le paysage et nous fendîmes la campagne comme un Zodiac sur les eaux d'un lac. Au fait, tu n'as peut-être jamais entendu parler de Dornford Yates non plus, mais enfin, bon...

Avec la vitesse, le vent jouait dans mes cheveux qui venaient me fouetter les yeux tandis que je contemplais le paysage à gauche et à droite. Simon, aux cheveux coupés ridiculement court, se concentrait sur le volant, semblant tout près d'atteindre l'orgasme à chaque tour de roues. Je lui donnais environ dix-sept ans, avec un permis flambant neuf dans sa poche. Tout à fait le genre de garçon à passer son permis le matin même de son anniversaire et à faire trente bornes en voiture sous prétexte d'aller acheter une boîte d'allumettes. Soda s'était installée dans l'espace derrière nous, le bout de la langue ramené au niveau des oreilles par le déplacement d'air.

Je remarquai un scintillement argenté, dans la brume lointaine, au bout de champs dont la récolte venait tout juste de virer du vert au mordoré.

— Qu'est-ce que c'est que ça ? tonitruai-je.

Simon pencha la tête vers moi.

Je pointai du doigt et hurlai :

— Là-bas ! Ce truc brillant, comme une église.

— Oh, ça ! Un silo.

— Quoi ?

— Pour le blé. Moins cher que de refaire le toit d'une vieille grange. Meilleur stockage.

— Laid à chier.

Je remarquai aussi que le paysage, sans vouloir tomber dans des blagues sur le Norfolk à la Noël Coward, semblait d'une platitude *plus plate* que dans mes souvenirs. Ce n'était pas possible mais il n'y avait pas de doute : la campagne était plus vaste et plus dégagée. C'était à cause des haies, naturellement, ou plutôt à cause de leur absence. Il y a une vingtaine d'années, on s'est mis à arracher toutes les haies mais, dans ma mémoire de vieil homme, elles étaient toujours là. Dans le même ordre d'idées, si les autorités de Westminster décidaient un beau jour de remettre Piccadilly à double sens, je ne le remarquerais même pas car, pour moi, Piccadilly est toujours resté à double sens. Pourtant, cela doit faire des décennies qu'ils ont tout chamboulé. Et maintenant, avec ses grands champs dénudés, ses pastilles géantes entourées de sacs poubelles qui ont remplacé les bottes de paille, ses nouveaux horribles silos métalliques, l'East Anglia a pris carrément des allures de plaine américaine – tu sais, ces grandes terres à blé de l'Iowa où l'on voit des rangées de moissonneuses-batteuses cyclopéennes débouler de l'horizon côte à côte, comme des divisions de Panzer. Je suis un rat des villes, bien sûr, un bon citadin qui a besoin de sentir sous ses pieds la pierre des pavés et de respirer un air qu'on peut mâcher, mais l'Angleterre rurale, malgré tout, occupe une grande place dans mon cœur et je n'aime pas du tout que des hooligans s'amusent à la foutre en l'air.

Simon parut amusé.

— Faut penser au rendement, cria-t-il avant de me lancer le slogan agressif et universel des propriétaires-exploiteurs : Il faut bien manger, non ?

Mais j'observai que les haies étaient toujours aussi denses et touffues aux abords de Swafford Hall. Il n'y a rien de plus revigorant, pour un snob invétéré comme ton serviteur, qu'entr'apercevoir de sa voiture la frondaison des arbres cachant et révélant par flashes successifs les cheminées, fenêtres et colonnades d'une grande demeure, telle une strip-teaseuse jouant de ses voiles. Nous avalâmes la dernière centaine de mètres de l'allée de tilleuls, et là, dans toute sa splendeur vulgaire, le manoir s'offrit, comme dirait L.P. Hartley, à nos yeux. Je remarquai aussi, avec une pointe de culpabilité, qu'un jeune garçon se tenait assis sur les marches de l'escalier baroque qui descend du perron de l'entrée tel un gros fleuve de lave solidifiée. Il se leva et suivit notre arrivée en abritant ses yeux de sa main en visière.

J'avais pris soin de refouler toute pensée sur la manière dont j'espérais pouvoir me débarrasser de ce maudit gosse. Il avait parfaitement rempli ses fonctions en me procurant une invitation à Swafford Hall mais la dernière chose que je souhaitais, une fois arrivé ici, c'était de traîner, accroché à mes basques, un adolescent sentencieux m'infligeant sa litanie de fadaises, ou, pis encore, d'en arriver à m'entendre débiter moi-même mes propres aphorismes de Prisunic. La solution, peut-être, serait de lui assigner une tâche quelconque, de lui concocter un programme d'enfer comme «rédiger une épopée en *terza rima* ». Je me voyais déjà lui dire : « Si tu veux devenir un poète, il faut apprendre à maîtriser toutes les formes de styles… »

Simon fit jaillir un nuage de graviers et de poussière en effectuant un virage au frein à main aussi stupide qu'inutile devant la maison. David descendit les marches, clignant des yeux dans la poussière.

— Bonjour, oncle Edward, dit-il avec un sourire et en rougissant.

Je dois reconnaître que c'est vraiment un garçon agréable à regarder. Mais je n'ai jamais été attiré par les gens de mon propre sexe et son charme de jeune poulain n'a pas fait monter ma tension artérielle d'un iota. À la vérité, je trouve même ce genre de beauté un peu ridicule chez un homme. Cependant, je pourrais citer nombre d'écrivains et d'artistes de ma connaissance qui, à sa vue, n'auraient pas manqué de soupirer et de défaillir avant de saisir d'urgence le premier verre de vodka passant à portée de leur main. Simon est beau garçon mais dépourvu de couleurs, comme un vieux portrait sépia. Il se sort assez honorablement de sa période «acné juvénile » et s'engage dans la voie d'une masculinité conventionnellement anglaise – ou plutôt à moitié anglaise, dans son cas. David, en revanche, jouit d'une carnation extraordinaire. Je ne me rappelle pas avoir vu, de ma vie, un épiderme aussi parfaitement parfait. C'est même quelque chose d'un peu bizarre, d'après moi. Mais j'imagine que tu le connais mieux que moi, non ? En tout cas, ses yeux baissés et ses joues empourprées dénotent une pudeur virginale assez rare chez les jeunes gens d'aujourd'hui. Il y a de fortes chances pour qu'il se révèle le parfait roi des saints nitouches superchiants que ses lettres laissaient présager.

— Davey, petite canaille, je te salue bien ! dis-je en m'extrayant de la voiture.

Ce que tout le monde appelle universellement de nos jours, dans un accès de snobisme au second degré, «un authentique domestique en chair et en os » se tenait sur le perron.

— Ah… Podmore, c'est bien ça ?

J'agitai ma main dans sa direction après un moment d'hésitation calculée, histoire de lui faire croire que je fouillais dans ma mémoire, triant et rejetant les noms de dizaines de majordomes avec lesquels j'entretenais des rapports familiers. C'est une chose innée chez toi, ma chérie, mais nous autres, bohèmes que nous sommes, c'est fou ce qu'on doit ramer pour arriver à donner cette impression de désinvolture.

— Bonjour, monsieur Wallace. Heureux de vous revoir, monsieur.

À mon avis, je ne l'avais pas abusé une seconde.

David avait pris ma valise dans le coffre de l'Austin, affichant un air de propriétaire destiné à proclamer au monde entier que j'étais, en tout cas à ses yeux, son invité personnel. Simon nous adressa un salut par-dessus son épaule et lança le cabriolet vers une nouvelle mission, avec un bruyant dérapage des roues arrière.

Eh bien, voilà ! J'y étais donc. La longueur de mon séjour allait dépendre, j'imagine, de l'accueil que Michael voudrait bien me réserver. Ton idée de lui dire que je souhaite écrire sa biographie est excellente en principe mais…

En vérité, et je ne t'en ai pas parlé plus tôt, Jane, je sais pertinemment qu'au moins deux scribouillards d'assez grand renom ont déjà tenté de faire la biographie de Michael Logan. Sans succès. Swafford Hall est connu dans les cercles journalistiques comme le Hall des procès perdus.

Je ne suis pas en train de te convaincre que ça ne marchera pas – après tout, Michael me fait confiance, un peu comme on faisait confiance à Guy Burgess[1], en se disant que quelqu'un d'aussi ouvertement indiscret et déloyal ne pouvait qu'être un parangon de sincérité et d'honnêteté – mais je pense qu'il est bon de te prévenir que nous serons peut-être amenés à choisir une autre tactique. *Nous verrons ce que nous verrons*[2].

David avait atteint le sommet des marches, sa frêle silhouette pliant sous le poids de ma valise.

— Ça ira, monsieur Podmore, lança-t-il. Je montrerai sa chambre à l'oncle Edward.

Ce *monsieur* Podmore me parut d'un petit-bourgeois inquiétant !

— Est-ce qu'il ne vaudrait pas mieux que j'aille d'abord serrer la pince à tes pater-mater ? demandai-je tout en voyant s'éloigner avec angoisse la perspective d'un long thé pris sur la terrasse, un five o'clock qui aurait pu traîner aimablement jusqu'à l'heure de l'apéritif dans la véranda.

— Maman est partie faire du shopping à Norwich, cet après-midi, fut la réponse enjouée. Et papa est à Londres… Par ici.

Je m'abstins de demander à quelle heure Michael devait rentrer. Le secret du « Parfait Invité », c'est de ne jamais poser trop de questions sur la composition de la maisonnée. Les hôtes, même les plus haut de gamme, sont de nature anxieuse et interprètent toute curiosité comme une marque d'insatisfaction.

— Parfait ! dis-je en gravissant pesamment les marches.

Au moins, en me réservant la suite Landseer, David m'avait obtenu le surclassement en première classe. Est-ce que tu as déjà eu l'occasion de l'occuper ? La pièce est immense, la literie confortable, les Chippendale et les Hepplewhite abondants, la vue généreuse.

---

1. Espion célèbre, avec Maclean, à la solde de Moscou dans les années 1960. *(N.d.T.)*
2. En français dans le texte.

Détail particulièrement intéressant en ce qui me concerne – car je suis un grand amateur de baignoire –, la chambre possède une salle de bains adjacente qui atteint des sommets babyloniens dans la débauche d'huiles et onguents coûtant la peau des fesses, avec en prime une douche et une baignoire équipées d'une commande qui permet d'ouvrir et de fermer les robinets du fond de son lit. Seul Michael Logan peut être assez fêlé pour entretenir une armée de servantes qui n'ont rien de mieux à faire que de remplir votre baignoire et puis de dépenser une fortune en gadgets qui font le boulot à leur place. Les rideaux, au moins, fonctionnent manuellement et c'est tant mieux. Car, dans la vie, je connais peu de plaisirs plus exquis qu'être réveillé par le bruit d'une soubrette ouvrant les rideaux pour laisser entrer le soleil matinal.

Mais tout se paie et, dans le cas de la suite Landseer, l'addition se présente sous la forme d'une croûte immonde accrochée au-dessus de la cheminée. Ce gaspillage disgracieux d'environ un arpent de bonne toile représente un épagneul d'une variété quelconque, fièrement campé aux aguets sur les hauts remparts d'un château surplombant un vaste *strath* ou *glen* de la Spey, enfin, le nom qu'ils donnent aux vallées en Écosse de nos jours. Le titre du tableau est – préparez les dégueuloirs – *Noble Seigneur, il monte la garde*. Il y a d'autres chambres, je le sais, qui proposent des œuvres d'art plus acceptables, notamment un très passable *La Sibylle de Cumes jetant un sort mortel*, ou même un *Zeus ravissant Europe avec dryade et nymphe observant la scène dans une pose antique* plutôt croustillant, mais aucune de ces chambres n'offre le style et le confort de cette suite. Je suis donc prêt à tolérer l'épagneul en échange des bains parfumés et de la beauté du panorama.   Une des choses que je dois demander un jour à Michael, c'est s'il achète ses œuvres d'art au mètre carré ou s'il utilise ses yeux. Mais enfin, on m'aura épargné le supplice de la suite Hobhouse dont l'horrible croûte, *L'agneau perdu est retrouvé*, a la réputation de provoquer des cauchemars et des crises d'hystérie chez quiconque ne possède pas une âme d'acier trempé. Est-ce que tu connais Oliver Mills? Un vieux pote à ton père et à moi. Le plus teigneux parmi les pédales les plus teigneuses, un défroqué devenu producteur de films pour le cinéma et la télévision – je suis sûr que tu dois connaître Oliver. Bref, on l'a retrouvé, une fois, en train d'arpenter le couloir devant la suite Hobhouse, enveloppé dans un édredon et gémissant: «Qu'on me donne une mansarde, une soupente, un chenil, une chambre au Novotel, n'importe quoi!» Naturellement, qui a dû changer de chambre avec lui? Ma pomme.

Mais ce preux épagneul surveillant son domaine – ou devrais-je écrire demeine? –, je suis certain d'arriver à le supporter d'autant mieux que cet autre épagneul, le preux David, avait pris grand soin d'anticiper mes moindres désirs.

— Aaah! m'écriai-je en apercevant le chariot de boissons. Tout est bien en place.

David suivit mon regard vers la haute forêt verte, brillante, au milieu de sa mer de cristal étincelant.

— Le whisky est votre boisson favorite, n'est-ce pas, oncle Edward?

— Avant d'aller plus loin, très cher enfant, ne pourrions-nous pas nous dispenser de «oncle»? Ted suffira. Ted, tout simplement.

— D'accord, fit David. Ted, comme Heath.

— Un garçon de ton âge connaît Ted Heath?

David me regarda, interloqué.

— Il a tout de même été Premier ministre, non?

— Oh, ce Ted Heath là! Je croyais que tu parlais du musicien de jazz.

— Musicien?

Seigneur Dieu, comme je hais les enfants ! Et ma mémoire défaillante.

— Eh bien, Davey... Je crois que je vais... euh... prendre un bain et probablement m'accorder... une petite sieste.

— Oh... D'accord, fit-il en s'efforçant de cacher sa déception. Parfait. Vous connaissez la maison ?

— Et comment !

Il se dirigea vers la porte à reculons.

— Je serai... enfin, quand vous descendrez... il y a la pelouse sud qui va...

Il fit un grand geste en direction du mur derrière le lit.

— ... qui va par là. Je traînerai dans le secteur au cas où vous souhaiteriez... vous savez... bavarder.

Je me sentis un peu salaud.

— Davey, lui dis-je en le regardant bien en face, c'est tout simplement merveilleux d'être ici. On va passer des moments formidables ensemble. Merci de m'avoir invité.

Son visage s'éclaira.

— Merci d'être venu. Il y a tant...

Il s'arrêta, secoua la tête et quitta la pièce en refermant la porte derrière lui.

La peau toute douce et ointe d'huile de patchouli, le sang revigoré par quelques rasades de bon malt, je me retrouvai, une heure plus tard, assis devant une rame de papier à lettres à en-tête de Swafford Hall, avec, en toile de fond, les pelouses et les arbres du parc. J'avais décidé de remettre à plus tard la corvée de t'écrire et de profiter de l'instant pour titiller les nichons de la Muse, histoire de voir si elle était d'humeur à s'exprimer. Il semblait peu vraisemblable qu'un poème puisse jaillir d'une ambiance aussi lénifiante, mais enfin ! Qui ne risque rien n'a rien. Je fis la liste, comme à l'habitude, des mots que m'inspiraient le décor et mon humeur.

tenait
surface
peinturluré
suspension
ataraxique
pompier
poids
mollasserie
éclater
ceci
étalage
suzeraineté
pisse-or
élargi
torride

Je passai un quart d'heure à examiner cette liste. Les mots rares agacent souvent le vulgum pecus qui n'imagine jamais, qui ne prend même jamais le temps d'imaginer une seconde ce que doit être la vie d'un poète. Un peintre dispose de gouaches, de peintures acryliques et de pastels. Il utilise de la térébenthine, de l'huile de lin, des toiles, des poils de sanglier ou de martre. Dis-moi sincèrement: quand t'es-tu servie d'une de ces choses dans la vie courante? Peut-être pour huiler ta batte de cricket, ou pour mettre du mascara sur tes cils? À la réflexion, tu n'as sans doute jamais touché une batte de cricket de ta vie mais tu vois ce que je veux dire, non? Et les musiciens? Un musicien, lui, se sert d'une machine de bois ou de cuivre, de boyau de chat ou de fibre de carbone. Il a des septièmes augmentées, des dièses, des bécarres, des modes doriens, des séries de douze notes. Est-ce que tu te sers de bécarres pour contacter ton petit ami ou de pizzicati pour commander une pizza? Jamais, jamais, jamais. Mais le poète. Ah, le pauvre poète, ayez pitié du pauvre, du misérable poète! Le poète ne dispose d'aucun matériau consacré, d'aucun mode réservé. Il n'a rien d'autre que des mots, ces mêmes outils dont se sert le reste de ce foutu monde pour demander où sont les toilettes, pour se forger des excuses minables justifiant maladroitement les trahisons de vies ordinaires ou pour s'inventer des chimères pitoyables. Le poète n'a rien d'autre que ces mêmes mots, rigoureusement les mêmes, qui, chaque jour, dans des milliers de tournures et phrases différentes, maudissent, prient, insultent, flattent et trompent. Ce malheureux poète n'a même plus la ressource d'utiliser « celer » pour cacher, d'écrire « tors » pour tordu. On attend de lui qu'il construise de nouveaux poèmes à partir des ordures de plastique et de polystyrène qui jonchent le plancher linguistique du XXe siècle, qu'il crée une œuvre d'art à partir des préservatifs verbaux usagés du discours social. Peut-on s'étonner, alors, que nous cherchions parfois refuge dans des « boustrophédon » ou « fatuaire » ou « nictitant » ? Des mots innocents, vierges, des mots indemnes de toute souillure, de toute contamination, dont la simple maîtrise nous permet d'espérer une relation avec le langage semblable à celle du sculpteur avec le marbre ou du compositeur avec ses portées. Mais personne n'est jamais impressionné, naturellement. Les gens se contentent de pester contre l'obscurité du texte ou alors de se décerner eux-mêmes des satisfecit pour avoir compris l'ellipse, l'opacité ou les allusions qui, croient-ils, approfondissent et enrichissent une œuvre. C'est un foutu métier, tu peux me croire !

Bon... Je peux essayer de me trouver un tas d'excuses mais la vérité est que mon énergie m'a abandonné, qu'une sorte de fuite m'a vidé, goutte à goutte, depuis dix ans. Trop de passages aux émissions télévisées de fin de soirée avec Melvyn Bragg. Trop d'occasions faciles de publier des anthologies ou des compilations. Trop d'attentions ou de flatteries. Et récemment, trop, beaucoup trop, de cette bonne vieille infusion de malt écossais.

Je barrai la liste des mots et griffonnai rageusement VERBIAGE en travers de la page avant de l'expédier dans un tiroir du bureau. Je l'aurais volontiers déchirée et envoyée à la poubelle si une université du Texas, une bande de mabouls, ne m'avait acheté les droits sur tout ce que j'écris.

— Tout ce que j'écris ? leur avais-je demandé quand j'avais été contacté par leur professeur de poésie contemporaine. Qu'est-ce que vous voulez dire, exactement ?

— Je ne sais pas, moi... calepins, brouillons, correspondance... tout ce que vous écrivez.

Quelle sorte de pédant prétentieux, quel genre d'écrivaillon pontifiant faut-il être pour conserver des « calepins » ? me suis-je demandé. Complètement absurde ! Mais leur fric ne l'était pas. Je me suis donc attelé à la tâche et, en un week-end, j'ai fabriqué une douzaine de brouillons assez vraisemblables, ébauches de mes poèmes les plus connus. Une fumisterie de première classe, bien sûr, où je me suis contenté de griffonner quelques mots de grec indéchiffrables dans la marge ; de saupoudrer le texte de remarques ou de citations du genre : « et Skelton ???? », « *mild und leise wie er lächelt* », « vérifier dans Reitlinger, *Economics of Taste*, vol. II, page 136 », et parfois : « Non, non, non, non ! Verbeux ! Revenir au sujet » en encres de couleurs différentes, page après page. À un certain endroit, j'ai même inscrit au crayon « La postérité peut me sucer le gland » et puis je l'ai gommé. Il a fallu moins de quatre ans à une étudiante américaine pour arriver à le déchiffrer. Elle m'a même écrit pour me demander ce que j'avais voulu dire. Trois mois plus tard, ayant obtenu une bourse de recherche, elle a débarqué en Angleterre et elle a compris.

Excuse mes digressions, ma chérie, mais tu ne peux pas imaginer le soulagement que j'éprouve à vider mon sac. D'ailleurs, comme tu ne m'as toujours pas précisé ce que je suis venu chercher, je n'ai rien d'autre à te raconter pour l'instant.

Donc, désespérant de la poésie, j'étais occupé à me verser un autre verre de scotch quand le téléphone près de mon lit a sonné.

— Ted, c'est Anne.

— Ma chérie !

— Elle-même. Tu es bien installé ?

— Un vrai coq en « plâtre » !

— Alors descends ! J'ai à te parler.

Elle se trouvait dans une de ces pièces qui donnent au sud, occupée à regarder par la fenêtre. Elle se retourna en entendant craquer le plancher et me gratifia d'un chaleureux sourire de bienvenue.

— Ted, c'est absolument fabuleux de te voir !

J'allai la rejoindre près de la fenêtre, l'embrassai sur les deux joues et me reculai pour l'examiner. Mignonne, comme toujours. Des cheveux blonds, les pommettes bien dessinées, les yeux d'un bleu aussi bleu que... (voir plus haut). Je ne sais pas trop ce que tu sais d'elle – elle est seulement ta tante par alliance –, donc, pour ta gouverne, je vais récapituler.

Elle a rencontré Logan au temps où lui et moi traînions nos guêtres sous l'uniforme. Il n'avait pas un radis, à l'époque, et Anne était la fille d'un lord fauché et bon à rien. Un jour, notre division s'est trouvée engagée pour des manœuvres sans intérêt dans la région de Thetford Chase. Michael et moi, étant les seuls bidasses de ce régiment de ploucs à ne pas dire « s'cusez-moi » et à ne pas tenir nos couteaux comme des crayons, avons été invités par le colonel à assister au repas donné à Swafford Hall. Ce n'était alors qu'une grande bicoque moisie, tellement froide que nos respirations formaient des nuages de buée dans le salon et que les seins des femmes se dressaient sous les robes comme des boutons de bakélite. Anne avait onze ans à l'époque et on l'avait chargée du service coutumier dévolu aux enfants : passer les olives et

83

sourire gentiment à tous les invités avant d'être expédiée au lit. Je ne lui avais pas prêté grande attention, sauf pour remarquer que le dos de sa robe de velours, plutôt ordinaire, était couvert de poils de chien.

Dans la voiture du retour, tandis que le colonel affalé contre son épaule cuvait son vin, Michael m'a regardé.

— Tedward, a-t-il murmuré. Un jour, j'épouserai cette gamine et j'achèterai cette maison.

— Pas avant que j'aie été nommé poète lauréat, ai-je répondu.

— Marché conclu !

Le chauffeur s'est tourné pour nous adresser un clin d'œil.

— Et moi, ce jour-là, je serai chef du parti travailliste.

— La ferme, caporal ! avons-nous crié en chœur. Et regardez plutôt la route !

Le colonel s'est réveillé pour gerber sur la tenue de cérémonie de Michael.

Ce qu'il est advenu du caporal, je n'en ai pas la moindre idée. Si cela se trouve, il a fort bien pu devenir chef du parti travailliste. C'est le genre de choses que je n'ai jamais suivi de très près. Ce qui est certain, c'est qu'on ne m'a pas nommé poète lauréat et que personne ne le fera jamais, même si j'étais le seul poète vivant de toute l'Angleterre – ce qui, d'après moi, se trouve précisément être le cas. Notre engagement militaire terminé, Michael et moi avons quitté l'armée. Dix ans plus tard, il a épousé lady Anne. Deux ans après, son noble beau-père fut victime d'une embolie et Michael racheta le domaine de Swafford au nouveau lord Bressingham, Alec, une petite frappe sournoise, un mélange de Bryan Forbes et de Laurence Harvey, qui ne fut que trop heureux de ranger ce gros paquet de billets dans son portefeuille en peau de lézard et de déménager ses pénates dans un appartement de Berkeley Square. Par un drôle de petit retournement du destin, à attribuer sans doute à la bonne étoile de Michael Logan, Alec Bressingham passa les cinq années suivantes à lui rembourser cet argent, sous forme de jetons de jeu, dans la chaîne de casinos que Michael possédait à Mayfair. Alec s'arrangea même pour choisir un des hôtels appartenant à Logan comme lieu de suicide. L'incident n'avait pas vraiment perturbé Anne : Alec n'était qu'un cousin assez éloigné et elle l'avait toujours soupçonné d'antisémitisme, tare qu'elle avait le don de détecter – comme tous ceux qui se sont joints à la tribu par alliance – et dont elle m'avait exonéré, probablement parce que je saluais ouvertement Michael d'un « Salut, vieux Juif ! ». D'une manière générale, elle semble toujours ravie de me voir, du moins tant que je me conduis correctement.

Je finissais donc de la contempler.

— Absolument fabuleux de te revoir aussi, Annie, ai-je répondu. Tu as rajeuni, on dirait ! Et perdu quelques kilos.

— Michael est en ville. Il espère rentrer la semaine prochaine. Il t'envoie une grosse bourrade dans la panse.

Je remarquai que, tout en parlant, elle surveillait la fenêtre du coin de l'œil. Je suivis son regard. La pelouse sud, comme tu le sais certainement, descend en pente douce vers un lac au bord duquel est édifiée, sur une petite éminence, une réplique miniature de la Villa Rotunda, qu'on utilise comme pavillon d'été.

Anne vit que je la regardais et, avec un haussement d'épaules, me sourit.

— David est là-bas. Ted, je pense que ta visite tombe à pic, pour lui.

— Ah bon ? fis-je du ton le plus neutre possible.

— Je me fais tellement de souci à son sujet. Il faudrait que je te raconte… C'est un peu étrange…

Elle s'arrêta : Simon se tenait sur le pas de la porte.

— Maman, je vais à Wymondham, voir Robbie. Okay ?

— Parfait, mon chéri.

— J'y passerai peut-être la nuit.

— D'accord. N'oublie pas de prévenir Podmore que tu ne seras pas là pour le dîner.

Il acquiesça et partit. Anne alla s'asseoir.

— Pour lui, c'est donc l'armée, si j'ai bien compris ? demandai-je en allant la rejoindre sur le canapé.

Elle sembla désorientée.

— L'armée ? Quelle armée ?

J'indiquai la porte.

— Simon.

— Ah, oui ! Oui, parfaitement.

— C'est dingue, me hâtai-je de dire, histoire de lui donner le temps de se reprendre. Je n'ai fait l'armée que parce qu'ils m'auraient fichu au trou en cas de refus. J'ai de la peine à imaginer que quelqu'un puisse avoir envie de s'engager alors que ce n'est plus obligatoire. Il a fait sa préparation militaire ?

— Non… Ça ne s'appelle plus comme ça. C'est le RCB, ou un truc de ce genre.

— Eh oui ! m'empressai-je d'ajouter, tout heureux de jouer mon vieux grognard. C'est ça. Il nous faut des « professionnels », comme ils disent, de nos jours. L'aptitude à vider la carafe de porto sans lui laisser toucher la table est apparemment une qualité qui ne suffit plus. On vous demande de parler cantonais, de savoir démonter un moteur de char, de diriger un groupe de discussion sur les troubles nerveux et les stress post-traumatiques, et de connaître tous vos hommes par leur prénom.

— Ted, fit-elle d'une voix où l'on sentait percer une prière, tu es un poète. Un artiste. Je sais que tu aimes te tourner en dérision mais pourtant c'est ce que tu es.

— C'est ce que je suis.

— Je n'ai jamais compris grand-chose à tes œuvres mais, naturellement, j'imagine qu'on n'est pas censé les « comprendre », n'est-ce pas ?

— Eh bien…

— Mais je sais que tu attaches beaucoup d'importance aux… je ne sais pas, moi… aux idées.

— Un jeune poète a dit un jour à Mallarmé : « Cet après-midi, j'ai eu une idée de poème absolument fantastique. — Ah, mon Dieu, quel dommage ! a répondu Mallarmé. — Que voulez-vous dire ? a répliqué le jeune poète, piqué au vif. — Eh bien, c'est que les poèmes ne sont pas faits d'idées, voyez-vous. Ils sont faits de mots. »

— Oh, sois sérieux, Ted. Pour une fois ! Je t'en prie !

Je pensais avoir été sérieux mais j'affectai docilement une mine pensive en courbant la tête.

— Nous sommes tous très préoccupés par le comportement bizarre de David.

— Ah oui ?

— Ce n'est rien, reprit-elle en portant ses mains à ses joues comme une jeune fille effarouchée, rien qu'on puisse préciser vraiment. Il est absolument adorable. Terriblement gentil et attentionné. Tout le monde l'adore. Il n'a jamais de problèmes en classe. Tout simplement, il ne semble pas être tout à fait… de ce monde.

— Trop rêveur ?

— Pas exactement. Je pense qu'il n'est pas… en contact avec nous. Je me fais comprendre ?

— Il est à un âge où l'on aime avoir sa petite vie personnelle, tu sais.

— Lors d'un dîner, le week-end passé, il a demandé d'une voix haute et claire à la femme de notre député : « Quel animal possède le plus long pénis, d'après vous ? » Elle a éclaté d'un petit rire gêné tout en cassant net le pied de son verre à vin mais il a repris, insistant : « Sérieusement, lequel, à votre avis ? Quel animal ? » Finalement, pour avoir la paix, elle a suggéré la baleine bleue. « Pas du tout, a-t-il répondu. C'est la puce du lapin. Le pénis du mâle en érection mesure l'équivalent des deux tiers de son corps. Vous ne trouvez pas que c'est extraordinaire ? » Quand il s'est aperçu que toute l'assemblée le regardait, il est devenu cramoisi et a ajouté : « Excusez-moi, mais je ne suis pas très doué pour la conversation. » Entre nous, Ted, tu ne trouves pas ça extraordinaire ?

— Tout à fait, ai-je répondu. Je plains vraiment cette pauvre Mme Puce ! J'espère qu'elle a été dotée d'une capacité d'accueil suffisamment élastique pour recevoir un outil d'un tel calibre. Non, en vérité, me hâtai-je d'ajouter en pressentant que ce n'était pas là la réponse qu'elle attendait, David a quinze ans et les gosses sont toujours un peu bizarres à cet âge. Ils ont besoin de ruer dans les brancards, de tirer sur la laisse, enfin, de trouver leur propre… *espace*, comme on dit, je crois.

— Tu comprendras ce que je veux dire quand tu auras passé un peu de temps avec lui. Il est si distant, si détaché de tout. Comme s'il n'était qu'un visiteur ici-bas.

— Eh bien, moi, je suis un visiteur, dis-je en me levant, et je peux te garantir que c'est une impression fort agréable. Mais je ne manquerai pas de bien l'observer, si c'est ce que tu attends de moi. À mon avis, on va tout simplement découvrir qu'il est amoureux de la fille du garde-chasse ou quelque chose comme ça.

— Cela m'étonnerait. Elle a un bec-de-lièvre !

— Ce n'est pas forcément un obstacle à l'amour. Il y avait une pute de Rupert Street qui avait un bec-de-lièvre. Elle faisait les plus délicieuses…

Je jugeai bon de remettre la suite à plus tard et, après m'être incliné pour prendre congé, je mis le cap sur la pelouse sud.

David était sorti de la Villa Rotunda et se trouvait maintenant sur la pelouse de devant ; allongé sur le ventre, il mâchonnait une tige de plantain.

— Bon bain ? Bonne sieste ? demanda-t-il.

— Pas réussi à dormir, dis-je en me baissant pour prendre place sur une marche de l'escalier de pierre qui montait à la villa.

Il me regarda en clignant des yeux.

— Vous êtes en harmonie avec la maison, lança-t-il. Les mêmes nobles proportions.

Impudent coquin.

— Tu ne crois pas si bien dire, répliquai-je en jetant un coup d'œil à la maison par-dessus mon épaule. John Betjeman m'avait surnommé le Vilain Rotunda.

Il sourit avec indulgence. Puis, ôtant l'herbe de sa bouche, il demanda :

— Est-ce que vous avez pleuré ?

— Un léger accès de rhume des foins. L'air est chargé de pollen et autres polluants bizarres. Mes muqueuses délicates ne peuvent supporter que l'air de Londres, aux soufre et dioxyde d'azote si sains et si roboratifs.

Il inclina la tête.

— Je vous ai vu parler avec maman, à travers la fenêtre.

— Ah bon.

— Vous parliez de moi ?

— Qu'est-ce qui peut bien te faire croire ça ?

Il examina un faucheux qui courait sur le bout de son doigt.

— Elle se fait du souci pour moi.

— Si tu devais mettre une annonce pour un poste de « mère » dans la rubrique des offres d'emploi d'un journal, tu ne pourrais pas mieux récapituler les critères de sélection qu'avec cette phrase : « Doit obligatoirement pouvoir se faire du souci vingt-quatre heures sur vingt-quatre. » C'est l'occupation principale des mères, Davey. Et si pendant dix minutes elles arrêtent de se faire du souci, ça les inquiète, alors elles se font deux fois plus de souci.

— Oui, je sais, mais… mais elle se fait beaucoup plus de souci pour moi que pour Simon ou les jumeaux. Je le vois à sa façon de me regarder.

— D'accord. Mais les jumeaux ont leur nounou, n'est-ce pas ? Quant à Simon, je m'excuse, mais Simon est…

— Simon est quoi ?

J'hésitai à utiliser les mots « ennuyeux » ou « ordinaire » ou même « inintelligent », qui étaient sans doute immérités.

— Simon est plus conventionnel, non ? Tu vois le genre : chef de classe, rugby, armée, tout ça. Il est… sûr.

— Ce qui veut dire que moi, je ne suis pas « sûr » ?

— Sacrebleu, je l'espère bien ! Si tu crois que je vais permettre à un de mes filleuls d'être autre chose que farouche et dangereux !

David sourit.

— J'imagine que maman a dû vous raconter l'histoire du repas l'autre soir ?

— L'histoire de la puce du lapin ?

— Pourquoi est-ce que cela gêne les gens, les histoires de sexe ?

— Pas moi !

— Non ?

— Je te garantis que non, lançai-je en sortant une cigarette.

— Vous avez une vie sexuelle très active, je crois ? En tout cas, c'est ce qu'on raconte.

— Très active ? Ça dépend de ce que tu veux dire. Je profite de toutes les occasions, c'est certain.

— Simon dit qu'une fois il vous a surpris avec Mme Brooke-Cameron.

— Tiens donc ? Vraiment ? J'espère que le spectacle valait le coup d'œil.

Il se leva et brossa l'herbe de ses vêtements.

— On va faire une promenade ?

— Pourquoi pas ? Tu pourras me faire une canne avec une branche de saule et m'apprendre le nom des fleurs sauvages.

Nous nous sommes dirigés vers le lac et les bosquets environnants.

— À mon avis, reprit-il, ce qui gêne les gens, c'est bien plus l'amour que le sexe.

— Ah ? Et qu'est-ce qui te fait penser ça ?

— Eh bien, personne n'en parle jamais, non ?

— Moi, je trouve plutôt qu'on en parle sans arrêt. Dans les films, les chansons, à la télé. L'amour, l'amour, l'amour. Faites l'amour, pas le thé ! *All you need is love.* Tout ça ne vaut pas l'amour ! C'est l'amour qui fait (mal) tourner le monde...

— Mais c'est comme si l'on prétendait que les gens ont la foi parce qu'ils disent sans arrêt « bon Dieu » et « nom de Dieu ». On fait référence à l'amour mais on n'en parle jamais vraiment.

— Et toi, tu as déjà été amoureux ?

— Oh oui, répondit David. Depuis toujours.

— Humm.

Pendant un moment, nous poursuivîmes notre promenade autour du lac sans dire un mot. La surface de l'eau frissonnait, chatouillée par les araignées d'eau, les libellules et un bataillon d'insectes patineurs dont je ne connais pas le nom. Une odeur d'eau, forte et musquée, avec des relents de boue et de pourriture, s'élevait de la rive. Tout en marchant, David jetait autour de lui des regards inquisiteurs, l'œil constamment aux aguets. Pourtant, il ne semblait pas chercher quelque chose de précis. Sur le moment, son attitude m'a rappelé un jeu nommé « la chambre d'Hector » auquel j'ai eu l'occasion de jouer, un jour en Écosse, chez les Crawford. Tu n'y as jamais joué ? On te montre une chambre pendant une minute et puis tu te tires de là pendant que tous les autres entrent. Chacun y apporte un léger changement : déplacer une lampe, enlever une corbeille à papier, permuter deux tableaux, introduire un objet étranger, enfin des trucs comme ça. Et puis on te fait rentrer et tu dois repérer le plus grand nombre de ces modifications. Les Crawford y ont joué pour la première fois dans la chambre de leur fils Hector, d'où le nom. Mais le but véritable, d'après moi, c'est de montrer aux invités où se trouve la chambre de chacun afin de faciliter ultérieurement les parties nocturnes de jambes en l'air. C'est en tout cas le seul profit que j'en ai tiré. Eh bien, il y a une expression toute particulière sur le visage du joueur qui rentre dans la pièce modifiée ; un lent sourire, un balayage du regard procédant par à-coups avec des mouvements de tête saccadés et soupçonneux, comme s'il espérait encore surprendre les meubles ou les objets en train de se déplacer. L'attitude de David m'a tout à fait rappelé celle du joueur à ce moment du jeu.

— J'imagine que ce que je voulais plutôt dire, ai-je repris, c'était « Est-ce que tu es déjà *tombé* amoureux ? » pour employer le cliché habituel.

David s'était arrêté et examinait un champignon au pied d'un aulne.

— Bien sûr, fit-il. Depuis toujours.

— Hum… Je vais m'exprimer plus crûment, Davey. Est-ce que tu as déjà connu la tentation de la chair ?

Il leva les yeux vers moi et me dit lentement :

— Depuis toujours.

— Ah, oui ? Et tu as fait quelque chose à ce sujet ?

Il rougit légèrement et répondit avec force :

— Non. Absolument pas.

— Et… est-ce qu'il y a quelqu'un, en particulier ?

— Est-ce que vous vous souvenez de cette partie de chasse du lendemain de Noël, il y a quatre ans, quand quelqu'un avait trafiqué les cartouches et qu'il y avait eu cette pluie de confettis ?

— Tout à fait clairement.

— Tout le monde a pensé que c'étaient ces types New Age qui vivaient dans le pavillon d'East Lodge.

Ces gens qui faisaient des luths et qui avaient une chèvre.

— On en avait parlé, effectivement.

— Eh bien, ce n'était pas eux.

— Non ?

Tandis que nous nous dirigions vers la maison, il me raconta ce qu'il avait fait. Il ne m'a pas fait jurer de garder le silence mais, étant personnellement peu porté sur ce rituel prétentieux qu'est la chasse, je n'ai nulle intention d'en parler à quiconque. Sauf à toi, naturellement. Je compte coucher cette petite anecdote sur papier, ce week-end. Je pense qu'elle t'amusera et je te l'enverrai à part.

Ce n'est que plus tard, ce soir-là, alors que je m'habillais pour le dîner, qu'une chose me revint à l'esprit : David n'avait pas répondu à ma dernière question.

Trois

III

Le 20 juillet 1992
Vachement trop tôt

Nous sommes lundi maintenant, il est bientôt sept heures du matin, et j'ai passé une grande partie de la nuit à rédiger cette lettre.

J'étais d'une humeur de dogue après le dîner. Personne n'a voulu rester boire un dernier verre avec moi. Personne n'a voulu jouer aux cartes – ou à n'importe quoi d'autre – avec moi. Je suis monté bouder dans ma chambre.

Difficile de comprendre un tel coup de spleen. Il y avait sans doute des explications rationnelles. On peut penser que ma mélancolie provenait de mon sentiment de culpabilité à l'idée d'abuser ainsi de l'hospitalité des Logan. Après tout, soyons honnêtes : j'agis comme un espion à ta solde. Mais cette explication ne me satisfait pas. Je crois que mon présent état d'esprit est bien davantage lié au calendrier.

Je me suis allongé dans la chambre, couché sous le ciel de lit, occupé à recenser sur mon corps toutes les démangeaisons d'une nuit estivale. Un petit grattement entraînant d'autres grattements, je me suis retrouvé à la fin agité de soubresauts, comme la gamine du film sur l'exorcisme. Le même phénomène s'est produit dans mon esprit, avec une série de petites démangeaisons mentales explosant comme des bulles de savon. Pas assez de whisky avant le coucher, voilà le diagnostic!

À soixante-six ans, j'entre, me disais-je, dans la dernière phase de ma vie physique active. Mon corps, quand je me déplace, peut se comparer, sur le plan esthétique et acoustique, à une sorte de grand sac-poubelle rempli de yaourt. Mon pouvoir de concentration – le seul talent, mis à part l'égotisme, qu'exige la fonction de poète – a considérablement baissé. Mes mariages ont foiré et, sur le plan professionnel, je suis considéré comme un raté. Le Poète de Droite, dit-on de moi. Foutue impertinence, tellement typique! Tout simplement parce que je ne souscris pas à l'orthodoxie bêlante de la mafia universitaire; parce que j'ai une faiblesse pour les titres et la bonne éducation; parce que je ne confonds pas politique et poétique; parce que j'ai encore le sens de l'appartenance nationale; parce que je juge Kipling meilleur poète que Pound (opinion, incidemment, que commencent à partager depuis peu certains universitaires en mocassins); tout simplement parce que j'ai ma tête à moi bien vissée sur les épaules, ils ont choisi de me snober ou de m'enfoncer. Qu'ils aillent tous se faire foutre, ces enfoirés! Inutile, d'ailleurs: ils sont déjà foutus. Il n'empêche, j'ai cette impression obsédante de m'être fait virer du journal pour une bonne raison – non, ce n'est pas exactement ça, bien sûr qu'il y a une raison –, ce que je veux dire, c'est que je me suis sabordé moi-même, tout à fait volontairement.

Et l'absurdité des choses! Voilà encore une cause d'insomnie! J'imagine que tu as dû connaître, toi aussi, ces moments où l'absurdité de la vie te semble incommensurable. Surtout avec cette sentence de mort qui pèse sur toi en ce moment. Personnellement, cela m'arrive en particulier lorsque je regarde par la vitre d'un train ou d'une voiture. Tu aperçois quelque chose de parfaitement banal, des jacinthes sauvages sur le talus, une famille pique-niquant sur le bas-côté, et tout à coup ton esprit n'arrive plus à appréhender la notion d'un monde aussi plein de vie, aussi plein de choses et de spécimens humains. L'idée même de l'univers devient monstrueuse et on ne se sent plus capable d'y participer. Qu'est-ce qu'il fiche là, cet arbre ? Et ce tas de gravier, qu'est-ce qu'il attend si patiemment ? Et moi, qu'est-ce que je fais là, à regarder par la fenêtre ? Pourquoi ces molécules de verre se sont-elles agglutinées pour me permettre de les percer du regard ? Ces moments-là passent, bien sûr, et l'on reprend le cours de ses mornes pensées, et l'on retourne à ses journaux, plus mornes encore. Moins d'une seconde après, nous voilà redevenus partie intégrante de ce monde ; prêts à piquer une crise d'apoplexie devant la stupidité d'un ministre ou à adhérer à je ne sais quel mouvement imbécile sur l'art conceptuel. Une fois encore, on redevient une des molécules du grand tas de compost. Cette période d'absence est si fugace et notre capacité à en rester maître si faible qu'il est impossible de répéter cette expérience par un acte de volonté.

Peter Cambric, un type que je fréquentais dans les années 1970 – probablement avant ton temps –, a été poursuivi jusqu'à sa mort par un incident de chasse, au cours d'un safari auquel il avait participé en 1964, en Afrique du Sud. Il avait abattu un couple d'éléphants, ce qui suffirait pour le clouer au pilori de nos jours. Mais lui, en plus, s'était également payé dans la foulée un couple de bushmen – ce qui, même à l'époque, était considéré comme un brin excessif. Il y a cent ans, on aurait sans doute rapporté l'anecdote en concluant « et l'affaire a été étouffée, naturellement ». Mais, en 1964, l'histoire s'était ébruitée et la vie de Peter était devenue infernale. Où qu'il allât, son nom, tout comme celui de Profumo ou d'un des gars du Watergate, se trouvait associé à ce grand scandale. Le fait est que Peter était un tireur remarquable et la rumeur prétendait qu'il avait délibérément visé ces indigènes. C'était un peu dur à avaler car Cambric venait d'une famille progressiste, et lui-même siégeait à la Chambre des lords sous l'étiquette libérale, votant régulièrement pour l'abolition de la pendaison. L'explication officielle de l'affaire était qu'il avait confondu par erreur les cliquetis linguistiques des hommes du Kalahari avec les cris d'appel d'une autruche quelconque. Cela suffit pour que Cambric pût être admis à nouveau dans les salons de la haute, mais sans le débarrasser pour autant de cette histoire sulfureuse. Quoi qu'il en soit – j'arrive où je voulais en venir –, un beau jour où se disputait la coupe d'or de Cheltenham, au milieu des années 1970, je me suis retrouvé dans la même voiture que Peter pour regagner Londres, installés tous les deux sur la banquette arrière à nous bourrer la gueule avec des échantillons de Martell ou de Hine, ou de toute autre marque de cognac qui sponsorisait la course en ce temps-là. Cambric me confessa qu'il avait délibérément visé les deux types mais qu'il avait une excuse. D'après lui, il avait été pris d'un de ces étranges moments d'absence que je viens de te décrire. Toute la scène – le *veld*, les arbres, le gibier, les porteurs, le ciel –, tout lui était devenu irréel. L'existence même avait cessé d'avoir un sens. La vie n'avait plus qu'une signification secondaire, la sienne comme celle des autres. Au moment où il avait tiré la seconde balle, cependant, il avait repris conscience. Laissant tomber son fusil, il avait répété « Ô mon Dieu ! Ô mon Dieu ! » en mesurant ce qu'il venait de faire.

— Ce que j'ai ressenti, Ted, n'était rien d'autre que de l'extase, ni plus ni moins.

— De l'extase ?

— J'ai lu pas mal de trucs de la mère Julienne[1] et ses *Révélations*, depuis ce jour. Les mystiques. « Extase » signifie littéralement « se tenir hors de soi-même ». Ça vient du grec.

— Hum, dis-je. Ouais. Tu te rends bien compte, ma poule, que ton truc semblerait un peu faiblard, comme système de défense, devant un jury ?

— Il y a une autre loi qui nous dépasse tous, fit Peter avec la pompe sentencieuse de l'homme imbibé.

Et on en est restés là.

Tandis que j'étais étendu sur mon lit, à me débattre avec mes démangeaisons, je me mis à maudire mon propre tempérament qui me porterait plus vers l'ecstasy que vers l'extase. Mais au bout du compte, un homme finit toujours par se trouver une bonne raison de s'extirper du lit chaque matin, ne serait-ce que la seule peur d'attraper des escarres.

Rejetant les couvertures, je me suis donc dirigé, dans un bruit de rotules rhumatisantes, vers le plateau de boissons. J'ai contemplé fixement les bouteilles.

— Bite de Dieu ! me suis-je dit. Il est presque quatre heures du matin et voilà donc à quoi tu en es réduit ?

J'ai bien dû rester planté là, debout devant ces bouteilles de whisky, pendant une heure. Derrière tous ces goulots alignés, un rai de lumière a pâli et l'air s'est empli de chants d'oiseaux. Impossible de retenir mes larmes. Des larmes exubérantes, des larmes de frustration, de chagrin, de colère, de déprime, de culpabilité… Je ne sais pas trop quelle sorte de larmes c'était. Des larmes, tout simplement. Sans raison.

« Promenade », ai-je pensé. J'ai saisi une bouteille que j'ai fourrée dans ma poche et j'ai enfilé une paire de chaussures. « Vaut mieux faire une promenade. »

_____

1. Julienne de Norwich, religieuse mystique anglaise de la fin du XIIIe siècle. *(N.d.T.)*

Choisissant de ne pas risquer les complexités de la grande porte d'entrée, je suis sorti par une porte-fenêtre du salon. Je suis resté un moment à traînasser sur la terrasse, à humer l'air du petit matin en essayant de me persuader qu'il était de qualité supérieure à nos propres vapeurs londoniennes.

Malgré les manifestations évidentes de vie autour de moi – les oiseaux déjà mentionnés plus haut, la frénésie végétale perceptible dans chaque massif, buisson et arbre –, je fus frappé par une impression de vide absolu. Londres, en revanche, Londres à quatre heures et demie du matin, pète de vie, tout simplement. Le boucan des fourgonnettes de la presse fonçant dans les rues désertes, le gazouillis des mictions de clodos, le martèlement des talons aiguilles bon marché sur les pavés, le tintamarre d'un taxi solitaire, et, dans les squares et sur les avenues, le chant des merles et des moineaux dépassant de plusieurs décibels celui de leurs homologues ruraux, tous ces sons se trouvent dotés d'une qualité spéciale et amplifiés par ce que les grandes villes ont en commun : l'acoustique. Tout résonne en ville. Le monde rural est totalement dépourvu de résonance, de réverbération ou d'écho. Il lui manque cette acoustique qu'apporte la civilisation. Cette carence rend la campagne supportable pour une petite cure de relaxation occasionnelle ou pour un week-end au vert mais la rend tout à fait impropre à l'habitat humain. Les gens de la campagne, naturellement, pensent le contraire. Si on les laissait faire, ils engazonneraient Piccadilly et le Strand et feraient grimper des glycines sur les murs de Buckingham Palace. Simplement pour empêcher les bruits d'y faire des ricochets. Et pour les idées, c'est pareil. Exprime bien fort une idée dans la capitale le matin, et tu la retrouveras dans l'« Agenda du jour » de la dernière édition du *Standard*, distribuée le soir dans le West End, mise en pièces au Harpo Club en fin de soirée, et traitée de vieille lune dans les pages de *Time out* la semaine suivante. Stérile ? Sans aucun doute. Révoltant ? Je te l'accorde. Mais preuve indiscutable d'une atmosphère autrement stimulante que celle qui prévaut en Arcadie où toutes les idées rebondissent avec la vigueur d'une balle de tennis percée sur un lit de tourbe.

Il y a pourtant une chose, je te le concède, pour laquelle la campagne est imbattable, c'est la rosée. Et question rosée, on était servis. Je me tenais appuyé à la balustrade, la bouteille de whisky intacte à la main, fasciné. La large bande d'herbe qui descend jusqu'au saut-de-loup, ce fossé qui sépare la pelouse de la prairie où paissent les chevaux, était d'abondance couverte, comme on peut légitimement l'attendre et l'exiger, de la plus délicieuse et charmante des rosées. Une traînée d'herbe plus sombre retint mon attention. Elle barrait le centre de la pelouse, indiquant un passage récent. Le jardinier ou un aide-jardinier, le garde-chasse ou son assistant, un domestique ? Mais, malgré le relâchement des mœurs actuelles, ils auraient certainement emprunté le sentier, me suis-je dit. Alors, qui donc dans la maisonnée pouvait bien être debout à – rapide coup d'œil à la montre – cinq heures moins trois minutes ?

Je me suis engagé sur la pelouse trempée, sacrifiant dans l'opération une paire d'excellents richelieus en daim. Et allez hop ! En route pour l'aventure ! pensai-je, telle une jeune vierge de l'Armée du Salut décidant de découvrir les choses de la vie dans un film des années 1960. Je suivis les empreintes estompées de la personne qui m'avait précédé, jusqu'à l'extrémité de la pelouse, point où ces traces plongeaient dans le saut-de-loup. Exposé au soleil et privé d'irrigation, le sol y était plus brun, l'herbe plus rare et la rosée, s'il y en avait eu, s'était évaporée. Je ne distinguais plus aucune trace.

À moins de posséder des talons munis de ressorts assez puissants pour lui permettre de sauter d'un bond par-dessus le fossé, ma proie mystérieuse avait dû virer à droite vers des bosquets sombres et touffus de lauriers et de rhododendrons. Je m'y dirigeai, avec le sentiment de me conduire un peu comme un idiot.

L'endroit, un de ces coins impossibles qui désespèrent les jardiniers, était si densément planté d'arbustes peu engageants que je ne voyais même pas la possibilité d'y pénétrer. Immobile à la lisière, la bouteille brandie comme un gourdin, j'écoutais. Pas le moindre son. L'herbe à mes pieds avait retrouvé sa luxuriance mais ne portait aucune trace de passage humain. Je fis demi-tour pour retourner sur la pelouse, complètement mystifié. Bien malgré moi, je me surpris à évoquer ton propre mot de « miracle ». Ne me prends pas pour un fou, mais dis-moi, ma chère, est-ce que tu as déjà vu quelqu'un... j'hésite à employer le mot... quelqu'un capable de *voler* ? Absurde, de toute évidence ! Néanmoins... dis-moi si cette anecdote colle avec ce que tu m'as envoyé découvrir.

Je ressentais la même impression qui t'envahit lorsque tu te relèves la nuit pour chercher l'origine mystérieuse d'un bruit qui t'empêche de dormir. Tu restes sur les marches de l'escalier, le cœur battant et la bouche entrouverte. Tu fais le tour des explications les plus évidentes : une branche de vigne vierge frottant contre un carreau ; ton chien, ta femme ou ton gamin effectuant une razzia sur le garde-manger ; les lames du plancher se dilatant sous l'effet du chauffage qui a redémarré. Aucune de ces hypothèses ne correspondant au bruit, tu te mets à envisager une série de causes moins banales : une souris se débattant dans les affres de l'agonie ; une chauve-souris égarée dans la cuisine ; un jouet mécanique d'enfant qui s'est remis en route ; le chat marchant par mégarde (ou exprès) sur la commande du magnétoscope et actionnant le rembobinage d'une cassette. Mais aucune de ces explications ne s'applique à ce bruit particulier. Alors... si tu es comme moi, tu remontes dare-dare l'escalier, tu

101

plonges sous ta couette et enfouis ta tête sous l'oreiller, préférant ne rien savoir.

Je retournai jusqu'au bord du saut-de-loup et dirigeai mon regard vers le parc qui s'étend de l'autre côté. Je n'y distinguai aucune marque de pas mais sans doute mon angle de vue ne le permettait-il pas. Avec le sentiment de me comporter comme le dernier des couillons, je me laissai glisser au fond du fossé et gravis la pente opposée avec, comme seule arme, ma bouteille pleine de malt dix ans d'âge. J'étais maintenant dans le parc et je me mis à fendre les hautes herbes à la recherche d'une trace humaine. Rien. Pas le moindre indice. En me retournant, je vis très nettement les empreintes laissées par mon propre passage. Personne n'était donc venu de ce côté-là. Alors que je reprenais ma progression, mon pied heurta brutalement quelque chose de dur et de métallique. Sautillant sur place comme un danseur écossais, j'étouffai un hurlement. Une douleur affreuse envahit mon pied froid et trempé tandis qu'une bordée d'injures tout aussi affreuses tombaient de mes lèvres froides et trempées. Le coupable était un seau enfoui dans une touffe de hautes herbes, un gros seau en tôle galvanisée.

Je grimaçai : mon gros orteil, dont l'ongle a déjà tendance à s'incarner, s'était écrasé au bout de ma chaussure. Je débouchai la bouteille et la portai à mes lèvres. Alors que le bouquet du whisky titillait déjà mes narines, je m'arrêtai.

Il y avait quelque chose d'inexplicable, un mélange d'insensé et de sublimement ridicule dans cet incident, avec, également, des aspects profondément inquiétants. Des traces de pas qui ne mènent nulle part. Un homme qui les suit, une bouteille de whisky à la main. Une piste qui le conduit à shooter dans un seau. Je ne suis pas, comme tu le sais, Jane, un homme très imaginatif. Je n'attribue aucune valeur aux signes de la Providence – seulement aux signes humains –, mais il aurait vraiment fallu que je sois un sacré foutu bigot de rationaliste pour refuser de réfléchir un peu à cet enchaînement presque irréel de circonstances.

Tout en jurant et en pestant, je rebouchai la bouteille sans même m'autoriser un petit gorgeon et, la tenant à bout de bras, je la laissai choir dans le seau où elle atterrit avec un fracas de verre brisé. Le moment était venu, décidai-je, de m'accorder un petit accès de superstition. Pourquoi ne pas profiter de ce séjour pour y aller un peu mollo sur la bouteille ?

Après avoir renégocié le saut-de-loup, je clopinai jusqu'à la maison en m'envoyant de grandes claques d'irritation sur la cuisse. Chaque pas qui m'éloignait de la scène voyait grandir mon ressentiment. Quel homme peut être assez bête pour balancer une bouteille entière de pur malt dix ans d'âge ? Finalement, ce n'est peut-être pas tant l'abus mais la carence de boisson qu'il fallait mettre en cause ! Ce qui était clair, c'est que je n'avais pas assez dormi ; et, bien plus grave, je n'avais pas fini cette première lettre que je te destinais. Je décidai que la boisson pouvait être remise à plus tard dans la journée, ainsi que le sommeil. Je t'ai donc fidèlement rapporté tout ce qu'il y avait à raconter, même si c'est, la plupart du temps, sans grand intérêt. Maintenant, je suis épuisé comme une chienne en chaleur rentrant de sa tournée et ma main n'arrive plus à former les lettres. Alors, va au diable, ma chérie, et fous-moi la paix.

Ton parrain dévoué,

Ted

Trois

IV

David fixait le plafond avec une sorte de reproche dans le regard. Cette horrible chose le possédait à nouveau. Il avait beau forcer son esprit à évoquer des images répugnantes ou au contraire à s'élever vers de nobles cimes, rien n'y faisait : il sentait son sang s'épaissir dans cette fibre palpitante et ses joues brûler sous la pulsion des bouffées de chaleur.

— Couché ! haletait-il. Allons, couché !

Il savait ce qui se passait. Il savait très bien que ses testicules étaient bourrés à craquer de semence, que canaux et conduits étaient gonflés et prêts à décharger sous cette pression. Depuis un an au moins, il connaissait l'humiliation de se réveiller dans cette humidité gluante, de découvrir que les digues s'étaient, une fois de plus, rompues à son insu pendant la nuit. Ce que faisait son corps pendant la nuit échappait à son contrôle et à sa responsabilité, mais il ne voulait pas, il ne pouvait pas accepter que son moi conscient soit victime des besoins impérieux de cette ignoble, de cette affreuse turgescence.

Quatre heures à l'horloge de l'écurie. La bête s'était mise en action, trompée par la lumière précoce d'un soleil matinal.

David se redressa. Il frissonna en découvrant la tête honteuse du monstre, excité par les frottements du tissu, en train de se frayer un chemin vers l'ouverture du pyjama. Pendant une douloureuse seconde, cette tête s'acharna aveuglément contre la cotonnade avant de trouver une issue libératrice dans l'ouverture de la braguette et de se dresser dans un dernier coup de boutoir grotesque et victorieux.

— Arrête ! Arrête ! souffla David. Je t'en prie !... Oh, je t'en prie !

Mais rien ne pouvait l'arrêter. Ni les prières, ni l'eau froide, ni les menaces, ni les promesses.

David était debout près du lit, empoignant la bête avec rage pour tenter de l'étouffer.

— Tu... vas... obéir... grogna-t-il, furieux, en la secouant dans tous les sens.

La garce ! Encore une fois, c'est elle qui avait gagné. Des flux de semence jaillirent de son extrémité pour retomber sur le tapis dans un crachotement étouffé.

David se jeta sur le lit, meurtri, ravagé et désespéré. Il sanglota dans son oreiller, jurant que plus jamais cette chose ne devait se reproduire.

Au bout d'un moment, soulagé, il se releva et s'habilla.

Il synchronisa les cinq derniers mots de sa prière pour les faire coïncider avec les cinq coups de l'horloger de l'étable.

— *Bon, aimable, loyal, fort et PUR !* murmura-t-il.

Il espérait qu'en ajoutant le mot « fort » il pourrait peut-être éviter les calamités comme celle qui s'était produite une heure plus tôt. La pureté exigeait de la force. D'où cette force pouvait-elle venir, il n'en savait rien. De la pureté ? Certainement pas ! Ce serait ce que son père appelait un cercle vicieux. La force devait venir de l'intérieur de soi.

105

Eh bien, il était temps de partir. Il adorait cet endroit mais quelle histoire si jamais on le…

Il se raidit, inquiet. Un bruit de pas. Il les entendait très nettement. Quelqu'un avançait dans sa direction. Il entendit une toux puis un raclement de gorge. Oncle Ted ! Il n'y avait aucun doute, c'était bien l'oncle Ted. Qu'est-ce qu'il faisait debout si tôt le matin ? Il était pourtant du genre à ne jamais se lever avant dix heures. David se tint parfaitement immobile et, malgré l'obscurité totale qui régnait là où il était, il se força à fermer les yeux. L'oncle Ted toussa une nouvelle fois et se dirigea, d'après les déductions de David, vers les buissons de lauriers.

Puis il l'entendit revenir. Cette fois, il était juste au-dessus de sa tête, ahanant, pestant et tapant du pied. Si bien que des plaques de terre tombèrent sur le visage de David qui n'osa pas faire le moindre geste pour se nettoyer. Il se contenta de rester coi, allongé dans la terre tiède, à attendre. Il y eut des grognements d'effort puis un bruit sourd. Est-ce que l'oncle Ted essayait de forcer l'entrée ? David retint son souffle. Le bruit s'arrêta. Silence. Un cloporte rampa sur sa joue.

Tout à coup, il y eut un fracas métallique suivi d'un chapelet d'insultes et d'injures. L'oncle Ted était dans le parc. Qu'est-ce qu'il pouvait bien y faire ?

« Putain de bordel de merde de bite à queue… », entendit David. Puis il y eut un petit bruit évoquant une bouteille qu'on débouchait. David se demanda alors s'il n'était pas en train de devenir fou. Il y eut ensuite un son métallique puis un bruit de pas pesants, tout proches. David retint son souffle une fois de plus.

Finalement, respirant à grand bruit et grognant de frustration, l'oncle Ted fit demi-tour et partit lourdement en direction de la maison.

Dix minutes plus tard, ayant soigneusement refermé derrière lui la trappe couverte de touffes d'herbe,

David, accroupi au bord du fossé, inspectait les abords de la maison pour y guetter des signes de vie. C'est alors que, baissant les yeux, il aperçut les marques sur la pelouse et se maudit.

— Évidemment, chuchota-t-il. La rosée ! Il faudra vraiment que je fasse plus attention.

Quatre

I

12a Onslow Terrace
LONDRES SW7

Mardi 21 juillet 1992

Cher oncle Ted,

Ta lettre est arrivée ce matin et je l'ai déjà lue et relue plusieurs fois. D'abord, parce que ton écriture est difficile à déchiffrer et que j'ai eu des problèmes avec certaines expressions. Ensuite, parce qu'elle contient des tas de choses qui m'intriguent pour d'autres raisons. En ce qui concerne l'écriture, par exemple, j'ai passé un temps fou à me demander ce que tu voulais bien dire par ces «charrues de galopin» que possède David. Je sais que Davey est un peu original mais j'ai trouvé l'information assez saugrenue jusqu'à ce que je comprenne que tu avais voulu parler de ses «charmes de poulain». De même, lorsque tu te qualifies de rotarien, un club auquel je t'associe difficilement, j'ai fini par conclure que tu voulais probablement dire «bohémien». Et quand je suis tombée sur cette phrase, «sonnez clochettes, j'ai connu des troufions à ta solde», je me suis dit que le whisky t'avait sérieusement entamé. Mais finalement, ayant retracé chaque lettre et fini par mieux maîtriser ta calligraphie, j'en suis arrivée à la conclusion que tu avais voulu écrire : « soyons honnêtes, j'agis comme un espion à ta solde ».

Ce qui m'amène au point principal : Ted, je ne veux pas que tu te considères comme une vipère introduite au sein de la famille Logan ou comme un loup dans la bergerie du château. Tu fais référence, au début de ta lettre, au cheval dans les murs de Troie et c'est une anallégorie mal choisie, elle aussi. Tu es un vieil ami, et, actuellement, un invité, de Michael et Anne Logan. Tu es le parrain d'un de leurs enfants. Il n'y a certainement rien d'étrange à ce que tu séjournes un moment parmi eux, tu ne crois pas ? Même si c'est moi qui t'ai demandé de te rendre à Swafford Hall, même si c'est moi qui t'ai payé pour me communiquer tes impressions ; je l'ai fait en étant convaincue, absolument convaincue, qu'au bout de quelques jours ce sont tes propres instincts d'écrivain et d'ami des Logan qui te pousseront à y rester. En fait, je suis persuadée que, d'ici peu, on ne pourra plus t'arracher à ces lieux, même par la force. Tu n'es pas plus un espion à ma solde qu'un photographe de presse consciencieux n'est un paparazzi.

Tu penses peut-être qu'en participant à cette aventure tu satisfais seulement l'envie d'une mourante névrosée, assez folle pour te payer grassement son caprice. C'est peut-être vrai. Depuis un mois, je n'ai cessé de tourner et retourner cette histoire dans ma tête, me demandant si je n'avais pas tout imaginé. Je suis même allée voir un prêtre il y a quelque temps. D'après lui, il arrive fréquemment que des « visions accompagnent les mourants ». J'ai vu un psychothérapeute qui m'a dit la même chose, exprimée différemment. « L'esprit blessé projette des images ayant l'apparence du réel pour faire écran entre ses désirs profonds et une réalité déplaisante. À une autre échelle, c'est ce que fait la société avec l'industrie du cinéma et de la télévision. » Enfin, tu vois le genre de baratin. Mais moi, je suis sûre de savoir ce que je sais et plus rien ne sera jamais pareil. Je ne veux pas te mettre mal à l'aise en te disant que maintenant je sais que Dieu existe, que Dieu est parfait et qu'il est aussi réel que ce stylo que je tiens dans mes doigts. Es-tu déjà allé dans un pays très chaud, quand la chaleur est insupportable et que tu pénètres dans une cathédrale ou un temple bien frais ? Ou bien es-tu déjà rentré à la maison, un jour d'hiver, par un froid mordant, pour retrouver la chaleur d'un bon feu de cheminée ? Imagine ce genre de soulagement et d'apaisement, porte-le à la puissance dix, à la puissance vingt, à toutes les puissances imaginables et, même alors, tu n'auras pas idée de ce que peut représenter la sensation de se retrouver en présence de Dieu.

J'ai dit que je ne voulais pas te mettre mal à l'aise mais j'imagine que je l'ai fait. Tu me diras sans doute que c'est moi qui suis mal à l'aise mais ce n'est pas vrai. Je n'en dirai pas plus pour l'instant.

Je suis vraiment très heureuse que ta lettre ait été si complète. Je ne l'ai absolument pas trouvée « à côté de la plaque ». Tout ce que tu m'as raconté présente un intérêt. Je ne t'en veux même pas de te moquer de moi comme tu l'as fait. Je suppose que tu es grossier pour te venger du rôle d'espion ou de pute que je te fais jouer. Je ne t'en veux pas. Mais je suis désolée d'apprendre que tu as le cafard ou le « spleen ». Quel joli mot.

Ton histoire sur Peter Cambric m'a beaucoup intéressée. Il y a une chose que je n'arrive pas à comprendre : comment, se sentant si parfaitement en « harmonie » et dans un état frisant « l'extase », a-t-il pu accomplir un acte aussi maîtrisé que viser et appuyer sur la détente ?

Une des thérapeutes les plus bizarres que j'aie connues a essayé de provoquer chez moi un état similaire, l'idée générale étant d'induire un processus de guérison par purification du sang. Sa technique avait un rapport avec les ondes alpha et thêta du cerveau, des éléments participant du Biofeedback, le nom de sa technique. On se retrouvait en groupe, allongés sur des matelas, tous victimes de leucémies ou atteints du sida. On devait se relaxer totalement jusqu'à ce que nos ondes alpha et thêta se mettent à bourdonner, à crépiter ou à irradier, enfin ce que font d'ordinaire les ondes, et alors elle nous demandait d'entrer en communication avec notre propre corps.

— Imaginez votre sang comme un ruisseau cristallin, d'une pureté et d'une limpidité absolues, disait-elle. Imaginez le flot paisible, les vaguelettes scintillantes. Maintenant, examinez ce qui se passe en profondeur. Juste sous la surface, vous distinguez un enchevêtrement d'algues brunes. Vous pensez qu'elles sont hors de votre portée, mais pas du tout. Vous pouvez tendre le bras, vous pouvez plonger les mains dans le ruisseau. Penchez-vous et saisissez ce paquet d'algues, prenez-le entre vos mains. C'est comme de la gelée. Il en a la consistance. Pressez ces algues entre vos mains. À mesure que vous les écrasez, que vous les roulez entre vos doigts, vous sentez cette gelée se dissoudre. Vous trempez vos doigts dans le courant et il lave peu à peu les résidus qui s'accrochent à vos doigts. Le courant les emporte. Tout le paquet d'algues se dénoue, se liquéfie, les particules flottent sur l'onde et voguent, libérées, au gré du courant qui les emporte se perdre dans la mer. Maintenant, la rivière est dégagée, propre et pure à nouveau.

Ce cinéma continuait pendant des heures et coûtait une petite fortune, comme tu peux t'en douter. Cela marche jusqu'à un certain point. Mais j'avais beau être relaxée, chaque fois qu'on arrivait au moment où elle me disait de prendre le paquet d'algues et de triturer la gelée entre mes doigts, je ne pouvais pas m'empêcher de regarder mes mains (mentalement, bien sûr) et quelque chose en moi rendait ces algues dures, fibreuses, noueuses et indissolubles. J'essayais de les forcer à se transformer en gelée, à prendre la consistance de spaghettis trop cuits. Et puis je recommençais à les malaxer, à les malaxer, certaine d'y parvenir enfin. Mais, au cœur de cette boule de spaghettis, un démon dans ma tête m'obligeait à découvrir un autre enchevêtrement de ces fibres noires et rugueuses. Et cela continuait : une partie de moi-même déterminée à dissoudre ces herbes, une autre partie me forçant à constater qu'au cœur de ce nœud d'algues il y avait quelque chose de malin, qui ne pouvait pas disparaître. À la fin de la séance, comme tous les autres, je faisais un gentil sourire à la guérisseuse pour ne pas la vexer (ridicule, quand on pense au fric qu'elle nous pompait) et je lui assurais que je me sentais étonnamment apaisée. Mais le nœud était toujours là.

Je suis la seule du groupe à être encore en vie.

Bon, il faut que je me dépêche si je ne veux pas rater le courrier. Je tiens à ce que tu reçoives cette lettre avant l'arrivée d'oncle Michael.

Ted, je sais que j'ai eu raison de t'envoyer à Swafford. La longueur de ta lettre et ton état d'esprit actuel me prouvent que Dieu, dans ses voies impénétrables, a trouvé le moyen de nous sauver tous les deux, d'un seul coup, si on peut dire. Tu es celui qui m'a tenu sur les fonts baptismaux et ce n'est pas un hasard.

Excuse-moi de t'imposer cette « guimauve », comme on dit. Mais je n'ai plus de complexes à me laisser aller à la sensiblerie, maintenant. Si l'on m'avait dit, il y a quelques années, que je rédigerais un jour une pareille lettre, je ne l'aurais jamais crû.

Écris dès que tu as le temps, autant que tu veux. Si tu pouvais emprunter une machine à écrire ou un traitement de texte, cela m'éviterait ce mal aux yeux et ces maux de tête...

Bises. J'attends de tes nouvelles.

Jane

Quatre

II

Swafford Hall

Vendredi 24/samedi 25 juillet

Jane,

Comme tu peux le constater, j'ai, à contrecœur, accédé à ta reQuête de me procurer une machine. Celle6CI appartient à Simon et semble très peu utilisée. Elle traite les MOTS comme la société Kraft traite le fromage.

apparemment, je frappe trop fort sur les touches, ayant seulement l'habitude des claviers mécaniques. ET JE N4ARRIVE PAS à maîtriser le fonctionnement de la touche capitales. SOIT ELLE ME bloque en majuscules, soit elle me les interdit totalement. ENFin, tu parviendras peut-être à lire cette lettre si j'arrive à découvrir la fonction imprimer. Il faudra que je demande à simon ou à david.

je t'envoie dans cette même lettre l'histoire de david et du sabotage de la partie de chasse, le lendemain de noël, pour ton édification personnelle, même si l'anecdote n'a rien à voir avec ce qui t'intéresse ; j'ai pensé qu'elle T'amuserait.

Ta lettre, contrairement à ce que tu penses, ne m'a pas le moins du monde mis mal à l'aise. Je ne sais pas

113

pour qui tu me prends. Tu crois sans doute que je suis une sorte de Henry Wilcox, de C. Aubrey Smith, le genre de type qui devient tout rouge et qui se tortille d'embarras dès qu'on prononce les mots « émotions » ou « foi » en leur présence. Je suis un poète, putain, pas un inspecteur des finances. La seule 2MOTION qui irrite le poète, c'est l'émotion facile, l'émotion de pacotille, celle qu'on affecte, qui flatte le MOI, l'émotion laborieusement sortie de l'imaginaire au lieu de sortir des tripes. Du moins, c'est ce que dit le manuel du parfait poète.

MAIS, en te signalant encore au passage que le mot « anallégorie » n'existe pas (ce qui est sans doute dommage), je me garderai bien de porter un jugement sur tes émotions. Ce qui est bizarre (une chose encore : tu sembles confondre croire et croître. Ce qui t'amène à écrire « *crû* » au lieu de « *cru* ». Mais serait-ce par une sorte de pudeur à admettre la possibilité de croire vraiment ?), ce qui est bizarre... au fait, qu'est-ce qui est bizarre ?? AH, J4Y suis. Ce qu'il y a de bizarre avec cette machine, c'est que je n'arrive pas à revenir en arrière pour barrer un mot. Avec les bonnes vieilles machines mécaniques, tu peux faire un retour de chariot et couvrir une ligne de XXXX... On peut s'absoudre de tous ses péchés et nul n'en sait rien, sauf soi-même. Avec celle-là, cela paraît impossible.

En parlant d'embarras, la maison a fait le plein d'invités, ce week-end, bien plus que je ne m'y attendais. Je t'ai dit dans ma dernière lettre qu'il était malséant d'interroger ses hôtes ou hôtesses sur la composition exacte de la maisonnée, aussi ai-je eu la surprise de découvrir qu'une jeune femme se prétendant ta meilleure amie était là depuis vendredi soir. Une certaine Patricia Hardy, qui sent le jus de concombre et qui a déjà provoqué force rougissements et raideurs chez votre soussigné. J'imagine que tu savais qu'elle allait venir. J'espère qu'elle n'a pas été envoyée pour espionner l'espion.

Mais je te reparlerai d'elle et des autres plus tard. Où t'avais-je laissée, la dernière fois ? Ah, oui ! Lundi matin. J'ai donc fini ma lettre et je me suis traîné jusqu'en bas pour la déposer dans la boîte du hall. Puis, après une petite sieste de cinq minutes, la tête appuyée sur le baromètre du mur, j'ai réussi à remonter, m'agrippant à la rampe, barreau après barreau, et à me hisser jusqu'à mon lit où je me suis écroulé à huit heures moins cinq.

Je me suis réveillé à temps pour le déjeuner, après avoir dû affronter les regards de surprise mêlée de reproche de ta tante Anne quand j'ai traversé le petit salon.

— Pas pu dormir. Lit trop confortable. Trop de calme, ai-je expliqué.

Mais j'ai bien vu qu'elle pensait que j'avais passé la nuit à picoler, ce qui expliquait mon état comateux. Comme, personnellement, je connais peu de spectacles aussi lamentables qu'un pochard faisant des efforts désespérés pour prendre l'air du mec dynamique et en pleine forme dans l'espoir de cacher à tout le monde sa gueule de bois, j'ai avalé l'insulte de son regard et décliné son offre de xérès sans même esquisser la moindre protestation d'innocence.

Je ne t'imposerai pas le détail heure par heure de mon emploi du temps. Aujourd'hui, c'est samedi et peu de choses dignes d'être rapportées se sont produites lundi et mardi. Simon était toujours absent et Anne semblait tenir à ce que je reste avec David aussi souvent que possible.

— On me dit que c'est un enfant brillant, expliqua-t-elle, et je crains qu'il n'ait pas assez de stimulus ici pendant les vacances. Simon est plus âgé et a... d'autres intérêts. Comme tu le sais, je n'ai jamais été une enfant très scolaire non plus. Michael est merveilleux avec lui, bien sûr, mais il a eu tellement de

115

travail récemment… Est-ce que tu te rappelles sa nièce Jane ? Jane Swann ?

Et voilà ! Ton nom était mentionné pour la première fois. Tu ne m'avais pas dit clairement si ton problème de santé était de notoriété publique, alors j'ai soigneusement évité d'y faire référence, ne sachant si la nouvelle avait atteint Swafford.

— Évidemment, ai-je répliqué. C'est ma filleule, elle aussi.

— Mais oui, bien sûr ! Jane est venue ici en juin, juste au moment où les garçons venaient de finir leurs examens. Davey et elle se sont entendus comme larrons en foire. En fait, ce fut d'autant plus extraordinaire que…

Elle s'interrompit, gênée.

— Que quoi ?

— Je ne sais pas si tu es au courant, pour Jane, lança-t-elle avec cette sorte d'emphase snob qui m'aurait mis la puce à l'oreille même si je n'avais pas été au courant.

— Sa leucémie ? Oui, Jane m'en a parlé.

— Ah bon ? Je ne savais pas que vous vous fréquentiez. Vraiment horrible, non ? Jane s'est invitée à Swafford et…

Elle jugea préférable de s'en tenir là. Elle connaît l'histoire entre ta mère et moi, alors elle a peut-être jugé plus délicat de ne pas poursuivre le chapitre concernant cette branche de la famille Logan.

Tu as donc séjourné à Swafford au mois de juin ? Est-ce à ce moment-là que Dieu s'est révélé à toi ? Ou bien ton séjour a-t-il été une conséquence de cette « révélation divine » ? J'imagine que tu me le raconteras en temps voulu.

(Ce qui est extraordinaire avec cette machine, c'est que quand tu tapes les guillemets, elle sait déterminer toute seule s'il s'agit de guillemets ouvrants ou de guillemets fermants. Ce qui fait que je presse la même touche pour les citations et ça donne « ce genre de choses ».

116

Vachement chiadé! Je commence à comprendre pourquoi on en fait tout un foin!)

Résultat de ma conversation avec Anne: je suis pratiquement à l'entière disposition de David. Il a l'esprit vif, sans aucun doute, et je crois que le gamin est sincèrement intéressé par l'art et la poésie, la réflexion et les choses de l'esprit. Comme c'est classique à son âge, il pense que la seule fonction de la poésie est la description de la nature. Keats, Clare, Wordsworth, un peu de Browning et de Tennyson, tu vois le tableau?! J'ai essayé de rectifier le tir avec délicatesse.

— Non, non, non, petit benêt. Tu as sûrement déjà entendu l'expression «l'égotisme sublime». Ces gens-là ne parlent ni des pissenlits ni des pâquerettes. Ils ne parlent en réalité que d'eux-mêmes. Le poète romantique a une obsession du Moi qui supplante de loin le Californien le plus accroché à son psy. *Je marchais tel un nuage*», «*Mon* cœur saigne», «*Mon* cœur souffre»…

— Mais tu ne peux pas nier qu'ils aiment la nature, non?

Nous étions au milieu du parc, en route pour le village où je voulais faire le plein de clopes, Michael fournissant ses invités en cigares uniquement. Je pense que ça devait se passer lundi, vers les trois heures. Nous avions emmené avec nous un chiot beagle qui avait besoin d'exercice. En fait, les préoccupations principales de ce petit animal étaient de doubler la longueur de la promenade, de pisser sur mes chaussures en daim et d'essayer de bouffer les papillons avec un élégant claquement de mâchoires.

— Écoute-moi bien, vieux pote. La nature, c'est ce foutoir dans lequel nous sommes nés. Très joli, certes. Mais ce n'est pas de l'art.

— «La beauté est vérité. La vérité, beauté – c'est tout ce que nous pouvons savoir sur terre, et c'est tout ce que nous avons besoin de savoir.»

— Ou-oui. Mais si tu t'imagines que la beauté existe seulement là-dehors, je t'avertis que tu te prépares une jeunesse de merde. N'imagine pas que la chélidoine, la reine-des-prés, la renoncule et la pervenche soient la seule voie menant à la vérité, à la beauté et à la sérénité védique. Si John Clare a pu déambuler de son pas de clown allumé dans des combes et des vallons, c'est parce qu'il y avait des combes et des vallons où déambuler. De nos jours on a des villes, des banlieues et des entrepôts. On a la télévision et les drainages lymphatiques aux algues tièdes.

— Nous sommes censés écrire des poèmes sur ces choses-là, alors ?

Remarque bien le « *nous* », chère Jane ! Moi, j'ai dû attendre d'avoir trente-huit ans avant d'oser inscrire « poète » sur mon passeport et oser confesser que j'étais membre du *genus irritabile vatum*.

— Nous ne sommes pas *censés* écrire sur quoi que ce soit.

— Shelley dit que les poètes sont les législateurs officieux du monde.

— D'accord, mais je te garantis qu'il aurait eu l'air d'un crétin puissance dix si tout le monde l'avait pris au mot.

— Qu'est-ce que tu veux dire, oncle Ted ?

— Eh bien, les poètes seraient devenus les législateurs *officiels* de ce monde, n'est-ce pas ? Ce qui les aurait obligés à bouger leurs petits culs vêtus de velours et à s'activer un peu. Et je pense que Shelley n'aurait pas apprécié ça du tout.

— Je ne crois pas que ce genre de commentaire soit très utile.

— Oh, pardon, messire !

Nous avons marché un long moment en silence tandis que le jeune beagle exécutait des bonds de dauphin dans la mer des hautes herbes.

— Écoute, ai-je repris, ça me plaît beaucoup que tu songes à devenir poète. C'est génial. Mais, en toute honnêteté, je ne pense pas qu'il existe une autre profession plus... OK, faisons un pari. Je te parie, David

118

Logan, je te parie que pendant mon séjour à Swafford tu seras incapable de me nommer une seule profession plus inutile, plus vaine, plus absurde, une profession ayant moins d'avenir, de prestige et de perspectives que le métier de poète.

— Technicien des égouts, fit David du tac au tac.

— Imagine deux scénarios, répliquai-je. Scénario A: tous les poètes d'Angleterre, d'Écosse, du pays de Galles et d'Irlande se mettent en grève. Bilan? Il faudra bien quatorze ans avant que, mis à part une poignée de cuistres de Gordon Square ou du *Times Literary Supplement*, quelqu'un s'en rende seulement compte. Indice de perturbation, de gêne ou de nuisance? Zéro. Impact sur les gens? Zéro. Valeur médiatique? Zéro. Scénario B: tout le personnel technique des égouts se met en grève, à Londres seulement. Bilan? Tampax et étrons jaillissant des robinets de la cuisine; dérapage dans la merde et projection de boue visqueuse dès que tu mets un pied devant l'autre; typhus, choléra, soif et catastrophes. Indice de perturbation, de gêne ou de nuisance, impact sur les gens, valeur médiatique: extrêmement élevés.

— OK, OK, c'était un mauvais exemple. Euh… compositeur, alors. Compositeur de musique classique.

— C'est plus proche, d'accord. Les compositeurs ont effectivement un public réduit, je le reconnais. Mais la plupart d'entre eux, du moins ceux qui ne font pas fortune – et pourtant il y a de l'argent à gagner même dans la musique dite « sérieuse » –, passent leur temps et gagnent l'argent du loyer en composant des musiques de film, des jingles pour la pub, des pièces musicales pour le domaine public, dirigent des orchestres, enseignent l'harmonie et le contrepoint dans des conservatoires, ce genre de truc. S'ils le désirent, ils peuvent jouer dans les piano-bars le soir, dans les night-clubs. Mais un poète, dis-moi quel talent de cabaret un poète peut-il bien posséder? Son public est encore plus restreint. Son travail intéresse exclusivement ceux qui par-

119

lent la même langue que lui. Et s'il veut se diversifier, sa seule issue est *la poésie des autres*. Il en fait la critique. Et, Seigneur, critiquer, ça le connaît! Dans tous les journaux, périodiques, magazines et bulletins, il gagne son pain de mie quotidien en faisant la critique des poèmes des autres. Ou alors il enseigne. Mais à la différence du compositeur, il n'enseigne pas les techniques de son art – la prosodie, la forme, le rythme. Non, il enseigne la poésie des autres. S'il est une grosse pointure, il peut se retrouver à la tête du département poésie d'une des rares maisons d'édition qui en ont encore un. Il publiera la poésie des autres, rassemblera leurs poèmes dans des anthologies. Avec un peu de chance, il sera invité à des émissions télévisées comme « The Late Show » ou « Kaléidoscope » ou « Le Forum de la critique » pour parler de la poésie des autres. Seigneur Dieu, si l'on me donnait le choix d'être réincarné au siècle actuel dans la peau d'un poète ou celle d'un compositeur, j'opterais pour cette dernière et j'offrirais la moitié de mon salaire annuel à des œuvres de charité, en reconnaissance.

David me sembla assez secoué par cette sortie et, du coup, je me sentis un vrai salopard. Il réfléchit un moment puis reprit, mordillant sa lèvre inférieure :

— Je sais que tu ne penses pas un mot de ce que tu dis. Tu essaies seulement de tester la force de ma vocation. Je sais qu'il n'y a rien de mieux que d'être poète et je sais que tu en es convaincu, toi aussi.

Tout en parlant, nous avions atteint le bout de l'allée qui mène à la grand-rue du village et je me suis rendu compte alors que quelque chose d'étrange et de merveilleux s'était produit. Ou plutôt que quelque chose d'horrible et d'affreux ne s'était pas produit. Cela faisait une demi-heure que je parlais avec un aspirant poète adolescent et celui-ci n'avait pas seulement évoqué la possibilité de me lire un de ses poèmes. C'est peut-être là le miracle dont tu parlais, Jane.

Cela se passait lundi après-midi. La journée de mardi a été calme. Nous avons fait du bateau sur le lac, j'ai bu du chablis et, à la requête de David, j'ai lu à voix haute certains passages de mon *Anthologie de poèmes*. Toujours pas la moindre tentative de m'infliger les siens.

Il m'a confié qu'il trouvait «Lignes sur le visage de W.H. Auden» un peu artificiel. Je lui ai répondu que cela revenait à dire qu'il y avait beaucoup de chiens dans *Les 101 Dalmatiens*. Il a bien aimé «Martha, entrevue dans ce rayon de lumière» et «Ballade pour un homme oisif». Mais son grand favori est, comme on pouvait s'y attendre, «Là où finit la rivière». Je n'ai pas eu le courage de lui révéler que ces vers m'avaient été inspirés en découvrant qu'on avait mis au programme du secondaire la poésie de Gregory Corso et Lawrence Ferlinghetti[1]. Il a pensé que c'était une allégorie écologique, un poème «vert» *avant la lettre*[2], sur les flots d'égouts qui se déversent dans la mer. La jeunesse est vraiment insupportable.

Comme sous hypnose, j'ai commis la folie de lui demander si, puisque je lui avais montré mes poèmes, il accepterait de me montrer les siens.

Il rougit comme un brugnon trop mûr.

— Je suis sûr que ça va t'embêter de lire ça, a-t-il dit.

— Mais tu en connais bien un par cœur, non? Sincèrement, j'aimerais l'entendre.

Texto! Tout cela venant d'un homme qui, de notoriété publique, préférerait se jeter sous un camion plutôt que de subir une séance de déclamation de poésie. Le poème était court, ce qui était bien. Charmant, ce qui était bien. Respectait la forme, ce qui était bien. Était mauvais, ce qui n'était pas bien. Et il

---

1. Poètes de la Beat Generation. *(N.d.T.)*
2. En français dans le texte.

avait pour titre *L'Homme vert*, ce qui était impardonnable.

L'Homme vert

J'ai mordu la terre, cette terre de fiel
Terre de poussière, poussière de cheveux
J'ai étendu les bras pour saisir le ciel
Ce ciel est si bleu, un manteau de bleu.

J'ai léché l'herbe, la belle herbe offerte
Herbe à foin, foin d'or pour la chair
J'ai embrassé les feuilles si vertes
Dont la sève est le sang si clair.

J'ai répandu la semence de mes propres graines
Blanche est la semence répandue au vent
Bientôt va naître du sang de mes veines
Le fils de la terre et l'enfant des champs.

Cet homme de paille, ce dieu de la boue
Bleu est son manteau, un bleu éclatant
Et ce vert précieux, le vert de son sang
Viendra nous laver et rachètera tout.

Je t'avais prévenue! C'est comme si on reniflait les pets d'un autre, non? J'imagine qu'il a voulu transcrire dans ce poème, à sa manière charmante, sa propre expérience d'une branlette dans les bois. Au cas où tu te demanderais si j'extirpe ça de ma mémoire où je l'aurais engrangé avec amour, rassure-toi: je viens de le recopier directement du manuscrit laborieusement calligraphié, offert par David après que je l'eus (pouvais-je faire autrement?) complimenté.

Voici donc pour mardi. Mercredi a été une journée très importante pour Swafford puisqu'elle a vu le retour de Michael. Apparemment, il compte rester un bon moment ici.

Il s'est fait installer une sorte de centre de télécommunications dans son bureau d'où il peut s'en donner à cœur joie dans les OPA, le pillage des fonds de pension, l'acquisition des… enfin tout ce que les pontes comme ton oncle peuvent bien désirer acquérir… d'autres acquisitions, je suppose.

Mercredi après-midi, David et moi avons assisté, postés sur la terrasse située au-dessus de la colonnade du porche, à l'atterrissage de l'hélicoptère de ton oncle sur la pelouse sud. Michael s'en est extirpé et a foncé vers la maison, les mains protégeant sa tête (ou sa moumoute, si l'on en croit de méchantes rumeurs. N'aie crainte : je vérifierai un jour). Dès qu'il a été à l'abri des pales de l'engin, il s'est redressé pour nous regarder. David a agité sa main. Logan a agité la sienne en retour. J'ai agité la mienne. Logan a plissé les yeux, agité la main et fait quelques entrechats. Quelles retrouvailles ! Les grandes retrouvailles dynamiques d'un grand homme dynamique.

Nous avons dévalé l'escalier de bois, ton serviteur pantelant dans le sillage de David, galopé le long du couloir de la vieille nursery, dégringolé les dernières marches et déboulé dans le hall avec de grands hourras de bienvenue, telles Jo et Amy dans la plus minable et sirupeuse adaptation télévisée des *Quatre Filles du docteur March*. Ta tante Anne, qui était dans le salon, nous avait battus de vitesse et fut la première à recevoir un baiser. Michael, tenant amoureusement sa femme dans ses bras, leva les yeux tandis que, après un freinage des talons sur le marbre glissant, nous nous immobilisions, un peu gênés.

— Davey ! Et Tedward ! Ha-ha-ha !

Mon Dieu, comment ne pas envier cet homme ? Non pour sa puissance, sa fortune ou sa position – même si ce sont des choses que, franchement, on est bien en droit d'envier aussi –, mais pour l'autorité et – le mot n'est pas trop fort – le pouvoir qu'il a et qu'il exerce sur sa famille. Et ce putain de charisme qui émane de lui, tel un rayonnement permanent, ces ondes qu'il émet à profusion et sans arrêt, comme une odeur d'aisselle émane d'un haltérophile ou d'un directeur littéraire...

Compare et mesure la différence :

Noël dernier, Ted est invité chez Helen, Helen étant sa seconde femme et la mère de ses enfants Leonora et Roman.

Ted, qui ne conduit pas, débarque à l'heure dite, comme il a été convenu par écrit et confirmé par fax, à la gare de Didcot. Quelqu'un est là pour l'accueillir ? Mon cul, oui !

Donc Ted prend un taxi pour parcourir les vingt derniers kilomètres. Il arrive, appuie sur la sonnette avec le bout de son nez camus car ses bras sont surchargés de cadeaux.

Personne. Alors Ted frappe la porte avec le pied, découvre qu'elle est ouverte et se dirige vers le salon, chancelant sous le poids des paquets. Il arrive sur le seuil de la pièce, les joues cramoisies de liesse festive, les yeux anticipant le scintillement des guirlandes. Le bon vieux Ted des fêtes de fin d'année. Henri VIII dans ses bons jours. Un mélange débonnaire et joyeux de frère Tuck et de l'ange Clarence. Un cocktail de jubilation et de jovialité débordant d'amour paternel et d'esprit de Noël. C'est le feu dans la cheminée avec les marrons qui rôtissent. C'est le grand saladier d'argent plein de vin chaud épicé sous la grosse boule de gui. Sa bonhomie rayonnante suggère jeux de société, congratulations affectueuses, exclamations joyeuses, enfants portés sur le dos, plaisanteries et réjouissances autour de la bûche de Noël.

Son ex-femme, son fils unique, sa fille unique et le petit ami de sa fille unique, l'unique nouveau mari de son ex-femme détournent leur regard de l'écran de télévision où Cilla Black présente l'édition de Noël de « Tournez manèges » et font, dans l'ordre :

— Chut !

— Ah, c'est toi !

— T'as encore bu, papa ?

— T'as vraiment une sale gueule !

— Chut !

Le retour du père prodigue ? On tue le veau gras ? Tu parles ! Des clous !

Remarque, c'est le genre d'accueil foireux et merdique réservé à 99 % des pères de famille, tous les jours de leur chienne de vie. Rien de nouveau ni de surprenant. La seule réponse à ce comportement de rustres et de malotrus est de se saouler la gueule et de se comporter à son tour comme un tel salaud que cette bienvenue glaciale se trouve du coup justifiée et reconduite l'année d'après.

Trêve de jérémiades et d'attendrissement sur mon propre sort. Nous avions laissé debout dans le hall ton oncle Michael (un homme qui, de sa vie, n'a jamais pu pénétrer dans une pièce sans que chacun bondisse de son siège pour s'agglutiner autour de lui comme un essaim d'abeilles ou sauter par la fenêtre de terreur).

— Alors Davey, quoi de neuf ? Qu'est-ce que tu racontes ?

— Le carré de fraises est rouge de fruits. Je suis allé voir, hier soir, avec l'oncle Ted.

— Eh bien, on aura des fraises au dessert ! Absolument. Des montagnes de fraises. Tedward !

Étreinte de grizzly à vous démolir l'épaule.

— Tedward ! Je suis au courant !

Bras étendus de Michael, geste de Christ crucifié.

Du coup, il m'est apparu évident que la position du Christ sur la croix n'était en fait rien d'autre que le haussement d'épaules typique du Juif d'Europe centrale, style : « on m'a crucifié et ma mère est au pied de la croix à se lamenter parce que j'ai oublié de changer de pagne, oï ! », ce genre de mimique. Les Gentils, eux, n'y arrivent pas. Je pense que Michael faisait allusion à mon récent licenciement de ce torchon.

— Oh, ça ! ai-je lancé. (Mon haussement d'épaules, surpris dans le miroir du hall, ne réussit qu'à me don-

ner la silhouette bossue d'une douairière acariâtre.)
Ce n'est jamais qu'un journal de merde !

— Bien dit ! Seulement un journal ! Exactement ce
que j'ai dit quand je l'ai vendu en 1982. C'est seulement un journal.

Remarque…

Il s'arrêta net et jeta un regard autour de lui.

— Mais où est Simon ?

Annie avait glissé son bras sous le sien.

— Simon est resté chez Robbie. Une course de tracteurs. Tu sais bien, je te l'ai dit dans le fax que je t'ai
envoyé. Il revient demain matin.

Alors, comme ça, Annie envoie des fax à Michael
pour l'informer des allées et venues de sa progéniture ?
Je dois dire, Jane, que j'en ai été étonné car, si tu te
rappelles bien, j'étais dans le salon avec elle lorsque
Simon lui avait lancé en passant qu'il découchait pour
la nuit, ce qu'Anne avait paru tout juste enregistrer. On
dit que le seul talent nécessaire pour être un financier
de génie, c'est le sens du détail. Il semblerait donc que
cela s'applique aussi à la fonction parentale. Dans
cette hypothèse, je suis un cas désespéré. Car j'ai déjà
de la difficulté à me souvenir du sexe, de l'âge et du
nom de mes deux enfants.

Une fois la distribution d'embrassades et d'accolades
terminée, Michael monta rapidement prendre un bain
et échanger son costume de financier pour le polo-
short réservé au contexte familial. La seule conscience
de sa présence avait réussi à changer radicalement l'atmosphère de Swafford. Très difficile de t'expliquer
comment. C'est plutôt comme si nous avions passé les
journées précédentes à combler un vide. J'ai quelques
années de plus que lui mais, en présence de Michael,
je me sens immédiatement comme un gamin de quatre
ans. C'était donc d'autant plus idiot de ma part de lui
dévoiler mon projet si soudainement, le soir même de
son arrivée.

— Tu veux faire quoi ?

Ses sourcils se froncèrent en une grimace, indice soit d'une rage bouillonnante, soit d'une perplexité amusée. Dégoulinant de peur, je choisis la première hypothèse.

— Michael, Michael !... Ce n'est pas...

— Alors maintenant, tu joues les scribouillards ? Tu es devenu une sorte de... comment est-ce qu'elle s'appelle, déjà ? Une Kitty Kelley fouilleuse de merde ? *La Vie privée de Michael Logan* ? Non, attends, c'est trop plat. Mieux : *Les Vies privées de Michael Logan* ? *Les Vies très privées de Michael Logan* ? Tedward, Tedward, c'est grave !

Oh merde ! Merde de merde ! J'ai fait un geste navré des mains.

— Michael, mon vieux pote, je savais que tu allais réagir comme ça. Je me suis mal exprimé. Ce n'est pas *toi* qui m'intéresses. Pas toi en tant qu'*individu*. C'est... l'ensemble. L'ensemble de la *chose*.

— Pour un poète, on ne peut pas dire que tu nous éblouisses de ton vocabulaire !

Je me suis tassé sur mon siège, rouge de confusion. Ce type avait été heureux de me revoir, énormément, positivement ravi, et moi je lui avais foncé dessus pour le harceler. Nous étions tous les deux seuls, assis à la table de la salle à manger qu'on venait de débarrasser. Annie était passée au salon et David s'était retiré pour la nuit. On avait le ventre plein de fraises et de crème fraîche – les désirs de Michael étant des ordres –, de bonnes vieilles fraises d'autrefois, une espèce tardive, dont le picot s'arrache aussi aisément qu'on extirpe de jeunes carottes d'un tas de compost, pas ces ersatz modernes dont les feuilles se brisent et qui vous laissent en bouche un arrière-goût de cidre éventé. On était pleins de bon vin, également, et on baignait dans un petit nuage de fumée, havane pour Michael, Rothman pour moi. J'avais cru le moment propice.

— Michael, enfin merde, tu me connais ! lançai-je avec mon sourire le plus charmeur.

127

— C'est bien ce qui me fait peur, répliqua-t-il.

— Tu me déçois ! Je ne m'intéresse ni aux ragots ni aux scandales… et il n'y en a pas, j'en suis certain. Or même si c'était le cas, je m'en foutrais. J'ai utilisé le mot de biographie faute de mieux. En fait, j'envisage plutôt une sorte d'histoire, un genre de fresque.

Je me suis penché vers lui.

— Tu vois, Michael, je pense que les deux grands fils conducteurs de l'histoire du XXe siècle, ce sont les Anglo-Saxons et les Juifs. Il se peut qu'au siècle prochain ce soient les Hispaniques et les Arabes, ou les Noirs et les Asiatiques, ou les Vénusiens et les Martiens, je n'en sais foutre rien. (J'étais en train d'improviser comme un fou, naturellement.) Mais les Juifs et les Anglo-Saxons ont plus ou moins façonné la géographie planétaire, défini la pensée, l'art, la culture populaire, l'histoire de… de… je ne sais pas, moi. De la destinée humaine, si tu veux. Maintenant, il n'est pas rare que des Juifs – ou des Anglo-Saxons – se marient en dehors de leur race ou de leur communauté, mais Anne et toi, tu vois, vous constituez un cas particulièrement intrigant, un terrain d'étude particulièrement intéressant. Un cas exemplaire. Tu n'es pas n'importe quel Juif. Tu es sans doute le Juif le plus puissant d'Europe. Et Anne n'est pas non plus l'Anglaise lambda. Elle descend d'une des plus anciennes familles de Grande-Bretagne. Ses ancêtres ont régné sur ce pays où ils ont roué et ruiné les manants pendant plus d'un millénaire. Par sa mère, il y a en elle du Russell, comme le Premier ministre et Bertrand, avec, pour corser le cocktail, une bonne dose de Marlborough et de Churchill, saupoudrée d'un zeste de Cecil et de Paget. Par conséquent, ta famille est une union, un mélange de ces deux grandes tendances. Peut-être le monde n'a-t-il jamais cessé d'être dominé par ces traditions anglo-saxonnes et juives, du Christ à Marx, Einstein, Kafka et Freud, en passant par Shakespeare, Lincoln, Franklin, Jefferson et le colonel Sanders. Ta progéniture, ton mariage, ta famille sont presque emblématiques, tu ne crois pas ? Cela ne m'intéresse pas du tout de savoir si tu as été fidèle à ta femme, Michael, ni de découvrir quelles sales entourloupes tu as dû employer pour arriver là où tu es. Je pense simplement qu'on possède les ingrédients d'un fabuleux bouquin.

Non ! Fran-che-ment...

Michael m'a regardé pendant un moment qui m'a semblé durer une semaine.

— Je vais y réfléchir, Tedward.

Je lui ai souri.

— C'est tout ce que je te demande !

— Tu restes un bon moment avec nous et on aura tout le temps d'en reparler. Allons rejoindre Anne.

Et nous en sommes demeurés là.

Est-ce que j'ai bien agi, Jane ? Je pense qu'il a gobé mon histoire – et pourquoi pas ? Je pense avoir été vachement convaincant et je ne crois pas avoir brûlé mes vaisseaux. Mais j'aimerais, je souhaiterais, ô Jane, ma douce, ma très chère Jane, que tu me dises exactement ce que je suis censé être venu découvrir en ces lieux.

Laisse-moi le temps de m'étirer et de me verser un autre whisky et nous passerons à la journée de jeudi.

Quatre

III

Jeudi a été le jour de ce qu'on pourrait appeler l'ouverture de la saison d'été. En apprenant que d'autres invités étaient annoncés à Swafford Hall, je me suis dit que je devais représenter pour Davey une sorte d'avant-garde et que son plaisir de m'avoir tout à lui s'expliquait par son désir de former alliance avec moi contre les vilains « grands » qui allaient débarquer et le reléguer au rôle de gamin de la famille toujours dans vos pattes. Or cela n'était qu'un jugement hâtif qui se révéla totalement erroné, comme nous le verrons.

Nous eûmes une conversation sur les relations avec les gens qui mit en évidence nos points communs. Personnellement, j'avouai que j'avais le trac de rencontrer des inconnus et David convint qu'il était dans la même situation. Il observa que cette similarité n'était guère surprenante puisque, *mutatis mutandis*, nous avions le même âge.

— Alors là, je ne te suis plus, vieille branche. Qu'est-ce que tu me racontes ?

— Eh bien, je suis à quinze années du berceau et toi à quinze années du tombeau.

Ce n'est pas exactement le discours auquel on peut s'attendre de la part d'un jeune garçon à la coiffure nette et aux mœurs policées, mais enfin, il n'avait pas tort, la vérité sort de la bouche des enfants, etc., etc., *bis pueri senes* et toutes ces sortes de choses...

La première invitée qui se pointa fut ton amie, Patricia. Seigneur Dieu, Jane ! Quelle paire de lolos !

Elle est arrivée seule, se remettant tout juste d'une aventure « dévastatrice » avec le sous-fifre de Michael, Martin Rebak. Tu dois certainement être au courant. Ce Rebak est le DG de Logan (initiales de directeur général, une sorte de croisement hybride, je crois, entre un directeur qui dirige et un général) et il a été l'homme de la vie de Patricia pendant un an. On en était déjà à parler mariage et vœux solennels quand, coup de théâtre, il s'est payé la fille chargée des relations publiques, laissant Patricia positivement ravagée de douleur. Assez fair-play, Michael n'a pas caché à son DG qu'il avait agi comme un salaud et un connard et, dans l'histoire, Anne et lui ont officiellement pris fait et cause pour Patricia. Le DG dirige toujours (selon Simon, revenu le matin même de sa course de tracteurs), mais se sent quelque peu marri d'avoir subi des remontrances d'un autre âge, style mafia, de la part de son boss. Que la sollicitude de Michael envers la donzelle s'explique par un désir inconscient de la sauter lui-même, seuls Dieu et toi (j'imagine) le savez ! Il y a des rumeurs qui circulent là-dessus, étayées par la réputation qu'a Michael d'être un fornicateur assidu et consciencieux. Mais il y a des rumeurs sur tout le monde ! Qu'il n'y ait pas de fumée sans feu n'est pas, actuellement, ce qui nous intéresse.

N'empêche, quel morceau ! Elle ne semble pas trop affectée par le deuil de son amant volage. En fait, elle est gaie et guillerette comme une armée de pinsons.

— Vous, je vous connais, m'a-t-elle lancé après avoir gratifié Podmore d'une bise. (Tu t'imagines... *Podmore !...*) Vous êtes Ted Wallace ! Il y a un article sur vous dans l'*Evening Standard* d'hier. Vous venez de vous faire renvoyer d'un canard quelconque, non ?

A.N. Wilson a écrit un article pour vous défendre et Milton Shulman dit que vous avez terni la bonne réputation du métier de critique.

— Tout comme on peut dire que Myra Hindley[1] a terni la bonne réputation des assassins d'enfants.

— Et nous nous sommes rencontrés deux fois déjà, a-t-elle poursuivi. Une fois à l'Ivy, pour le lancement de quelque chose, peut-être un livre d'anecdotes théâtrales de Ned Sherrin, non ?

— Vous n'allez sans doute pas me croire, ai-je dit, mais j'ai réussi à rater chaque lancement de tous les livres d'anecdotes théâtrales de Ned Sherrin. Cela défie toutes les lois sur le calcul des probabilités mais j'avoue y être parvenu. J'attribue cela à un entraînement personnel rigoureux et à une autodiscipline de fer. Le problème, c'est que, si vous commencez à assister à l'un, vous ne pouvez pas vous empêcher d'assister au prochain puis à l'autre, etc. Et, sans vous en rendre compte, vous finissez par être là toutes les semaines. J'imagine que la seule autre solution serait que Ned Sherrin stoppe sa production, mais ce serait un peu comme de la triche, non ?

— Ah, je sais ! C'était à la National Portrait Gallery, pour l'exposition « Portraits réalisés par des enfants » au bénéfice d'une vague œuvre charitable !

— Ah oui ! Je sens émerger de vagues réminiscences.

Patricia se tourna vers Michael et Anne pour leur expliquer.

— Il s'agissait de portraits, vous savez bien, des portraits de la princesse Diana, de Margaret Thatcher, etc., peints par des gosses de cinq ans. Et Ted a sorti d'une voix de stentor : « Vous appelez ça de la peinture ? Je suis sûr qu'un peintre moderne arriverait presque à faire aussi bien que ça ! » Et puis vous avez fait tout un foin parce qu'il était interdit de fumer.

---

1. Équivalent anglais de Marc Dutroux. *(N.d.T.)*

— Eh oui ! J'avoue que je ne dédaigne pas de faire le pitre, je suis le premier à le reconnaître.

— Mais la toute première fois que nous nous sommes rencontrés, c'était à un dîner à Pembridge Square, en 1987.

Elle commençait à ressembler à ces types qui mettent des pubs style « Gênés par vos trous de mémoire ? » en première page, colonne du bas, à droite, dans le *Telegraph*.

— Pembridge Square ? Pembridge Square... Je ne connais personne qui habite Pembridge Square...

— Les Gossett-Payne.

— ... sauf, évidemment, Mark et Candida Gossett-Payne. Eh bien, dites donc ! Ravi de vous revoir, Patricia !

Je constatai, en observant David du coin de l'œil, que les choses commençaient à se gâter. Il s'était glissé dans le hall pendant les dernières répliques de cette conversation et commençait à bouder et à virer dangereusement au rouge. Visiblement, il avait décidé d'en vouloir à cette créature dotée par la nature d'un tempérament enjoué et d'une poitrine généreuse. J'imagine qu'il en avait conclu, à juste titre, que je risquais de préférer à sa compagnie celle de cette délicieuse personne pour les prochaines promenades ou sorties en bateau. Cependant, les choses devaient évoluer différemment.

— Euh... et, bien sûr, vous devez connaître David, ai-je repris en me tournant vers lui.

Là réaction de Patricia a été tout à fait extraordinaire, quand j'y repense. Elle a fait un pas en avant et s'est agenouillée... geste qui semble un peu superflu, considérant qu'elle le dépasse d'à peine quinze centimètres.

— David ! s'exclama-t-elle en plongeant ses yeux dans les siens. C'est moi, Patricia. Tu te rappelles, on s'est rencontrés...

Et elle repartit dans son numéro de Madame Mémoire tandis que David la fixait d'un œil embué.

133

— Dieu tout-puissant ! Mais regarde-toi maintenant, roucoula-t-elle. Est ce que tu voudrais… David… est-ce que tu veux bien m'embrasser ?

Voilà ! Je te jure ! Comme s'il était un bambin portant des couches ou un vieillard gâteux ! Il a vraiment été à la hauteur, je dois le dire : regard séducteur sous les cils et joue virginale offerte avec pudeur. Mais que le grand Cric me bourre le cul de figues si elle n'a pas amorcé un léger dérapage pour lui faire du bouche-à-bouche !

C'est ton amie, Jane, et je donnerais bien la moitié de ma collection de nœuds papillon pour la tringler dans les règles, mais franchement je ne crois pas qu'elle soit tout à fait équilibrée.

Nous avons été invités à passer dans le petit salon pour prendre un café, David luttant contre une envie de pleurnicher tandis que nous échafaudions des projets pour le week-end. Simon se présenta poliment mais il ne reçut, lui, qu'un salut distrait de la main de Patricia. Il se joignit à la conversation en faisant remarquer qu'aujourd'hui c'était le dernier jour de la foire agricole de l'East Anglia.

— Ah oui ? fit Patricia d'un ton indifférent qui trahissait un tel mépris pour cette information que Simon en devint cramoisi.

Puis elle se tourna pour demander à David ce qu'il pensait de David Marnet.

— La foire agricole de l'East Anglia ? ai-je lancé à Simon qui restait planté là, occupé à faire reluire ses chaussures en les frottant contre son mollet. Un genre de comice agricole, un truc comme ça, non ?

— Eh bien… oh, vous savez… Je suis sûr que ça n'a aucun intérêt pour les gens qui sont… qui ne sont pas intéressés par ces choses.

— Ah bon ?

— Mais c'est très populaire par ici, remarquez. Enfin, dans le coin, je veux dire. Dans le Norfolk et les alentours.

— Oh ? Ah ? Le genre concours de chiens de berger qui ramènent les moutons et tout le bataclan, j'imagine ?

— Euh… pas exactement… Il n'y a pas tellement de moutons dans la région.

— Alors concours de terriers Norwich ? Courses de crabes de la baie de Cromer ? Médaille d'or de la dinde du Norfolk glougloutant le plus harmonieusement ?

— Il y a présentation d'espèces rares, des expositions, des stands et un concours hippique de saut d'obstacles, et… mais c'est… comme je disais… pas très intéressant, j'imagine.

— Tu adores ça, Simon. Je sais que tu en es fou ! intervint sa mère.

Anne et Michael étaient restés à l'écart, en grande conversation. Problèmes d'intendance et attribution des chambres, je présume. Elle se tourna vers moi.

— Il en est complètement fana. N'a pas raté un jeudi de la foire agricole depuis des années. Je suis étonné que tu ne sois pas déjà en route, mon chéri.

— Non, parce que je me suis dit… Eh bien, j'ai pensé qu'il fallait d'abord saluer les invités et voir si par hasard quelqu'un d'autre voulait… Mais probablement pas…

— Simon, ma vieille branche, ai-je dit, si tu as de la place, je serai ravi de t'accompagner. Mais à condition que cela ne t'ennuie pas, évidemment.

David se retourna, ahuri. Patricia « m'envisagea », comme on disait au XVIIe siècle, d'un œil… méprisant. Ou peut-être soulagé ? Dieu seul le sait. Anne sembla ravie, et Michael, plutôt absent ce matin-là, opina avec bienveillance. Simon, par politesse peut-être ou sincèrement heureux, laissa éclater sa joie :

— Non, non, pas du tout ! Ce sera un plaisir. On peut prendre l'Austin-Healey, si vous voulez, à moins que quelqu'un d'autre…

Quelle idée saugrenue m'a pris, j'aimerais qu'on me le dise ! Une foire agricole ! Au beau milieu d'un mois de juillet torride ! En East Anglia ! Je vois le tableau : espèces rares... Concours hippique... La plus grosse truie... avec l'incontournable tir au pigeon, je parierais !

On est partis presque immédiatement, rien que Simon, Soda et moi. Toute perspective de ce rassemblement de fermiers mise à part, je n'arrivais pas à déterminer si j'étais heureux ou vexé de voir Patricia et David former aussi rapidement une telle alliance d'adoration mutuelle. Bien sûr, le fait n'est pas rare et j'ai déjà eu l'occasion de voir des nanas s'enticher de mâles plus jeunes qu'elles – ce concept sulfureux du gigolo n'existe pas que dans les magazines ! Mais dans les scores du tennis de chambre, les femmes, à ma connaissance, préféreront toujours « love-trente » ou « love-quarante » plutôt que « love-quinze ». Avec les hommes, évidemment, c'est une autre histoire. Ils commencent à « love toutes » et n'en bougent plus jusqu'à ce qu'on les traîne de force hors du court.

La foire de l'East Anglia, j'ai été bien marri de l'apprendre, se tenait à la lisière de Peterborough, soit à environ deux heures de route de Swafford. Le désarroi a dû se lire sur mon visage.

— Dommage que vous ne soyez pas venu le mois dernier, dit Simon. C'était le Royal Norfolk Show. Il s'est tenu à Costessey, à une demi-heure d'ici seulement.

Costessey, malgré son orthographe, se prononce « cossey », me signala Simon avant de se lancer dans le récit d'une histoire qui te sera bien familière, Jane.

— J'ai emmené ma cousine Jane au Royal Norfolk. Vous connaissez Jane ?

— C'est ma filleule ! hurlai-je pour couvrir le bruit du vent.

— Ah bon ? Alors vous savez sans doute qu'elle ne va pas très bien.

Je hochai la tête.

— Je m'étais dit qu'une journée de sortie lui ferait peut-être du bien. Malheureusement, elle a été prise d'un malaise pendant une démonstration de bottelage du foin. Affreux.

— Affreux, approuvai-je.

— J'ai cru qu'elle était fichue, je dois dire. Jamais vu quelqu'un d'aussi pâle. Les secouristes voulaient la conduire au Norfolk et Norwich. C'est un hôpital.

— Très sage. Probablement plus logique que de l'emmener au restaurant ou, disons, au match de foot.

— Mais elle est revenue à elle sous la tente et j'ai pu la ramener à Swafford. Elle n'a pas voulu voir de docteur. Elle a seulement filé droit au lit. Elle y est restée deux jours. David lui faisait la lecture tous les après-midi. Et papa a fait venir une infirmière professionnelle. Papa est son oncle.

— Elle semble en pleine forme, maintenant, risquai-je. Je l'ai vue à Londres.

— Ouais, elle a récupéré. M'étonne pas. Ça arrive aussi, chez les cochons.

L'affection entre cousins s'exprime en termes parfois assez surprenants.

Tout en roulant vers Peterborough, j'ai médité sur ce curieux nom de Costessey et j'ai fini par improviser un limerick qui a beaucoup amusé Simon et Soda.

Y avait une fillette de Costessey
Affligée de poils vraiment fort épais.
Ses cuisses et son cul
Étaient plantés si dru
Que jamais les gars ne s'y retrouvaient.

— Génial ! a hurlé Simon dans une grande embardée qui a failli envoyer la voiture au fossé. Absolument génial !

Arrivés au champ de foire, il s'est empressé de répéter le limerick à tous ses copains, lesquels étaient présents en grand nombre. L'esprit poétique, vois-tu, peut s'épanouir même sur les terres les plus incultes et les plus arides. Simon, pour qui la poésie est un livre clos dans un placard fermé à clé, au sommet d'un très haut grenier dans une maison solitaire au fond d'un hameau paumé dans un coin perdu, est allé répétant : « Voici mon oncle Ted. C'est un poète très célèbre. Il a même inventé un poème dans la voiture pendant le trajet ! » et il le leur récitait. Le fait d'être un « vrai poète » a semblé faire accéder ce limerick au rang d'œuvre d'art.

Cela me rappelle un truc auquel nous avions recours quand nous étions dans la dèche, à l'époque où nous fréquentions le Dominion. Le Dominion était – et est toujours – un club pour soiffards, pas loin du Harpo, probablement pas ton genre d'endroit, ma chérie. J'y traînais mes guêtres à la fin des années cinquante et au début des années soixante avec Gordon Fell, maintenant *sir* Gordon Fell, le peintre et la légende culturelle vivante – comme l'a qualifié un récent article signé par ma fille Leonora, l'autre semaine. La ruse consistait à imbiber ce pauvre Gordon d'une quantité raisonnable de ces Old-Fashioned sirupeux dont il raffolait et puis d'engager la conversation.

Dès qu'il prononçait le nom de quelqu'un qui n'était pas l'ami intime de quiconque présent dans la pièce – disons Tiny Winters, par exemple – on lui demandait :

— Tiny Winters ?… Tiny Winters… Rappelle-moi qui c'est, Gordie ?

Et Gordon s'empêtrait à nous fournir une description du mec. On affectait un air perplexe et on secouait la tête.

— Niet ! Vois pas !

Gordon se foutait en boule, évidemment, car tu imagines bien que Tiny Winters était connu de tout le monde.

— Mais tu connais Tiny ! *Tiny*… On ne connaît que lui ! hurlait Gordon, indigné.

On faisait semblant de se creuser la mémoire. Et puis l'un de nous lançait finalement :

— À quoi il ressemble, ton Tiny Winters ?

— Eh bien, il... Oh! Donnez-moi une feuille de papier, pour l'amour du ciel!

Tralala! Victoire! Quelques coups de fusain et cinq minutes plus tard on se retrouvait l'heureux possesseur d'un Fell authentique. Même à cette époque, l'esquisse la plus sommaire pouvait vous rapporter dans les cinquante livres. En fait, plus elle était sommaire, plus elle avait de valeur.

— Aaah! Ce Tiny-là! Pigé. Oui, bien sûr! Qui ne connaît ce vieux Tiny!

L'un d'entre nous fourrait le croquis dans sa poche et filait en taxi jusqu'à Cork Street, puis revenait partager le butin au nez et à la barbe de Gordon qui n'y voyait que du feu.

Mais, naturellement, un beau jour il a fallu que cette petite fouine puante de Compton Day lui casse le morceau. Et le coup d'après, quand on a voulu rééditer notre entourloupe, Gordon s'est appliqué à lécher son portrait, langue tirée et yeux larmoyants de concentration. On en pantelait de plaisir, anticipant au moins soixante-quinze livres supplémentaires dans la cagnotte. Quand il eut terminé son croquis, nous avons poussé le traditionnel « Ah, maintenant, je vois qui tu veux dire! » mais, avant que nous ayons eu le temps de mettre la main dessus, Gordon l'a saisi et déchiré en bandelettes, sous nos yeux horrifiés.

— Et voici pour vous, mes chéris, a-t-il lancé en distribuant à la ronde les rubans de papier. Un pour chacun.

Le salaud! Après ça, tu n'arrivais même plus à lui faire dessiner un plan pour te montrer la route du restaurant.

En tout cas, mon limerick a fait le tour du champ de foire, magnifié par mon statut de poète. Remarque, on aurait vainement essayé de le vendre comme un croquis de Fell, tu penses bien. Un poème n'a pas de valeur de rachat, oh que non! Il tombe directement dans le domaine public. Mais passons. Je ne veux pas risquer d'épuiser mon cheval de bataille favori.

J'imagine qu'un «Récit d'une journée à la foire agricole» ne te tente pas, non ? Alors je vais t'épargner les détails sur la démonstration impressionnante du ballet de tracteurs John Deere, te faire grâce des péripéties du concours de chevaux de trait «les Punchs du Suffolk», reporter à une autre occasion mes descriptions du combat titanesque entre les Producteurs de Betteraves de Dereham et sa région et les Planteurs de Betteraves Fourragères de la Vallée de la Neane (associés aux Amis de la Racine Pivotante du Cambridgeshire, section Nord).

Simon, son manque d'humour et d'imagination mis à part, se comporte de façon fort civile et n'a jamais cédé à la tentation de m'abandonner à la horde des nombreuses dames enchapeautées qui virevoltaient et voltigeaient d'une tente à l'autre, butinant les tasses de thé comme libellules au mois d'août. Dans la mesure où les foires agricoles constituent une expérience nouvelle pour moi – et tout homme dans la soixantaine se doit d'apprécier une nouvelle expérience, fût-elle grotesque –, je ne peux pas dire que cette journée comptera parmi les plus maussades de ma vie. Simon nous a permis, à Soda et à moi, de nombreuses étapes dans le circuit des tentes-brasseries et stands de vente de sandwichs. Il a même proposé une incursion au bus Rothman qu'il avait repéré. J'en ai rapporté une brassée de paquets de clopes gratuits après avoir rempli un questionnaire et charmé de mon baratin deux nénettes maquillées à la truelle qui géraient l'autobus à deux étages reconverti, gaiement décoré aux couleurs bleu, blanc et or de la firme Rothman. Cela m'a rappelé les vendeuses de cigarettes de ma jeunesse, ces charmantes demoiselles, aussi nombreuses au théâtre, dans les cinémas les soirs de première et les night-clubs que les professionnelles de la quête charitable de nos jours. À noter qu'on pouvait, avec un peu de chance, s'envoyer Miss Cigarette dans les chiottes pour cinquante balles alors que j'ai la nette impression que, dans l'Angleterre bien-pensante et charitable d'aujourd'hui, les vendeuses d'autocollants pour l'Enfance maltraitée et autres agitatrices de sébile quêtant pour la Lutte contre la mucoviscidose rameuteraient la police en gueulant au viol visuel si vous osiez seulement jeter un coup d'œil sur ce qui se passe au-dessous de leur menton. Depuis des années, on assiste à une élévation constante et inexorable de notre niveau de moralité. Cela m'inquiète beaucoup.

Nous avons quitté les festivités vers six heures, traînant derrière nous toute une flottille de ballons gonflables multicolores portant les marques prestigieuses de fournisseurs d'aliments pour bétail et de producteurs de fongicides à diffusion lente ; apparemment, Michael adore amuser la galerie avec une voix shootée à l'hélium.

Sur la route du retour, Simon me tanna pour que je lui invente d'autres limericks.

— Fais-en un avec Swafford ! a-t-il insisté.

> *Y avait une vieille dame de Swafford*
> *Qui adorait sauter à la corde.*
> *Si on d'mandait pourquoi*
> *Elle répondait ma foi,*
> *C'est mieux qu'êt'sautée par un lord.*

— Pas mal. Mais pas très osé, non ?
— Soda a beaucoup aimé, ai-je répliqué, vexé.
— Maintenant, fais un limerick sur moi.

> *Y avait un jeune homme nommé Simon*
> *Vraiment affligé par son prénom.*
> *C'est vraiment la déprime*
> *D'avoir un nom qui rime*
> *Si naturellement avec petit con.*

— En plein dans le mille. En classe, on m'appelait Simon petit con, comment as-tu deviné ?

— Question d'intuition.

— OK. Maintenant sur toi.

> *Y avait un vieux beau nommé Ted*
> *Qu'avait plus la quéquette assez raide.*
> *Quand il montait les putes,*
> *Souvent y ratait l'but,*
> *Et y s'contentait d'honorer l'plaid.*

Simon sembla fasciné par le concept.

— Ça t'arrive vraiment ?

— Quoi ? Tu veux dire de rater la cible ? Certainement. Tout le temps.

Son ignorance, selon moi, relève de deux hypothèses : ou ce garçon est encore vierge, ou bien alors il a été dépucelé par une femme suffisamment experte pour lui éviter ce genre de désagrément. Le veinard !

À mon grand soulagement, le retour au bercail depuis Peterborough me sembla sensiblement plus court que le trajet aller. C'est souvent le cas.

David, rejouant la scène de notre arrivée le dimanche, nous attendait sur les marches du perron.

— Salut, galopin. Qu'est-ce que tu as fait de ta petite amie ?

Il se contenta de détourner la tête pour marquer sa désapprobation quant à ce terme.

— Nous avons des cadeaux. Regarde ! Pour toi, un gros cochon en toile de chanvre tissée main et rembourré au kapok le plus fin.

Il le prit.

— Amusant, merci !

— La dame qui me l'a vendu, ai-je repris, m'a demandé si je n'avais pas servi de modèle à l'artiste. Un peu gonflé de sa part, vu qu'elle-même n'était pas sans évoquer un cormoran ou une vieille mouette rescapés d'une marée noire. Nez-en-moins, tu admettras qu'il y a

une ressemblance non négligeable entre ce remarquable cochon et ma tête de vieux sage libidineux. Si tu
t'amusais à enfoncer une épingle dans ce brave animal,
je suis sûr que tu me verrais hurler et sauter en l'air.

— J'aurais bien aimé aller avec vous, tu sais.

Ha! Y a-t-il un diplômé en psychologie, ex-boursier
du gouvernement de l'université de Dunstable, dans
la salle? Jamais là quand on a besoin d'eux! J'ai
attendu que Soda et Simon ne soient plus à portée de
voix pour calmer l'ego du jeune David par ma description au vitriol d'un après-midi glauque et mortel,
puis j'ai trotté jusqu'à la maison m'habiller pour le
dîner. Car, ce soir-là, les Logan jouaient à « Madame
et Monsieur reçoivent », et le smoking était de rigueur.

Personne ne traînant aux alentours, il m'a fallu
attendre le rassemblement des invités pour découvrir
que cette grande folle de Mills allait être des nôtres.

Oliver Mills. Je ne sais pas si tu l'as déjà rencontré.
C'était l'aumônier de notre régiment, en ces temps où
le service militaire était encore obligatoire. Depuis, la
lumière de la foi s'est éteinte en lui et il s'est défroqué.
Du moins, c'est la version qu'il donne. Personnellement,
me fiant à de vagues rumeurs, j'ai plutôt tendance à
croire qu'il était devenu trop sulfureux pour l'armée et
l'Église. Son goût pour les subalternes virils et les
jeunes conscrits musclés avait fini par se remarquer.
Un épisode – ça devait être en 1959 – a peut-être été la
goutte qui a fait déborder le vase. Un général, passant
en revue un bataillon de fringants cadets sur le point
de recevoir leurs premiers galons, s'arrêta devant l'un
d'eux, un éphèbe à l'allure particulièrement efféminée.

— Vous! Votre nom!

— Sigismond Manlove, mon général! (Ou un nom
de ce style.)

— Vous croyez être un gentleman de bonne moralité?

Pas de réponse.

— Eh bien ? Je vous parle !

Sur quoi, le jeune homme a fondu en larmes et quitté en courant le lieu de la parade. S'est pendu avec sa ceinture en laissant un mot à sa mère pour lui demander pardon. On n'a rien pu prouver, bien sûr, mais tout le monde savait qu'il servait la messe à la chapelle et c'est très peu de temps après cet incident qu'Oliver a définitivement rangé son étole et plongé tête la première dans la vie séculière.

La première affectation d'Oliver l'a conduit à la BBC, un havre idéal pour les sans-foi-ni-moralité, où il a mis en scène la plupart de ces abominables mélos pour ménagères que tout le monde prétend considérer comme le produit de l'âge d'or de la télévision. Entre nous, je préférerais me taper un one man show de John Major plutôt que d'avoir à supporter une heure de cette mélasse à l'eau de rose. La plupart des scénaristes coupables sont morts depuis lors, d'abus d'alcool ou d'overdose socialiste, Dieu merci ! Et Oliver, comme tu le sais, se spécialise aujourd'hui dans des adaptations télévisées de classiques en costumes d'époque et n'a plus rien à foutre de la classe ouvrière, même s'il s'en défend. Il n'avait pas son pareil pour rédiger des communiqués de presse particulièrement gnangnan. « Monsieur, Nous, soussignés, nous élevons avec la plus grande fermeté contre les tentatives du gouvernement de couper les crédits du Conseil culturel / de soumettre les pantalons en velours côtelé à la TVA / de privatiser Richard Attenborough. » Tu vois le style, le genre de merdes bien-pensantes ! Après quoi, il convoquait les suspects habituels au Harpo Club et les forçait à signer sa pétition. Un jour, il a essayé de me convaincre d'ajouter mon nom au bas d'un manuscrit déplorant un « Accord du livre sur le Net », ou enfin une connerie que je serais bien infoutu de t'expliquer. Au demeurant, c'est un compagnon d'un commerce fort agréable et amusant – à condition d'apprécier ce genre d'esprit chochotte – mais, quand il prend le mors socialiste entre ses dents couronnées à grands frais, il peut se révéler aussi dépourvu d'humour que ces invertébrés mollassons qui conduisent une veillée aux flambeaux autour de l'ambassade d'Afrique du Sud ou vous épinglent de force le ruban rouge « Non au sida » un soir de première.

— Échange de bons procédés, lui ai-je dit. D'abord tu signes la pétition que je me propose d'envoyer au gouvernement, exigeant le rétablissement de la flagellation publique pour les coupables de graffitis et autres actes de vandalisme...

C'était une question qui me tenait furieusement à cœur à l'époque, le mur devant ma fenêtre de Butler's Yard ayant récemment été couvert de gribouillis évoquant des caractères arabes vus à l'envers.

Naturellement, mère Mills, complètement décontenancé, n'a plus insisté. Malgré tout, on a gardé de bonnes relations et il m'a salué tout à fait chaleureusement quand je me suis pointé, ce jeudi soir, tout beau tout propre, pour mon premier verre d'apéro.

— Mais qui voilà! Si ce n'est pas notre joyeux Hippo en personne! s'est-t-il exclamé. (Dieu que je déteste ce vieux sobriquet!) Battu d'une longueur à l'abreuvoir par plus malin que lui!

— Hello, Oliver, ai-je grommelé. Qu'est-ce qui a bien pu t'arracher à Kensington?

— La même chose que toi, mon ange. R et R. La mère Mills a travaillé comme une grosse abeille, ces derniers temps. L'a grand besoin de se refaire une santé.

— Mais elle continue à biberonner sec, à ce que je vois!

— Jamais, depuis le jour où Barbara Cartland a taxé Fergie de vulgarité, n'avons-nous entendu l'hôpital se ficher de la charité avec une insolence aussi insolemment insolente!

Je n'ai pas répondu. Puis, tandis que je me versais deux gros doigts de Macallan, je dus l'écouter me gazouiller les louanges de son nouvel amour.

— Dennis. Un prénom aussi romantique qu'un insecticide mais un type vraiment adorable, dévoué et bien monté. Encore une goutte de vodka, pendant que tu y es.

— Et qu'est-ce qu'il fait, ce Dennis?

— Tout ce que je lui demande.

— Non! Dans la vie.

— Il est employé à la sécurité sociale, si tu tiens vraiment à le savoir. Et je l'ai rencontré à la Gay Pride du mois de mars.

Il y a certains moments où l'on envie les pédés, d'autres pas. Au moins, nous, les vieux hétéros classiques, nous ne sommes pas obligés de nous mettre à la colle avec des garçons de bureau, des soudeurs ou des vendeurs. Traite-moi de snob peu charitable si tu veux, mais je ne comprends pas comment Oliver peut supporter qu'un blaireau ignare de Clapham ou de Camberwell vienne péter dans son lit ou se gratter les couilles devant sa psyché Régence! Ça me dépasse.

— Et toi, Ted? D'après ce qu'on dit, tu escortes cette jeune promesse d'amour parmi vallons et prairies?

— Moi? Je la connais à peine!

— Mais non, pas la pisseuse. Je te parle du jeune Adonis des marais. Le Shelley du Norfolk!

J'avais parfaitement compris mais fait exprès de jouer les idiots.

— Est-ce que, par hasard, tu ferais allusion à mon filleul?

— Je t'en prie, mon vieux. Tu es adorable quand tu es toi-même mais bon à jeter aux chiens quand tu joues les nobles patriarches bougons. Sois un peu sympa avec ta vieille mère Mills, si tu ne veux pas lui gâcher son séjour.

Quand on le prend sur ce ton, l'homme le plus insensible ne saurait rester de glace.

— Tu vas le trouver mignon, c'est sûr, concédai-je en m'installant dans un fauteuil. Un peu excessif, remarque bien.

— À qui le dis-tu ! Pendant que Simon le Simple et toi alliez traîner vos augustes chausses parmi les culs-terreux du comté, il m'a emmené à bord de son petit bateau, au grand chagrin de dame Patricia. Laquelle avait dû, pour cause de talons trop hauts, collants trop serrés, ou toute autre excuse de Marie-Chantal, renoncer à l'idée d'une partie de canotage, mais qui aurait néanmoins bien voulu se garder pour elle toute seule ce jeune fruit défendu. Et nous sommes bien placés pour savoir pourquoi, n'est-ce pas ?

— Ah bon ?

— Mais bien sûr !

Oliver me regarda avec étonnement, comprit que j'étais sincèrement perdu, ce qui le plongea dans la perplexité.

— N'est-ce pas ? reprit-il. Enfin, mon chou, je croyais que nous étions ici pour la même raison !

À ce moment-là, la porte s'ouvrit, et Max et Mary Clifford firent leur entrée.

— Ah, Ted… après tant d'aventures !

Max me tendit une main languissante. Né à Liverpool, il affecte un accent et des manières qui feraient passer le duc du Devonshire pour Ben Elton[1]. Un self-made-man qui idolâtre son créateur, comme quelqu'un l'a dit un jour à propos d'Untel (à moins que ce ne soit Untel à propos de quelqu'un). Sa femme, Mary, est d'origine galloise – Wrexham, si je peux me fier à la pâtée pour chien qui me tient lieu de mémoire –, et possède une élocution aussi pointue que des stalactites en cristal Lalique.

Elle me tendit une joue poudrée puis agita un doigt menaçant.

— Et maintenant, Ted, j'espère qu'on sera *bien* sage et *bien* sobre, ce soir ! Monseigneur l'évêque et sa

---

1. Auteur australien. (*N.d.T.*)

femme seront des nôtres, ainsi que les Draycott. Alors, bonnes manières de rigueur !

Rangeons les hourras et remisons les bravos.

— Et c'est valable pour toi aussi, Oliver. Épargne-nous tes discours athées, de grâce.

Et tout cela débité sur un ton qui aurait pu faire croire que c'était elle qui invitait, elle, la maîtresse de maison.

— Soprano ou basse ? demanda Oliver.

Mary sembla perdue.

— Je ne les ai jamais entendus chanter, hasarda-t-elle.

— Ce qu'Oliver veut savoir, expliquai-je, c'est s'il appartient à la Haute Église anglicane.

— Merci, trésor, dit Oliver.

— Oh, rien de tout ça ! fit Max avec autorité, en saisissant adroitement deux verres de xérès d'une seule main. Fidèle à la ligne public school, je crois. Pas de fantaisie.

— M'a tout l'air d'un évêque canada-dry, dis-je à Oliver.

— Dommage... fit Oliver en examinant ses ongles d'un air rêveur. J'adore taquiner l'évêque, de temps en temps.

Puis, se tournant vers Mary :

— C'est un de mes sports favoris, tu sais !

— Écoute bien, Oliver, grinça-t-elle, je t'*interdis* absolument...

— Interdis quoi ? coupa Michael qui venait d'arriver, les cheveux lissés en arrière, des saphirs étincelant sur les boutons de sa chemise.

— Oliver menace de taquiner l'évêque, ce soir.

— Vraiment ?

Michael regarda Oliver qui le salua nonchalamment en faisant tinter les glaçons de son verre.

— Je pense plutôt que c'est toi qu'il est en train de taquiner, ma chère Mary.

— Oh !

— Mais tu peux toujours tenter ta chance, Oliver.
Je crois me rappeler que ce cher Ronald était champion de boxe à l'armée. N'est-ce pas, Max ?

— C'est ce qu'on dit, fit Max. C'est ce qu'on dit.

Max est parvenu à maîtriser un ton de voix particulier qu'il n'utilise qu'avec Michael. Un ton qui proclame au monde entier qu'il existe entre eux une sorte de relation privilégiée, un lien spécial, né d'une ironie partagée. Ce qui a le don de me rendre complètement dingue, comme tu peux l'imaginer. J'ai connu Michael bien longtemps avant Max et consorts. Je ressens à la fois un sentiment de jalousie (Max, qui nage dans la haute finance, peut parler boutique avec Michael, complicité qui m'est refusée) et le besoin de le protéger. Je suis un peu comme Piggy dans *Le Seigneur des mouches* quand Ralph l'abandonne pour aller explorer l'île avec les autres. J'ai envie de crier : « Mais j'étais avec lui avant vous ! J'étais avec lui quand il a trouvé le coquillage ! »

En l'occurrence, il n'y a pas eu taquinage d'évêque du tout ce soir-là. Nous nous sommes retrouvés vingt autour de la table. J'imagine qu'il vaut mieux que je te communique la liste tout de suite. Pour les détails supplémentaires, j'attendrai que tu me les réclames.

Michael et Anne
Ted
Patricia
Max et Mary Clifford
Rose (la vieille tante autrichienne de Michael. N'a pas pipé mot)
Oliver
Simon
David
Ronald et Fabia Norvic (l'évêque et Madame)
John et Margot Draycott
Clara (fille des Clifford, maigrichonne, porte un appareil dentaire)

Tom et Margaret Purdom (hobereaux locaux)
Malcolm et Antonia Whiting (l'écrivain du coin, pour me faire plaisir. Ha !)
et... TA MÈRE

Eh oui, j'ai gardé le meilleur pour la fin ! Franchement, j'ai failli en avaler mon nœud pap, de saisissement. Ta mère, Rebecca Burrell, née Logan. En chair et en os !

Cinq minutes avant de passer à table, la troupe au complet (du moins le croyais-je) étant rassemblée, le carillon de la porte d'entrée a retenti. Et elle était là. Avec bagages et cadeaux pour les garçons, plus tous les gadgets d'usage que les invités des villes se croient obligés de prodiguer à leurs cousins des champs défavorisés, ces produits de première nécessité qu'offre Fortnum – tourtes rustiques, pain au son de blé moulu à la meule, miel du Norfolk, graines de moutarde et sachets de lavande –, tout le saint-frusquin qui vous garantit un long séjour confortable.

— Bex ! s'est écrié Michael en lui sautant au cou.

Puis il m'a regardé :

— Allez, embrasse ma sœur, Ted !

Elle arborait une expression sournoise, style « je sais pertinemment que tu n'as pas changé de slip », avec, cependant, une ébauche de sourire au coin des lèvres. Je l'avais vue ici même à Noël, il y a quatre ans. Je crois qu'à l'époque Michael avait espéré provoquer une réconciliation, mais cela n'avait pas marché. J'étais trop sur la défensive, Rebecca était plus grincheuse que jamais, et la Némésis de l'orgueil, comme dirait Oliver, n'avait eu aucune difficulté à tisser entre nous sa méchante toile. Le grand nombre des invités nous avait permis de nous ignorer mutuellement mais, cette fois-ci, les choses risquaient de ne pas être aussi faciles.

Alors, Jane, je te pose bien carrément la question : savais-tu, oui ou non, que l'Abominable Créature de

Phillimore Gardens allait venir ? Si oui, je t'en veux à mort de ne pas m'avoir averti.

À mon grand soulagement, nous avons été séparés pour le dîner. J'ai eu le plaisir d'escorter Patricia et d'être placé entre elle et Margaret, la femme du châtelain. Simon était à l'autre bout de la table, du côté de sa mère, assis près de Clara Clifford avec qui il réussit à soutenir la conversation sans vomir à la vue des particules de nourriture qui se logeaient dans le fil métallique de son appareil, un exploit dont j'aurais été bien incapable. David était assis près de son père et faisait de son mieux pour éviter, discrètement, la viande. Il lui fallait aussi supporter le verbiage ridicule d'Antonïa Whiting dont des bribes me parvenaient.

— Malcolm et moi essayons de mettre sur pied un festival Poésie et Prose du Norfolk sud. Nous pensons que Jeyes de Thetford[1] pourrait le parrainer. Mais Malcolm a peur que ça ne soit pas une très bonne association, pour un festival littéraire. Qu'en pensez-vous ?

Oliver, sans doute stimulé par les recommandations péremptoires de Mary Clifford pendant l'apéritif, s'appliquait à être plus odieux que jamais. Le mot festival ayant provoqué certaines associations d'idées, il jugea bon de nous infliger le récit de ses aventures érotiques lors du dernier festival du cinéma à Venise, l'année précédente.

— Vous n'imaginez pas les occasions qui peuvent se présenter quand on arpente le Dorsoduro ! Au bout d'une semaine, ma chatte arrière commençait à ressembler à une manche à air.

— Qu'est-ce que c'est, « une chatte arrière » ? demanda David.

---

1. Fabricant de produits sanitaires. *(N.d.T.)*

— Venise nous a plutôt déçus, n'est-ce pas, Tom ? se hâta de lancer Margaret Purdom.

— Les prix au Harry's Bar étaient tout simplement ridicules. Deux Bellinis reviennent à...

— J'ai rencontré ce jeune gars, continua Oliver, qui travaillait comme guichetier à l'Accademia. Je l'ai ramené au Gritti où, très gentiment, il m'a averti. Voyez-vous, ce cher garçon avait la plus énorme...

La porte s'ouvrit et Podmore entra pour enlever les assiettes à potage. Oliver fut à la hauteur de la situation. Il sait parfaitement qu'on ne doit jamais se laisser aller *devant les domestiques*[1]. Marquant une courte pause pour reprendre sa respiration, il mit sa main en coquille devant sa bouche, comme pour protéger Podmore de toute corruption, et poursuivit : « ... la plus énorme B.I.T.E. » en épelant le mot d'un seul souffle. Le menton de Podmore tressaillit et Margaret Purdom laissa échapper un petit cri, mais Oliver parut très satisfait de sa démonstration de tact social.

— Il était adorable, reprit-il lorsque Podmore eut quitté la pièce. Gianni, tel était son nom, Gianni m'a expliqué, de cette voix divinement voilée qu'ont les Italiens, qu'il avait peur de me faire mal. « Carissimo, lui ai-je dit, je t'accorde que tu es un phénomène de foire mais, après ce que je me suis tapé cette semaine, tu auras de la veine si tu arrives à toucher les bords. Elle va glisser comme une gondole en papier sur le Grand Canal. » Mais assez parlé de moi. Dites-moi, l'Évêque, vous voyagez beaucoup ?

Patricia me donna un coup de coude.

— Oliver invente ce qu'il raconte, n'est-ce pas ? chuchota-t-elle.

— Naturellement. Plus personne n'a de rapports sexuels, homos ou hétéros.

— Qu'est-ce que vous me chantez là ?

---

1. En français dans le texte.

— C'est le grand paradoxe de cette époque. Avant la libération sexuelle, tout le monde baisait bon train, comme une armée de boucs en rut. Mais, à partir du moment où les jeunes se sont mis à en parler sans arrêt, il est devenu aussi difficile de s'envoyer en l'air qu'à un cochon de voler. Dès que quelque chose devient un droit établi, on trouve le moyen de vous en priver. La mauvaise conscience...

— Dans *Deux semaines avec Gerald*, mon troisième roman... essaya de couper Malcolm Whiting.

— Je pense que tout cela est bien superflu, lança la Purdom à ma droite.

— Superflu ?

À l'autre bout de la table, Oliver avait dressé l'oreille.

— Oyez ! Oyez ! fit Max.

— Le protagoniste de *Deux semaines avec Gerald*...

— Le jour où le sexe deviendra superflu, dit Michael, sera un jour bien sombre, en vérité.

Je fus heureux de le voir se joindre à la conversation. Il n'y a rien de pire que les Juifs qui restent assis à écouter parler les autres. Ils hochent la tête avec un faux air de sagesse rabbinique qui vous donne envie de leur taper dessus à coups de gourdin.

— Est-ce que vous voulez dire que le sexe est devenu superflu à cause de l'insémination artificielle ? demanda Simon dans un effort pitoyable pour paraître à la page.

— Je ne dis pas que le hexe en tant que tel soit superflu...

Margaret Purdom fait partie de ces bourges insupportables qui n'arrivent pas à prononcer le « s » de sexe.

— ... Je faisais seulement référence à ces éternels débats sur le sujet, ces sempiternelles émissions à la télé qui s'obstinent à nous fourrer le nez là-dedans.

— Est-ce que cela vous choque, madame Purdom ? demanda Oliver.

— Bien sûr que non !... J'estime seulement que ce n'est pas nécessaire. J'ai vu une émission, l'autre jour...

— Et boire du thé ?

— Je vous demande pardon ?

— Boire du thé, répéta Oliver, est-ce que ça vous gêne qu'on boive du thé à la télévision ?

— Eh bien non, naturellement pas ! Je ne vois pas...

— Il n'est pas absolument *nécessaire* de boire du thé, n'est-ce pas ? Ce que je veux dire, c'est que, dans les télé-films, la caméra pourrait facilement nous montrer la bouilloire sur le feu et puis couper discrètement. Mais non, il faut qu'on nous inflige le grand jeu : la théière que l'on chauffe, le thé que l'on verse, le bruit du sucre qui fait plop, les lèvres qui se portent sur la tasse pour siroter le breuvage. Est-ce que ce n'est pas un peu *superflu* également ? Est-ce vraiment nécessaire ?

— Rien de comparable, Oliver, coupa Max.

— Non, bien sûr que non. Parce que boire du thé ne choque personne. Le sexe choque les gens mais ils refusent de l'admettre. J'arriverais à respecter cette Mary Whitehouse et sa clique bien-pensante si ces gens-là avaient les couilles assez couillues pour admettre franchement que le spectacle d'un couple à poil copulant sur l'écran les choque profondément. Jusqu'aux tréfonds de leur culotte d'interlock. Au lieu de quoi, ils espèrent nous impressionner par leurs grands airs blasés. « Je ne suis pas choqué, proclament-ils, grands dieux, non ! Je trouve simplement que c'est d'un ennui mortel. » Comme si ennuyer les gens était le Crime Capital !

Tandis que la mère Purdom cherchait désespérément une réponse quelconque à un argument que je soupçonne Oliver d'avoir sorti plus d'une fois par le passé (probablement lors d'une de ces émissions « Haro sur les réalisateurs » que la BBC nous inflige dans l'espoir toujours vain de faire remonter l'audimat), Tom, son preux conjoint, se lança à sa défense.

— Oui, mais tout cela est un peu tiré par les cheveux et vous ne pouvez pas nier que le monde est dans un état de moralité déplorable.

— Loin de moi cette idée, très cher ! Les gens mentent, trichent, violent, escroquent, exterminent, estropient, torturent et détruisent. C'est très mal. Les gens se jettent sur les lits ensemble et se font des câlins. C'est bien. Donc, si vous dites que baiser est un signe de décadence des mœurs, est-ce que ce n'est pas franchement « tiré par les cheveux » ?

— Mais je ne vois pas pourquoi il faut en parler tout le temps, fit Margaret.

— *Deux semaines avec Gerald* a été accusé par les critiques de…

— Si vous vouliez vraiment lutter contre le relâchement des mœurs chez les jeunes, intervint l'évêque, il faudrait au contraire exiger que la télévision montre des scènes de sexe plus réalistes. Montrer tous les détails, avec des acteurs qui ressemblent à M. et Mme Tout-le-Monde et pas à des top models. Quand les gamins sauront tout sur les bruits de succion et les sécrétions visqueuses et nauséabondes que la chose implique, je vous fiche mon billet qu'ils seront moins pressés de passer à l'acte avant l'heure !

Pas très gentil pour Mme l'Évêque, j'ai trouvé, mais il avait marqué un point. En attendant, Patricia, émoustillée sans doute par la conversation, avait commencé, consciemment ou non, à appuyer sa jambe contre la mienne. Tout requinqué par ce contact féminin, et victime de ce fléau qui frappe principalement les hommes, à savoir le besoin de briller devant les femmes, je me suis lancé dans des théories époustouflantes, destinées à impressionner l'auditoire, sur l'Art et la Vie.

Oliver, la sale petite garce, essaya par tous les moyens de briser mes fougueuses envolées rhétoriques en les coupant de réflexions acides. Je suis resté imperturbable, naturellement, refusant de me laisser entraîner dans des débats oiseux et stériles.

— Pour revenir un instant sur cette histoire de sexe, fit Michael après un moment de silence ayant suivi une remarque de Simon particulièrement plate, lorsque j'ai acheté Newsline Papers Ltd, j'ai organisé une grande réunion entre les parties intéressées pour déterminer si l'on devait cesser de publier des photos de femmes nues dans les pages intérieures de nos tabloïds.

— Par «les parties intéressées», tu entends, j'imagine, les maçons et les adolescents boutonneux? commenta Oliver.

— J'entends les psychologues, les sociologues, les féministes, les représentants de groupes moraux et religieux, rétorqua Michael. Les maçons et les adolescents, eux, ne me posent aucun problème. J'ai dit à ces experts: «Imaginez que vous êtes le patron de ce journal. Sachant que si vous n'arrivez pas à faire des bénéfices d'ici à six mois vous êtes virés, quelle tactique adopteriez-vous?» Eh bien, vous ne pouvez pas savoir les âneries que j'ai entendues. «Il faut publier de *bonnes* nouvelles», «Il faut en faire un journal *vraiment* familial», «Montrons les femmes sous un jour positif», «Affirmons de vraies valeurs», «des valeurs familiales»... J'ai frappé sur la table avec le journal concurrent. «Voilà notre rival. Tirage: des millions d'exemplaires chaque jour. C'est rigoureusement l'inverse de tout ce que vous suggérez mais il se vend! Pourquoi? Vous voulez me dire pourquoi, s'il vous plaît? Parce que les gens sont bêtes? Cruels? Parce qu'ils sont ignorants? Sauvages? Pourquoi?» Alors ils m'ont répondu: «Parce qu'il existe. Les gens achètent cette presse parce qu'elle existe.» «Mais l'*Independent* existe aussi! ai-je dit. Et le *Christian Science Monitor*. Et *Spare Rib*. Et le *Morning Star*. Ils existent mais ils ne se vendent pas. Trouvez-moi une meilleure réponse.» Mais ils n'en ont pas trouvé!

— Bien sûr que non. En fait, tout ce qu'ils essayaient de dire, fit Max, c'est que les journaux devraient être placés sous leur contrôle à eux. Parce que eux sauraient s'y prendre.

— Qui sait ? dit Michael. Ils sont peut-être calés dans des tas de domaines, mais quand il s'agit de presse et de vente de journaux, ils n'y connaissent rien, je vous le garantis. J'ai essayé de supprimer les femmes nues pendant quelques semaines : les ventes ont chuté. On a remis les femmes nues : les ventes ont remonté en flèche. Qu'aurais-je pu faire d'autre ?

— Tu aurais pu quitter ce foutu métier, voilà ! s'exclama soudain David avec une férocité inattendue.

Une chape de silence s'abattit brutalement sur l'assistance. Une telle sauvagerie dans une si jolie bouche avait quelque chose de dérangeant. Et puis, il y a peu de situations plus merdiques que de se retrouver coincé au beau milieu d'une dispute familiale. À côté de moi, Patricia retenait son souffle.

— Eh bien, Davey, reprit Michael, c'est exactement ce que j'ai fait. Si tu te souviens bien, j'ai vendu le journal.

— Et un autre l'a racheté et fait fortune en publiant des photos de femmes nues, et, à ce jour, ça continue ! conclut Max.

— Mais ce n'est plus mon père, Dieu merci ! lança David, tout tremblant de son propre courage malgré son air assuré.

— Davey se préoccupe beaucoup de la blancheur de mon âme, dit Michael d'un ton contrit, tel un mari confessant que sa femme s'inquiète pour son tour de taille.

Là-dessus, les conversations particulières reprirent et aucun grand sujet n'anima plus les débats jusqu'à la fin du repas.

Davey quitta la table avec les dames mais Simon resta pour le porto, essayant maladroitement, et vainement, d'affecter un air à la fois mûr, respectueux, adulte, soumis et assuré.

Max fit le tour de la table et vint me prendre par l'épaule.

— Eh bien, quelle scène, non ? murmura-t-il à voix basse. Naturellement, je sais que le petit Davey est intouchable. Ce petit saint Jean Bouche d'Or ne peut jamais avoir tort, n'est-ce pas ? Mais si Simon avait osé faire une remarque aussi onctueusement insolente, ce qui n'est pas son style, d'ailleurs, il y aurait eu un beau tollé !

Il me revint à l'esprit que Max était le parrain de Simon. Cette loyauté envers son filleul m'enchanta. Je me trouvai donc obligé de lui renvoyer la balle et bientôt nous nous retrouvâmes tels deux vieux généraux ennemis rejouant la bataille de Waterloo.

— Je t'accorde que son onctuosité était un poil excessive, mais la remarque était pleine de courage, inspirée et sincère.

— Sacrément culottée, et tu le sais bien, Ted.

— Donc, d'après toi, autant naître privé d'imagination et d'idéal parce qu'on risque de les perdre plus tard ?

— Simon n'est pas dépourvu d'imagination ni d'idéal. Il a tout simplement suffisamment de tact et de politesse pour respecter les autres.

— C'est le genre de tact et de politesse qui ne fait pas de vagues, qui ne remet rien en cause et qui n'arrive à rien.

— Oh, la ferme, Ted ! Tu n'en crois pas un mot toi-même ! Tu es le plus grand cynique de toute l'Angleterre et tu le sais.

— Laisse-moi te donner un conseil, Max. N'accuse jamais un homme de cynisme. On appelle cynique celui qu'on soupçonne de se moquer de nous.

— Epargne-moi tes sophismes, vieil escroc !

L'ennui avec Max, tout insupportable qu'il est, c'est qu'il n'est pas aussi stupide qu'on pourrait le souhaiter. Je n'irai pas jusqu'à dire qu'il est d'une intelligence lumineuse mais il possède un petit peu trop de jugeote à mon gré.

— C'est une conversation idiote, Max.

— Tu as raison. À vrai dire, j'avais seulement envie de te mendier une cigarette. Je ne peux pas me faire à ces énormes cigares de Michael.

Je l'obligeai et il se mit à tirer sur sa clope comme un écolier.

— Je suis au courant, pour ton licenciement, reprit-il. Même pas eu droit aux honneurs ? Désolé pour toi. Tout à fait d'accord avec ton opinion sur ce fichu Lake. Ses pièces empirent avec le temps. J'imagine que tu es content que Rebecca soit arrivée, non ? Elle et toi… Vous avez bien été… il y a longtemps… ?

— Je crois ne pas avoir été le seul, lui balançai-je, ce que je regrettai aussitôt.

Max me jeta un rapide regard puis se plongea dans l'examen de son verre.

— Tiens, tiens ! Qui diable a donc bien pu te raconter ça, je serais curieux de l'apprendre !

— Les nouvelles vont vite.

— Oh, non ! Pas dans ce cas. C'est arrivé une seule fois. À Noël et précisément dans cette maison. Et j'ai toujours pensé que nous avions été très discrets. Tiens, tiens, tiens… Il y a là un vrai mystère. Cela ne peut pas venir de la dame en question, n'est-ce pas ? Voyons, voyons…

Je me dandinais, mal à l'aise. Il n'avait jamais été dans mes intentions de mettre David en difficulté. Dans son récit du Grand Sabotage de la Chasse de Noël (que tu as dû lire maintenant, Jane), il n'avait mentionné l'épisode Max-Rebecca que comme un point de détail accessoire. Il n'y avait rien compris lui-même, à l'époque.

Cherchant une façon habile de changer de sujet, je me suis rappelé une histoire que m'avait racontée un jour Donald Pulsifer, le photographe animalier. Une bonne ruse pour calmer et pacifier un gorille en colère consiste, d'après lui, à se frapper soi-même. Si tu fais mine de t'agresser, à grandes claques sur les

159

joues, coups de poing sur la poitrine, cheveux arrachés, coups de griffes sur le visage, l'animal arrêtera net sa charge, inclinera sa tête et – incroyable mais vrai – viendra te câliner et te caresser avec compassion et léchera même tes blessures en te dorlotant comme un bébé.

Décidé à tester la théorie de Pulsifer, je repris donc :

— Je ne peux pas nier que j'ai éprouvé un choc en voyant Rebecca franchir la porte, ce soir. Nous avons eu une violente dispute au baptême de Jane. Ou plutôt c'est la version que j'ai toujours donnée aux gens. En fait, j'étais ivre et j'ai été odieux. Deux ans auparavant, Rebecca avait nourri ce qu'on peut appeler un *tendre*[1] sentiment à mon égard. Je représentais pour elle plus qu'un amant de passage. Ma première femme, Fee, venait de me plaquer pour un grand poète du football américain et j'étais devenu une loque et une proie facile. Puis Patrick Burrell était venu tourner autour de Rebecca et avait commencé à lui renifler le giron. Elle m'avait alors posé un ultimatum : soit je l'épousais, soit elle épousait Patrick. « Épouse donc ce connard, qu'est-ce que j'en ai à foutre ! » Telle avait été ma réponse. Moche. Sacrément moche. Alors elle m'a pris au mot et a épousé ce rat visqueux. Et quelques mois plus tard, voilà bébé Jane qui sort sa tête. Là-dessus elle m'avait choisi comme parrain, surtout pour me prouver qu'elle était « Heureuse, heureuse ! Mon cher ! Heureuse comme une folle ! » et j'avais accepté pour prouver que je ne lui en voulais pas non plus. Et puis, pendant la... comment appelle-t-on ça ?... la veillée ? Non, on ne dit pas ça pour un baptême... il doit y avoir un autre nom... bref, j'ai fait quelque chose de vraiment stupide.

— Ah oui ?

---

1. En français dans le texte.

160

Max était bien accroché maintenant et avait oublié l'épisode de la découverte de son petit secret.

— J'ai trouvé Rebecca seule dans la véranda. Je lui ai avoué qu'elle me manquait, que je n'aurais jamais dû la laisser épouser Patrick.

— C'était idiot.

— Mais c'était vrai. Merde, c'était vrai !

— À quoi ça l'avançait que tu lui dises ?

— Bien sûr, je m'en rends compte maintenant. Je m'étais imaginé, dans les vapeurs de champagne, qu'elle serait touchée de l'apprendre. Au lieu de quoi, elle a piqué une crise de rage et cassé quinze vitres de la véranda. J'ai laissé courir le bruit qu'elle avait fait ça pour repousser mes avances.

— Eh bien, tout s'explique, fit Max. Je me suis souvent demandé pourquoi Rebecca se figeait dès qu'on prononçait ton nom.

— Maintenant, tu sais pourquoi.

— Seigneur, Ted, j'aurais pensé que tu connaissais suffisamment les femmes pour ne pas commettre une telle gaffe !

Il m'est difficile de prétendre que cette remarque polie, prononcée sur un ton copain-copain, soit l'équivalent masculin de « lécher mes blessures et me dorloter comme un bébé », mais c'était déjà mieux que le regard glacé de tout à l'heure.

— Allons, vous deux, venez par ici ! nous a lancé Michael. On va s'amuser avec ces ballons.

Alors on s'est rempli les poumons à l'hélium et nos voix bizarres ont fait crier toutes ces dames.

Une soirée de jeux a suivi, dont les détails ne t'intéressent sans doute pas. Je me suis assez brillamment distingué au jeu des charades, en imitant les flatulences d'un soldat.

Tout le monde a crié *Les Canons de Navarone*, naturellement.

Mais c'était *Guerre et Paix*. Guerre et pets, tu comprends ?

Simon, lui, s'est ridiculisé au jeu des devinettes. Figure-toi qu'il ne connaissait pas le mot «fastidieux»! Il n'est vraiment pas aidé, le pauvre garçon!

Puis j'ai essayé de coincer Oliver en tête à tête pour le questionner sur notre conversation interrompue du début de la soirée, tu vois ce que je veux dire?

— *Patricia... qui aurait bien voulu se garder pour elle toute seule ce jeune fruit défendu. Et nous sommes bien placés pour savoir pourquoi, n'est-ce pas?*

— *Ah bon?*

— *Mais bien sûr! N'est-ce pas? Enfin, mon chou, je croyais que nous étions ici pour la même raison!*

Mais Oliver est resté évasif. Et après avoir pris congé des invités non résidents, nous avons tous regagné nos lits respectifs.

Maintenant, c'est samedi matin, un groupe est parti à cheval dans le parc se payer un petit trot ou un petit galop. J'ai mal au cou, Podmore m'a promis un petit déjeuner tardif et cette lettre est terminée.

Bien à toi,

Ted

Cinq

I

12a Onslow Terrace
LONDRES SW7

Le 27 juillet 1992

Cher Ted,

Quelle longue lettre, et si magnifiquement imprimée! Que de choses intéressantes et inquiétantes!

Je m'empresse de répondre à toutes tes questions.

Patricia : Oui, je savais en effet qu'elle devait se joindre à vous pour le week-end. Je n'avais pas de raison particulière de t'en avertir. Elle n'est pas chargée d'espionner l'espion, si c'est ce qui te tracasse. Elle est là parce qu'elle en avait envie, tout simplement. Comme tu l'as appris, elle se remet d'une histoire d'amour malheureuse. Cependant je suis très intéressée par ses allées et venues et je te demande de la surveiller de près. Patricia est très vulnérable et je ne tiens pas à ce qu'il lui arrive du mal.

Maman : Je n'étais absolument pas au courant de son projet de séjour à Swafford, mais n'en suis guère étonnée. Je te suis très reconnaissante de m'avoir présenté la relation que tu as eue avec elle de manière aussi elliptique (si c'est le mot juste). Elle ne m'informe pas toujours de ses déplacements, il n'y a

163

donc rien de louche. Elle ne sait rien de l'objet de ta visite – Patricia non plus. Mais elles sont toutes les deux au courant de ma leucémie, tout comme les Logan.

Michael : Je suis sûre qu'il accédera à ta requête. D'ailleurs, au cas où il ne le ferait pas, cela n'a pas vraiment d'importance. Tu deviendras simplement un « invité un peu trop curieux » au lieu d'un « biographe officiel en résidence ».

Il y a un certain nombre de choses que tu pourrais faire pour moi.

Premièrement : Cesse d'utiliser des citations latines dans tes lettres. Tu devrais avoir dépassé le stade où tu te sens obligé de me faire la démonstration de ta supériorité, maintenant ! La même remarque s'applique à tes observations sur mes fautes d'orthographe ou de grammaire.

Deuxièmement : Renseigne-toi sur les jumeaux, Edward et James. Tu les as à peine mentionnés. Tu dis qu'ils sont en vacances *chez des parents*. Quels parents ? Où ? Pourquoi ? Quand reviendront-ils ? Cela peut avoir son importance.

Troisièmement : Essaie de découvrir comment va Oliver et ce qui l'amène à séjourner à Swafford.

Quatrièmement : J'ai besoin de recevoir plus d'informations sur tante Anne. Tu ne me dis pas comment elle a réagi à l'éclat de David sur les affaires de Michael dans la presse, à table, jeudi soir.

Cinquièmement : Ne touche surtout pas à Patricia. Elle est hypergéniale et je n'ai pas envie qu'on se joue d'elle.

Sixièmement : Tu m'as seulement parlé des invités. Or il y a des tas d'autres gens dans la maison : les domestiques permanents, du personnel extérieur, et il y a Podmore. Tu ne m'en as pas soufflé mot.

Septièmement : Surveiller en permanence ; observer en permanence ; garder tous les sens en éveil ; garder l'œil aux aguets.

164

Je vais m'arrêter là car je tiens à ce que tu reçoives cette lettre au plus vite.

Je t'embrasse très fort.

Jane

Cinq

II

Swafford Hall
Swafford
DISS
Norfolk

Le 25 juillet 1992

Jane,

Comme tu peux le constater, je suis à Swafford ! Tu n'imagineras jamais qui se trouve là aussi... D'abord ta mère, fantastiquement élégante, et puis... tiens-toi bien... Ted Wallace, ton parrain, un revenant ! J'aimerais tant que tu puisses venir, toi aussi. Tu m'as toujours dit que tu souhaitais le connaître. D'après ce que j'ai compris, il est installé ici pour une éternité, alors pourquoi ne débarquerais-tu pas ? Ta mère et lui ont l'air de s'entendre plutôt bien, ce qui est assez surprenant : David m'a dit qu'ils se détestaient autrefois.

Quant à David... !!! Tout ce que tu m'as dit sur lui est rigoureusement vrai. Les gens font littéralement la queue pour mendier ses attentions. Je dois me bagarrer avec cet horrible Oliver Mills et ton parrain, et même avec ta mère pour obtenir ne serait-ce que cinq minutes seule en sa compagnie.

Qui d'autre est à Swafford ? Ah, oui : Max et Mary Clifford, natürlich, et leur fille Clara, une pauvre chose bizarre qui louche un peu. Michael m'a semblé particulièrement réservé mais le repas de jeudi soir a été bourré d'incidents, en présence de toutes les huiles locales, y compris Ronald, l'évêque de Norwich, et sa grosse bonne femme, Fabia. Bien sûr, il y avait aussi les Draycott, plus un affreux couple se piquant de littérature, les Whiting, et un autre couple que je ne situe pas.

À peine assis à table, Oliver a commencé à se conduire horriblement mal, nous abreuvant d'anecdotes d'une inconvenance époustouflante, parlant de sexe à haute voix, si bien que j'ai cru bon d'expédier un coup de pied dans les jambes de Ted, placé à côté de moi, pour qu'il fasse dévier la conversation sur un autre sujet. Grosse erreur ! Je pense que tu n'as rien perdu à ne pas le fréquenter. On met en prison des hooligans qui sont certainement plus raffinés et moins grossiers que ce personnage.

— Personnellement, je pense que les grands responsables sont les thérapeutes, lança-t-il alors qu'on parlait de l'obsession actuelle du sexe. Après tout, il y a peu de différence entre *thérapeutes* et *théra-putes*, non ?

— Et qu'est-ce que vous reprochez à la psychothérapie, Ted ? lui demandai-je du ton le moins agressif possible.

Je ne voulais pas qu'il s'imagine que j'étais en psychothérapie moi-même.

— Eh bien, tout dépend, en fin de compte, du style de langage qu'on emploie, dit-il d'une voix exagérément patiente, comme si j'avais deux ans.

Je pense que ton parrain est le genre d'homme qui s'adresserait à Marie Curie comme si c'était une idiote illettrée.

— Vous faites référence au discours sexuel, lança Malcolm Whiting.

— Non, il discourt sur la référence sexuelle, fit Oliver.

— J'ai écrit un livre qui s'appelle *L'Arbre d'amour* et que vous avez peut-être… reprit ce crétin de Whiting.

— Ce que je veux dire, coupa oncle T, c'est qu'autrefois, pour tout ce qui concernait notre âme, on avait recours au latin et c'était le prêtre, ou le curé, qui se chargeait de la soigner. Maintenant, dans notre époque de technocrates, nous disons psyché au lieu d'âme et thérapeutes au lieu de prêtres. Le grec est devenu le langage de la science. Remarquez, avec ces conneries du New Age, on en revient aux termes anglo-saxons et le monde y va de son petit couplet sur la « guérison ». Mais c'est le même processus. Saint, sain de corps ou d'esprit, en bonne santé, cure, thérapie, guérison.

— Vous ne voyez vraiment aucune différence, monsieur Wallace ? demanda l'évêque. Vous ne percevez pas qu'il existe différentes sortes de « mauvaise santé » ?

— Différentes sortes de « mauvaise sainteté », vous voulez dire ? Eh bien, si je me casse la jambe, je vais voir mon vieil ami le Dr Posner, mais si c'est mon cœur qui est brisé, je vais voir mon vieil ami le Dr Macallan.

— Le Dr Macallan ?

— Ted parle d'une marque de whisky, expliqua ta mère tout en lui lançant un regard au vitriol style « ferme ta gueule et laisse tomber ! ».

— Ah ! reprit l'évêque. Mais imaginez qu'un de vos enfants soit malade ?

— Zinzin ?

— Si vous voulez. J'imagine que vous ne le traiteriez pas, lui, à grandes rasades de whisky ?

— Je me suis toujours dit, intervint Max, que, si quelqu'un se prenait pour Napoléon, j'essaierais de trouver quelqu'un d'autre se prenant pour Wellington et que je les laisserais se débrouiller ensemble.

— Mais bien peu de gens sont affligés de maladies spirituelles aussi clairement marquées, poursuivit l'évêque.

— Ah bon ? Parce que « spirituel » est le terme que vous utiliseriez ? répliqua Ted. La « maladie spirituelle » de l'un s'appellera chez l'autre le « manque de *self-esteem* », chez un troisième un « excédent de sucre », chez un autre un « déséquilibre holistique ». Faites votre choix et préparez-vous à payer des sommes exorbitantes ! La vérité, c'est qu'il n'existe ni cure, ni thérapie, ni guérison.

— Qu'est-ce que tu nous chantes là ? demanda Michael.

Le ton montait nettement.

— Tout est pourri. Au risque de prêcher pour ma paroisse, seul l'art peut arrêter le processus.

— Quel tas de conneries prétentieuses, mon chou ! fit Oliver. L'âge n'est plus où l'art te garantissait l'immortalité. « Que vive ton œuvre et qu'elle te confère la vie ! » Belles couillonnades ! C'est l'invention de la caméra qui nous a apporté la vie éternelle. La Dame du Lac et le Bel Enfant Blond des poèmes ne sont pas plus immortels qu'Oprah Winfrey ou les candidats de « La roue de la fortune ».

Mais Ted ne voulait pas en démordre.

— Je suis sûr que tu n'en crois rien toi-même et, d'ailleurs, ce n'est pas ce que je voulais dire. Avoue que les artistes, surtout ceux qui sont morts, sont beaucoup plus intelligents, sensibles et intuitifs que n'importe quel thérapeute diplômé en psychoblablabla de l'université de Keele ou n'importe quel conseiller boutonneux sorti de King's avec une licence en théologie, ou, en l'occurrence, n'importe quel druide siphonné qui prétend canaliser l'énergie entre ses mains moites et un morceau d'améthyste !

— Mais, mon chou, tout le monde sait pertinemment que c'est l'art qui rend les gens fous !

— C'est vrai, les artistes sont fous, je te l'accorde, Oliver. Tous autant qu'ils sont. Tous les praticiens de l'âme sont fous. Trouve-moi un psychothérapeute sensé et je te montrerai un charlatan. Trouve-moi un saint homme et, sauf votre respect, monseigneur l'évêque, je te montrerai un apostat. Trouve-moi un guérisseur New Age et je te montrerai un imposteur. Mais qui sait si envoyer un patient assister à un récital ou visiter une galerie d'art n'est pas un meilleur baume pour un esprit troublé que de le forcer à parler de ses relations avec sa mère ou de le bourrer de pain bénit ?

— Mais, tout de même, tu fais bien une distinction entre le corps et l'esprit, j'imagine ? observa Rebecca. Ce que je veux dire, c'est que tu n'enverrais sûrement pas un homme malade, physiquement, admirer une exposition de tableaux !

— Mais si, il le ferait ! C'est d'ailleurs pour ça que la Tate Gallery est déjà remplie de lépreux, lança Max – déclenchant des rires faciles et immérités, à mon avis.

— Mon antihéros, dans *L'Arbre d'amour*, est victime de…

— Non, non, non ! (Ted commençait à s'énerver, maintenant.) Un problème mécanique peut être réparé et la médecine se révèle parfaitement compétente dans ce domaine. Mais il ne s'agit pas là de guérison, ce n'est pas là *recouvrer la santé*.

— Et la guérison ne peut venir que de l'art ?

Je sentais que c'était tout à fait le genre de discussion qu'on aurait dû éviter mais, franchement, je ne voyais pas du tout comment en sortir. Toute la famille Logan, David, Simon, Michael et Anne, avait les yeux rivés sur Ted, bouche bée.

— Disons ceci, répliqua Ted, nous sommes tous des adultes. Même les plus religieux d'entre nous ne sont plus superstitieux. Plus personne – je parle de gens heureux et bien dans leur peau – ne croit aux fantômes ou à la télépathie ou aux miracles. Mais l'art tient bon. C'est la seule chose qui non seulement ne peut pas être niée mais qui est, au contraire, tangible et indiscutable.

Il a jeté à la ronde un regard d'une prétention indécente, comme s'il nous mettait au défi de le contredire. Nous nous sommes contentés, horriblement gênés, de piquer du nez dans notre assiette. Ça n'aurait pas été plus embarrassant s'il avait sorti sa bistouquette pour la fourrer dans l'oreille de lady Draycott. David le regardait, consterné, et Rebecca secouait tristement la tête. Et puis Simon, cet imbécile de Simon avec ses gros sabots, pataugeant complètement au plus profond du courant (si l'image a un sens), a ouvert la bouche :

— Eh bien, personnellement, je pense qu'il existe vraiment des choses qu'on ne peut pas expliquer… commença-t-il.

Mais, Dieu merci, Michael vint à la rescousse en parlant de son expérience dans la presse.

Remarque, on n'était pas encore sortis de l'auberge. Une scène très étrange a suivi, David proclamant haut et fort qu'il avait toujours trouvé honteux que Michael puisse être impliqué dans cette presse de caniveau. Les adolescents sont parfois vraiment puritains, tu ne trouves pas ? Je me rappelle avoir été un peu comme lui, à son âge, mais pas aussi effrontée. Michael l'a très bien pris, en fait. Mais, dans l'ensemble, on peut dire que ça a été une soirée d'un genre très inhabituel.

Je me demande tout de même où Ted voulait en venir. Parce qu'il *est au courant*, je présume ? Peut-être devrais-je le prendre en particulier pour lui dire de ne pas s'en mêler ? Je me trompe peut-être mais ses sourires humides semblent indiquer qu'il meurt d'envie de coucher avec moi. Je devrais donc réussir à le faire marcher droit. Il a passé toute la journée d'hier enfermé dans sa chambre à « écrire », autrement dit, je présume, à noyer sa honte dans le whisky.

C'est vraiment dommage que tu ne sois pas ici, Jane ! Tout de même, ces sacrés docteurs devraient avoir terminé leurs examens maintenant, non? Je ne sais pas comment tu peux supporter de rater toute cette histoire tellement excitante. À mon grand regret, je dois admettre que ce pauvre Oliver devrait avoir la priorité car ses besoins sont plus grands que les miens, mais, Seigneur, j'attends tout cela avec impatience...

Je t'embrasse,

Pat

P-S : Zut, j'ai raté la levée du courrier. Tu ne recevras pas ma lettre avant mardi au plus tôt.

Cinq

III

Swafford

28/7/92

Jane,

La cata ! La catastrophe totale et absolue. Pas foutu de savoir comment c'est arrivé ni comment te raconter ça. N'ai qu'une envie : m'enfuir de Swafford en hurlant : « Fuyons, fuyons ! Tout est perdu ! » Il se peut même que toute possibilité de fuite soit devancée par une mise à la porte rapide et musclée. La menace pèse sur ma tête comme une épée de Damoclès. C'est du grec, au fait, donc permis... Ce qui m'amène à te poser une question : quelle foutue mouche t'a piquée de m'interdire les citations latines ? Parmi les avantages – chaque jour moins nombreux – que t'apporte la vieillesse, je peux en citer trois :

A) Une presbytie à la fois littérale et métaphorique qui permet à des restes de latin d'écolier ou d'écolière de refaire surface avec une incroyable netteté.

B) Une souveraine indifférence envers sa propre image et l'opinion d'autrui.

C) Le respect et la déférence de ses juniors – ou, si

le mot est trop latin pour toi, le plaisir de se faire lécher les bottes par plus jeune que soi.

Du moins, c'est ce que je me plaisais à imaginer jusque-là.

Je te propose un accord : je laisse tomber le latin si tu me jures de ne plus jamais utiliser des mots comme « hypergénial ». Merci.

Maintenant, revenons à la catastrophe.

Est-ce que tu t'y connais en ordinateurs ? Mieux que moi, j'imagine. La machine que j'utilise en ce moment est la première que j'aie jamais touchée de ma vie. Pour moi, je considère que c'est simplement une machine à écrire dotée d'une grande ambition sociale. Elle appartient à Simon et on l'a transportée dans ma chambre où on l'a installée avec une imprimante et une quantité absolument grotesque de câbles. Elle vit sur le secrétaire et émet un ronronnement agacé qui n'est pas sans évoquer la salle des machines d'un sous-marin. Quand je reste un moment sans le toucher, le moniteur a une attaque et l'écran se couvre de poissons aux couleurs criardes nageant paisiblement de long en large sur l'écran, spectacle que je trouve étonnamment captivant. À l'ordinateur se trouve attaché un gadget qu'on appelle une SOURIS, sans doute à cause des petits bruits qu'elle fait quand on la saisit et qu'on la frotte sur une surface dure.

Tout ce que je connais sur le fonctionnement de cet engin, c'est qu'il faut que je SAUVEGARDE tout le temps. Ce besoin de sauver n'a rien d'évangélique mais est destiné à m'empêcher d'effacer accidentellement ce que je viens d'écrire. Ce que tu sauvegardes, tu le baptises d'un NOM DE FICHIER. Les lettres que je t'écris sont stockées dans une petite enveloppe sur l'écran. L'enveloppe s'appelle RÉPERTOIRE DE TED et tes lettres s'appellent JANE.1 et JANE.2. Enfin, moi, je les appelle des lettres mais pour l'appareil ce sont des FICHIERS. Mot qui prête totalement à confusion puisqu'il n'y a aucune fiche là-dedans, mais ne cherchons pas à comprendre. Sois patiente. On va y arriver.

Lorsque je me suis installé devant l'ordinateur ce matin pour t'écrire la présente, je me suis dit qu'il valait mieux que je relise ma dernière lettre, histoire de me remettre en mémoire son contenu. La procédure est relativement simple : je pointe ma souris sur le FICHIER que je veux voir, j'appuie deux fois, très rapidement, sur la tête de la souris et, ô miracle de la technologie, le texte de la lettre apparaît sur l'écran.

Tandis que je m'apprêtais à lancer cette procédure, j'ai remarqué pour la première fois que, sur l'écran, à l'intérieur du RÉPERTOIRE DE TED, juste à côté du NOM DE FICHIER, il y a tout un fatras de détails techniques bizarroïdes : TAILLE, TYPE, PARAMÈTRES, ce genre de choses, suivis par des nombres et des acronymes abscons. Il y a deux colonnes qui disent « CRÉÉS » et « MODIFIÉS ». J'ai compris que cela se rapportait à des DATES. Autrement dit, rien qu'en regardant ton fichier, tu peux savoir quand tu l'as écrit pour la première fois et quand tu y as touché pour la dernière fois.

Eh bien, que le diable m'emporte si ce fichier JANE.2, la dernière lettre que je t'ai écrite, ne prétendait pas avoir été « modifié le 27/07/92 à 20 : 04 » – soit à huit heures cinq, hier soir ! Or, à cette heure-là, j'étais précisément dans la bibliothèque, occupé à siffler les premiers verres de la soirée en compagnie de Rebecca, Max et Oliver. J'en suis sûr et certain. Tout comme je suis sûr et certain de n'avoir pas même posé les yeux sur cet ordinateur depuis mon marathon épistolaire de vendredi et samedi, les 24 et 25.

J'ai parcouru le texte pour voir s'il avait été « modifié ». Je n'ai trouvé aucun changement, mais évidemment quelqu'un avait pu appuyer accidentellement sur la barre d'espacement tout en lisant la lettre, ce qui équivaut à une modification et suffit pour changer les données accolées au NOM DE FICHIER.

Alors là, je me suis dit que je devenais complètement parano. Mais comment être certain que l'ordinateur connaît la date ? Pour autant que je sache, il peut très bien s'imaginer vivre à Heidelberg, par un mois de décembre glacial, à l'apogée du Saint Empire romain. Pour tester ses compétences (n'ayant aucune idée sur le procédé permettant de faire avouer à l'ordinateur la date du jour) j'ai écrit une nouvelle lettre et examiné la date que l'ordinateur lui avait attribuée. Pas de doute, l'ordinateur connaît la date, à la minute près.

Cela signifie une seule chose : QUELQU'UN a lu la dernière lettre que je t'ai adressée. Cela ne se serait jamais produit si tu m'avais permis de communiquer en MANUSCRIT (ça veut dire « écrit à la main »).

Je ne vois pas du tout qui pourrait être le coupable. L'engin appartient à Simon et il sait sans aucun doute s'en servir (il a stocké un programme ridicule qui enregistre la population des bestioles à plumes du domaine pour en suivre l'évolution au cours de la saison de chasse). Mais sa familiarité même avec les ordinateurs prêcherait plutôt en sa faveur car je ne le crois pas assez bête pour avoir modifié puis enregistré mon texte de sorte que même un béotien de mon espèce ne puisse manquer de s'en apercevoir. D'un autre côté, nous savons que Simon n'est pas ce que la nature a produit de plus remarquable comme spécimen d'intelligence.

David, peut-être ? Tout à fait possible, sauf qu'il est si scrupuleusement honnête, si « bon » et si puritain qu'à mon avis il préférerait s'arracher les yeux plutôt que de lire une lettre adressée à autrui. Une pensée m'effleura, qui m'a vraiment flanqué les boules. S'il s'avère que c'est Davey, il connaît maintenant mes vues franchement peu flatteuses sur les qualités de son poème de merde. Ouille !

Ce ne sont ni Rebecca, ni Max, ni Oliver, j'en suis sûr. Ils sont restés avec moi de sept heures cinquante-cinq jusqu'à la fin du dîner. Quant au reste de la maisonnée, Simon, David, Clara, Michael, Anne, Mary et Patricia, tout le monde était en bas à sept heures vingt. Donc, à moins que je n'arrive à prouver que le coupable, bon sang, mais c'est bien sûr, c'est le majordome, il va falloir que j'appelle Hercule Poirot !

Mais tu avoueras que le problème n'est pas là. Le problème, ce n'est pas tellement de trouver *qui* mais d'anticiper *la suite*. Il s'agit d'une lettre horriblement longue et pleine de ragots croustillantissimes, et qui ne manquera pas d'apprendre à son lecteur que tu m'as commandité pour fourrer mon nez partout. D'où ma peur de me voir indiquer d'ici peu la direction de la porte. Pour le moment, j'affiche un front serein. Et je maudis la terre entière, les ordinateurs, toi, moi, et le fouineur qui a fait ça.

Maintenant, nous en arrivons à ta Déclaration d'Onslow Terrace en Sept Articles telle que tu me l'as infligée dans ta dernière lettre.

1. *Ne plus utiliser de latin*
   Ce point a déjà été réglé.

2. *Se renseigner sur les jumeaux*
   Eh bien, puisque tu tiens à le savoir, les jumeaux ont été envoyés chez Diana, la sœur d'Anne, qui vit, comme tu le sais, à Inverness. Edward souffre d'asthme et l'air de l'Écosse a la réputation d'être plus bénéfique, à cette période de l'année, que celui du Norfolk. James et Edward ne supportent pas d'être séparés, cela explique qu'on les ait fait partir ensemble. Pour plus de détails, te reporter à l'Article Quatre de la Déclaration.

3. *Découvrir comment va Oliver et trouver les raisons de sa visite*
   Franchement, je n'ai pas tout de suite compris ce que tu entendais par « découvrir comment va Oliver ». Il est… il est comme toujours, ce vieil Oliver. Quant

aux raisons de sa visite, il en a donné lui même l'explication samedi : R et R, ce que, visiblement, tu n'as pas compris. C'est une expression des années 1980 qui signifie Repos et Récréation, ou Repos et Récupération, ou, à la rigueur, Repos et Relaxation. Mais surtout pas Rock and Roll, ni Rimes et Raison, ni Radicalisme et Révolution, ni Rhum et Raisins. Non, rien d'autre que ce bon vieux repos et cette bonne vieille récréation.

Il y a un dicton américain assez sympa qui dit : « Si ça a la forme d'un canard et la démarche d'un canard, alors c'est probablement un canard. » Oliver a l'allure d'un homme qui a besoin de R et R. Il marche comme un homme qui a besoin de R et R. J'en ai donc déduit qu'il avait probablement besoin de R et R. Et je ne vois donc pas ce que je peux t'apprendre de plus.

Cependant, en serviteur obéissant que je suis, je l'ai coincé hier matin, après le petit déjeuner. Il était assis dans la bibliothèque, emplissant un rayon de soleil des volutes de sa cigarette, occupé à décortiquer les journaux à la recherche de nouveaux potins.

— Salut, preux chevalier ! Devine quelle est la pièce qu'on joue au Nash à guichets fermés jusqu'à la fin de la saison ?

Il faisait allusion, naturellement, à la pièce de Michael Lake, *Un demi-paradis*, la cause de ma chute, qui fait un tabac en ce moment au Nash, le National Theatre.

— Tu crois que j'aurais fait toute cette histoire, dis-je pour justifier mes attaques, si j'avais pensé que la pièce allait disparaître de l'affiche au bout d'une quinzaine ? C'est justement parce que j'étais absolument persuadé et convaincu d'avance que le public allait se laisser avoir. Voilà !

— S'il y a une chose que Teddy ne peut pas supporter, c'est un type de gauche qui réussit et qui reste à gauche. Chaque fois que tu penses à Michael Lake et consorts, la culpabilité aux yeux de braise s'amène et te flanque un coup de sac à main au creux du plexus, pas vrai ?

— Oh, Oliver, épargne-moi cette conversation, dis-je en m'effondrant dans un fauteuil en face de lui, le faisceau d'un rayon de soleil entre nous.

Oliver et moi avons participé aux marches d'Aldermaston ensemble. Nous nous sommes inscrits au même club travailliste (West Chelsea, naturellement... pas trop de torses velus ni de tatouages). Nous avons collaboré aux mêmes revues qui, à cette époque, penchaient tellement à gauche qu'il leur fallait le soutien de Moscou pour ne pas s'effondrer. Je n'ai été que trop heureux de saisir la bonne excuse du printemps de Prague en 1967 pour quitter le parti et abandonner la partie. Oliver prétend que je l'ai trahi, que j'ai trahi mes principes et que j'ai trahi cette vague entité, cette masse de préjugés et d'ignorance, qu'on nomme « le peuple ». Naturellement, tout le monde sait qui est le véritable traître, le Judas de service nécessaire à Oliver : ce n'est rien d'autre que l'Histoire, cette Histoire qui lui est si chère. Il est arrivé maintenant à cet âge où il éprouve le besoin impérieux d'imposer au monde l'édition lamentablement insipide et lourdement remaniée de son journal intime – ou « Daisy ma confidente », selon le terme qu'il utilise dans les cercles intimes. Le tome qui va de 1955 à 1970 vient de sortir, déversant des tombereaux d'ordures pontifiantes sur ma propre tête mais passant, bien évidemment, sous silence ses agissements dans les arrière-salles de night-club, mis à part quelques phrases onctueuses sur « l'éveil de la communauté gay » ou autres conneries de ce genre. En gros, Daisy contient principalement un ramassis de potins sur le monde des médias et une interprétation de la politique vue par le petit bout de la lorgnette. Avec « Eux » dans le rôle des méchants et des profiteurs, et « Nous » dans le rôle des héros du peuple.

— Cette conversation ? dit-il. Et de quoi préférerais-tu parler ? De l'odeur forte de l'ouvrier et de son ingratitude qui le pousse à ignorer jusqu'à ton nom ?

— Je suis en train de digérer mon petit déjeuner. Je refuse qu'il soit ramené à la surface par des prêchi-prêcha sur la morale politique débités par un homme qui a actuellement le cul posé dans un luxueux fauteuil de cuir dans la bibliothèque du manoir d'un milliardaire.

— Une vérité politique reste une vérité politique, qu'elle soit énoncée dans un pub de prolos ou dans un club de gentlemen, mon cher, et cela tu le sais très bien. Mais, ajouta-t-il d'un ton suave, sentant que je fourbissais une réponse, tu as raison. Revenons plutôt à nos moutons, ou à nos choux. Simon me dit que si la pluie tarde trop l'orge d'hiver va prendre une drôle de dégaine. Bien plus grave, le masque hideux du rationnement d'eau risque de pointer son vilain museau à moins que Zéphyr n'invite les nuées à pleurer.

— En parlant de vilain museau, coupai-je, qu'est-ce que tu penses de Clara, la fille des Clifford ? Est-ce que… enfin…

— Tu veux dire : si elle… ? Eh bien non, mon cher. Elle a quatorze ans, elle louche un peu ; elle a les dents qui avancent, pas d'amis, pas de poitrine, et rien ne peut la rendre heureuse. Tu ne peux pas t'attendre à ce qu'elle soit le boute-en-train de la maison, voyons !

— Et en ce qui te concerne ? Tout baigne ?

— Ô Seigneur, je vais avoir droit à une interro en règle sur les Précautions, je le sens venir ! Mère est très prudente, merci mon chou, et très saine. Le socialisme reste sa seule maladie socialement transmissible.

— Tu as un peu maigri, tout de même.

— À l'époque où j'ai grandi, quand Fitzrovia était le centre du monde civilisé et que Russell évoquait autre chose qu'un square, perdre du poids était considéré comme plutôt souhaitable. Aujourd'hui, c'est devenu une marque d'infamie. Ce n'est pas parce qu'on aime fréquenter le beau monde, mon chéri, qu'il faut obligatoirement grossir pour calmer les craintes de ses amis.

— Oh, pour l'amour du ciel, est-ce que tu t'attends vraiment à me voir chausser les petites pantoufles précieuses du « politiquement correct » ?

— Mon trésor, le vrai « politiquement correct » dans ce pays, comme tu le sais fort bien, c'est de se foutre des minorités et de crier « Sacrilège ! Sacrilège ! » chaque fois que quelqu'un suggère d'agir autrement.

On n'y peut rien, Oliver et moi. On ne pourrait même pas discuter de l'avenir du football danois sans se chamailler.

— Eh bien, je me réjouis de te voir en si bonne santé, donc ! hasardai-je.

— Ha ! Et c'est là où tu es dans l'erreur, gros Ted. Si je maigris, c'est en vérité parce que mon Dennis m'interdit tout ce qui est bon. J'ai peut-être une jolie silhouette mais j'ai aussi une jolie angine de poitrine.

— Oh, mon pauvre Oliver ! Désolé.

— Il ne s'agit que de douleurs dans la poitrine, rien de bien méchant, mais Dennis a tendance à le prendre pour un Grand Avertissement.

— Alors tu es venu te réfugier ici pour échapper à son œil de lynx et pouvoir t'empiffrer à ton aise ?

— Oui, c'est un peu ça, Ted.

Voilà, Jane. Voilà qui répond à l'article 3, je l'espère.

4. Donner plus d'informations sur tante Anne

Un peu plus tard, ce même matin, Davey m'a traîné faire le tour des écuries pour aller saluer chevaux et chiens. Annie est arrivée en faisant sonner les pavés de la cour, rentrant de son galop matinal.

— En voilà une première ! lança-t-elle en mettant pied à terre. Est-ce qu'on va enfin te voir sur un cheval, Ted ?

— Étant donné nos poids respectifs, je pense qu'il serait plus équitable que ce soit moi qui porte le cheval sur mon dos.

Un garçon d'écurie est venu prendre la monture d'Annie.

— Est-ce que je pourrais vous parler, lady Anne ? demanda-t-il.

— Qu'est-ce qui se passe, monsieur Tubby ?

— C'est Lilac. Simon pense qu'elle est malade.

Nous fîmes cercle autour de la porte du box du cheval en question. Lilac est une grande jument baie qui appartient à Michael. Elle se tenait de biais, la tête appuyée contre le mur de côté, avec une expression très morose. Était-ce ou non un symptôme de maladie ? En tout cas, cette expression révélait une façon de voir la vie assez pessimiste. Les chevaux me frappent toujours par la tristesse de leur regard et la stupidité de leur comportement, ce qui, à la différence des chiens, rend tout diagnostic sur leur état de santé très difficile.

— Simon est venu faire la tournée de c'matin et il a remarqué qu'a voulait pas manger et qu'a tournait en rond et qu'a crachait du sang, dit Tubby.

— Mais elle allait très bien hier encore, n'est-ce pas ?

— Hier, a pétait d'santé, lady Anne. (Excuse mes efforts pour tenter de rendre ce dialogue, Jane. C'est vraiment un défi !) All'est revenue de la prairie toute guillerette.

— Seigneur ! Vous avez une idée sur ce qu'elle peut avoir ?

— M'sieur Simon est pas sûr. Il dit que c'est p'têt ben un empoisonnement à la jacobée ou p'têt le rhume des foins.

— Seigneur ! J'espère qu'il se trompe. Mais on aurait bien remarqué si c'était la jacobée, non ? Il faut du temps, n'est-ce pas ?

— Ça peut venir tout par un coup, lady Anne, comme y dit, m'sieur Simon.

Qui était censé s'y connaître, me demandai-je, Simon ou le professionnel salarié ? J'imagine qu'il s'agissait de protéger ses arrières. Si le cheval devenait fou et se mettait à mordre tout le monde, ce serait la faute de not'jeune maître m'sieur Simon et pas celle du palefrenier.

Davey caressa le museau du cheval et souffla gentiment dans ses narines.

— Je me demande, dit-il en ouvrant la porte du box, je me demande si…

— Non, Davey, NON ! hurla Anne. Sors d'ici, sors d'ici *immédiatement* !

Davey sauta littéralement hors du box comme s'il avait touché une ligne à haute tension. Tubby regarda discrètement dans la direction opposée tandis que je ne me privais pas d'observer la scène, complètement fasciné.

— Je suis désolée, mon chéri, vraiment désolée d'avoir crié, fit Anne, faisant visiblement un effort pour se maîtriser après cet étrange éclat.

Sa respiration, qui évoquait celle de la jument, sortait bruyamment de ses narines.

— Tu sais, les chevaux malades peuvent être très dangereux, très capricieux.

Davey était rouge de confusion, ou de gêne, ou de peur, ou de frustration.

— Lilac me connaît aussi bien que n'importe qui… réussit-il à dire.

Anne avait repris le contrôle de ses émotions, voulant à tout prix sauver la face devant Tubby et moi-même.

— Je sais, mon chéri, je sais. Mais, tant qu'on ne sait pas de quoi elle souffre, on ne peut pas écarter un risque de contagion. Il y a un certain nombre de choses que les chevaux peuvent attraper et transmettre à l'homme.

— Quand est-ce que tu m'as vu attraper quelque chose ? demanda David.

Annie se tourna vers moi et lança d'une voix joyeuse :

— Je dois faire un saut à Norwich pour voir mon dentiste. Je pars dans une demi-heure. Pourquoi ne viendriez-vous pas tous les deux avec moi ? David te fera faire la visite touristique.

Je pris place à l'avant de la Range Rover, à côté d'Anne, tandis que David, résigné et presque boudeur, s'installait à l'arrière.

— Les jumeaux reviennent demain, fit-elle. Angus et Diana partent en vacances.

— Comment va Edward ?

— Il a suivi un nouveau traitement, hors de la période à risque, en hiver et au printemps. Jusqu'ici il n'y a pas eu de problème, alors je crois qu'on peut tenter de le faire revenir. Si cela recommence, on reverra la situation. Il y a un endroit en Suisse dont Margot m'a parlé. Ils me manquent terriblement.

Tout le monde avait été surpris – et Anne la première – quand à l'âge de quarante-huit ans elle s'était retrouvée enceinte de jumeaux. Je me les rappelai, deux crapauds de dix-huit mois que j'avais connus à Noël 1988, lors de ma précédente visite à Swafford Hall.

— D'après mes calculs, ils devraient aller sur leurs cinq ans, non ?

— C'est effectivement une autre raison de leur retour : ils fêteront leur anniversaire dans deux semaines.

Davey reprit un peu de tonus après que sa mère nous eut déposés quelque part dans le centre-ville avant de repartir pour son rendez-vous.

— Tu veux apprendre quelque chose d'intéressant en ce qui concerne Norwich ? demanda-t-il tandis que nous flânions sur le trottoir.

Je doutais fort que cela fût possible, à moins qu'il ne fît allusion à la proximité de Londres. Néanmoins, je manifestai la curiosité requise.

— Norwich possède cinquante-deux églises et trois cent soixante-cinq pubs !

— Sans blague ?

184

— C'est ce qu'on dit. Cela signifie que tu peux te saouler dans un pub différent chaque jour de l'année et aller te repentir dans une église différente chaque semaine !

J'en déduisis donc avec plaisir que mes chances de tomber sur un pub avant de déboucher sur le parvis d'une église étaient de six contre une. Mais les dés devaient être pipés, ce jour-là, et je me retrouvai entraîné par Davey dans le jardin d'une cathédrale, prié d'admirer les exquises proportions des arcs-boutants et du côté est de l'abside. Les exquises proportions de l'arrière-train et du côté face d'une barmaid m'auraient infiniment plus attiré mais je me laissai tout de même piloter. Je m'amusai à calculer que cela devait bien faire vingt ans que je n'avais pas mis les pieds dans une cathédrale. L'odeur de la pierre et la perfection de l'air ambiant, ni trop chaud ni trop froid, ni trop sec ni trop humide, se retrouvent dans toutes les bâtisses religieuses normandes ou gothiques et contribuent beaucoup à la grandeur et au mystère de ces créations. Selon David.

Il m'emmena ensuite visiter le cloître où se trouvent les armoiries de la famille de sa mère.

— Et où penses-tu qu'on pourrait retrouver la trace de tes ancêtres du côté de ton père ? lui demandai-je. Ça te plaît, l'idée que tu descends d'Abraham ?

— Tu n'es pas considéré comme juif si c'est seulement ton père qui l'est, tu sais.

— C'est ce qu'on m'a dit.

— Le problème avec les Juifs, fit David en s'asseyant sur un parapet, sous la voûte qui donnait sur le jardin du cloître, c'est qu'ils n'ont pas le sens de la nature. Avec eux, c'est villes et business.

— Tu parles des Juifs en général ou d'un Juif en particulier ?

— Eh bien, je pense que papa est en fait plus « campagne » que la moyenne, tu ne crois pas ?

Il peut se le permettre, pensai-je.

Interprétant mon silence comme un désaccord, David croisa les bras et réfléchit un moment.

— Pourquoi ne t'assieds-tu pas ? demanda-t-il enfin.

— Tu veux vraiment le savoir ?

— Mais oui, fit-il, surpris.

— La raison pour laquelle je ne m'assieds pas, c'est que j'ai, depuis quelques jours, le trou du cul en chou-fleur.

— En chou-fleur ?

— Une façon de dire que j'ai des hémorroïdes.

— Ah ! Des hémorroïdes. Papa aussi en a. Il a de la crème et un applicateur. Je l'ai remarqué dans le placard de sa salle de bains. Il dit que j'en aurai un jour parce que les hémorroïdes, c'est plaie de l'homme juif. Les hémorroïdes et les mères. Qu'est-ce qui les provoque ?

— Cela vient avec l'âge et les habitudes trop sédentaires. Le seul remède, c'est de te faire charcuter au scalpel. Un remède bien plus cruel que le mal.

— Mais jeudi soir tu as dit que rien ne pouvait être guéri !

— Touché, petite crapule !

— Pourtant tu n'es pas juif, n'est-ce pas ? demanda David après une pause.

— Malheureusement non, malgré les hémorroïdes !

— Mais tu es plutôt du genre urbain, non ?

— À 90 %. Mais je sais distinguer une buse d'un bus.

— Simon dit que je suis le seul « urbain » de la famille parce que je n'accepte pas qu'on tue. Il dit que les gens de la ville ont perdu tout sens de l'importance de la vie et qu'ils ne voient plus que l'importance de la mort.

— La remarque me paraît un tantinet trop sophistiquée pour venir de Simon.

David se mit à rire.

— Eh bien, il l'a probablement lu dans *Le Magazine du chasseur* !

Je fouillai dans ma poche à la recherche d'une Rothman. David me lança un regard scandalisé.

— Et alors ? lançai-je. À l'époque victorienne, on mettait des cendriers aux bancs d'église. Les sermons se jugeaient à la longueur du cigare. Un sermon de quatre pouces, de cinq pouces, un corona entier, etc.

— C'est pas vrai !

— Je le jure devant Dieu !

— On va demander à un guide.

Je lui concédai le point et abandonnai.

David me regarda avec attention.

— Tu sais pourquoi maman n'a pas voulu me laisser entrer dans le box pour m'occuper de Lilac, ce matin ?

Je secouai la tête.

David soupira et se mordilla la lèvre inférieure.

— Elle n'aime pas que je me serve de… Elle a *peur*, tu vois…

— Peur ?

— Je peux… parfois… presque… Je sais que tu vas rire…

— Je ne rirai pas, promis-je.

Enfin, pas tout fort.

— Quelquefois, j'arrive à *parler* aux animaux.

Et alors, pensai-je, je parle bien aux murs, moi ! Mais je savais que ce n'était pas ce qu'il voulait dire. Ce qu'il voulait dire, bien sûr, c'est que les animaux lui répondaient.

Mon fils Roman, qui a le même âge que Davey, a prétendu un jour pouvoir comprendre la souris qu'il gardait en cage dans sa chambre.

— Et qu'est-ce qu'elle te raconte, cette souris ? lui avais-je demandé.

— Elle me dit qu'elle aimerait bien avoir une copine.

C'était de toute évidence un appel à peine déguisé à l'acquisition d'une deuxième souris. Et me voilà filant docilement chez Horribles[1] pour en acheter une, à condition qu'on me garantisse 100 % sa féminité. Plus tard, j'ai compris que c'était en réalité un appel au secours lancé par Roman lui-même. Il se trouvait souvent très seul à Londres, une fois l'enthousiasme des premiers moments retombé, quand sa mère me l'expédiait pendant les vacances scolaires. Il était trop jeune pour sa sœur Leonora – il avait été conçu dans une ultime tentative désespérée pour recréer un lien entre Helen et moi –, trop jeune pour m'accompagner au théâtre, trop vieux pour supporter la présence d'une baby-sitter.

Je fus soudain frappé par le fait que, bien que son enfance puisse paraître idyllique vue de l'extérieur, David avait sans doute des raisons de se sentir isolé, lui aussi. Il ne partage pas les mêmes intérêts agricoles ou sportifs que son frère et que (probablement) ses autres camarades du coin. Son attitude, même si elle n'est pas franchement distante, lui donne un air lointain, étranger au troupeau, un air – pour reprendre le mot d'Annie – absent. Il est naturel qu'un enfant sensible et intelligent choisisse de prendre de la distance. Mieux vaut revendiquer son indépendance que risquer l'exclusion. Les animaux sont alors des amis appréciés parce qu'ils ne vous jugent jamais. Les adolescentes poussent parfois l'amour de leur poney jusqu'à se coincer un morceau de sucre dans la foufounette. Elles se couchent ensuite par terre pour leur permettre de le grignoter entre leurs lèvres humides. Cet amour inconditionnel qu'un animal peut offrir, un amour sans culpabilité, sans rejet, sans violence, sans contrepartie, exerce un grand attrait sur les jeunes. Ils sont naturellement trop niais pour s'apercevoir que, même chez les animaux les plus intelligents, la seule motivation, c'est la nourriture.

---

1. Harrods. (*N.d.T.*)

L'amour, pour un animal, se situe au niveau du tube digestif.

— Tu parles donc aux animaux ? dis-je.

— Ils ont confiance en moi. Ils savent que je ne veux ni leurs œufs, ni leur lait, ni leur peau, ni leur force, ni leur viande, ni leur obéissance.

— Mais un grand nombre d'entre eux s'intéressent à la viande de leurs congénères, non ? Ou alors tu ne parles qu'aux animaux végétariens, peut-être ?

J'aurais voulu me botter les fesses quand je vis que David prenait cette question pour un lourd sarcasme. En fait, je l'avais posée tout à fait innocemment.

Il se leva.

— On a rendez-vous avec maman à Assembly House. Ce n'est pas à côté. Il vaudrait mieux qu'on y aille.

Anne et moi étions en train de déguster des petites galettes au son dans le tea-room de l'Assembly House. David nous avait demandé la permission d'aller à la bibliothèque municipale, de l'autre côté de la rue.

— Je n'aurais jamais cru pouvoir faire ça, dit Anne.

— Faire quoi ?

— Mordre un biscuit à belles dents. Je m'attendais à une horrible séance de piqûres et de plombages.

— Bilan dentaire satisfaisant, hein ?

— À cent pour cent. « Si j'ai des dents comme les vôtres à votre âge, lady Anne, je m'estimerai le plus heureux des hommes. »

— Un compliment à double tranchant.

— À notre âge, n'importe quel compliment est le bienvenu, tu ne crois pas ?

— Cela fait si longtemps que je n'ai pas reçu de compliment, rétorquai-je, que je suis bien incapable de te répondre.

— Oh, le pauvre petit Tedward ! Je vais t'en faire un, alors. Il y a seulement une semaine que tu es dans le Norfolk et tu as déjà mille fois meilleure mine qu'en arrivant.

— C'est un compliment qui s'adresse à toi et à ton hospitalité, ma belle. Pas à moi.

— Bon, tu as raison. Alors je vais te dire que c'est merveilleux de t'avoir parmi nous.

— Tu es un ange.

— Non, vraiment, Ted, c'est vrai. J'espère que tu passes un séjour agréable. Il faut que tu me dises si tu as besoin de quoi que ce soit.

J'ouvris les mains pour signifier que nul prince ni empereur ne pourrait m'en donner davantage.

— Et toi ? demandai-je. Heureuse, ma biche ?

— Comblée !

— Pas de nuage noir à l'horizon ?

— Pourquoi demandes-tu ça ? fit-elle en fronçant les sourcils avant de s'affairer avec la théière.

— Comme ça, sans raison ! Simplement il m'arrive de penser que c'est une vie un peu étrange pour toi. Tu vis dans la maison dans laquelle tu as grandi mais...

— Mais avec un mari qui vient d'un autre monde ? Oh, Ted ! J'ai la meilleure part de tout. Je profite de mon monde à moi et de tout ce monde de financiers, politiciens, artistes, écrivains, de tous ces phénomènes que Michael attire.

— Voilà une énumération qui en ferait vomir plus d'un, en ce bas monde.

— Évidemment, présenté de cette manière, cela peut paraître assez horrible, mais en vérité j'ai vraiment de la chance ! Avouons-le : je ne suis pas très intelligente et Michael est un mari extraordinaire. Franchement, ce serait obscène qu'une femme dans ma situation ose se plaindre. Tout simplement obscène.

Je la laissai me verser une autre tasse de thé.

— Je dois dire que cela me contrarie beaucoup lorsqu'on écrit des horreurs sur lui dans la presse. Le comparer à cet abominable Robert Maxwell, par exemple. Le traiter de liquidateur de sociétés, de pirate de la finance, de gangster de la Bourse... Si seulement les

190

gens savaient, Ted ! S'ils avaient pu voir les larmes qu'il a versées chaque fois qu'il a dû licencier du personnel !

Le général Haig versait des larmes en voyant la liste des victimes, pensai-je. Cela ne l'a jamais empêché d'envoyer les troufions au casse-pipe le lendemain, non ?

— Il a un cœur, Ted. Il est correct. Je suis tellement fière de lui ! Ses fils sont tellement fiers de lui !

— Voilà une chose qu'on ne peut pas nier. Et moi aussi, je suis fier de lui, si tu veux le savoir.

— Sincèrement, Ted, pourquoi ne serais-je pas comblée d'être une mère et une épouse ? Pouvoir te dire, quand tu fais le bilan, que la réussite de ta vie, c'est ta famille, ce n'est pas un échec, non ? Tout le monde n'est pas obligé d'être un créateur, comme Michael ou toi.

Donc voilà où Anne en était, me suis-je dit.

— D'accord, reprit-elle, il se peut que je n'aie pas composé la tétralogie de Wagner ni fondé IBM, mais j'ai élevé quatre enfants.

Élevé quatre enfants avec l'aide d'un bataillon de servantes, de nounous, de nurses et de larbins qui auraient servi plus utilement dans un pensionnat de taille moyenne.

— Ma chère, ma très chère vieille branche, lui susurrai-je (peut-être même ai-je dû lui caresser la main), sois honnête d'admettre qu'en vérité tu fais beaucoup plus que ça. Je crois qu'il n'y a pas une seule œuvre, association, fondation charitable qui ne te compte dans son comité de parrainage. Les gens peuvent se gausser de la Généreuse Fée mais ce que tu fais doit être fait, est fait grâce à toi, et ne pourrait pas avoir été fait sans toi.

— Merci de le dire, Ted. Je dois reconnaître qu'il y a des moments où l'on ne se sent pas toujours appréciée à sa juste valeur. Franchement, de nos jours, on trouve d'horribles personnages dans les associations caritatives, les comités de parents d'élèves ou les conseils d'école. Des gens vraiment mesquins, râleurs et méprisants. On attend de moi que je me contente de sourire et de saluer comme la reine. Bien souvent, lorsque je suggère quelque chose, on me rit carrément au nez comme si mes fonctions consistaient seulement à mettre mon nom sur l'en-tête des lettres et à porter de grands chapeaux.

Je n'imaginais que trop facilement toutes ces réunions. Taches de vieillesse, lunettes teintées, costumes ringards, chevalière au petit doigt, mocassins, une assemblée de nullités aux joues rougies par le feu du rasoir et affligées d'une constipation chronique du subjonctif, enrichies dans le commerce en gros avec la Corée ou gérants de golf. Toute cette faune qui a envahi aujourd'hui chaque conseil d'administration, comité et banc de la magistrature du pays ! J'imagine sans peine comment ces gens doivent réagir à la présence de lady Anne Ponsonby-Smythe-Twisleton de Mon Cul. Qu'ils soient conservateurs, travaillistes ou libéraux, à leurs yeux cette pauvre Anne n'est qu'un pantin dont ils se fichent éperdument.

Je voyais tout à fait le scénario: lady Anne demandant avec un joyeux entrain:

— Est-ce que ce ne serait pas charmant de demander à la duchesse de Kent de venir inaugurer les nouvelles toilettes de la maison de redressement ?

Échange de regards moqueurs et pluie de pellicules grasses sur les mémos de l'ordre du jour, avec hochements de tête incrédules.

— Avec tout le respect que je dois à Madame la Présidente, je crains que ce ne soit hautement inapproprié, lance alors un entrepreneur de maisons préfabriquées pour cadres.

Ce qui pourrait se traduire par: « Laisse-nous faire, ma poule ! On s'occupe de réfléchir, et toi, ferme ton aristocratique petite bouche et contente-toi de signer ces foutus chèques ! »

Pauvre petite chérie qui commet seulement le crime d'essayer de sortir de son rôle de potiche.

— Ce que tu fais, repris-je, est vraiment apprécié. Bonté, regarde par exemple ta famille ! Que ne préférerais-je avoir quatre beaux garçons prêts à marquer le monde de leur empreinte plutôt qu'avoir commis quatre sonnets boiteux qui moisissent dans l'*Oxford Book of Modern Poetry* !

— Mais tu as des enfants, toi aussi !

— C'est Helen qui les a. Moi, je suis la Mauvaise Influence. Je pense que je connais mieux mes filleuls que je ne connais Leonora ou Roman.

— Ted, tu ne dois pas dire une chose pareille. Je suis certaine que tu es un père formidable, à en juger par la façon dont tu t'y prends avec Davey. Tu le traites comme ton égal.

— C'est très présomptueux de ma part ! Je devrais le traiter comme un supérieur.

— Ah, mon Dieu, je vois ce que tu veux dire ! Tu n'as pas eu de problèmes avec lui ?

— Doux Jésus ! Comme si c'était possible ! J'imagine que les bulletins scolaires de cet enfant feraient la pige à ceux de sainte Agnès.

— Est-ce que tu comprends pourquoi je me tracasse à son sujet ? Est-ce que c'est seulement de l'hystérie de ma part ? Tu vois, c'est dur à supporter pour lui. Grandir dans l'ombre de quelqu'un comme Simon… Quelquefois, je… Ah ! Le voilà !

David apparut, portant un sac plein de livres.

— Et de quoi parlez-vous, tous les deux ?

— Des caractéristiques comparées du Macallan de dix ans d'âge avec le dix-huit ans. Je disais à ta mère que, bien que meilleur marché, le Macallan de dix ans est plus gouleyant.

— Tout à fait d'accord, fit David.

Petit impertinent.

Alors que nous nous dirigions vers le parking, je lui demandai ce qu'il avait pris à la bibliothèque.

— Oh, juste des bouquins !

193

Mais j'eus l'occasion de jeter un coup d'œil sur l'un des titres au moment où il expédiait le sac à l'arrière de la Range Rover. *L'Anatomie du cheval* de Staunton. Tiens, tiens !

Voici qui termine mon rapport sur lady Anne, pour l'instant. Mais j'aimerais bien avoir l'occasion de lui demander ce qu'elle entendait par « l'ombre de quelqu'un comme Simon ».

5. *Ne touche surtout pas à Patricia. Elle est hypergéniale et je n'ai pas envie qu'on se joue d'elle.*

Cette remarque est indigne de toi, à tous points de vue.

J'imagine que je devrais être flatté de te voir supposer que Patricia puisse m'autoriser à jouer avec elle. Ou bien penses-tu que je sois assez vil pour m'abaisser à aller jusqu'au viol ? En l'occurrence, je devrais plutôt dire « me mettre sur la pointe des pieds », vu sa taille.

Je ne doute pas qu'elle soit « hypergéniale ». Mais qui ne l'est pas, de nos jours, bon Dieu ? Il n'y a qu'un pas entre utiliser cette expression et dire « Je t'aime » à la fin d'une conversation téléphonique au lieu des « salut » ou « va te faire foutre » plus habituels et explicites.

Tes recommandations étaient tout à fait superfétatoires car, dans le cas présent, c'est elle qui s'est jouée de moi.

Elle est venue me trouver après le repas, tandis que je me relaxais dans le hamac, avec le *Telegraph* et un verre de remontant.

— Une partie de croquet, Ted ?

— Eh bien, répliquai-je en posant mon journal, je vois les arceaux mais où sont les maillets et les boules ? Ou bien sommes-nous censés utiliser des flamants roses et des hérissons ?

— Il y a tout ce qu'il faut dans un coffre, dans cette cabane, fit-elle en montrant la réplique de la Villa Rotunda.

Une « cabane », non, je vous jure !

Il se trouve que je suis assez doué pour le croquet. Je ne sais pas comment cela se fait parce que, dans tous les autres jeux, je me couvre de ridicule. Hier, j'ai joué au tennis avec Simon. Ce gamin s'est contenté de se tenir dignement au milieu du court et d'expédier gentiment la balle par-dessus le filet pendant que je galopais, suais et faisais des moulinets avec ma raquette tout en émettant un bruit de soufflet de forge. Oliver, qui observait le spectacle, m'a dit que je lui rappelais un des moulins à vent de Don Quichotte.

L'art subtil et délicat du croquet, en revanche, convient beaucoup mieux à mon centre de gravité assez bas et à mon sens de la ruse assez élevé. Nous jouâmes, comme il se doit, avec deux boules chacun, moi avec mes couleurs fascisantes favorites, rouge et noir, et Patricia prenant le jaune et le bleu. J'ose dire que mon talent l'a quelque peu surprise. Elle est elle-même assez férue de ce jeu et le premier circuit fut effectué dans un silence concentré, coupé seulement par le bang-whizz des boules éjectées hors limites.

En approchant des derniers arceaux, ayant abandonné tout espoir de vaincre, Patricia se laissa aller à bavarder. Visiblement, elle avait ce qu'on peut appeler une idée derrière la tête.

— Ted, pourquoi vous êtes-vous comporté d'une telle manière, jeudi soir ?

— Comporté comment ?

— Vous le savez parfaitement.

Jeudi soir, c'était la soirée du repas en grand tralala. Comme ma chronique te l'a rapporté, je me suis comporté de bout en bout de manière exemplaire. À mon avis, c'est plutôt Oliver et dans une moindre mesure Davey qui ont chié dans la soupe. Mais pas moi. J'en fis part à Patricia.

— Quoi qu'il se passe en ces lieux, reprit-elle, vous risquez de tout gâcher par votre scepticisme et votre mépris. Vous trouvez sans doute cela très amusant, mais j'aurais imaginé que vous aviez plus de respect pour votre filleul.

Respect pour ma ou mon filleul ? Toi, Jane, ou Davey ? Je me sentais totalement dans le cirage.

— Une forme de pensée, comme vous vous en doutez, ma chère Patricia, commence à frémir et à bourgeonner dans la soupe primale de mon cerveau, ébauche d'une vie protozoaire encore incohérente et rudimentaire. Et, parmi ces pensées, certains spécimens plus prometteurs laissent présager un jour une évolution vers le raisonnement. Mais, en ce moment, ma planète semble avoir des éternités de retard dans la course à la civilisation. Quand vous dites « Quoi qu'il se passe en ces lieux », vous voulez dire… euh, quoi, précisément… ?

— Écoutez, Ted, si vous voulez jouer les francstireurs et rester sur la touche, libre à vous. Seulement je vous avertis : si vous faites tout foirer pour le reste d'entre nous, alors… je… je vous tuerai.

— Mais faire foirer quoi ?

— Oh, pour l'amour du ciel… ! s'exclama Patricia en envoyant promener son maillet. Vous n'êtes vraiment qu'un vieux babouin. Un sale vieux babouin !

Et, pivotant sur ses talons, elle décampa vers la maison en bougonnant, étranglée d'indignation. Tout en la regardant s'éloigner, je m'aperçus qu'une silhouette se dirigeait vers moi de l'autre extrémité de la pelouse. C'était Rebecca, avec au bras un panier rempli de fraises. Elle m'adressa un grand sourire.

— Toujours ce même doigté magique avec les femmes, Ted ?

— Certaines personnes, répliquai-je en me baissant pour ramasser les boules, ne supportent pas d'être battues.

— Allons, allons, Ted, il n'y a pas que ça, voyons ! J'imagine que tu as essayé de la peloter pendant qu'elle se concentrait.

— Jamais de la vie ! C'est une pensée qui ne m'a même pas effleuré !

— Alors tu n'es pas Ted Wallace mais un imposteur et je vais courir appeler la police.

— J'admets, bien sûr, qu'une femme en minijupe, penchée sur le gazon, provoque certains réflexes par un beau jour d'été, mais je peux t'assurer que, dans mon cas, ce réflexe est enfoui bien profondément sous des années de frustration et qu'il reste parfaitement sous contrôle.

— Alors de quoi s'agissait-il ? Viens t'asseoir sur les marches avec moi et raconte-moi tout.

Nous nous installâmes devant la maison ronde.

— Qu'est-ce qui se passe ici, Rebecca ? Dis-moi un peu ce qui se passe, bon sang de bois !

— Mon chou, tu es arrivé avant moi, c'est donc à toi de m'informer.

Je dois admettre qu'à ce moment-là je lui ai dévoilé en partie notre petite conspiration.

— Eh bien, pour moi, voilà comment ça a commencé. Je tombe sur Jane il y a deux semaines. Elle me reconnaît et moi je me sens le roi des crétins de ne pas la reconnaître.

— Et à qui la faute, mon chou ?

— Oui, bon. Ça va, n'insiste pas. On est allés chez elle et elle m'a tout raconté, sa leucémie et tout.

— Tu as eu droit au couplet sur Dieu ?

— Il y a eu référence à des miracles, en tout cas. Quelque chose émanant d'ici, de Swafford. Elle prétend être… euh… guérie.

— Je sais, j'y ai eu droit moi aussi. Des lettres extasiées sont arrivées à Phillimore Gardens, pleines de « loués soient Dieu et ses nombreuses merveilles ».

— Est-ce que tu la crois ?

— Je suis comme toi, mon chou. C'est pour cela que je suis ici. Pour comprendre. Il se trouve que Jane et moi avons le même médecin.

— Et quel est son diagnostic ?

— Eh bien, tu connais les médecins. Il est très surpris de sa rémission mais reste prudentissime.

— Il y a donc effectivement rémission, alors ?

— Pas le moindre doute.

— Hum…

Je restai plongé un moment dans mes pensées tandis que Rebecca commençait à faire un sort à la récolte de fraises.

— Mais qu'est-ce que tout cela a à voir avec cette superbe comparaison que fait Patricia entre toi et un babouin, un « sale vieux babouin » ?

— Est-ce qu'elle est au courant pour la guérison miracle de Jane ?

— Évidemment ! C'est sa meilleure copine.

— Qui d'autre est au courant ?

— Alors là, je donne ma langue au chat. Les faits remontent au mois de juin, je crois. Simon a ramené Jane de la foire agricole de Norfolk, complètement prostrée et les globules blancs suintant par tous les pores. Michael et Anne étaient là aussi, naturellement, et Simon et Davey étaient en congé pour fêter la fin de leurs examens. Ah, oui ! Il y avait aussi Max et Mary, je crois.

— Est-ce que ces gens-là croient aussi à la thèse du miracle ?

— Je n'en sais rien.

Je pris une poignée de fraises tout en réfléchissant.

— À mon avis, Simon n'y croit pas. Il m'a parlé l'autre jour de la crise de Jane. Il a comparé sa soudaine convalescence à ce qu'il avait constaté avec une portée de cochons.

— Vraiment romantique, ce sacré gamin.

— En revanche, Oliver… lui, semble savoir quelque chose. J'en suis quasiment certain.

— S'il y a une truffe quelque part, compte sur Oliver pour y mettre son groin, sois tranquille.

— Et Patricia pense visiblement que je suis de la partie mais que je ricane dans ma barbe en jouant les esprits forts.

— C'est en tout cas l'impression que tu as donnée l'autre soir pendant le repas.

Rebecca faisait allusion à ma conversation avec l'évêque au sujet de la « guérison » et de la « thérapie ».

— Mais, ma chère, j'espère que tu es d'accord avec moi pour trouver toute cette histoire de miracle complètement loufoque, non ?

— Tout ce que je sais, mon chou, c'est que Jane était condamnée à mourir à la fin du mois de juin.

— Mais pourquoi ne m'avoir rien dit ? Pourquoi est-ce qu'il a fallu que ce soit le hasard qui m'apprenne que ma seule et unique filleule se mourait de leucémie ?

— Tu t'en serais battu l'œil ! Il te faudrait bien davantage qu'une filleule à l'agonie pour arriver à te faire lever les yeux de ton verre de whisky ! Je sais très bien dans quel état tu te trouvais. Oliver me raconte tous tes exploits. Remarque, il n'en a pas besoin, je lis les journaux. Un ivrogne de la haute qui sème le désordre dans Soho et le West End, insulte tout le monde, use son gros cul sur les tabourets de bar en compagnie de *has been* de son espèce, déverse des gallons de bile sur les moins de cinquante ans, arrache de grands morceaux de chair aux mains assez bonnes pour le nourrir...

— Rebecca !

— Mais j'oubliais, maintenant on t'a foutu à la porte, non ? Alors, brutalement, tu as besoin de tes amis riches et puissants pour te sortir de ce tonneau de pisse amère dans laquelle tu patauges depuis vingt ans. Tu viens pleurnicher avec des yeux de cocker battu, nous faire le coup de la fibre paternelle – et tu vas même, mon chou, jusqu'à restreindre ta dose quotidienne d'alcool et jouer à « Maman les p'tits bateaux » avec ton filleul comme un vieux saint à cheveux blancs ! Mais au fond de toi tu restes le même esprit cynique et retors, la même vieille grosse merde que le monde entier connaît et adore.

Voilà, en un mot : ta mère ! Je crois avoir été le seul homme au monde à oser la défier. Il doit bien y avoir deux décennies de cela mais pour elle c'est comme si c'était hier. La vengeance, pour Rebecca, est un plat qui se mange de préférence glacé, nappé d'un coulis de vitriol, sur une chiffonnade de belladone et envoyé avec force dans la gueule du pauvre connard d'en face.

Je me levai, fis tomber les picots de fraises de mes genoux et m'éloignai sans un mot.

Sur le chemin de la maison, je tombai sur Clara Clifford la louchonne.

— Bonjour, monsieur Wallace, dit-elle. Je venais justement vous chercher.

Du moins c'est ce qu'il m'a semblé comprendre. Je n'essaierai même pas d'imiter le zézaiement de cette pauvre petite.

— Ah oui ? Et pourquoi donc ?

Elle leva les yeux sur moi (et un autre objet non identifié à cent vingt degrés ouest) et dit :

— Oncle Michael demande à vous voir dans son bureau.

Le visiteur qui pénètre dans le bureau de la résidence de Swafford de lord Logan a l'impression de se retrouver dans un film de James Bond. Consoles électroniques, rideaux et écrans de projection activés par télécommande, appareils de télécommunications en tout genre, globes terrestres contenant carafes de whisky et vidéophones à écran géant, tout cela ne représente que la partie visible et identifiable de l'iceberg bureautique. « Choisissez la prochaine ville à détruire, monsieur Bond. Ce sera quoi ? New York ? Leningrad ? Paris ? Non, attendez ! Londres, bien sûr ! *Goodbye Piccadilly, farewell Leicester Square*, comme dit la chanson qui vous est si chère, à vous les Anglais ! »

— Ted ! fit Michael, cigare à la bouche, amorçant le geste de se lever de son fauteuil. Pardonne-moi de te convoquer comme un bidasse indiscipliné, mais j'attends un appel d'Afrique du Sud.

— Business ou politique ?

Michael est bien connu pour fourrer son nez dans les affaires des États-nations. Les murs de son bureau sont constellés de photos où on le voit sourire à l'appareil dans des poses indiquant divers degrés d'intimité avec les leaders du monde : un bras autour de Walesa, debout et guindé à côté de Mandela, trinquant à la vodka avec Eltsine, partageant un absurde canapé doré Louis XIV avec Arafat, jouant au golf avec James Baker et George Bush.

— Explique-moi la différence ! Il y a une compagnie de tabac qui m'intéresse à Johannesburg. L'Afrique du Sud est en pleine expansion, tu sais.

— J'admire ton optimisme.

Michael chassa d'un revers de main les volutes de fumée de son cigare et, avec elles, les objections de quiconque était assez limité pour douter de lui.

— Alors, Tedward, qu'est-ce que tu veux savoir ?

Sur le coup, je ne compris pas ce qu'il voulait dire. Puis la lumière se fit et je lui adressai un grand sourire.

— Tu vas accepter ? Tu veux bien coopérer ?

— Mes avocats et moi-même aurons un droit de veto absolu, d'accord ?

— Certainement, dis-je en hochant énergiquement la tête.

Comme si on risquait d'en arriver là !

Michael poussa aussitôt sur le bureau une liasse de feuillets, imprimés en petits caractères denses et compacts, avec une reliure à spirale.

— Lis et signe. Paraphe de tes initiales les endroits que j'ai paraphés. Signe là où j'ai signé.

Ah, les voies des puissants !

— Est-ce qu'il faut vraiment que je lise tout ça ?

— Oh, pauvre Tedward ! Le petit écolier qui gémit devant ses devoirs ! Ta « Ballade de l'homme oisif » a vraiment dû te sortir tout droit du cœur. Je lis des documents qui font vingt fois la longueur de celui-là, aux chiottes, avant le petit déjeuner !

— Pas étonnant que tu aies des hémorroïdes, alors !

— Comment sais-tu cela ? fit Michael en fronçant les sourcils.

— Compagnon d'infortune ! me hâtai-je de dire. Je l'ai remarqué tout de suite à ta façon de t'asseoir.

— Vous, les écrivains ! Pas si oisifs que ça, en fin de compte ! Votre travail, c'est d'observer les gens.

Sympa de sa part de choisir cette version.

— Alors dis-moi, fis-je en reprenant une de ses formules favorites, qu'y a-t-il exactement dans tout cela ?

— Un contrat type autorisant ma biographie. Les limites légales. Ne t'en fais pas : rien qui puisse te priver de tes droits d'auteur. À propos, tu me dois un penny.

Il me tendit sa main ouverte au-dessus du bureau.

— Ah, oui ? fis-je, étonné.

— D'après la loi, aucun contrat n'est valable s'il n'y a eu transaction. Une partie doit payer l'autre. Dans le document que tu vas signer, tu verras que, moyennant la somme de un penny, j'accepte de coopérer à la biographie que tu vas rédiger, désignée comme « le matériel ». Alors, un penny, s'il te plaît !

Impressionné par ce jargon juridico-officiel, je fouillai dans ma poche pour y dénicher une pièce.

— Tu as la monnaie de cinq pence ?

— Bien sûr.

Michael prit mon shilling, ouvrit un tiroir, en sortit un petit coffre-fort où il fouilla du doigt avant d'en extirper deux pièces de deux pence.

— Et quatre qui font cinq. Serre-moi la main, associé ! Marché conclu !

Me levant pour lui prendre la main, je fus décontenancé de le voir éclater de rire.

— Tedward ! Souris donc ! Une affaire, ça se fête !

— Désolé, mais ce ton solennel a fini par m'impressionner.

— C'était ta première leçon sur notre style de travail : jusqu'à la signature et la poignée de main, on ne plaisante pas. À partir du moment où l'encre sèche sur le papier et où les mains se serrent, on devient quasiment un couple en lune de miel !

Michael plaça deux magnétophones sur le bureau et appuya sur les deux boutons d'enregistrement.

— Un chacun. Pour qu'on sache tous les deux où on en est.

Et ainsi, interrompus seulement par deux appels de Johannesburg, quatorze fax d'ici et d'ailleurs et un appel pour prendre le thé, nous avons commencé à dérouler le récit de la vie de Michael.

Je garde les détails de cet entretien pour un long week-end, ma chère Jane, mais je peux d'ores et déjà te dire que bien des choses se sont éclaircies.

À signaler ce matin, cependant, un truc bizarre :

Je m'étais traîné en bas pour prendre le petit déj, espérant attraper le bacon juste avant qu'il ne se transforme en semelle de cuir dans la poêle, et j'étais assis, comme d'habitude, plongé dans la lecture du *Telegraph*, seul, au bout de la grande table.

Patricia arriva, rouge et surexcitée.

— Ted ! s'écria-t-elle. Je suis tellement heureuse de vous trouver !

— Prenez un café, lançai-je avec une pointe de froideur dans la voix.

Je trouve personnellement assez difficile d'accueillir avec de grandes démonstrations d'amitié une fille qui m'a récemment traité de babouin, même si je crève d'envie de lui ramoner la tirelire.

Le café ne l'intéressait pas, en l'occurrence. Elle avait quelque chose sur le cœur et je l'enviais bien, ce quelque chose.

— Ted, je vous demande d'oublier tout ce que je vous ai dit hier après-midi.

— Ah bon !

— Je suis absolument navrée. Je ne sais pas ce qui m'a pris. J'ai été épouvantablement grossière.

— Pas du tout, pas du tout !

— Et j'ai dit une telle quantité de bêtises !

À ce moment-là, Simon apparut, une expression contrariée sur son visage habituellement inexpressif. Il cherchait Logan.

— Je crois qu'il travaille dans son bureau, fit Patricia. Quelque chose ne va pas ?

— Oh, pas vraiment. C'est Lilac. Elle ne va pas mieux. Je voulais seulement le tenir au courant, c'est tout.

Et il disparut, me laissant à nouveau en tête à tête avec Patricia. Elle repartit dans sa tirade d'excuses quelque peu emphatiques.

— Je n'arrive pas à comprendre comment j'ai pu être aussi horrible envers vous. J'ai connu une période de grand stress, récemment. Je crois que ceci explique cela. Vous êtes sans doute au courant… Martin… enfin l'homme avec qui je vivais… m'a laissée. Par moments, je…

— Allons, fillette ! Je vous en prie, n'en parlons plus.

— Je suppose que j'ai dû m'imaginer, à ce dîner, que vous me visiez personnellement. Votre conversation sur les thérapeutes. Vous comprenez, depuis quelque temps j'en consulte un. J'ai cru que vous étiez au courant et que vous vous moquiez de moi.

— Patricia, jamais je ne me permettrais…

— Oui, maintenant je m'en rends compte, bien sûr. Je n'ai pas fermé l'œil de la nuit, consciente de m'être conduite comme une affreuse mégère. Vous parliez en général, évidemment ! Comment auriez-vous pu savoir ?

— Mais non ! C'est entièrement de ma faute. J'ai bavardé à tort et à travers et c'est moi qui devrais m'excuser.

204

Elle me sourit. Je lui souris. Quelque part, dans le tréfonds de mon pantalon, une vieille limace au chômage frémit et se tortilla dans son sommeil.

Elle me gratifia d'un baiser sur la joue.

— Copains ?

— Copains ! mentis-je.

Je regardai ce cul magnifiquement sculpté quitter la pièce en se balançant et donnai le temps à mes espérances de reprendre leur calme, au niveau de l'entrejambe. Un cul splendide, ferme et rebondi. Le genre de cul sur lequel on pourrait poser une théière.

Mais, entre nous, Jane, qu'est ce qu'elle me racontait ? Je n'ai pas été dupe une seule seconde. Son sourire était un peu trop rayonnant, ce baiser sur la joue un peu trop théâtral. Je sais reconnaître un orgueil blessé au premier coup d'œil. Elle ne s'est excusée que contrainte et forcée. Hmm… Mérite réflexion.

Je retourne à l'ordre du jour et aborde l'article 6 :

6. Tu m'as seulement parlé des invités. Or il y a des tas d'autres gens dans la maison : les domestiques permanents, du personnel extérieur, et il y a Podmore. Tu ne m'en as pas soufflé mot.

Et qu'est-ce que tu veux encore ? Mon sang ? Je ne suis pas un de ces aristocrates habiles qui fraternisent aussi facilement avec les rois qu'avec les prolos. Je suis un bourgeois coincé qui joue au *déclassé*[1]. Lâche-moi un peu les baskets, poulette.

Des domestiques que je suis arrivé à connaître, je peux te dire ceci :

Il y a Podmore, Dick de son prénom, qui a davantage l'allure et le comportement d'un agent immobilier ayant perdu sa licence que ceux d'un majordome, mais enfin, cela fait des années que tous les majordomes ont ce nouveau look, même chez les ducs (comme si j'en

---

1. En français dans le texte.

savais quelque chose !). Les domestiques de qualité ont perdu ce don, qu'ils possédaient autrefois, de sembler être dépourvus d'origine et dénués de vie privée ou sexuelle. Il suffit de jeter un seul coup d'œil à Podmore pour en déduire, sans trop se tromper, qu'il est né à Carshalton Beeches, qu'il a flirté avec le mouvement Teddy-Boys dans les années cinquante avant de s'installer avec sa femme Julie dans le Norfolk (histoire de se retrouver loin de toute cette agitation, loin de ce qu'on appelait alors «la course du rat»), qu'il a en vue une résidence du troisième âge juste à côté d'un terrain de golf quelque part en Floride et qu'il ne comprend pas pourquoi Logan n'a pas remplacé les portes-fenêtres du grand salon par des panneaux coulissants style patio.

Rien d'autre à dire sur lui sinon que je le soupçonne d'être un crypto-gay. Mme Podmore ou pas, il a une façon de reluquer Davey assez révélatrice.

Julie Podmore remplit les fonctions de gouvernante et ses attributions consistent, en gros, à terroriser les petites bonnes et à baisser la tête quand elle croise un invité. Elle a la cinquantaine et se situe dans la moyenne pour la taille, le poids et la baisabilité ; elle se teint les cheveux. À part cela, je ne sais rien de plus qui plaide en sa faveur ou en sa défaveur.

La seule petite bonne dont j'aie retenu le nom s'appelle Joanne. Je me rappelle son nom parce qu'elle possède des cuisses qui réussissent à être à la fois énormes et sonores. Cela explique le frou-frou qui l'annonce quand elle gravit l'escalier ou passe dans les couloirs. Pour rester en harmonie avec les cuisses, elle arbore une paire de seins en encorbellement qui l'obligent à se cambrer constamment pour ne pas risquer de piquer du nez à chaque pas. L'autre bonne est d'une laideur affligeante et ne progressera jamais dans la hiérarchie de la profession tant qu'elle n'aura pas compris que les invités ne s'intéressent en rien aux exploits de son frère sur les pistes de motocross.

Il y a aussi du personnel en cuisine, un domaine que je n'ai pas encore infiltré, mais je sais que la cuisinière s'appelle Cheryl et qu'elle fait une crème anglaise exécrable. À mon avis, elle force trop sur la noix muscade.

Si nous passons à l'extérieur, nous trouvons Alec Tubby, le chef palefrenier, un homme résolument du terroir et entièrement dépourvu de personnalité. Son fils Kenny l'assiste dans les opérations d'extraction du crottin et de bouchonnage des bourrins qui semblent aller de pair avec la vie des écuries. Il doit être un peu déprimé en ce moment, eu égard au pronostic très sombre émis par le vétérinaire quant aux chances de guérison de Lilac.

Une vraie merveille, nommée Kate, supervise le chenil et, comme il se doit, elle arbore une moustache et une barbe du plus bel effet. Il doit falloir un bon mètre carré de velours côtelé extra résistant rien que pour couvrir ses fesses. Mais à part ça, elle est plutôt sympa et c'est un plaisir de discuter avec elle. Elle m'a persuadé d'entraîner dans mes promenades les jeunes chiots de la meute, qui ont besoin d'exercice en ce moment. Je trouve cela très amusant. Voir pisser les chiots est une distraction dont je ne me lasserai jamais.

Si l'on s'écarte davantage de la maison, on trouve Tom Jarrold, le garde-chasse. Il protège jalousement ses coqs, poules et poussins et sait repérer à un mile un béotien de la ville de mon genre. On n'a pas grand-chose à se dire. Henry, son assistant, a pour seule ambition de devenir la copie carbone de Tom. Simon semble être le seul être humain capable de communiquer avec eux. Jarrold a une fille, Katrina, affligée d'un bec-de-lièvre, qui, en plus, marche comme un canard. La nature a un sens de la plaisanterie parfois bien cruel.

Le seul autre membre du personnel digne d'être mentionné est Valerie, la secrétaire personnelle de

Michael. Elle ne se mélange pas au reste de la maisonnée et ne vient que certains jours. Je n'arrive toujours pas à déterminer s'il y a une régularité dans ses horaires. Quand elle est là, elle mange seule, dans le bureau de Michael, pour surveiller les téléphones. Mais apparemment c'est elle qui le souhaite car elle s'est vu proposer une place à table avec les personnes de qualité et de bonne compagnie.

Maintenant, mon ange, je n'ai rien de plus à te raconter, j'en ai peur. Mais, comme ton dernier diktat l'exige, je peux t'assurer que je respecte à la lettre tes quatre commandements :

Surveiller en permanence ; observer en permanence ; garder tous les sens en éveil ; garder l'œil aux aguets !

Sois tranquille : je ne risque pas de déposer les armes ni d'abandonner mon poste à l'ordinateur de Simon. Si je t'oublie, Jérusalem du Norfolk, que ma main droite se dessèche !

En vous assurant, madame, de ma parfaite considération et de mes salutations distinguées,

Votre dévoué,

Ted Wallace, P-DG de la SARL Logan-Wallace Biographie Ltd

```
28/07/1992      From:Onslour Decoration LTD
                to:   0653 37 85 52
                                    p. 01/01
```

Onslow Interiors

12a Onslow Terrace • South Kensington • London sw7

FAX URGENT

À l'attention de : Patricia Hardy, c/o
Logan, Swafford Hall, Norfolk
De : Onslow Interiors Ltd
Mon n° de fax : 071 555 4929
Votre n° de fax : 0653 378552

<u>À l'attention strictement personnelle et
privée de Miss Hardy</u>

Chère Miss Hardy,

Vous laissez entendre, dans votre dernier
courrier, que vous envisagez une prise de
contact prochaine avec E.L.W. pour aborder
le sujet de ses récentes remarques sur les
points évoqués précédemment.

Nous demandons avec <u>la plus grande insis-
tance</u> que vous n'entrepreniez pas une telle
démarche. T. n'est pas un expert en ce
domaine et n'a pas connaissance de tous les
détails de l'opération.

J'espère que cet avertissement vous parviendra en temps opportun pour vous éviter de commettre une erreur bien regrettable.

Désolée de ne pas pouvoir participer à la réunion comme vous le suggériez.

Lettre suit.

Bien à vous,

J.S.

28/07/1992 09:57   LOGANGROUP
Pour : 071 555 49 29

Page 001

LOGANGROUP

À l'attention de ....Jane Swann
Société ....Onslow Interiors
Fax n° 071 555 4929
De ....Patricia
Fax n° 0653 378552
Page 1/1

Jane,

Zut alors! Si ton fax signifie bien ce que
je pense, alors j'ai fait une connerie.
J'ai engueulé Ted, hier, et je l'ai traité
de sale vieux babouin. Difficile à récupé-
rer mais je viens de faire une tentative, à
l'instant, pendant qu'il prenait son petit
déjeuner.

Je lui ai dit qu'il fallait attribuer mon
comportement irrationnel au fait que j'avais
été plaquée par Martin. J'ai expliqué que je
l'avais agressé parce que j'avais cru qu'il
m'avait agressée, moi. Je crois qu'il a tout
gobé. Il m'a adressé ce qu'il croit être un
sourire débonnaire et s'est mis à baver du

jaune d'œuf sur sa chemise, ce qu'on peut prendre pour un signe de pardon, j'imagine.

Mais franchement, tu aurais dû me prévenir. Alors il ne sait vraiment rien de ce qui se passe? Donc, pourquoi t'inquiètes-tu de ce qu'il sait ou peut penser? Il n'est pas ici envoyé en mission par un journal, non? Je n'y pige rien. Au fait, Michael a annoncé hier soir que Ted écrit sa biographie. Ils sont restés enfermés pendant des heures. C'est quoi, cette histoire?

Avec toutes mes excuses,
Viens aussi vite que tu peux

Pat

Si vous éprouvez des difficultés à lire ce fax, veuillez contacter Valerie Myers au 0653 378551

Cinq

IV

David referma le livre et fixa la rose en stuc du plafond jusqu'à ce qu'elle perdît sa netteté. À onze heures du soir, la nuit était tombée et la cloche de l'horloge de l'écurie avait été réduite au silence. Deux heures s'étaient écoulées depuis lors. Dans une heure, il serait prêt. Pour l'instant, excité comme il l'était, il lui fallait essayer de relaxer son corps sans penser à rien.

Il imaginait un cercle, puis, au milieu de ce cercle, un autre cercle, et ainsi de suite, permettant à son œil intérieur de traverser cette succession infinie d'anneaux, visant un point central étincelant qui, à son tour, se transformait en cercle, contenant lui-même d'autres cercles... C'était une plongée dans l'infini des choses, qui distrayait l'esprit de toute pensée matérielle et de toute préoccupation terre à terre. C'était une technique de méditation qu'il avait lue dans un livre de yoga acheté pendant ses dernières vacances, et qui marchait extrêmement bien si l'on se concentrait au maximum tout en restant totalement relaxé.

Dans cet état, le temps passa remarquablement vite et David n'eut même pas besoin de consulter son réveil pour savoir qu'il était déjà deux heures.

213

Il se mit debout, nu, devant le miroir, et respira profondément. La nuit était chaude mais il fallait tout de même se couvrir. Il choisit un tee-shirt, un pantalon de survêtement à la coupe ample et une paire de tennis. Pas de chaussettes ni de slip. Il prit sur la table de chevet une lampe de poche, une pomme et un petit bocal entouré de mouchoirs en papier. Puis il quitta la pièce.

La lune était « gibbeuse », comme il l'avait entendu dire. Une demi-lune parfaite, avec assez de clarté pour y voir et assez d'obscurité pour se cacher. De toute façon, il n'avait pas besoin de lumière. Dans l'état où il se trouvait, il se sentait capable d'accomplir sa mission les yeux bandés.

Dans l'ombre portée de la maison, la blancheur de ses tennis ressortait et semblait dessiner une traînée d'éclairs blancs sur l'obscurité mate de la pelouse. En levant les yeux, il vit briller la nébuleuse d'Orion et distingua aussi, vers l'est, la lumière bleue de l'étoile du Chien. Le bruissement de ses chaussures effleurant l'herbe s'étouffait dans la profondeur veloutée de la nuit.

— Ô nuit, qu'il est profond ton silence, chantonnat-il à voix basse au rythme de sa course et de sa respiration. Ô nuit… qu'il est… profond… ton silence ! Ô nuit… qu'il est… profond… ton silence !

Il était arrivé. La silhouette de l'horloge projetait son ombre sur la cour des écuries et une chaude odeur de crottin lui parvenait par bouffées.

Doucement, tel un papillon de nuit, il progressa jusqu'à la porte de la sellerie. À l'intérieur, une autre odeur l'attendait, un parfum de cire et de graisse, si riche qu'il ne put réprimer une toux. Bloquant sa respiration, il chercha à tâtons le tabouret en bois qu'il saisit par le trou creusé dans le siège. Une sangle, une bride ou une courroie tomba sur le sol avec un tintement métallique au moment où il soulevait le tabouret, mais David savait qu'il était le seul à pouvoir l'entendre. Lui et les chevaux, qui connaissaient sa mission et l'approuvaient.

Il arriva au box de Lilac et ouvrit la partie supérieure du vantail. Lilac, qui semblait l'attendre, avança la tête vers lui en signe de bienvenue.

— Salut, fit David.

C'était un salut purement mental qui n'impliquait ni mouvement des lèvres ni vibrations des cordes vocales.

— Je t'ai apporté une pomme.

Lilac prit l'offrande comme un malade sans appétit se forçant à manger pour garder ses forces. Tandis qu'elle mastiquait lentement le fruit, le faisant passer d'une joue à l'autre, David ôta son tee-shirt et laissa tomber son pantalon. Puis, se sentant ridicule de rester nu avec des chaussures, il ôta aussi ses tennis. Il se retrouva complètement nu dans le clair de lune.

Il frissonna un peu et sentit la chair de poule picoter ses jambes.

— Tu es prête, ma fille ? demanda-t-il, toujours silencieusement. Moi, je le suis !

Il se baissa pour prendre le bocal enveloppé de mouchoirs en papier dans la poche de son survêtement. Il se passerait de la lampe.

Il appuya très légèrement sur l'épaule de Lilac pour ouvrir la demi-porte, puis il entra, tenant fermement le tabouret. La jument n'essaya même pas de s'échapper vers la cour. Lentement, David referma les vantaux de la porte. Ils étaient tous les deux seuls dans le noir le plus complet.

Elle était très calme et seule une légère sueur témoignait de sa terrible maladie. Elle restait là, silencieuse, frappant de temps à autre les dalles du box de son sabot arrière. David se glissa le long de ses flancs, son corps caressant le sien, pour gagner le fond du box. Cette tiédeur embrasa ses sens et, tandis qu'il se hissait sur le tabouret, il sentit la pulsation de son gland écarter le prépuce et sa bite se dresser, plus haute, plus droite et plus dure que jamais. Il assura son équilibre sur le siège, sa main prenant appui sur la croupe de Lilac, et accorda sa respiration au rythme de la jument. Elle était en chaleur et ne risquait pas de ruer comme elle aurait pu le faire si elle avait été dans son état normal. Mais David était persuadé qu'elle l'aurait bien accueilli de toute façon.

Quand il se sentit prêt, quand il jugea qu'ils étaient en harmonie, il enfila deux doigts dans le bocal et en retira une petite boule de vaseline. De son autre main, il écarta la queue de la jument. Docile, d'un mouvement sec, elle redressa sa queue, laissant à David la liberté de ses deux mains. Sous la queue et l'anus, il trouva sans peine les grandes lèvres, et, à l'intérieur, le bouton du clitoris et la moiteur moelleuse des petites lèvres. Poussant délicatement son doigt en avant, il découvrit ce qui devait être l'urètre et, avec douceur, il repéra la piste conduisant à la partie molle et tendre, tout au fond. Comme pour confirmer cette découverte, Lilac souffla doucement par les naseaux et frappa le sol d'un de ses sabots.

David fit pénétrer sans difficulté la noix de gelée onctueuse dans l'ouverture vaginale. Avec ce qui restait de vaseline, il s'oignit lui-même, bien qu'il commençât déjà à être lubrifié par ses propres sécrétions.

Son pénis pénétra avec une superbe facilité, sa propre raideur se trouvant presque aspirée par un brusque spasme de Lilac. Il se sentit happé par les parois gluantes, le souffle coupé par la jouissance aveuglante qui l'envahissait. Les mains posées sur la croupe de l'animal, il fit l'essai d'imprimer un léger va-et-vient à son corps. La violence de ce qu'il éprouva fit jaillir une gerbe d'étincelles dans sa tête.

Un millimètre en avant, un millimètre en arrière, et un tonnerre de sabots explosa dans son crâne tandis que les sucs de son ventre se transformaient en millions de graines brûlantes et que déferlaient en lui, avec une certitude absolue, la vérité, la sainteté, la beauté et la perfection de la vie. Il se sentait capable de rester dans cette position pour l'éternité, à l'unisson avec le royaume du vivant, les règnes animal, végétal et humain rassemblés dans une même tornade d'amour. L'autre fois, tout s'était passé trop vite pour lui, trop rapidement pour qu'il puisse ressentir cette extase. Mais c'était avec une femme et il y avait eu cette gêne et ce besoin de s'exprimer avec des mots.

— Te voici saine, Lilac, reprit sa voix intérieure. Par cette pure liqueur que je te donne, je te déclare saine et guérie.

Dans sa tête, des feux éclataient, tombaient en cascade et tournoyaient au rythme de cette torture délicieuse tandis qu'il poussait et s'enfonçait, dépassé par la profondeur insondable de ses sensations et le tumulte de son plaisir. Puis il y eut, dans un éclair, l'explosion d'une grande lumière blanche dans sa tête et il sentit cette liqueur qui montait en lui couler, couler, couler encore, comme si le flot ne devait jamais s'arrêter.

Alors qu'il terminait et dans l'effort d'expulser la dernière goutte, le pot de vaseline lui échappa et tomba dans un tintement de verre. Lilac poussa un hennissement de peur et contracta violemment l'anneau de ses muscles. La douleur fit grimacer David. Mais il garda son calme, sachant que Lilac se relâcherait s'il restait immobile. La tension de ses flancs s'atténua, ses muscles se relaxèrent, et David put se dégager. Il descendit du tabouret, ramassa les mouchoirs en papier qui avaient entouré le bocal et commença à essuyer Lilac sans cesser de lui parler.

Dehors, dans la cour de l'écurie, il frissonna et remit son tee-shirt. Il jeta un regard sur son dard ballottant et ramolli.

— Tu possèdes un grand don, que tu dois utiliser avec modération, se dit-il à lui-même. Avec une grande, une très grande modération.

Six

I

Albert et Michael Bienenstock cultivaient la betterave dans cette partie de la Hongrie qui devait être rebaptisée Tchécoslovaquie en 1919. Cet abus de pouvoir cartographique transforma Michael, du jour au lendemain, en un sioniste militant qui, poussé par un sens puéril de l'aventure et enflammé par les écrits de Chaim Herzog, s'embarqua pour Haïfa en 1923 sous le nouveau nom glorieux d'Amos Golan. Golan, se targuait Michael après de longues investigations minutieuses – et, selon Albert, ridicules – dans l'histoire de leur famille, était le véritable patronyme israélite des Bienenstock. Le nom de Golan convenait bien à l'homme parti reconquérir le droit à la terre natale pour son peuple.

— En route vers les ennuis ! commenta Albert.

Paroles qu'il utiliserait plus tard pour se tourner lui-même en dérision.

Albert baptisa son propre fils Michael, du nom de cet oncle extravagant, au grand dam des cousins de Vienne. Selon la tradition, donner le même prénom à plusieurs membres d'une même famille portait malheur. Mais Albert n'avait cure de la tradition. Il n'était pas religieux et n'avait aucun sentiment véritable de son judaïsme. C'était un fermier et un cavalier, plus proche des Magyars antisémites de l'ancien empire des Habsbourg que des doctes cafards en gabardine du *shtetl* et de la ville qui trottinaient dans les rues, tête baissée, en rasant lâchement les murs quand ils croisaient un Gentil, comme s'ils avaient peur d'attraper – ou peut-être de transmettre – quelque terrible maladie.

En 1914, Albert, alors tout jeune homme, avait combattu pour son empereur. Accoutré comme un soldat de plomb, en cuirasse luisante et casque à plumes, Albert le hussard bleu fut le premier à partir à l'assaut des fusils serbes dans les premières semaines du conflit, alors que la Grande Guerre n'était encore qu'une petite affaire balkanique que personne ne prenait au sérieux. Plus tard, après que la cavalerie eut vu sa superbe humiliée par les forces titanesques de l'artillerie du XXᵉ siècle, Albert fut chargé de sa reconversion. Les fières montures se retrouvèrent ravalées au rang de mulets et de bêtes de somme, chargées de tirer tête basse les chariots et les ambulances derrière les lignes, dans les montagnes glacées des Carpates, ou utilisées pour transmettre des messages inutiles entre l'état-major et les combattants. Avec une ironie résignée, Albert se disait qu'il n'était pas plus stupide de se montrer loyal envers une paire de grosses moustaches à Vienne qu'envers une longue barbe à Jérusalem. Vers la fin, cependant, il jugea qu'il en avait trop vu. Trop d'asticots sortant des orbites de trop de camarades morts. Trop de camarades vivants faisant frire le foie et les tripes de trop de Cosaques au visage de bébé. Il exagéra les symptômes d'une commotion après un bombardement et eut la chance de se retrouver affecté à une division de l'arrière, dans une région de la Roumanie appelée Transylvanie, où il passa le reste de la guerre à réorganiser ce qui restait de la cavalerie.

Albert possédait un don exceptionnel avec les chevaux. Il les comprenait infiniment mieux que tous les instructeurs équestres et tous les vétérinaires de l'armée impériale, ce qui lui valut l'hostilité de certains de ses confrères officiers. D'autres au contraire chantèrent sur tous les toits ses vertus de guérisseur, se faisant les hérauts de prouesses qu'Albert se hâtait de réfuter.

— Il n'y a rien de tellement extraordinaire dans ce que je fais, disait-il. Je suis patient avec les animaux. Je leur montre que je les aime. Je les calme. Pour le reste, je laisse faire la nature.

Mais autant cracher en l'air. La réputation d'Albert avec les chevaux ne fit que grandir et finit même par s'étendre aux hommes, à la suite d'un incident ridicule concernant son ordonnance, Benko. Un jour, cet imbécile s'était fait écraser le pied par un étalon affolé. Au lieu de faire examiner sa blessure par un infirmier, Benko n'avait rien dit et la plaie s'était infectée dans la nuit. Le matin suivant, quand il s'était présenté devant lui en clopinant avec le café matinal, Albert l'avait interrogé.

— Pourquoi boites-tu comme ça, Benko ?

Benko s'était effondré en pleurant.

— Oh, mon capitaine, vous ne voudriez pas y jeter un coup d'œil ? J'ose pas aller chez le toubib parce que je suis sûr qu'il va m'amputer. C'est tout ce qu'il sait faire !

Il était vrai qu'on racontait maintes blagues sur de pauvres troufions qui avaient commis l'erreur de consulter les charcutiers du régiment. L'un d'entre eux, disait-on, qui avait un peu perdu la tête, avait consulté le major pour une banale migraine. Après quoi, il avait perdu la tête pour de bon. En fait, la plaisanterie était plus drôle racontée en roumain qu'en hongrois. Il y avait aussi cette autre histoire sur Jana, la putain du coin. Un jour, un soldat nommé Janus était allé voir le médecin pour une verrue à la

221

verge. On ne devait plus jamais revoir Janus mais, la semaine suivante, Jana installait son fonds de commerce.

Comprenant la réticence de Benko à s'en remettre à l'homme de l'art, Albert avait accepté de l'examiner. Mais il ne put retenir un haut-le cœur de dégoût lorsque Benko extirpa délicatement son pied de la botte et retira sa chaussette. L'hygiène n'étant pas son point fort, on peut vraisemblablement imaginer que Benko n'avait pas jugé bon de dénuder ses pieds depuis de nombreuses semaines. Mais lorsqu'il vit Albert suffoquer sous les nausées, il commença à bégayer d'effroi :

— C'est la gangrène, pas vrai, mon capitaine ? C'est la gangrène et je vais perdre ma jambe ! Je le sais ! Je le sais !

— Allons, allons, gros benêt, laisse-moi voir !

— Non, non ! Je suis foutu, je suis foutu !

Albert le saisit par les épaules et articula en le regardant droit dans les yeux :

— Écoute-moi bien. Maintenant, tu vas te calmer. Tu vas respirer lentement et bien à fond. Respire lentement, profondément, je te le demande.

En tremblant, Benko s'efforça d'obéir. Albert continua à lui parler, gentiment mais fermement, jusqu'à ce qu'il arrive à faire sortir le gamin de son état d'hystérie. Avec les chevaux, c'était plus facile. Pas besoin de mots pour communiquer avec eux.

— Maintenant je vais examiner ton pied. Dis-toi bien qu'il n'y a pas de problème avec ton pied. Il te fait mal et il est infecté mais ce n'est pas la fin du monde.

Terrorisé, Benko détourna la tête tandis qu'Albert, ayant pris une grande inspiration, se penchait et appuyait sur le pied gonflé et enflammé. Immédiatement, une petite écharde jaillit de la blessure, suivie d'un jet de pus.

— Voilà, dit Albert. Ça va mieux.

Benko se tourna pour fixer Albert, les yeux écarquillés.

— Mieux ?

— Oui, je suis certain que ton pied ne va pas tarder à guérir, maintenant.

— Vous avez mis votre main sur mon pied et vous l'avez guéri ?

— Non, non, j'ai simplement…

Mais il était trop tard. Dans toute la caserne, la rumeur se répandit comme une traînée de poudre.

— Le pied de Benko était noir de gangrène…

— Bienenstock lui-même a failli s'évanouir tant ça puait…

— Il a seulement posé sa main dessus…

— Une main brûlante, d'après Benko…

— A failli le brûler…

— L'a posée une seconde…

— Aurait dû être amputé au niveau du genou…

— Regarde le gars, maintenant…

— Saute comme un cabri…

— Bizarre, ce Bienenstock, je l'ai toujours dit…

— Pas chrétien, tu sais…

— Pas même un vrai Juif…

— Jamais fichu les pieds à la synagogue, d'après le caporal Heilbronn…

Finalement, au bout d'un moment, même Bienenstock se mit à douter de ce qu'il avait fait. Il était bien certain d'avoir vu gicler l'écharde, certain que l'odeur nauséabonde qui l'avait fait reculer n'était rien d'autre que l'odeur de fromage fort émanant de chaussettes répugnantes, certain que tout son « art » venait de sa capacité à réconforter, au sens propre de « redonner force », « fortifier ». Mais le mal était fait : à partir de ce jour Albert ne devait plus jamais connaître un moment de répit au milieu de ses hommes. Un cheval qu'il avait « miraculeusement » guéri s'emballa quelques jours plus tard et provoqua la chute d'une jeune recrue qui se brisa le dos et ne put plus jamais

223

marcher. Partout où Albert allait, les gens se signaient ou faisaient le geste de se protéger du mauvais œil. Puis Benko, cet imbécile de Benko, aussi bête que superstitieux, alla trouver le colonel et demanda à être affecté à un autre poste. Servir le capitaine Bienenstock le rendait nerveux. Une semaine plus tard, Benko mourait, après avoir marché sur une mine.

— Avec ce *pied-là*... disaient les hommes. La malédiction de Bienenstock !

Albert n'engagerait plus jamais sa loyauté, c'est ce qu'il se jura en retournant en 1919 s'occuper de ses champs hongrois à l'abandon – ou plutôt de ses champs tchécoslovaques à l'abandon. Michael, son frère, qui était resté à l'arrière avec la bénédiction de l'empereur afin que les peuples de l'Empire trouvent encore de quoi adoucir la pilule amère de la guerre, n'était pas un bon cultivateur. Touché par le virus sioniste très tôt au début du « conflit des Gentils », comme il l'appelait, il avait eu en tête d'autres préoccupations bien plus nobles que la culture de ces rustiques racines.

Son frère Michael parti, il fallut dix ans à Albert pour devenir le plus grand producteur de betteraves sucrières de toute la Tchécoslovaquie. En 1929, il couronna ce succès en construisant une petite raffinerie sur ses terres et en épousant la fille d'un de ses contremaîtres, une gamine aux yeux bruns et aux cheveux brillants. L'année suivante, elle lui donna un fils, Michael, et au printemps de 1932 elle mourut en mettant au monde une fille, Rebecca. Albert essaya en vain de la sauver. Malgré son grand chagrin, il ne put s'empêcher de penser qu'il valait sans doute mieux ne pas l'avoir guérie alors que les médecins l'avaient condamnée. Car sa réputation de sorcier du diable l'avait suivi jusque chez lui et même les rabbins, qu'on était en droit d'espérer moins crédules que le reste du troupeau, évitaient sa compagnie.

Mais Albert n'avait besoin de personne. Il avait fait ses preuves. C'était un agriculteur hors pair. À présent, seul avec ses deux très jeunes enfants, ses grands champs de betteraves et sa raffinerie de sucre, il brûlait d'envie de quitter ce pays qui n'était désormais plus le sien. Outre le yiddish et le hongrois, ses langues maternelles, il avait dû apprendre l'allemand et le roumain quand il servait dans les hussards, puis les deux langues de son gouvernement, le tchèque et le slovaque.

— Il faut que je parte avant que Prague ne soit envahi par les Français, disait-il à Tomasz, son homme à tout faire.

Albert devait garder toute sa vie une horreur du français, qu'il tenait, inexplicablement, pour la langue la plus difficile à maîtriser de toutes les langues européennes.

Mais comment partir ? Qui achèterait ses champs de betteraves ? Qui offrirait une somme convenable pour sa petite raffinerie ? Où aller ? Bien des gens, dans son village, parlaient de l'Amérique. Mais l'Amérique signifiait obligatoirement New York. Les Juifs n'étaient pas vraiment les bienvenus dans les campagnes. Le frère d'Albert, Michael, ou plutôt Amos, le suppliait dans ses lettres de venir le rejoindre en Palestine où sa femme Nora et lui venaient d'enrichir le monde d'une paire d'enfants sabras, Aron et Éphraïm, qui deviendraient un jour les nouveaux Juifs de la nouvelle Jérusalem.

— Après tout, tu es un genre de « sabra » toi-même, lui écrivait-il.

La remarque plongea Albert dans la perplexité. Un Juif ne pouvait mériter l'appellation « sabra », lui avait-on dit, que s'il était né dans le pays d'Israël. Un ami cultivé lui expliqua ce qu'Amos avait voulu dire.

— Ton frère veut plaisanter, Albert. Sabra est aussi le nom du figuier de Barbarie qui donne des fruits hérissés de piquants à l'extérieur mais sucrés et tendres à l'intérieur.

Une description d'Albert qui en valait une autre, finalement. C'est la vie qui l'avait forcé à être un hérisson, cependant, avec ce grand domaine dont la gestion exigeait tant d'énergie et tant d'attentions, avec des marchés corrompus, une inflation vertigineuse et des gens effroyablement pauvres. Il était devenu un hérisson parce que sa vraie nature, calme, affectueuse et rationnelle, avait été prise à tort pour l'âme noire d'un sorcier hypnotiseur.

Une semaine après la réception de cette lettre d'Amos, les Allemands élisaient Adolf Hitler au poste de chancelier, ce qui déçut Albert. Hitler ne lui semblait pas le chef qui convenait au peuple allemand. Son antisémitisme n'était sans doute, comme tout antisémitisme en général, rien de plus qu'un bruit désagréable, qui ne voulait pas dire grand chose. Albert était rarement gêné par l'antisémitisme. Lui-même n'était pas loin d'éprouver des sentiments assez proches quand il entendait les hassidim se lancer dans de grands laïus sur la loi, ou Amos et ses amis enfourcher le cheval de bataille du sionisme. Non pas qu'Albert eût honte d'être juif. C'est plutôt qu'il ne voyait pas de raison d'en faire tout un plat. Il se considérait comme un fermier et un père de famille, un point c'est tout.

Une semaine plus tard, une chose très surprenante se produisit. Un gentleman anglais se présenta chez Albert, accompagné d'un interprète venu de Prague. Albert fut fou de joie d'accueillir un authentique Anglais sous son toit. De tous les peuples du monde, les Anglais étaient de loin ses favoris. Il avait été très soulagé de ne pas se trouver en contact direct avec eux pendant les hostilités de la dernière guerre car il était sûr qu'il aurait été tenté de franchir les lignes pour rejoindre leurs rangs. Il aimait leur formalisme, leurs costumes de tweed, leur respect pour

226

les bons cavaliers, leur sens de l'humour, leur ironie et leur absence d'ostentation.

Albert fit asseoir l'Anglais et son interprète dans les fauteuils en cuir de son bureau et sonna pour appeler Tomasz, son factotum.

— Monsieur prendra du thé ? demanda-t-il à l'interprète, en espérant que l'Anglais ne prendrait pas ce coup de sonnette pour de l'ostentation.

Car il était, en fait, parfaitement habituel pour Albert de prendre du thé à cette heure-là et de sonner Tomasz pour le lui signaler.

— Une tasse de thé serait délicieuse, mon cher monsieur, traduisit l'interprète dans son meilleur hongrois.

Avec sa solennité d'avant-guerre et ses moustaches d'après-guerre, l'homme semblait, aux yeux d'Albert, plus anglais que l'Anglais.

Une fois le thé servi, Albert, bien carré dans son siège, attendit poliment qu'on lui révélât le but de cette visite. Sirotant délicatement sa tasse comme s'il assistait à la garden-party la plus smart sur la pelouse la plus moelleuse du Berkshire, l'Anglais laissa tomber une courte phrase puis inclina la tête avec bonhomie en direction de l'interprète. Sa voix était douce et plaisante, avec des « r » arrondis et une inflexion descendante agréable. L'interprète fit un grand sourire et déclara :

— Monsieur Bienenstock, je représente le gouvernement de Sa Majesté à Londres.

Quels mots magnifiques ! Albert, tout excité, se sentit gagné par des vertiges – condition qui devait s'aggraver, dans l'heure qui suivit, à mesure que l'Anglais lui dévoilait le but de sa mission.

L'Empire britannique – autre expression magnifique ! – avait cruellement conscience, lui dit l'Anglais, de sa dépendance totale, dans le domaine de la canne à sucre, envers ses dominions lointains comme l'Australie et les Antilles. Qu'il y eût une autre guerre en

Europe – possibilité, assura l'Anglais, considérée par ses maîtres comme une hypothèse absolument sans fondement –, et les experts maritimes s'accordaient à penser que les mers bordant les rivages britanniques pourraient bien être coupées de tout approvisionnement en fournitures vitales, essentielles pendant les jours de canicule, parmi lesquelles le sucre était sans doute la plus vitale… enfin, juste après le thé, peut-être. Les Britanniques n'avaient jamais au cours de leur longue histoire – lacune vraiment impardonnable – cultivé de betterave sucrière sur leur sol. C'est un domaine dans lequel ils manquaient totalement d'expérience. Mais la possibilité d'en faire pousser ne faisait pas l'objet du moindre doute. Le sucre de canne, ils s'en rendaient parfaitement compte, n'était pas une possibilité réaliste : le climat anglais, M. Bienenstock le savait certainement, connaissait des caprices qui l'élevaient au rang de plaie nationale. Or, la betterave sucrière, ressource principale des fertiles plaines natales de M. Bienenstock, semblait, elle, parfaitement compatible avec le climat britannique. Cette plante, après tout, était une proche parente de la carotte, du navet et – on pouvait le supposer – de la betterave fourragère, n'est-ce pas ? Et l'agriculteur britannique était réputé pour la splendeur de ses carottes, de ses navets et de ses betteraves. Il entrait sûrement dans le registre de ses possibilités de cultiver ses cousines, les *Beta Rapa* et *Beta Vulgaris*, non ? Le ministère pensait, toutefois, qu'il fallait quelqu'un pour les guider, un homme qui connaissait ce légume sous tous ses aspects, depuis le champ jusqu'au sucrier, pour ainsi dire. On avait prononcé le nom de M. Bienenstock devant les envoyés du ministère à Prague, comme faisant autorité dans le domaine du sucre. M. Bienenstock serait-il assez aimable de bien vouloir envisager un voyage en Angleterre d'ici à deux ans pour conseiller et instruire les agriculteurs ignorants de ce pays, y piloter des cultures expérimentales, superviser la construction de raffineries et coordonner les premières tentatives de culture de ce légume ? Pour utiliser une métaphore météorologique, les îles Britanniques souffraient de sécheresse et avaient désespérément besoin d'un homme comme M. Bienenstock qui les arroserait de ses connaissances et de son expertise. Le gouvernement de Sa Majesté paierait généreusement ses services et se ferait un plaisir de le défrayer de toutes ses dépenses de voyage et de réinstallation éventuelle. Personnellement, le gentleman anglais ne doutait pas que, si M. Bienenstock le souhaitait un jour, il puisse demander à devenir le gracieux sujet de Sa Majesté le roi George, avec toute garantie de voir cette requête reçue favorablement.

Le gouvernement de cette même Majesté serait également tout à fait disposé, si M. Bienenstock le désirait, à racheter d'ici à deux ans, à un prix convenable, tous ses champs et sa raffinerie en Tchécoslovaquie et proposait d'envoyer d'ici là un groupe d'experts britanniques pour étudier sur le terrain deux cycles complets de la plante, culture, récolte et raffinage. Le gouvernement tchèque se montrait très coopératif en la matière, l'amitié de la Grande-Bretagne pour cette jeune et vigoureuse république étant d'ores et déjà un pilier de stabilité dans ce monde capricieux, une relation dont la solidité ne pouvait être remise en cause dans ces périodes difficiles que traversait l'Europe.

Et maintenant l'Anglais et son traducteur tchèque se retireraient pour laisser M. Bienenstock réfléchir à ces propositions. Il pourrait donner sa réponse d'ici aux prochaines semaines. Le thé était vraiment excellent. Le meilleur que l'Anglais eût jamais goûté sur le continent. Au revoir, monsieur Bienenstock. Vos enfants sont charmants.

Si Albert s'était agenouillé pour implorer le Seigneur de lui accorder ce qu'il désirait, il n'aurait pu formuler une prière résumant aussi parfaitement tout ce qu'il souhaitait. Il parvint à préserver sa dignité en se retenant de ne pas accepter sur-le-champ. Au bout de trois jours, il faisait savoir à Prague qu'il serait heureux de consentir au programme présenté par ce gentleman anglais, et très heureux d'offrir l'hospitalité aux experts agronomes que Londres voudrait bien lui envoyer.

Les agronomes anglais – MM. Northwood, Aves et Williams – arrivèrent un peu plus tard cette année-là. Albert les trouva immédiatement à la fois intelligents et respectueux. Ils se révélèrent aussi des élèves attentifs et remarquablement doués dans l'art de la production du sucre. Harry, Paul et Vic, comme ils tenaient à ce qu'on les appelât, se montrèrent particulièrement bons envers Michael et Rebecca. En retour, ceux-ci s'adaptèrent à l'anglais comme si cette langue avait été une graine plantée en eux à leur naissance qui n'attendait que l'occasion de s'épanouir. Albert réussit à maîtriser assez vite, lui aussi, l'essentiel de cette langue, non sans subir les nombreuses taquineries de Michael qui ne comprenait pas l'incapacité de son père à produire certains sons.

— Non, Père. On ne dit pas « Ouic Villiams » ou un « merfeilleux fillage » mais « Vic Williams » et un « merveilleux village ».

— Ce sont des lettres que je ne peux pas prononcer.

— C'est dingue ! explosait Michael, outré d'une telle absurdité. Si tu arrives à dire « Villiams », tu peux très bien dire « village ». Si tu arrives à dire « Ouic », tu peux dire « Williams » !

— C'est pas à un fieux singe qu'on apprend à vaire la grimace, répondait Albert, avec une obstination narquoise.

Les deux années qui suivirent furent passionnantes pour la maison Bienenstock où l'on ne causait plus qu'en anglais et de l'Angleterre. Leurs visiteurs leur parlaient des pubs et des clubs, de cricket et de football, d'Oxford et de Cambridge, de Leslie Howard et de

Noël Coward, évoquaient les mots croisés, la chasse au renard, les biscuits Huntley et Palmer, le thé Maza-wattee, la BBC et le GPO [1], la nuit de Guy Fawkes et le jour du Derby, les artistes de music-hall et le prince de Galles. Albert dénicha un exemplaire de *Der Forsyte Saga* par John Galsworthy et brûla désormais d'impa-tience à l'idée de faire bientôt partie de ce monde aimable, ordonné, avec ses squares et ses hôtels du bord de mer, ses brouillards cotonneux et ses taxis brinquebalants, ses politiciens en haut-de-forme et ses duchesses en gants blancs.

Sur le bateau qui s'éloignait de Bremerhaven, jetant un dernier regard sur cette pauvre Allemagne et cette pauvre, pauvre Europe, tandis que Rebecca était occu-pée à vomir par-dessus le bastingage, le petit Michael avait abordé le sujet de leur patronyme.

— Harry dit... (depuis un an, toutes les phrases de Michael commençaient par ces deux mots)... Harry dit que les Anglais risquent de se moquer de Bienen-stock. Harry dit que ça ressemble à « soupe de pois ».

— Grands dieux ! fit Albert. Pas question qu'on se moque de notre nom. Faudra trouver autre chose.

Ce fut un an plus tard, alors que la famille était déjà bien installée à Huntingdon, que Michael lui-même eut une idée géniale. Son meilleur camarade de classe s'appelait Tommy Logan, et Michael, à force de repro-duire ce nom sur tous ses cahiers – comme le font les bons amis –, avait fini par remarquer que Logan était en fait l'anagramme de Golan.

Albert en fut ravi. « Logan, se répétait-il à lui-même. Logan... Logan... Logan... »

— Tu vois, Papa, s'écria Michael, nous avons inventé la version *anglaise* de *Golan* !

Six mois plus tard, les deux enfants escortant leur père quittaient le département des naturalisations du

---

1. L'équivalent de la poste. *(N.d.T.)*

Home Office pour se diriger vers le Lyon's Corner House de Trafalgar Square.

— Oncle Amos va être si fier, disait Albert, sujet du roi.

En revanche, la réaction de Tommy Logan, à l'école de Huntingdon, fut loin d'être aussi enthousiaste.

— Tu m'as volé mon nom! hurla-t-il. Horrible *Juif*! Tu m'as volé mon nom! Comment t'as osé? Je te parlerai plus jamais, sale *Juif* puant!

Lorsque Michael relata l'incident à son père, Albert lui demanda:

— Comment savait-il que tu étais juif?

— C'est miss Hartley qui l'a dit à la classe, le premier jour, expliqua Michael. Elle a dit que tout le monde devait être gentil avec moi parce que les gens bien nous avaient pardonné d'avoir tué le Christ.

— Ah oui, vraiment?

Et un petit sillon se creusa sur le front d'Albert.

Mais les sillons n'étaient pas destinés au front d'Albert. Ils étaient pour ses champs. Les cultures expérimentales conduites par le gouvernement dans le Huntingdonshire firent sensation et, pendant une saison, on ne parla plus que de cela en Angleterre.

UNE BÊTE RAVE RAVIT L'ANGLETERRE! proclamait le *Daily Express*, en page cinq, en légende de la photographie montrant Albert et un expert du gouvernement posant fièrement devant leurs arpents de cultures pilotes.

« Ce légume à l'aspect insignifiant, rien de plus en fait qu'une grosse carotte sucrée, risque bien d'être la clé de la future prospérité de notre pays », s'enthousiasmait le journaliste.

Le public, lui, semblait sceptique.

— Est-ce que le sucre de la betterave sera violet?

— Est-ce qu'on pourra en faire des cubes, comme avec du vrai sucre anglais?

— Est-ce que ça fera grossir davantage?

— Est-ce que ce sucre aura le goût de terre?

— Est-ce qu'on peut faire des tartes à la betterave sucrière ?

— Est-ce que je peux en cultiver dans mon jardin et faire mon propre sucre ?

— Est-ce que ce n'est pas déloyal pour nos colonies ?

— On parie qu'ils n'en serviront pas au *tea-room* de la Tate Gallery...

Au cours des quatre ou cinq années suivantes, l'aimable Hongrois en knickerbockers de tweed parcourut la côte Sud et l'East Anglia dans son Austin vert épinard, accordant subventions gouvernementales et conseils agricoles à des fermiers surpris et heureux. Michael et Rebecca poursuivaient leurs études à l'école maternelle de miss Hartley à Huntingdon, ville à laquelle Albert était maintenant fort attaché en dépit de ses réticences initiales.

— Oliver Cromwell ? s'était-il exclamé quand il avait appris la nouvelle. Oliver Cromwell, le tueur de roi, vient d'ici ?

Il n'arrivait pas à croire que les gens de cette ville, par ailleurs corrects et respectables, puissent être si sincèrement fiers de ce fils maudit, cette tache sur l'histoire de l'Angleterre, ce Lénine britannique. Avec le temps, cependant, il en vint à pardonner au Lord-Protecteur. Il n'était, après tout, qu'un gentleman-farmer comme lui, poussé seulement par des circonstances dramatiques, et non par le bolchevisme ou des instincts sanguinaires, à accomplir des actes qui devaient aboutir à cette horrible matinée de janvier à Whitehall. Les gens de Huntingdon apprirent à leur tour à aimer cet étrange Tchécoslovaque aux manières si charmantes, aux enfants si parfaitement anglais et au patronyme si bizarrement écossais. Toutefois, ils étaient moins sûrs d'aimer la raffinerie dont Albert avait surveillé la construction et qu'il dirigeait désormais. Il en émanait une odeur écœurante de beurre de cacahuète brûlé qui pesait sur la ville les jours sans vent. La création d'une deuxième raffinerie à Bury St. Edmunds offrit au jeune Michael sa première leçon en technique de gestion, leçon qui devait mériter sa gratitude.

Un après-midi de pluie, tandis que Michael et Rebecca jouaient par terre dans le bureau de leur père, un ingénieur vint trouver Albert. Il lui apportait un rapport de six cents pages, plein de croquis techniques et de données scientifiques, qu'il tenait à soumettre à son approbation.

Ce soir-là, Michael regarda son père, qui était assis, le rapport posé sur les genoux.

— Tu dois lire tout ça ?

— Le lire ? Parce que tu imagines que je m'y connais en jauges de pression et en ampérage ? Je vais te montrer ce qu'il faut faire.

Albert feuilleta du pouce les pages du rapport et en ouvrit une au hasard. Avec un stylo à encre rouge, il souligna quelques passages puis passa à une autre page où il entoura quelques chiffres en mettant un grand point d'exclamation dans la marge. Il répéta l'opération quatre ou cinq fois avant d'écrire au bas de la dernière page : « Est-ce que la sous-traitance pourra faire face à la charge supplémentaire ? »

Michael se trouvait près du bureau de son père, la semaine suivante, lorsque l'ingénieur revint.

— J'ai vérifié mille fois, ainsi que mes collègues, les chiffres que vous avez mis en doute, monsieur. Mais franchement, pas moyen d'y trouver la moindre erreur.

— Ah ? Eh bien, désolé, mon cher ! C'est moi qui ai dû faire une erreur. J'aurais dû vous faire confiance !

— On s'efforce d'être méticuleux, monsieur. Nous étions assez sûrs de la sous-traitance, aussi. Et puis, vous ne devinerez jamais : les sous-traitants ont téléphoné pour nous dire qu'ils s'étaient trompés sur les tolérances. Elles devraient être augmentées de 10 %.

234

Après avoir accompagné jusqu'à la porte l'ingénieur éperdu de gratitude et d'admiration, Albert apostropha Michael qui traînait dans le couloir.

— Tu vois ? Maintenant ils ont si bien vérifié les chiffres qu'on ne risque plus d'avoir d'erreurs.

— Mais la sous-traitance ? Comment tu as pu deviner ?

— Question de chance ! Une hypothèse faite au hasard est parfois la bonne. Mais tu peux parier presque à coup sûr que les sous-traitants ne suivront pas le rythme, et parier aussi que la fierté professionnelle de ton voisin le poussera à faire le travail à ta place.

Six

II

Un jour – c'était pendant les vacances, une semaine avant la rentrée de Michael qui allait commencer son premier trimestre dans un internat du Sussex –, Albert convoqua les enfants dans son bureau. Il avait l'air grave et s'exprimait en hongrois, indice chez lui de désarroi.

— Je viens de recevoir une lettre de votre oncle Amos, dit-il. Cette lettre va m'obliger à m'absenter un certain temps. Ce sera l'occasion de m'accorder quelques vacances. Toi, Michael, tu devras rejoindre ta nouvelle école un peu plus tôt. J'en ai parlé au directeur et il sera heureux de t'accueillir. Quant à toi, Rebecca, tu resteras à la maison et Mme Price s'occupera de toi.

— Qu'est-ce qui se passe, papa ? demanda Michael. Qu'est-ce qui est arrivé ?

— Nos cousins de Vienne, vos oncles Rudi et Louis, vos tantes Hannah et Roselle et tous leurs enfants, voudraient quitter l'Autriche pour venir vivre en Angleterre. Je peux les aider parce que j'ai un passeport britannique. Mais je dois y aller en personne. C'est un peu ennuyeux mais c'est vraiment nécessaire.

Le lendemain, Albert se rendit à Londres voir son vieil ami du Foreign Office, le gentleman anglais qui lui avait rendu visite en 1933. Albert s'abstint de faire référence à « l'amitié de la Grande-Bretagne pour cette jeune et vigoureuse république » et au « pilier de stabilité dans ce monde capricieux » que le gentleman avait évoqués, ce fameux après-midi en Tchécoslovaquie. Albert ne se sentait pas en droit de porter un jugement sur le thé que M. Chamberlain avait pris avec Hitler.

Le gentleman du Foreign Office écouta Albert et confessa que ce sujet dépassait un peu sa propre sphère. Il lui conseilla d'aller trouver un homme d'un autre département pour lequel il se ferait un plaisir d'écrire une lettre de recommandation.

Ce monsieur de l'autre département, peut-être parce que son nom était Murray, ne manifesta aucune sympathie envers ce Logan dont l'épiglotte gardait un accent d'Europe centrale.

— Vraiment, monsieur, je ne vois pas ce que vous voulez dire par « prendre position ». Nous recevons chaque semaine un nombre considérable de Juifs britanniques tels que vous, qui nous soumettent des requêtes de cette nature. Et je leur réponds à tous comme je vais vous répondre. Il y a des rouages derrière d'autres rouages. Vous devez comprendre que la diplomatie actuelle, en ce qui concerne l'Europe continentale, est extrêmement délicate. Après notre récent succès, arraché de haute lutte, à Munich, le gouvernement de Sa Majesté n'est vraiment pas en position de présenter des exigences à l'Allemagne alors que ce pays, si éprouvé, se débat pour retrouver le sens de son identité nationale et reprendre sa place véritable dans le concert des nations. Or, c'est précisément ce genre de rumeurs hystériques colportées par vous et cette bande de... enfin, c'est précisément ce que les gens comme vous racontent qui risque de bouleverser l'équilibre subtil des négociations et de mettre en danger des relations pacifiques.

— Mais mes relations pacifiques sont déjà mises en danger ! s'exclama Albert avec cette hardiesse dans le sens du raccourci qui est l'apanage des étrangers.

— Ah, vraiment ? Évidemment, si vous basez votre connaissance de la nouvelle Allemagne sur les ragots d'un frère à Jérusalem…

Albert était suffisamment avisé pour savoir qu'il faut tenir sa langue devant un Munichois triomphant.

— Vous êtes, bien sûr, libre de voyager où vous voulez, monsieur « Logan ». Mais je dois vous avertir que si vous transgressez les lois du Reich allemand, vous ne pourrez attendre ni protection ni immunité de notre part. Personnellement, je vous conseillerai d'attendre un peu. Si vos parents désirent sincèrement venir s'établir en Grande-Bretagne, qu'ils satisfassent d'abord aux procédures d'émigration mises en place par leur propre gouvernement.

— Mais ils n'ont pas de « propre gouvernement », monsieur ! s'écria Albert, bien conscient d'adopter le ton geignard que lui-même et le reste du monde détestaient tant chez les Juifs.

Albert ne devait jamais avouer à Michael et à Rebecca comment toute sa foi et sa confiance avaient volé en éclats, brisées par l'indifférence et l'incompréhension qu'il avait rencontrées, ce jour-là et les quatre jours suivants, dans les bureaux du gouvernement de Sa Majesté, tandis qu'il usait le cuir des sièges de la salle d'attente et la patience des rares fonctionnaires qui voulurent bien le recevoir. Michael persistait à croire que si son père avait vécu assez longtemps pour connaître la bataille d'Angleterre et le Blitz, sa foi en les Anglais aurait été, au moins en partie, restaurée. Michael devait apprendre plus tard, par son oncle Louis, la profondeur de la déception et du désespoir d'Albert Logan pendant cette semaine douloureuse, et découvrir ce qui était arrivé ensuite.

Une fois à Vienne, M. Albert Logan, expert agricole réputé et spécialiste du raffinage de la betterave sucrière, convoqua ses cousins en leur faisant porter un message par un chasseur de l'hôtel qu'il avait choisi d'honorer de sa clientèle. Ce fut là qu'il connut son premier revers, là où l'épine de la Vérité devait commencer à meurtrir sa peau de nouveau citoyen britannique.

Le messager revint une demi-heure plus tard avec une lettre. Albert fouilla dans ses poches pour en sortir un billet de banque qu'il tendit au jeune groom. À son grand ébahissement, il vit cet argent arraché de ses mains et empoché sans un mot de remerciement.

— Hé, doucement, mon jeune ami ! protesta Albert dans son meilleur viennois d'ancien officier de l'empereur.

Le groom cracha sur le tapis et envoya une giclée de bave sur les richelieus bien cirés d'Albert.

— Larbin des Juifs ! lança-t-il avec mépris avant de quitter la chambre, l'air arrogant.

Albert, éberlué, secoua tristement la tête puis ouvrit la lettre. Là, l'épine acérée de la Vérité perça carrément sa peau et s'enfonça dans sa chair. Ses cousins lui expliquaient, avec force excuses désolées, qu'ils étaient malheureusement dans l'impossibilité de se rendre à son invitation. Pour répondre aux exigences des lois instaurées en Autriche depuis l'Anschluss, ils devaient désormais porter une étoile jaune sur leur manteau. Et les personnes portant une étoile jaune, expliquaient-ils à Albert, n'étaient pas autorisées à pénétrer dans un établissement tel que l'hôtel Franz Josef.

Mahomet dut donc se rendre à la montagne en taxi. Les cousins Louis et Rudi, ainsi que leur famille, vivaient entassés dans une pièce minuscule, dans un quartier de Vienne dont Albert, pourtant familier de cette ville à l'époque de son service dans les hussards, ne soupçonnait même pas l'existence. Il eut un choc en les voyant, un choc épouvantable, un choc qui dépassait tout ce qu'il avait connu en fait de chocs. Les vers blancs sortant des orbites de ses camarades et les foies rissolés des jeunes Cosaques ne l'avaient pas choqué davantage. Là, dans ce minuscule taudis, l'épine acérée de la Vérité finit sa course et vint s'enfoncer au plus profond de son cœur. Pendant un quart d'heure, appuyé sur son parapluie de chez Swaine, Adeney and Brigg, Albert pleura comme un enfant, entouré par ses cousins désemparés.

Albert avait prêté allégeance à l'empereur François-Joseph dont il aimait tant la cavalerie, puis était revenu sur son serment. Il avait prêté allégeance à deux rois George et un roi Édouard dont il révérait le pays, le peuple et l'histoire, puis il allait revenir sur ce serment. Maintenant, dans cet horrible taudis plein d'une puanteur indescriptible, une puanteur qui insultait sa famille et lui ôtait toute dignité, qui l'insultait lui-même et ôtait toute dignité à ses vêtements de tweed, ses sacs de voyage de luxe et son petit passeport bleu, là, dans cette abominable petite pièce puante, Albert prêta une nouvelle allégeance, allégeance à son peuple – ce peuple stupide, geignard, sans défense, ce peuple doué pour agacer l'univers, ce peuple dont il méprisait la religion, raillait la culture, abhorrait les manières et les préjugés.

À force de mensonges et de ruses, en utilisant ses vieilles relations de l'armée et bien plus encore, naturellement, son argent, Albert se procura les papiers nécessaires pour permettre à ses cousins de quitter Vienne. Outre Louis, Rudi, Hannah et Roselle, il y avait quatre enfants, Danny, Ruth, Dita et Miriam. Il les conduisit en train jusqu'en Hollande puis, de là, par bateau à Harwich, en Angleterre. Il resta à Huntingdon juste le temps nécessaire pour leur présenter Rebecca et sa gouvernante, Mme Price, puis il repartit pour le Sussex voir le directeur de l'école de Michael, M. Valentine.

— Voici assez d'argent pour payer l'éducation de mon fils jusqu'à la fin de ses études, dit-il. Vous veillerez, s'il vous plaît, à ce qu'il obtienne une excellente bourse pour une public school.

— Je crois, monsieur Logan, que cela dépendra de l'intelligence de votre fils et de son ardeur au travail. Une bourse n'est absolument pas quelque chose que l'on puisse…

— Michael est très intelligent et très travailleur. Maintenant, je voudrais le voir, s'il vous plaît.

On envoya un garçon chercher le jeune Logan.

Tandis qu'ils attendaient, Albert s'adressa une fois encore au directeur.

— Encore une chose, monsieur Walentine. Il est possible que vous ayez imaginé que mon fils et moi sommes juifs.

— Vraiment, monsieur Logan, loin de moi cette…

— Qu'il soit bien entendu que nous *ne* sommes *pas* juifs. Michael n'est pas un enfant juif. C'est un enfant anglican. Je pars maintenant pour l'Europe mais j'ai des amis ici en Angleterre. Et s'il me revenait aux oreilles qu'une seule personne de cette école a pu suggérer ou répandre le bruit que Michael était juif, je reviendrais l'enlever de cet endroit et je vous frapperais de mes poings, monsieur Walentine, suffisamment fort pour vous tuer.

— Monsieur Logan !

— Maintenant le voilà qui arrive. Nous allons faire une promenade, il et moi… lui et moi.

Et M. Valentine, abasourdi, resta à méditer ces menaces inquiétantes tandis que Michael montrait à son père le lac, l'enclos des poneys, le terrain de cricket et les bois où ses amis et lui jouaient aux cow-boys et aux Indiens.

Albert parlait un mélange de yiddish et de hongrois. Michael lui répondait en anglais.

— Tu as sept ans, maintenant. Tu es assez grand pour qu'on t'informe des choses de la vie.

— Ça va, papa. Je suis déjà au courant.

— Déjà ?

241

— Le monsieur fait pipi dans le ventre de la dame et elle a un bébé. C'est Wallace qui me l'a dit. C'est le chef de mon dortoir.

— Mon enfant, je ne te parle pas de ces *choses-là* ! Entre parenthèses, tu peux dire à ton ami Valasse que ça n'a rien à voir avec l'urine. Je te parle de vraies réalités.

— De vraies réalités ?

— Dis-moi, Michael Logan, où es-tu né ?

— En Hongrie, fit Michael en gonflant la poitrine.

— NON ! s'emporta Albert en se tournant vers son fils pour le secouer. Faux ! Essaie encore. Dans quel pays es-tu né ?

Michael regarda son père avec étonnement.

— En Tchécoslovaquie ? hasarda-t-il, effrayé.

— NON !

— Non ?

— Non ! Tu es né en Angleterre. Tu es anglais.

— D'accord, mais je suis né…

— À Huntingdon. Tu as grandi à Huntingdon. Quelle est ta religion ?

Michael n'avait jamais vu son père dans cet état auparavant, plein de véhémence et de colère.

— Anglican ?

— Bravo ! fit Albert en l'embrassant. Brave garçon ! Tu as compris. Tu ne dois jamais, absolument jamais, sous peine de souffrir le reste de tes jours et d'encourir ma malédiction éternelle, révéler à quiconque que tu es juif. Tu comprends ?

— Mais pourquoi ?

— Pourquoi ? Parce que les Allemands arrivent, voilà pourquoi. Ils disent qu'ils ne viendront pas mais je te garantis qu'ils vont arriver. Les nazis allemands vont débarquer et ils emmèneront tous ceux qui sont juifs. Donc tu n'es pas juif et ta sœur n'est pas juive. Tu ne connais pas de Juifs, tu n'en as jamais vu, tu ne leur as jamais parlé. Tu es Michael Logan de Wyton Chase, Huntingdon. Tes oncles et tes tantes, qui vivaient à l'étranger, vivent maintenant avec toi. Ils sont luthériens.

— Et toi aussi, tu vis avec moi, bien sûr.

— Bien sûr, dit Albert. Je vis avec toi. Bien sûr.

Six mois plus tard, Michael avait reçu une lettre dont l'enveloppe portait un timbre exotique.

— Jérusalem! hurla un de ses copains. Logan a reçu une lettre du pays des Juifs!

— Mon oncle est dans l'armée, en Palestine, fit tranquillement Michael. C'est ce qu'on appelle le «Mandat», figure-toi.

— Logan est un Juif!

— Merde alors, c'est pas vrai!

— Le Juif! Le sale radin de Juif!

— Qu'est-ce qu'il se passe?

Michael se retourna et vit, effrayé, qu'Edward Wallace jouait du coude pour venir au premier rang de l'attroupement. Wallace était un des grands et bien connu pour ses persécutions mentales sans merci.

— Loganstein a reçu une lettre de chez les Juifs.

— C'est un Juif. Ça se voit: regarde son nez!

— C'est une Tête ronde, sûr et certain!

«Tête ronde», dans l'argot des écoliers, est le nom que l'on donne aux garçons circoncis, par opposition aux Cavaliers, qui ne le sont pas.

Wallace baissa son regard sur Michael, ses yeux le scrutant avec intensité comme pour arriver à prendre une décision. Michael se prépara au pire. Il avait la bouche sèche et se sentait défaillir d'angoisse. Enfin Wallace se décida à parler.

— Bande d'idiots! Logan n'est pas un sale radin de Juif. C'est un sale radin d'Écossais, comme moi! Au fait, Hutchinson, je sais parfaitement que tu es une Tête ronde, toi aussi, et en plus tu as le plus grand pif du monde civilisé. Tellement grand que j'ai lu dans les journaux qu'on parle de mettre les enfants de l'East End de Londres à l'abri dans ta narine gauche jusqu'à la fin de la guerre.

243

Wallace se tourna vers Michael avec un sourire rusé.

— Je retiens les timbres, McLogie. J'en fais la collection.

Michael déchira le coin de l'enveloppe et le lui tendit, le visage rayonnant de reconnaissance. Wallace lui envoya une chiquenaude sur l'oreille et lui dit d'arrêter de ricaner comme un singe sous peine de se faire botter le cul.

— Excuse-moi, Wallace.

Puis Michael courut se réfugier derrière l'école pour lire sa lettre en privé. Elle venait de son oncle Amos. Pour le restant de ses jours, il devait regretter de ne pas l'avoir lue plus attentivement. Il ne lui accorda qu'une lecture rapide avant de la déchirer en mille morceaux et de la faire disparaître dans les W-C.

Il ne devait se rappeler de cette lettre que quelques phrases. Oncle Amos écrivait que le père de Michael avait été abattu par les nazis deux jours après que M. Chamberlain eut déclaré la guerre à l'Allemagne. La lettre mentionnait Berlin. Quelque chose sur les ghettos et sur «la chaleur qu'il avait apportée». Albert Golan était un héros pour les Juifs et un grand homme. Moisha Golan, son fils, devait en être très fier et ne jamais l'oublier.

Le jour suivant, oncle Richard et oncle Herbert, comme avaient choisi de s'appeler maintenant Louis et Rudi, vinrent chercher Michael.

Six

III

Tout l'argent avait été dépensé, naturellement : l'argent de la vente de la ferme en Tchécoslovaquie, l'argent gagné à titre d'expert du gouvernement, l'argent provenant des intérêts dans les deux raffineries. Les trois années d'études dans l'école privée de M. Valentine étaient assurées, mais après ça...

— Je suis sûr que j'obtiendrai une bourse, affirma Michael. Et je trouverai un job pendant les vacances pour payer les études de Rebecca.

— Mais tu n'as pas encore dix ans, lui dit tante Roselle devenue tante Rose. C'est nous qui paierons vos études. Nous avons tous un emploi et nous nous occuperons de toi et de Rebecca. Nous serons fiers de vous considérer comme notre fils et notre fille.

Mais Michael avait réussi à se trouver du travail. Désormais, il employa toutes ses vacances à gagner de l'argent. Il travailla d'abord pour une boulangerie, comme garçon livreur, puis, quand il eut obtenu la bourse qui lui ouvrait les portes d'une *public school*, il réunit la famille pour leur faire part d'une suggestion.

— Mme Anderson se fait vieille. Elle pense vendre sa boutique. Pourquoi ne l'achèterions-nous pas ?

245

— Mais nous n'en avons pas les moyens !

— Nous pouvons vendre la maison et vivre au-dessus de la boutique. Je me suis renseigné. Évidemment, on devra un peu se serrer – Rebecca, Ruth, Dita et Miriam devront dormir dans la même chambre, et Danny et moi dormirons derrière le comptoir – mais on peut s'arranger.

« Chez Logan – Confiserie et Tabac » fut bientôt connu sous le nom de « la boutique de Michael » dans la famille. Michael, qui était le plus doué de la famille pour les maths, s'occupait des comptes. Il avait assimilé le système des tickets de rationnement. Il savait marchander. Il savait comment fidéliser la clientèle.

Un soir, tante Rose frappa à la porte de sa chambre.

— Michael, il y a une émission vraiment drôle à la BBC. Qu'est-ce que tu fabriques ? Descends donc !

Elle entrouvrit la porte et vit Michael plongé dans un grand registre.

— C'est mon livre des clients, expliqua-t-il. Chaque fois qu'un client vient au magasin, je le fais parler et j'essaie de découvrir ce qu'il aime. Je note sa marque favorite de tabac, de cigarettes, de bonbons et chaque soir je m'assure que j'ai bien tout retenu. Interroge-moi !

Rose, un peu interloquée, ouvrit le registre et prit un nom au hasard.

— M. G. Blake.

— Godfrey Blake, embraya Michael, habite Godmanchester Road et fume quarante Player's Weight par jour. Il achète un paquet de Player's A par semaine pour sa femme qui ne fume que le week-end. Il a un fils à l'armée, en Afrique du Nord, et une fille qui sert dans les WAAF. Il est affecté à la défense passive, a été blessé à la hanche à la bataille de Passchendaele et il est secrètement amoureux de Janet Gaynor. Il a un faible pour les berlingots à la menthe et je lui en donne toujours un ou deux quand il n'a plus de tickets. Il me donne une demi-couronne pour laver sa voiture chaque dimanche.

— Sapristi!…, fit tante Rose. Et M. Tony Adams?

— Le *lieutenant-colonel* de l'armée de l'air Anthony Adams, tu veux dire. Il a un bureau à la base de la RAF de Wyton. Il a une petite amie qui s'appelle Wendy qui travaille pour l'armée de terre près de Wisbech. Il va la voir à moto deux fois par semaine. Il fume du Parson's Pleasure qu'il ne peut pas se procurer au mess des officiers et m'achète des boules d'anis pour lui et du chocolat Fry pour Wendy.

— Michael! Comment as-tu appris tout ça?

— Parce que ces gens-là fument des cigarettes et mangent des bonbons! La première fois que M. Blake est venu dans la boutique, c'était par hasard. Maintenant il fait un demi-mile de plus pour venir chez nous, deux fois par semaine. Quand les affaires reprendront, après la guerre, ce sont les gens comme lui qui deviendront importants.

— Écoutez-le: les affaires!… Michael, c'est seulement une petite boutique!

— C'est une graine, tante Rose. Il faudra que je reprenne l'école la semaine prochaine. C'est tante Hannah et toi qui vous occuperez de tout pendant la semaine. Je vais te laisser ce livre. Essaie de le mémoriser. Tout le monde devrait l'apprendre par cœur. Danny, Dita, Miriam, tout le monde. Comme ça, quand ils aideront le week-end et en rentrant de l'école, ils donneront aux clients le sentiment d'être traités comme des gens importants.

Pour la famille, le destin de Michael était tout tracé. Exactement comme s'il était né prince de Galles. Il possédait une force qu'on ne discutait pas.

Les vacances suivantes, la guerre se termina. Avec la fin de la guerre vint la reprise des affaires et la graine put commencer à germer. Danny, sa sœur et ses cousines se virent chargés de la distribution matinale des journaux, avant l'école. Pain, pommes de terre, fleurs et un nombre croissant de boîtes de conserve vinrent garnir les rayons de la petite boutique, si bien que Michael et Richard décidèrent que cela valait la peine d'acquérir la maison d'à côté et d'abattre la cloison pour créer une version réduite de « Home and Colonial Store ».

En 1947, Michael se vit proposer une bourse d'études à Cambridge, à laquelle il renonça.

— C'est le moment ou jamais de s'y mettre, expliqua-t-il.

L'année suivante, cependant, il ne put refuser de répondre à l'appel du service militaire. Son ancien ange gardien de l'école primaire, Edward Wallace, venait de terminer Oxford et arrivait à la fin de son sursis. Il persuada Michael de demander à être affecté, avec lui, au régiment du Royal Norfolk.

— L'uniforme n'est pas terrible mais c'est sans importance. De toute façon, nous serons les coqs du poulailler. Avec plein de temps libre pour les courses de chevaux et les femmes.

Un bel après-midi, pendant sa période de formation d'officier dans le Wiltshire, Michael lut une nouvelle de Somerset Maugham. C'était l'histoire d'un jeune homme qui se retrouvait à court de cigarettes, un après-midi, dans une ville des Midlands. Il dut parcourir près d'un kilomètre avant de trouver un bureau de tabac. Au lieu de poursuivre sa route et d'oublier l'anecdote, comme l'aurait fait une personne ordinaire, le jeune homme revint sur ses pas jusqu'à l'endroit d'où il était parti. « C'est ici que j'ouvrirai un bureau de tabac, se dit-il. Il y a, de toute évidence, un manque. » Sa boutique connut un succès extraordinaire. « Mais c'est d'une simplicité enfantine ! » pensa le jeune homme. Les vingt années suivantes, il parcourut les rues des villes d'Angleterre à la recherche de cigarettes. Chaque fois qu'il lui fallait marcher longtemps, il ouvrait un nouveau magasin. À l'âge de trente-cinq ans, il était devenu millionnaire.

— Mon cher Tedward, dit Michael à son ami Wallace. Que Dieu bénisse M. Maugham !

— Tu ne crois pas que d'autres ont déjà essayé ?

— Ce que tu ferais bien de comprendre, Tedward, c'est que les « autres » n'essaient jamais rien. Ils laissent cela à des gens comme nous.

— Ne compte pas sur moi, mon ange, dit Wallace. C'est trop de boulot.

Un an et demi plus tard, Michael rencontrait lady Anne Bressingham, qui devait lui donner un autre but. Elle n'avait que onze ans alors, et Michael presque vingt, mais il sut tout de suite, avec une certitude absolue, qu'elle deviendrait la femme de sa vie.

Wallace l'accusa d'être un pervers sexuel.

— Mais non, mon vieux, tu ne comprends pas ! C'est dans le sourire. Elle a le bon sourire. Pour l'instant elle est maigrichonne, mais je sais déjà ce qu'elle va devenir. Ce n'est ni dans les yeux, ni dans la beauté, ni dans la silhouette. C'est toujours dans le sourire. Quand elle a souri, je l'ai tout de suite compris. Avec une clarté évidente !

Dès 1955, Wallace dut admettre que les « tabac-presse » des Logan étaient devenus un élément du paysage anglais, aussi familiers que les crottes de chiens et les poteaux signalant les passages pour piétons.

— Le rationnement du textile va bientôt cesser, dit Michael. Les gens vont vouloir des vêtements de bonne qualité, bien coupés, colorés et bon marché. Tous ces adolescents vont réclamer des jeans américains. Il est temps de s'y mettre.

Pendant la réception qui fêtait la sortie du recueil de poèmes d'Edward Lennox Wallace, *Odes de la fureur*, Logan prit le nouveau poète à part.

— Je me lance dans l'édition, Tedward. On a acheté APC Magazines Ltd. Qu'est-ce que tu en penses ?

— Des revues de bonnes femmes et des bandes dessinées pour les mômes.

— En gros. Mais nous avons aussi d'autres titres. *New Insights*, par exemple.

— Ce machin ? Vieux comme Hérode et à peu près aussi vivant !

— Alors dis-moi, d'après toi, qui devrais-je employer pour lui redonner un peu de souffle ? On m'a cité le nom de Mark Onions parmi les jeunes talents.

— Stanley Matthews[1] en sait plus sur la poésie et la littérature que Mark Onions. Ce Mark Onions ne pourrait pas redonner du souffle à une musaraigne blessée.

— Alors peut-être ferais-je bien de m'adresser à mon témoin de mariage.

— Ton *quoi* ?

— Anne et moi allons nous marier. Je pensais pouvoir compter sur la poche de ton gilet pour porter les alliances.

Seize ans plus tard, le groupe des sociétés Logan s'était transformé en royaume, avant de devenir ce que le monde s'accorderait à appeler un empire. Tout le génie de Logan, disait-on, venait de son sens aigu du détail, de sa grande flexibilité dans les stratégies et de l'utilisation implacable des informations mêlée à une grande intelligence technique. Dans les années 1950, Michael avait pris le téléphone pour vendre son usine, pourtant florissante, de lampes de radio dès qu'il avait entendu parler, par un ami américain, de la mise au point en laboratoire d'un petit objet nommé transistor.

— Mais il faudra encore très longtemps avant qu'ils soient mis sur le marché, avait prévenu l'ami, et les tubes à vide ont encore de beaux jours devant eux.

— C'est pourquoi j'en tirerai un bon prix maintenant. Tu penses que ce sera encore le cas, lorsque tout le monde aura entendu parler de tes petits bidules de transistor.

Logan prit des intérêts dans le vinyle et autres fibres textiles synthétiques au début des années

---

1. Célèbre footballeur de l'après-guerre. (*N.d.T.*)

soixante et revendit l'ensemble, cinq ans plus tard, juste avant que laine, coton et cuir fassent leur retour triomphal dans la mode. C'est une adolescente, la fille d'un de ses employés, qui avait un jour remarqué devant lui que le nylon était considéré comme nul, tarte et ringard par les jeunes.

Michael fit redessiner, à grands frais, le plan de ses succursales du centre-ville pour y inclure des allées et des caddies de façon à permettre aux clients de se servir et de payer aux caisses à la sortie. Une restructuration désagréable mais qui, Michael en était convaincu, montrait la voie de l'avenir. L'enseigne de ses supermarchés fut changée de «Logan's» en «Lomark». En fait, toutes les sociétés acquises par Michael continuaient à fonctionner soit sous leur nom d'origine, soit sous une appellation qui n'avait rien à voir avec leur nouveau propriétaire. Le mot «Logan» n'apparaissait en Bourse que dans le nom de la société mère.

— Personne n'aime les gens qui la ramènent trop, expliquait Michael. Si mes clients se rendaient compte que l'homme qui leur vend des marshmallows et des clopes est le même qui publie leurs magazines et qui fabrique leur poste de télé, ils me lâcheraient. Après tout, les gens ont leur fierté.

Le monde financier était au courant, naturellement. Mais il faisait les yeux doux à ce qui était alors une aubaine rare sur le marché, un groupement d'entreprises contrôlées par un seul holding; une société qui n'avait pas peur d'emprunter et de s'étendre; de se diversifier d'un côté en réinvestissant de l'autre. Chaque fois que Logan muait, il abandonnait quelques restes profitables sur le sol de la Bourse, chaque nouvelle union (ou viol) de compagnies signifiait prises de bénéfices.

Cependant, ses relations avec ses cousins au second ou troisième degré ne furent pas faciles. Parmi eux, seul le vieux Richard montra un certain talent pour les affaires. Il mourut en 1962, suivi de près par son frère Herbert. Leurs enfants ne montrèrent aucun intérêt pour l'empire Logan. Michael aurait souhaité les aider, tout comme son père l'avait fait, mais ils préférèrent s'en sortir tout seuls et partir vivre à Londres, où ils se marièrent dans des familles juives bien établies, choisissant de réussir leur vie de manière plus discrète.

— Tu n'es pas notre père, avait dit Danny à Michael, en refusant l'argent que celui-ci lui proposait. Tu as de bonnes intentions mais tu t'obstines à vouloir avaler n'importe quoi et n'importe qui.

Cette remarque blessa Michael. Il possédait un grand talent, celui de produire du travail pour tout le monde et d'enrichir des milliers de gens. Il lui incombait, sans aucun doute, d'utiliser ce talent, non ? Et de l'utiliser avec bonté et considération. Personne ne traitait son personnel mieux que lui. Aucun magnat de son calibre ne pouvait prétendre connaître, comme lui, le prénom et l'histoire familiale d'autant d'employés. Aucun magnat de son envergure n'accueillit avec autant d'enthousiasme l'arrivée d'un gouvernement travailliste. Il s'acquittait de ses impôts sur la fortune héroïquement sans jamais récriminer en public, même s'il était horrifié en privé. Après les désastres de la dévaluation et l'inflation galopante des années 1970, il perdit tout respect envers les politiciens et tout intérêt pour leurs querelles mesquines. Il réserva son énergie politique à des affaires d'ordre mondial, préférant les hommes d'État cauteleux du tiers monde, avec leurs chasse-mouches et leurs djellabas, aux satrapes bornés siégeant à Westminster. Son paternalisme bienveillant lui valait le mépris des classes politiques de son pays mais l'argent qu'il distribuait de façon égalitaire était bien accueilli partout.

Quant à sa sœur, Rebecca, Michael n'avait jamais prévu de l'associer à ses affaires. Il avait chéri l'espoir qu'elle puisse devenir un jour la parfaite deuxième épouse de son ami Wallace, dont il n'arrivait toujours pas à apprécier ni même à comprendre la poésie mais dont les talents de directeur de la revue *New Insights* l'avaient comblé. Au lieu de quoi, elle avait épousé un certain Patrick Burrell, un être que Michael trouvait tout simplement exécrable et qui persistait à le harceler sans vergogne pour lui soutirer de l'argent. Mais enfin, il avait tout de même engendré l'être que Michael considérait pratiquement comme sa fille, sa nièce Jane.

— Puisque tu es toujours en train de me réclamer de l'argent pour elle, finit par dire Michael à Patrick Burrell, je vais assurer son avenir financier une bonne fois pour toutes. Un million de livres pour elle et pour elle seule. Je lui ouvrirai un compte dès demain. Elle aura son propre chéquier quand elle aura vingt et un ans. En attendant, si elle a besoin d'argent pour ses études ou pour ses toilettes, tu me le signaleras, n'est-ce pas, Patrick ?

Burrell l'avait mal pris et, quelques années plus tard, il avait envoyé un télégramme de New York pour informer Rebecca qu'il avait trouvé quelqu'un d'autre. Michael avait été désolé pour sa sœur mais ravi de couper ce lien.

Il avait dû, malheureusement, couper un autre lien, un an seulement après le mariage de Rebecca. On avait informé Michael que Ted Wallace avait puisé dans les caisses du magazine. Pas de grosses sommes, il est vrai, mais ce n'était pas les dimensions de la fraude qui comptaient aux yeux de Michael. Il lui avait fallu du temps pour pardonner à son vieil ami. Il assista de loin, et avec beaucoup de tristesse, au déclin du poète qui perdait peu à peu sa créativité et son charme à mesure qu'il augmentait de tour de taille et glissait vers l'ivrognerie misanthrope.

En 1966, Michael s'agenouilla devant la reine et se releva anobli. En 1975, il fit son premier discours à la Chambre des lords en tant que baron Logan de Swafford. Un an plus tard, à l'âge de quarante-six ans, il se dit qu'il avait gagné le droit d'orienter ses exceptionnels pouvoirs de concentration vers la création d'une famille. Il commença par un fils, Simon. Puis deux ans plus tard, Anne le combla d'un autre fils, David. C'est à la naissance de David qu'Anne persuada Michael de pardonner à Wallace et de l'absoudre de ses indélicatesses.

— Je sais qu'il te manque, chéri. Demandons-lui d'être le parrain de David.

Neuf ans plus tard, au moment où toute femme peut raisonnablement attendre de son utérus une certaine paresse ou même le remercier de tomber en désuétude, Anne s'était retrouvée à nouveau enceinte et lui avait donné, cette fois, deux fils d'un coup.

Six

IV

En 1991, alors que les jumeaux allaient avoir quatre ans, Edward, le plus jeune de quinze minutes, montra de sérieux symptômes d'asthme. Cela conduisit lady Anne à instaurer des tours de garde nocturnes pour surveiller sa respiration.

Une nuit de canicule, alors que l'air était lourdement chargé de pollen et de spores, on entendit Sheila, la nurse des jumeaux, pousser un hurlement. Puis elle s'élança dans le couloir en appelant lady Anne à grands cris.

Edward, sanglotait-elle, était bleu et inerte dans son lit. Mort. Ne respirant plus. Tout à fait mort. Affreusement mort. Anne et Michael se précipitèrent dans l'escalier, pris d'une folle panique.

Pendant ce temps, les deux aînés, réveillés par les cris et le tapage, avaient couru eux aussi dans la chambre des jumeaux, poussés par la même angoisse. Simon jeta un seul coup d'œil au corps inanimé d'Edward puis commença à imprimer aux membres sans vie de l'enfant une série de mouvements rythmiques, peut-être en essayant d'imiter vaguement un instructeur de secourisme à l'école, ou, plus vraisemblablement, les gestes du vétérinaire devant un porcelet qui s'étouffe.

255

— Non ! hurla David. Laisse-moi faire !

Il poussa son frère aîné qui était maintenant occupé à presser les côtes de l'enfant avec énergie. Anne et Michael arrivèrent juste à temps pour le voir écarter Simon d'une brusque bourrade.

Puis ils virent, ils le virent tous, ils virent David s'agenouiller au chevet du lit et poser doucement la main sur la poitrine d'Edward. Immédiatement, à l'instant même, l'enfant remua et se mit à s'étouffer et à tousser. Michael et Anne avaient été trop surpris, trop occupés à appeler le médecin et à organiser le transport de l'enfant à l'hôpital pour pouvoir analyser ce qu'ils avaient vu. Michael devait se rappeler, par la suite, que lorsqu'il avait pris à part ses deux aînés pour leur dire d'aller au lit, il avait remarqué que la main de David était brûlante tandis que celle de Simon était froide.

Quelques semaines plus tard, Michael prit David à part.

— Davey, il faudrait qu'on parle de ton talent.

— Mon talent, papa ?

— Tu sais bien ce que je veux dire quand j'emploie ce mot. Ton pouvoir de guérison. J'aurais dû t'en parler plus tôt.

Michael raconta alors à David les épisodes de la vie d'Albert Bienenstock qu'il lui avait cachés jusqu'à présent. La guérison et la mort de Benko. Les persécutions qui avaient suivi. Les soupçons et l'ostracisme de la communauté et de ses rabbins.

— Ton don, vois-tu, n'est pas de ceux que le monde considère d'un bon œil.

— Mais pourquoi maman me regarde-t-elle parfois comme si j'étais malade ou comme si j'avais fait quelque chose de mal ?

— Tout cela la chiffonne, Davey. Essaie de comprendre.

David approuva d'un hochement de tête. Michael alla ensuite trouver sa femme.

— Dis-moi sincèrement, quels sont tes sentiments vis-à-vis du don de Davey?

— Le don? fit Anne en le regardant avec surprise.

— Ce don qu'il a employé pour ramener Edward à la vie.

Anne se détourna mais Michael la saisit par les épaules et l'obligea à le regarder en face.

— Tu sais ce que nous avons vu...

— Je sais... dit-elle.

— Cela te trouble et tu te fais du souci.

Anne opina.

— Ce qui est sûr, reprit Michael, c'est que nous devons faire en sorte que la vie de Davey ne soit pas perturbée. Il ne faut pas que la chose s'ébruite.

Anne réfléchit un moment en silence.

— Tu penses à ton père, n'est-ce pas?

— Je pense à Davey. Seulement à Davey. Il ne faut pas qu'on le traite comme un anormal.

— Mais enfin, chéri, tu ne crois pas sincèrement...

— Inutile d'épiloguer.

— Je suis d'accord, fit Anne. Nous n'en parlerons plus.

Mais l'année suivante, il fallut bien en reparler.

Jane, la nièce de Michael, vint à Swafford, en juin 1992, pour un dernier séjour. Elle avait passé des mois à mener un combat épuisant contre sa cruelle maladie et on ne lui donnait plus que quelques semaines à vivre. Tout ce qu'elle désirait, disait-elle, c'était retrouver la paix de la campagne et l'amour de son oncle et de ses cousins, pouvoir engranger des souvenirs qui lui donneraient la force d'affronter sa fin entre les murs stériles d'un hôpital.

Son malaise à la fête du Royal Norfolk Show fut diagnostiqué comme l'entrée dans la phase terminale de la maladie, l'amorce d'un déclin irréversible. C'est Simon qui dut la ramener à Swafford, bien qu'il fût trop jeune pour avoir le permis et plus habile à manier les tracteurs que la BMW nerveuse de Jane. Il porta

257

sans difficulté son petit corps pâle et affaibli jusqu'au premier étage – « aussi légère qu'une perdrix plumée, en fait », dit-il – et la déposa sur le lit de la suite Landseer, où, selon les médecins, elle allait bientôt mourir.

La première semaine, David et Simon purent rendre visite à Jane, alitée. Simon apparaissait chaque matin avec des fruits, des fleurs et les derniers potins sur la vie du domaine. L'après-midi, David venait s'asseoir à son chevet et lui faisait la lecture ou la causette jusqu'à l'heure du dîner, sans jamais se formaliser de voir Jane sommeiller pendant qu'il lui parlait.

Le dernier matin avant leur retour à l'école, les deux garçons vinrent faire leurs adieux à Jane, solennels et élégants dans leur uniforme d'école.

— Quelle tête de croque-mort vous faites ! lança Jane. Vous ne devriez pas. Je me sens beaucoup mieux, aujourd'hui.

Les garçons partirent, réconfortés et optimistes. Une semaine plus tard, Jane quittait son lit, se déclarant non seulement convalescente mais totalement guérie. Guérie corps et âme. Elle se sentait mieux qu'elle ne s'était jamais sentie avant sa leucémie. Elle avait vécu jusque-là, disait-elle, comme une chenille et aujourd'hui elle se sentait renaître sous la forme parfaite d'un beau papillon.

Anne vint la trouver en particulier et lui demanda sérieusement si elle imaginait qu'on pût attribuer une cause ou un facteur précis à cette guérison. Jane tergiversa, se retranchant derrière un sabir confus et embrouillé, où il était question d'anges et de pureté, de grâce et de devenir. Anne repartit perplexe et soucieuse.

La visite de Michael fut plus directe.

— Jane, ma chérie, nous sommes tellement heureux ! Tellement heureux que tu ailles mieux ! Quelle qu'en soit l'explication, il vaudrait mieux, ne crois-tu pas, célébrer cet événement très sobrement, comme

258

quelque chose de simple et de merveilleux qui s'est produit dans le cadre de ce que, j'espère, tu considères comme ta maison familiale ?

— À ta guise, oncle Michael.

Michael jugea préférable d'aborder le sujet avec Max Clifford, qui résidait aussi au château à ce moment-là.

— C'est que, Max, tu connais ces diables de journalistes…

— On en a viré pas mal en notre temps, toi et moi, non ?

— Jane doit repartir pour Londres, subir des examens. Il se peut qu'elle aille bien et, comme cela se passe parfois avec la leucémie, qu'elle ait vraiment réussi à vaincre cette maladie. Mais il ne faudrait pas, mais alors *vraiment pas*, qu'il y ait le moindre tapage médiatique autour de cela. Les journaux tombent dans l'hystérie dès qu'il s'agit de cancer et il se trouve toujours quelques tordus pour exploiter l'incident sur le plan religieux ou mystique. Jane est encore fragile et n'a pas les idées très claires elle-même…

— Il y a déjà eu des rumeurs, Michael. Mary m'a dit qu'elle l'avait entendue prier dans les bois, hier.

— Max, c'est exactement ce que je suis en train de te dire. Tant que Jane sera aussi perturbée, il conviendra de mettre un bémol à toute cette histoire.

— Mmm, reprit Max. Elle était agenouillée sur l'herbe, débitant tout un fatras druidique. Elle parlait aussi beaucoup de David.

— Si tu es mon ami, coupa Michael d'un ton assez sec, tu n'en diras pas davantage. Ni à moi ni à personne d'autre.

Le mois suivant, il devint clair qu'en dépit des ordres de Logan l'affaire s'était finalement ébruitée. Tout d'abord, Ted Wallace débarqua avec l'idée curieuse de vouloir écrire la biographie officielle de Michael, projet que Michael avait trouvé complètement farfelu, un exemple typique de mensonge à la Wallace, si facile à décrypter. Anne s'était mis dans la tête qu'il pourrait avoir une « bonne influence » sur David mais il était évident, pour Michael, que Ted ne tarderait pas, comme à son habitude, à semer la pagaille, avec toute la délicatesse d'un puma lâché dans un pigeonnier. Les Logan éprouvaient de la difficulté à parler de David entre eux. Michael se demandait si, inconsciemment, sa femme n'était pas, en fait, jalouse des gènes que David aurait hérités d'Albert Bienenstock. Peut-être trouvait-elle le cynisme terre à terre de Ted à la fois libérateur et reposant. Peut-être souhaitait-elle, secrètement, que Ted corrompît David, l'entraînant à boire ou l'initiant aux amours tarifées des quelques tristes putains de Norwich. Enfin, n'importe quoi pour ébranler l'équilibre délicat de ces qualités qu'Anne trouvait si inquiétantes chez son fils. Michael passa en revue toutes ces possibilités. Pour être agréable à sa femme – et aussi parce qu'il valait mieux avoir un homme comme Ted sous sa tente, en train de pisser dehors, qu'à l'extérieur de la tente, en train de pisser dedans –, il cacha ses craintes, faisant même mine d'être heureux d'accueillir ce vieux pochard à Swafford. Naturellement, il n'alla jamais jusqu'à lui faire confiance, ce qui aurait été pure folie. Bien au contraire, il chargea Podmore de le surveiller discrètement, ce qui lui permit de découvrir que Ted était en communication épistolaire permanente avec sa nièce. Podmore avait été heureux de pousser le zèle jusqu'à épousseter l'ordinateur installé dans la suite Landseer. Le résultat de ce ménage consciencieux apprit à Michael, à sa grande surprise, que les lettres de Ted révélaient une ignorance totale du pouvoir de David.

Entre-temps, Oliver Mills s'était invité pour quelques semaines. Puis Max et Mary Clifford demandèrent s'ils pouvaient venir accompagnés de leur fille Clara, une gamine qu'ils évitaient généralement de produire en public dans la mesure du possible, tant ils se sentaient gênés par son physique disgracieux. L'amie de Jane, Patricia Hardy, suivit. Mais quand Rebecca téléphona à son frère pour lui demander si elle pourrait «faire un saut et passer une ou deux semaines», Michael commença à s'inquiéter sérieusement. La situation prenait des proportions alarmantes. Il savait, en familier du monde des affaires, combien il est difficile de garder un secret. Impossible de mettre un couvercle sur un volcan. Bien sûr, la bande rassemblée à Swafford n'était constituée que d'amis proches – sinon fiables –, mais pendant combien de temps cet état de choses pourrait-il durer?

Réconforté de découvrir l'ignorance de Ted et par conséquent sa parfaite innocence dans toute l'histoire, se rappelant subitement qu'un meilleur ami reste un meilleur ami, quel que soit le nombre de fois où il vous a trahi ou volé, Michael décida d'accéder à sa première requête et de raconter l'histoire de sa vie à ce vieil escroc d'Edward Lennox Wallace. C'était sans doute le meilleur moyen de le mettre au parfum tout en le gardant sous contrôle.

Le deuxième jour de leur conversation – à laquelle Michael se surprit à trouver un plaisir extrême car Ted se révélait un auditeur d'une sensibilité étonnante –, on apprit la nouvelle de la guérison de Lilac qui ne fit que renforcer, chez Michael, le caractère urgent et important de leur collaboration. On ne pouvait pas *prouver*, évidemment, que David fût derrière cette guérison qui plongeait le vétérinaire dans des abîmes de perplexité. Mais il ne subsistait aucun doute, du moins dans l'esprit de Michael et du reste de la maisonnée, quant à l'origine de ce miracle. L'affaire de Lilac, dans la conjoncture présente, fit voler en éclats les illusions de Michael : il ne contrôlait pas la situation. Abandonnant ses dernières réserves, il déballa l'histoire à Ted sans omettre la lecture indélicate, et désapprouvée par Anne, de la lettre adressée à Jane. Depuis le jour où il avait lu la missive d'oncle Amos de Jérusalem, lui apprenant la mort de son père, jamais Michael n'avait placé son destin à la merci de quiconque. Aujourd'hui, il allait le faire.

— Voilà, mon vieux Tedward, la vérité sans fard. Maintenant, que dois-je faire ? Le don de David appartient-il au monde ? Dois-je le proclamer à son de trompe ? Est-ce une malédiction qu'il convient de cacher honteusement à tout prix ? Doit-on appeler un prêtre ? Un médecin ? Un psy ? Tu es le parrain de ce garçon. Conseille-nous.

— Humm, fit Wallace. Ah… ah…

— Eh bien ?

— Il me faut du temps. J'ai des idées. Mais, pour l'heure, je te conseille de ne pas bouger et de ne rien faire.

— Ne rien faire ?

— C'est souvent l'attitude la plus sage. Personnellement, j'ai besoin de réfléchir.

— Réfléchir ? Réfléchir à quoi ?

— Vois-tu, Michael, pour tout te dire, un homme n'aime pas découvrir à l'âge de soixante-six ans que tout ce en quoi il a cru jusque-là est absurde.

— Et en quoi as-tu jamais cru, Edward Wallace ?

— Oh, tu sais, à des bricoles. Des bricoles. Par exemple, à la difficulté d'écrire un poème.

Sept

I

12a Onslow Terr.

28 juillet 1992

Cher Ted,

Je pense que tu dois y être, maintenant. Patricia m'a dit qu'oncle Michael et toi étiez restés « en conclave » pendant un long moment.

Il est temps que j'arrive. Tu partageras avec moi les fruits de tes conversations avec oncle Michael quand je serai à Swafford, demain, après mes derniers examens. Tu comprends maintenant la raison de mon excitation ? Je suis si heureuse d'avoir pu t'associer à tout cela !

Tu peux parler à Patricia et à maman, désormais, et leur expliquer ton rôle. Mais, bien sûr, pas un mot à âme qui vive en dehors des gens de Swafford.

Prends bien soin de David. Assure-toi qu'il ménage ses forces et qu'il ne se sent ni isolé ni exploité.

Lorsque Davey m'a raconté comment il avait sauvé Edward, j'ai compris que ma décision de venir à Swafford avait été prédestinée. Est-ce que le terme de « miracle » te semble toujours trop fort ? Personnellement, je ne le pense pas et je suis sûre que tu es maintenant de mon avis. Si tu oses me dire que cette histoire ne va pas changer ta vie, Ted, je te traiterai de menteur !

Je t'embrasse très affectueusement,

Jane

P-S : Mon dernier « article » à ajouter en urgence à ma Déclaration (comme tu l'appelles) est : « Souris ! Nous sommes aimés. Nous sommes aimés ! Tout sera merveilleux. Tout est lumineux. Tout ce qui arrive doit arriver et devait arriver ! »

Sept

II

Extraits du journal intime d'Oliver Mills,
29 juillet 1992, Swafford Hall

Nous voici parvenus au point critique, petite Daisy, chère confidente. Je suis tellement énervé... Il est onze heures du soir et dans trois heures je vais... Je ne sais pas trop ce que je vais faire mais la terre va trembler, ça, tu peux me croire !

Je t'ai raconté, hier, que les hétéros purs et durs de la maison se faisaient un mouron dingue pour un canasson, un cheval de chasse entraîné et monté par son propriétaire, comme on dit sur les champs de courses, Michael soi-même. Le nom de la bête, Lilac, plus coquet qu'un bataillon de scouts danois en culotte courte, trahit son sexe. Lilac est une grande jument brune, la Dalila et la prunelle des yeux de son Samson de maître. Hier, comme je l'ai méticuleusement consigné dans tes pages, elle a commencé à montrer des signes bizarrement bizarres. Véto le Vet s'est prononcé pour un empoisonnement à la jacobée. Cette herbe de la Saint-Jacques, une vraie saleté, possède un alcaloïde qui provoque une dégénérescence du foie fatale, sans Tante Idote connue. D'ordinaire,

265

les chevaux ne mangent pas cette jacobine de plante qui est plus amère qu'un poète oublié. Mais Lilac, qui paissait dans le parc en face de la maison, a dû en brouter quelques touffes sans s'en rendre compte. Hier, on s'est aperçu qu'elle saignait de la bouche, tel Chopin à la fin de ses jours, tournant en rond et appuyant sa tête contre le mur, l'air sinistre. Ce qui est un signe certain de dysfonctionnement du foie, comme chacun sait. Fatal. Incurable. Pourquoi diable les chevaux possèdent-ils donc un foie, mystère. Je n'ai encore jamais vu un cheval s'envoyer une vodka-tonic derrière le licol. Mais enfin, trêve de bavardage, je m'égare et j'ai encore des tas de choses à te raconter avant l'heure du dodo. Et surtout des choses à faire...

Selon Véto le Vet – de son vrai nom Nigel Ogden, un exemplaire assez comestible, dont le pantalon de velours côtelé marron moule des fesses qu'on peut classer numéro deux au hit-parade des plus beaux culs du Norfolk –, le dysfonctionnement du foie vous garantit sur facture un aller simple au paradis des dadas. Nigel a laissé à Simon et à Michael un jour de réflexion. Il proposait de revenir le lendemain avec un exécuteur professionnel au cas où l'on déciderait d'abattre la bête – solution que dans son cœur ô combien sensible, sentimental et tendre d'homme de la campagne il recommandait fortement.

En conséquence, tu peux imaginer, chère Daisy, que le dîner d'hier soir a atteint la cote dix sur l'échelle de la sinistrose. Simon, évidemment, était en faveur d'un grand coup de masse sur la tête suivi d'une vente rapide à l'usine de colle. Je l'imaginais même prêt à acheter un pot de Lilac recyclée pour réparer ses bottes en caoutchouc, l'espèce de brute sans cœur !

Pendant tout le repas, je lançai des appels silencieux : « Allez, vas-y, Davey ! Un petit coup d'imposition des mains ! Ne reste pas assis là sans bouger, mon garçon... » Et j'imagine que Patricia et Rebecca devaient penser la même chose. Anne nous fusillait du regard ainsi que le pauvre David qui n'osait plus bouger. Si la télépathie existe, le cri de mes supplications silencieuses a dû assourdir sa jolie petite oreille intérieure. Il y avait une étincelle dans son œil de velours, une rougeur sur la peau de pêche de ses joues, qui en disaient long, j'en suis sûr. Car pouvait-il survenir plus propice occasion de tester ses pouvoirs, les anges du ciel en soient loués, que cette lutte pour la protection de la foi et du foie de Lilac ? Non ! Et il devait bien le savoir.

Michael était peu loquace, comme depuis le début de cette semaine. Il a l'air complètement nase, le pauvre lapin. Il a passé l'après-midi et une partie de la soirée enfermé avec Ted Wallace, ce qui, reconnaissons-le, foutrait en l'air le moral d'un Jack Russell. J'ai abandonné, en ce qui concerne Ted. Quand je pense au joyeux drille que j'ai connu dans les années 1960 et 1970, quand je vois ce vieux croûton ramolli qu'il est devenu aujourd'hui, j'ai envie de pleurer. Il est fermé comme une huître. Que les journalistes sans talent et autres traîne-savates de son entourage se donnent des airs de vieux barbons grincheux, c'est déjà insupportable. Mais chez Ted, Ted qui a reçu sa part de ce qu'on appelle le talent, ça vous fend le cœur. Tu as beau essayer de lui parler, essayer de l'arracher à son enfer personnel, tout ce que tu obtiens, c'est une fin de non-recevoir. Comme si l'expression de sentiments sincères était une gaffe sociale, une manifestation de mauvais goût aussi impardonnable que de dire « Enchanté de faire votre connaissance » ou que de recouvrir le siège des W-C d'une housse au crochet. Tout ce que je voudrais, c'est le voir craquer un jour. Désolé, si cela te semble cruel. J'aimerais l'entendre dire une fois, une seule : « Je sais, Oliver, c'est affreux. J'ai perdu l'inspiration et c'est atroce. Pardonne-moi si je pique des rages et deviens amer. Tout au fond de moi, pourtant, je suis toujours le Joyeux Hippo au grand cœur. Aide-moi ! » Est-ce trop demander ? Cela le transformerait, j'en suis convaincu. Mais impossible d'entrer. Les verrous sont tirés.

De plus, il est loin d'avoir une bonne influence sur Davey. Je n'arrive pas à comprendre ce qui peut bien pousser Annie à lui demander de s'occuper du gamin. Rien de plus efficace pour briser le charme que le scepticisme crasse de Ted et ses grands airs « *vous* peut-être mais *moi* ça ne m'impressionne pas ».

Donc, l'un dans l'autre, entre Ted arborant sa meilleure expression « ce que vous êtes barbants, les mecs », Michael boudant à une extrémité de la table, Annie agitée comme une puce à l'autre bout et le reste des invités parvenus à divers stades de tension nerveuse, le repas n'a pas été très folichon. Je me suis retiré dans mes appartements de bonne heure. Ça battait la chamade dans ma poitrine et j'avais besoin de prendre mes comprimés et de me réfugier dans les doux bras de Morphée.

Drôle de réveil ce matin. Au début, j'ai cru que ma vue défaillante annonçait quelques symptômes inquiétants. « Et voilà ! me suis-je dit. Après ça, j'aurai droit aux picotements dans les bras puis aux contractions dans la gorge avec, en final, la grande crise cardiaque du dernier acte. »

Je ne pouvais pas détacher mes yeux de ce que je voyais. Un enfant, ou plutôt deux enfants, deux petits démons, car la vision était double. Comme dans les mauvaises comédies d'après-guerre, quand le metteur en scène voulait indiquer que le héros souffrait d'une gueule de bois. La tradition aurait exigé que je me prenne la tête dans les mains en gémissant « Oh ! Aïe ! Trop de martinis ! ». Ou bien que je gargouille, hoquette et demande au barman un autre verre. Tout ça parce que Doris Day m'a plaqué.

Mais je n'étais pas ivre et d'ailleurs je suis certain que Doris Day ne m'aurait jamais plaqué. Aucun signe ultérieur d'ennuis coronaires ne se manifestait même si je continuais à y voir double.

Je ferme les yeux. En ouvrant les paupières, je constate que les deux démons sont toujours là, identiques. Puis celui de gauche ouvre la bouche.

— Il est réveillé.

L'image de droite se met à ricaner et je comprends que la mère Oliver vient de se comporter comme une lavette hystérique. L'explication est toute simple.

— Vous êtes les jumeaux !

— Oui, tout juste.

— Qui est qui ?

— Lui c'est Edward et lui c'est James, font-ils à l'unisson, ce qui ne m'aide pas.

— Pourquoi ne portez-vous pas un badge avec votre nom, ça pourrait être utile ? je demande.

— Ah, mais ça nous plaît que les gens sachent pas !

Je les examine un moment.

— Toi, tu es James, dis-je en pointant le doigt vers celui de gauche.

— Comment vous savez ? fait-il, déçu.

— Eh bien, je le sais !

— Allez, dites-nous !

— Il se trouve que je sais qu'Edward souffre d'asthme. Or ta respiration n'est pas aussi impressionnante que la sienne.

Ils se regardent d'un air fâché et James essaie vainement d'imiter la respiration sifflante de son frère. Mais je sais maintenant que je pourrai toujours les distinguer : Edward possède une cage thoracique plus développée que celle de James.

— Tu as eu une mauvaise crise, l'an dernier, je crois ?

Edward répond avec fierté :

— Simon a cru que j'allais mourir. J'étais foutu, il a dit. Je lui rappelais un petit cochon mort-né, il a dit.

— Mais finalement tu t'en es sorti, non ?

Les jumeaux échangent un regard.

— Maman nous a défendu d'en parler.

— Aucune importance, dis-je. Au fait, je m'appelle Oliver.

— Oui, on sait. Bonjour, monsieur !

— Bonjour, messieurs ! je réponds aussi cérémonieusement.

— Vous voulez qu'on vous raconte une blague ? demande James.

— Bien sûr !

Il s'éclaircit la gorge, l'air important, comme s'il s'apprêtait à déclamer la tirade de Hamlet.

— Qu'est-ce qui tombe en hiver et qui finit par « ar » ?

— Je ne vois pas... Le brouillard ?

— Non, perdu ! C'est la neige, connard !

Ils hurlent de rire.

Enfin, c'est tellement agréable de savoir qu'il y a maintenant quelqu'un de mon niveau à Swafford...

— Bon, maintenant il faut que vous partiez. Je dois m'habiller. Quelle heure est-il ?

Avec la précision de deux nageurs synchronisés, ils jettent un coup d'œil à leur montre.

— Neuf heures vingt-cinq, disent-ils en chœur.

— Encore quelqu'un au petit déjeuner ?

— Tout le monde est aux écuries. Nous, on n'a pas le droit parce que les chevaux font éternuer Edward.

— Aux écuries ?

— M. Tubby est venu dire que Lilac allait beaucoup mieux.

Youpie ! Hourra ! J'enfile mes vêtements et je me précipite aux écuries. Véto le Vet s'apprête à remonter dans sa Volvo. Velours côtelé vert bouteille cette fois, ce qui lui sied moins, à mon avis. Simon, Davey, Michael, Anne, Patricia, Rebecca, Ted et les Clifford sont tous réunis.

— Prévenez-moi s'il y a un changement... C'est vraiment... fait le véto en secouant ses boucles brunes. J'ai déjà vu des chevaux guérir, mais jamais si rapidement...

Nous regardons la voiture s'éloigner. Michael se tourne vers la cage de Lilac, enfin l'équivalent pour un

270

cheval. Simon est à côté d'elle, occupé à la caresser. Même pour un profane de mon espèce, elle me semble avoir l'œil aussi pétillant et le poil aussi luisant qu'on peut le désirer. David se tient modestement à l'arrière-plan, traçant des dessins dans la poussière de la pointe de son pied. Les Clifford, Rebecca et Patricia le regardent fixement.

— Et alors, qu'est-ce qu'on a tous à traîner par ici ? demande Michael en frappant dans ses mains. C'est une jument, bon Dieu, pas cette foutue Mona Lisa. Rentrons. Allez, Ted, on reprend ?

Michael et Ted partent vers la maison. Après une dernière tape affectueuse à Lilac, Simon va parler à Tubby, le palefrenier. Prenant mon courage à deux mains, j'accapare David, sous les regards furibonds des autres.

— Eh bien, fais-je gaiement, c'est une chance ! Je n'ai rien de noir dans ma garde-robe. S'il y avait eu des funérailles, j'aurais sacrément fait tache avec mes tenues d'été !

Annie s'approche.

— Des projets pour la journée, Oliver ?

— Euh…, fais-je.

— Vous voulez qu'on retourne au lac ? demande David. Annie bloque la passe.

— On dirait qu'il va pleuvoir, dit-elle en inspectant le ciel sans nuages. Enfin, on l'a annoncé. Pour aujourd'hui ou demain. Pourquoi ne pas aller en ville ? Voir un film ou un truc comme ça ?

Je pige le message. Elle veut savoir son fiston à l'abri dans une ville et non au milieu de la pelouse, en train de faire des séances d'imposition de mains comme Bernadette à la kermesse.

— Bonne idée ! dis-je.

De toute manière, j'ai bien l'intention de demander à David ce qui s'est passé avec le cheval. Est-ce qu'il a mis sa main sur son flanc ? Introduit un morceau de cristal dans son oreille ? Ou quoi ?

— Bon, d'accord.

David n'a pas l'air très enthousiaste mais il est partant. C'est peut-être mon tour ! D'après moi, il n'y a rien qui cloche chez Rebecca, Patricia fait la gueule parce que ce crétin de Rebak l'a plaquée et Clara a seulement besoin de faire rectifier son strabisme et redresser ses dents. Je pourrais d'ailleurs m'en charger d'un bon direct du droit. Donc il n'y a pas de doute dans mon esprit, ni, je l'espère, dans celui de David : l'angine de poitrine de mère Oliver a la priorité.

Merde alors... Me voilà à court de vodka maintenant. Je vais descendre en chiper une bouteille...

Mieux... Je me sens des zillions de fois mieux ! Personne ne m'a vu. Avec une pleine bouteille de Stolly à portée de main, maintenant je peux me concentrer. Où en étais-je ? Ah oui ! La virée de Davey et de mère Oliver. Des tas de choses à raconter.

Nous faisons le tour de la maison pour regagner ma Saab.

— Qu'est-ce qu'il y a ? je demande.

— Il y a, où ?

— Au cinéma. Qu'est-ce qu'on joue, nanet ?

— Oh ! fait-il en shootant dans une pierre. Quelle importance !

J'ai commencé mon interrogatoire dès que la voiture a quitté l'allée.

— Maintenant, Davey, mon ange, je veux tout savoir.

Il me jette un regard en coin. Je défaille d'envie de lui passer la langue sur et entre les lèvres. Affreux. C'est tout simplement affreux. Je suis pourtant plutôt tendance Ésaü en ce moment. Un homme velu, sinon rien ! C'est mon slogan actuel. Mais Davey possède un pouvoir, ô Seigneur, quel pouvoir ! Cependant, petite mère Oliver sait très bien qu'il faut être très très prudente...

— Écoute, dis-je. L'heure est venue de dévoiler la vérité et de l'exposer dans toute sa nudité candide et innocente. Je sais, et tu sais que je sais, ce qui s'est passé avec Jane. Pareil pour Edward et son asthme. Et maintenant il y a eu Lilac et le miracle de son foie.

Davey expire avec force et racle le plancher de ses pieds.

— Il faut que je sache, Davey. Tu sais que je suis malade. Alors je veux savoir ce qui s'est passé.

Il y eut un silence, pendant lequel il devait lutter avec… je ne sais pas… sa conscience ? ou sa fierté ?

— J'ai des mains très chaudes, dit-il enfin. Touchez !

Il me tend sa main. La journée était chaude donc je me serais attendu à ce qu'un poisson soit chaud, mais la main de Davey… Parole de scout, petite Daisy, elle était brûlante. Pas une chaleur moite, non, rien à voir avec de la transpiration, mais une chaleur qui dépassait de loin les 38, je te le garantis.

— Putain, mon ange ! C'est… C'est…

— Vous comprenez, j'ai toujours eu les mains très chaudes. Quand j'ai vu Edward étendu dans son lit, j'ai immédiatement compris qu'en posant ma main sur sa poitrine je pourrais l'aider.

— Alors c'est seulement ça ? C'est tout ce que tu dois faire ?

David secoue la tête.

— Non. J'ai essayé avec Jane quand elle était ici le mois passé mais rien ne s'est produit.

— Rien ?

— Absolument rien. Parce que, vous comprenez, la leucémie, c'est une maladie qui se met au fond de vos os, dans les cellules que votre moelle fabrique. J'ai compris qu'il fallait que j'aille… que j'aille au fond d'elle.

Doux Jésus, se dit Mère. Il s'est payé Jane ! Le petit ange se l'est envoyée !

— Quand tu dis… au fond d'elle… ?

David refuse l'obstacle. Il n'en a jamais parlé. À personne. Et il est sur le point de tout déballer. Tous les grands secrets de sa grande magie.

— Vous voyez… C'est…

Il se cabre.

Je repère le prochain carrefour, prends une petite route qui descend vers un bois. Merde pour le cinéma. On se renseignera sur le programme et on racontera qu'on y est allés.

Le bruit de câble du frein à main sort Davey de sa rêverie.

— Où est-on ? murmure-t-il.

— On va faire une petite promenade et tu me raconteras tout.

La clôture entourant le bois porte un panneau « Privé » mais j'imagine qu'on a peu de chances de rencontrer quelqu'un. David franchit la barrière d'un bond d'antilope tandis que j'essaie maladroitement de négocier les barbelés, sacrifiant un pantalon de toile Ralph Lauren dans l'opération.

Le bosquet ne fait pas plus d'un ou deux hectares. Des hêtres, frênes, chênes et autres saloperies de ce genre. Le grand calme, avec ce pouvoir qu'ont les forêts d'amortir les bruits.

— Tu disais donc, Davey, ai-je repris alors que nous nous enfoncions dans la pénombre, que la leucémie de Jane ne répondait pas au seul toucher...

— J'ai toujours su... Mais vous me promettez de ne rien dire à personne ?

— Juré, craché... Croix de bois, croix de fer, si je mens, mes cheveux je perds !

— J'ai toujours su que le don – je dis bien *le* don et non pas *mon* don –, j'ai toujours su que le don venait de là.

Il s'arrêta, s'agenouilla et posa la paume de sa main sur la terre.

Je hochai la tête. Puis, comme David ne manifestait pas l'intention de se relever, je m'assis à côté de lui.

— C'est le Pouvoir Universel. Le mot-clé est « canalisé ». Vous voyez, ce pouvoir peut être canalisé par mon intermédiaire. Mais il faut que je sois fort... Il faut que je sois... pur, vous voyez.

274

« Vous voyez » était son refrain. Il avait vraiment envie que je voie. Il fallait que je voie.

— Pur ? Qu'entends-tu par pur, Davey ?

— Je suis quelqu'un de très sain. Je ne tombe jamais malade et je n'ai ni boutons, ni infection, ni rien de tout ça. C'est parce que je ne mange que des aliments purs. Pas de viande ni de plantes artificiellement forcées. On me prenait pour un timbré, dans ma famille, quand j'étais petit. La plupart des enfants passent par une phase végétarienne. Mais chez moi, c'était du sérieux. Maintenant, je crois qu'on me comprend. En tout cas, ils n'en parlent jamais.

— Tu penses donc que ce régime qui favorise la pureté du corps permet de mieux « canaliser » ?

— Ça compte. Mais vous voyez, il existe d'autres sortes de pureté. Mon esprit doit être pur. Il ne faut absolument pas qu'il soit contaminé par quelque chose d'impur.

— À ton avis, il existe donc des équivalents spirituels à la viande et aux légumes non organiques ?

— J'imagine qu'on peut présenter les choses de cette façon.

David s'allongea et contempla la voûte du feuillage.

— Un esprit sain dans un corps sain, pas vrai ?

— Oui. Mais je suis humain, vous voyez. Je suis un être humain.

Je fus ravi de l'en voir convaincu. J'aurais été bigrement embêté qu'il se prenne pour un ange.

— Et en tant qu'être humain, je ressens, comme tout le monde, la faim, le froid et la douleur. Toutes sortes de faims.

Ah ! Je commençais à entrevoir où il voulait en venir. À ce stade, il avait besoin d'un petit coup de pouce. Mère allait voler à sa rescousse avec son tact consommé.

— Tu veux dire qu'il y a d'autres appétits qui te tourmentent ? L'appétit de la chair, par exemple ?

— Mm, mm, approuva-t-il d'un hochement de tête. La première fois que j'ai eu une éjaculation nocturne, il y a un an… Je sais, c'est tard, et alors ?

Il lança cette information comme un défi, montrant par là même qu'il avait dû subir les lazzis de ses camarades d'école pour son retard physique.

— En effet, et alors ? Personnellement, je ne me suis développé en ce domaine qu'à l'âge de seize ans, fis-je, espérant l'aider par ce pieux mensonge.

Mais Davey ne s'intéressait pas au développement génital de mère Oliver.

— En tout cas, j'ai rattrapé mon retard, marmonna-t-il.

Ça, Mère en était convaincue. Pour ce qui est d'évaluer le renflement d'une braguette, on peut lui faire confiance !

— Bref, j'ai eu un de ces rêves. Quand je me suis réveillé, je ne savais pas quoi faire. Je savais seulement que je ne pouvais pas autoriser un tel gaspillage.

— Euh…

— Il ne s'agit pas seulement de mes mains, voyez-vous. Je savais que c'était mon corps tout entier qui pouvait guérir. Mon sang et aussi… mon… ma…

Il s'arrêta, incapable de trouver le mot convenable.

— Semence ?

— Mmm. Ma semence. Alors je ne pouvais pas me permettre de la perdre avec de vulgaires… enfin, vous voyez.

Nom d'une pipe !

— Donc ce que nous pouvons peut-être dire, énonçai-je avec la gravité de Socrate exposant un raisonnement à Alcibiade, c'est que le « vecteur » de pénétration peut être, en fait, ta propre semence.

— Bien sûr, dit David. Mais seulement à condition que je reste pur et que je me serve de ce pouvoir pour guérir. Je ne dois jamais l'utiliser pour me procurer du plaisir à moi-même.

— Donc…

276

Là encore, le plus grand tact s'imposait.

— Donc, dans le cas de Jane, la seule manière de l'aider a été de…

David s'assit et me regarda droit dans les yeux. Petit voyou fascinant.

— Nous en avons beaucoup discuté ensemble. Jane a compris ce que je suggérais. Elle s'est dit que même si ce don ne marchait pas, ce serait au moins quelque chose de…

— De sympa ? Une expérience utile pour toi et un certain réconfort pour elle ?

— Exactement, fit David avec un grand sourire. Je n'ai pas été très… Mais ce n'est pas ça qui comptait. Le but, c'était de guérir Jane, pas de « faire l'amour » au sens propre.

— Donc, ta semence a pénétré dans son corps ?

— C'était la dernière nuit avant que je ne reparte au collège. On s'était mis d'accord pour que j'aille la rejoindre dans sa chambre la nuit.

Jusque-là, l'image des deux cousins en train de s'activer comme des lapins en rut par une nuit tranquille avait complètement occulté une autre image, évidente…

Lilac.

Des précautions d'artificier s'imposaient.

— Et nous savons, ai-je poursuivi, quel effet miraculeux ce… euh… traitement a eu dans le cas de Jane. J'imagine que lorsqu'il s'est agi d'aider Lilac, tu as sans aucun doute fait…

— La même chose, exactement.

Cela, balancé froidement et sans aucune inhibition, maintenant. Un simple fait. J'ai réussi à bannir toute expression d'ahurissement et de dégoût de mon visage. Il fallait absolument que je ne réagisse pas autrement que s'il m'avait annoncé une excursion à la mer.

— C'était donc cette nuit.

— Oui, cette nuit.

Petit rire nostalgique en se rappelant Dulcinée.

— Je sais qu'il y a des gens qui trouveraient ça dégoûtant, reprit-il. Un être humain et un cheval, je veux dire. Mais ils ne comprennent pas le lien qui existe entre la vie, la nature et la grâce. C'était vraiment la chose la plus naturelle du monde.

Je me hâtai d'acquiescer et David s'étendit à nouveau, heureux d'avoir partagé son secret.

Et Mère, où en était-elle pendant ce temps-là, dois-tu te demander, cher petit journal ? Eh bien, Mère bouillait comme une casserole de lait sur le feu. Si ce petit faune de quinze ans avec ses longs cils recourbés et ses lèvres « tu me veux, tu me prends » représente l'avenir de la médecine en Grande-Bretagne, j'imagine sans peine les files d'attente si jamais la chose s'ébruite !

— Et tes parents ? Est-ce qu'ils sont au courant pour ce...

Je cherchais une formulation assez neutre.

— ... cet aspect de ta méthode ?

Il fit non de la tête.

— Ça les inquiéterait. Papa est plutôt fier de moi, je crois. Il apprécie ce don. Mais maman a la trouille, j'en suis sûr.

Tu parles ! Et la méga-trouille si elle savait tout.

Davey restait couché. Et moi je restais assis, à méditer sur ce grand pouvoir occupé à nager dans ses petites couilles duveteuses. Et sur cette mauvaise graisse occupée à se déposer dans mes artères, en attendant le nettoyage de printemps.

J'ai toujours essayé d'être honnête envers toi, chère Daisy. Je t'ai raconté cet incident au night-club de Finsbury Park. J'ai assumé avec virilité et franchise l'épisode de la reine du bondage qui a essayé de m'arracher le bout des seins dans son appartement de Hyde Park Gate. Je t'ai confessé ouvertement que j'avais permis à ce gorille de flic new-yorkais de me flageller les jambes à coups de serviette tout en m'appelant sa petite salope soumise. Je vais être honnête ici encore et t'avouer que, même si l'on n'avait pas diagnostiqué chez moi un cas aigu d'angine de poitrine, je l'aurais prétendu sur-le-champ, sans hésiter une seconde.

Dieu, il faut le reconnaître, sait se montrer d'une mansuétude étonnante. Lorsque j'étais prêtre – et je suis le premier à admettre que ma vocation venait surtout d'une attirance pour le côté carillons, encensoirs, chasubles et cantiques de la profession –, je considérais le Seigneur comme un pharisien capricieux. Car j'étais là, tout brûlant du désir de servir sa cause, tandis que cette horrible, horrible Bible, un bouquin dont je n'ai jamais pensé grand bien, me vouait à l'enfer et à la damnation. J'ai été on ne peut plus heureux de donner ma démission et de claquer à tout jamais la porte de la sacristie.

Mais, et tu le sais mieux que quiconque, Daisy, toi qui connais les profondeurs de mon cœur, il y a toujours eu ce que l'on peut appeler un vide dans la vie de Mère. J'ai fait de mon mieux, je me suis battu avec mes petits poings pour défendre les opprimés et les malheureux de ce foutu monde, j'ai voué mes talents à des causes importantes et – à la différence de Wallace – j'ai toujours fait un effort pour mener une vie décente. Évidemment, je connais un tas de connards qui prétendraient que se faire pisser dessus à New York ou enculer derrière un buisson de Hampstead Heath n'est pas décent, mais toi, Daisy, et moi savons très bien ce qu'il faut entendre par « décent ».

Et aujourd'hui, voici que Dieu le Très-Haut me donnait la chance de recouvrer la santé d'une manière qui coïncidait admirablement avec mes propres inclinations, que cette fichue Bible avait toujours condamnées comme malsaines ! Dieu a le don d'arranger les situations, il faut lui reconnaître cette qualité.

Je m'adressai à David.

— Je suis souffrant. Tu crois… est-ce que tu crois que tu pourrais m'aider, moi aussi ?

Je fis une petite prière silencieuse. Pourvu que l'angine de poitrine n'entre pas dans la catégorie des maladies qu'une simple imposition des mains puisse soigner.

Davey me sourit.

— Mais bien sûr que je peux vous aider, Oliver! Je suis d'ailleurs ici pour cela.

Une bouffée de chaleur parcourut ma nuque. Je repris la parole d'une voix rauque.

— Ici? Maintenant?

David secoua la tête.

— Non. Je ne pense pas. Je vous rendrai visite cette nuit. Ce sera mieux.

— Je suis dans la chambre Fuseli, juste à côté de celle de Ted Wallace. Je l'entends ronfler comme s'il était dans la pièce. Alors…

— D'accord, c'est vous qui viendrez dans ma chambre. Vous savez où elle est?

Je fis oui d'un hochement de tête. Je n'aimais pas beaucoup le côté sordide que ces détails pratiques donnaient à la rencontre.

Nous regagnâmes la voiture, puis goûtâmes au *tea-room* de Scole Inn, avant de retourner à Swafford où nous fîmes une critique élogieuse de *Impitoyable*, film que j'avais vu et que j'avais pu raconter à David en détail.

Eh bien, Daisy, nous y voici! Il est deux heures moins le quart. Dieu merci, je ne voyage jamais sans mon spray à rafraîchir l'haleine et un tube de vaseline. Je m'apprête à gagner l'antre de David. Souhaite-moi bonne chance, ma chère!

Sept

III

À ma grande surprise, la mère Mills est arrivée après moi pour le petit déjeuner, jeudi matin. Certains hommes mettent un point d'honneur à être les derniers à descendre et je n'ai pas apprécié la défaite.

— B'jour, Ted ! lança Oliver d'une voix guillerette en entrant dans la salle à manger.

— Épargne-moi tes accès de bonne humeur ! grognai-je en calant le numéro du *Telegraph* contre le pot de confiture.

— Ah bon ? Effectivement, je dois reconnaître que je suis vraiment très en forme ! répliqua-t-il avec un rire niais en sautillant vers la desserte. Je pourrais avaler un cheval, ce qui, reconnaissons-le, mon chou, aurait pu être notre lot si la pauvre Lilac n'avait pas bénéficié de cette remarquable guérison express, hier !

Enfer et damnation, pensai-je, nous y voilà !

— Au nom du ciel, répliquai-je sèchement, j'aimerais que tu me trouves, ce matin, un autre sujet de conversation que ces foutus miracles !

— Tu encaisses toujours aussi mal, hein, *baby* ? Incapable d'accepter la preuve qu'il existe plus de choses sur la terre et au ciel que ta piteuse philosophie de mec coincé ne peut en concevoir !

— Je me demande si un homme dans ton état devrait continuer à s'empiffrer de toute cette graisse frite, laissai-je tomber en le voyant se servir une pleine platée de rognons et de saucisses.

— Qu'est-ce que tu veux dire? fit-il en effectuant un autre voyage vers la desserte. Un homme dans « mon » état?

Puis, commençant à se remplir une autre assiette avec des effets de cuillère dignes d'une barmaid, il poursuivit :

— Je ne vois pas du tout ce que tu entends par « un homme dans mon état »? De quel état veux-tu parler?

Je le regardai bouche bée, incapable de lui cacher ma perplexité.

— Oh, non… !

Il me jeta un sourire qu'il espérait chargé d'un grand rayonnement intérieur mais que, personnellement, je jugeai être une affreuse grimace.

— Oh si !… Oh que si !

— Tu ne vas pas me raconter que, toi aussi, tu as eu droit à ta séance d'imposition des mains à la con?

— Je suis guéri, Ted. Aussi sain que ce bon morceau de bacon et, tout comme lui, bien chaud et croustillant !

— En tout cas, lui lançai-je avec aigreur en remarquant la grimace de douleur qu'il fit en s'asseyant, notre petit faiseur de miracles ne semble pas avoir eu la bonté de guérir *toutes* tes infirmités, pas vrai?

— Qu'est-ce que tu veux dire?

— Je remarque que tu souffres toujours de ce mal qui nous affecte tous. Les hémorroïdes.

— Oh, *ça* ! fit il avec un sourire. Elles passeront avec le temps, j'imagine.

— Ouais… Personnellement, j'ai plutôt tendance à faire confiance à cette bonne vieille préparation H.

Oliver se lança à l'attaque de son petit déjeuner gargantuesque. Malgré mon agacement, je ne pus m'empêcher d'être impressionné par son assurance et l'indéniable étincelle de son regard.

— Sois sérieux, Oliver. Est-ce que tu crois sincèrement avoir été guéri ? Totalement guéri ?

— J'ai jeté toutes mes pilules, Ted. Je me sens... franchement, il m'est impossible de trouver des mots pour décrire comment je me sens. Davey est un don de Dieu. Un don de Mère Dieu elle-même.

— Et son toucher ? Tu as vraiment senti cette chaleur dont tout le monde parle ?

— Mon chou, fit Oliver, prêt à enfourner une fourchetée de rognons, question chaleur, je n'ai jamais senti chose aussi chaude de ma vie. Brûlante comme un fer à souder. Bon Dieu, oui, qu'elle brûle ! Jusqu'au plus profond de tes tréfonds, elle brûle...

Je sentis alors qu'il me restait désormais à faire ce que je déteste le plus. Je devais réfléchir. Je devais m'asseoir, fermer les yeux, prendre ma tête entre mes mains et, tel un joueur d'échecs ou un décrypteur, analyser la situation. De loin, l'activité la plus redoutable qu'un homme puisse entreprendre. Une activité à laquelle je ne m'étais plus livré depuis le temps où j'avais écrit pour la dernière fois un poème acceptable.

Je me dis que la Villa Rotunda ferait un cogitarium idéal. Mais il aurait été pure folie d'y aller sans quelque bon remontant. Je laissai donc Oliver baigner dans sa mare de graillon et d'euphorie et me rendis à la bibliothèque.

L'heure du premier verre est le sujet d'un important débat. Elle tend à devenir inexorablement plus matinale à mesure que l'alcool devient une habitude. Je me souviens d'une époque où je me retenais d'avaler rien de plus corsé qu'un jus de tomate avant midi. De midi, je suis passé à onze heures et demie, puis à onze heures, puis à dix heures et ainsi de suite. C'était avant la Réaction Puritaine, naturellement, qui a fait de la boisson un vice privé, une tare qu'on ne doit jamais étaler en public avant l'heure du déjeuner. L'alcool est le grand tabou de notre époque. Si les gens savaient, s'ils avaient la moindre notion de la quantité d'alcool ingurgité par nos leaders et hommes politiques, ils en rougiraient jusqu'au fond de leur petite culotte. Fort heureusement, les journalistes, comme chacun sait, sont complètement imbibés eux aussi, ce qui les pousse à garder bien close cette boîte de Pandore. La liste des membres du Parlement qui ne seraient pas classés comme alcooliques pathologiques par les médecins tiendrait sur un timbre-poste. Alan Beith est membre de la Croix-Verte, me semble-t-il, et Tony Benn vit soutenu par des tasses de thé et le tabac de sa pipe. Ce sont les deux seuls députés abstinents qui me viennent à l'esprit. J'imagine qu'il y en a d'autres. Probablement parce que leur médecin leur a garanti que la prochaine gorgée d'alcool les enverrait *ad patres*. J'ai vu des ministres et des secrétaires d'État ronds comme des pelles. Des juges aussi, et des présentateurs de télé, et des pédégés de multinationales transcontinentales. Un célèbre chroniqueur politique de la télévision m'a confié un jour, au Harpo, alors qu'il revenait tout juste de Bosnie, que la guerre là-bas dépend exclusivement de l'alcool. Batailles ou escarmouches s'y livrent uniquement en fonction des fournitures de slivovitz et de vodka.

L'alcool est le grand facteur déterminant de toute l'histoire humaine. Le renversement des Premiers ministres britanniques, les troubles en Russie et l'effondrement de structures financières tout entières tiennent souvent à un verre. On essaie de nous persuader qu'il n'y a que les supporters de foot qui ne savent pas tenir l'alcool. En vérité, l'envergure du problème est telle qu'on ne songe même pas à l'aborder. Dieu merci ! Car, cela dit, on s'en sort mieux avec alcool que sans. Les abstinents purs et durs font des meneurs d'hommes épouvantables, des maris, des pères et des amants lamentables. Les ivrognes hoquettent, rotent, pètent, vomissent et laissent des traces de pisse autour de leur braguette. Les puritains cachent soigneusement tout signe de leurs fonctions naturelles. Et le pas est vite franchi entre refuser au monde l'accès à sa vie physique personnelle et refuser aux gens tout accès à leur propre vie physique.

Je prêche pour ma paroisse, sans aucun doute. Peut-être entendons-nous s'annoncer une fois encore le pas léger de Dame Pudibondieuserie. Je pense, en tout cas, que je commence à être furieux de m'être laissé aller à une telle baisse de consommation d'alcool depuis mon arrivée à Swafford. Pas furieux contre moi, mais contre les autres qui me bassinent avec leurs marques d'approbation bien intentionnées.

— Ted, tu as l'air en pleine forme !

— Ted, cette cure de repos t'a vraiment fait du bien !

— La bouteille de whisky commence à se plaindre d'être négligée, mon chou !

Ce genre de conneries. Je dois faire attention et m'envoyer ostensiblement un verre en public, de temps en temps, simplement pour les empêcher de semer des brassées de pétales de roses sous mes pas ou d'inscrire un autre miracle au tableau de Davey.

Je me dirigeai donc vers la bibliothèque pour voir si j'arriverais à m'en jeter deux derrière la cravate avant de me mettre à réfléchir.

Mais, alors que je croyais être seul, un reniflement provenant d'un gros fauteuil confortable dans un coin de la pièce me signala une présence féminine.

— Ça va, Patricia ? lui dis-je en m'approchant par-derrière.

Je suppose que j'aurais dû tousser pour l'avertir car ma voix la fit sursauter.

— Je vous en prie, Ted ! Évitez de vous pointer comme un voleur !

Elle devait pleurer comme une Madeleine depuis un bon moment.

— Excusez-moi ! Tout va bien ?

— Franchement, est-ce que ça en a l'air, gros lour-daud ?

— Contrairement à la croyance populaire, cela n'arrange rien de s'en prendre aux autres, répliquai-je. Je ne crois pas que m'insulter vous apportera une aide quelconque.

— C'est tout ce que vous avez trouvé comme marque de sympathie ?

— C'est du bon sens, ce qui est bien plus gentil que de la sympathie.

Elle se moucha.

— Franchement, je n'ai pas besoin d'un croisement entre G. K. Chesterton et une connerie de proverbe d'almanach.

— Vous pensez toujours à ce Martin Rebak ?

C'est le subalterne de Michael qui l'avait plaquée.

Elle hocha la tête.

— J'ai reçu une lettre de lui ce matin. Je pensais qu'il se serait peut-être fatigué de son nouveau flirt. Il vient de l'épouser.

— Oh, alors, c'est clair : il en est fatigué !

— Oh, arrêtez de déconner, Ted !

— Alors qu'est-ce que vous voulez que je vous dise ? Qu'il ne mérite pas vos larmes ? Que ça passera ? Qu'après la pluie vient le beau temps ? Que le temps panse toutes les plaies ?

— J'ai besoin de l'aide de David, voilà tout.

— Et d'après vous, qu'est-ce qu'il peut vous apporter ?

— De l'espoir, dit-elle. Le sentiment de ma valeur.

Vous avez là un résumé du Britannique moderne. Ça me fait grimper aux murs quand j'entends les politiciens revenant d'une visite en banlieue déclarer : « Ce qu'il faut à ces gens, c'est de l'espoir. » Comme si on allait tous répondre d'un cri joyeux « Sitôt dit, sitôt fait, vieux pote ! » et se précipiter prendre une poignée d'espoir dans le placard pour l'expédier en colissimo dans les quartiers chauds de Liverpool. En réalité, ces foutus bons Samaritains veulent parler du fric, mais ils sont trop faux culs pour l'admettre. L'espoir est sans doute la jeune source printanière qui jaillit de toute poitrine humaine. Mais difficile de le boire au sein des autres. Mieux vaut assurer sa propre lactation. Évidemment, ce n'était peut-être pas le message à donner à une fille se trouvant dans l'état de Patricia. Quant au sens de sa valeur...

— La meilleure façon de reprendre le moral, suggérai-je, c'est de faire quelque chose pour autrui.

— Ce qui signifie ? fit-elle d'une voix glaciale.

— Ce qui signifie que vous pourriez me rendre service.

— Comment ?

— Par exemple, quand ces drôles de vacances seront terminées et qu'on aura regagné Londres, pourquoi ne pas m'obliger en m'autorisant à vous inviter à dîner ? Le Caprice n'est qu'à un jet de noyau d'olive de chez moi. On pourrait s'y payer un bon repas et puis vous me permettriez de vous allonger sur une couche moelleuse et de vous lécher comme un sucre d'orge.

Elle me fixa, les yeux écarquillés.

— Mais... je suis assez jeune pour être votre fille !

— Je ne suis pas difficile.

— C'est tout ce que vous avez trouvé comme thérapie, Ted ? Me sauter comme un bouc en rut ?

— Je vous laisse réfléchir. Mes soirées sont assez prises, alors ne tardez pas trop à vous décider.

— Vous êtes sérieux ? dit-elle en m'arrêtant d'une main que je m'empressai de conserver dans la mienne.

— Je suis vieux et gros, Patricia. J'ai déjà de la peine à me dégoter des femmes de mon âge qui ne soient pas des prostituées, alors un tendron comme vous... vous imaginez... quel luxe rare ! Peut-être même le dernier. Des cuisses lisses, indemnes de toute cellulite. Des petits seins dressés comme des chiens faisant le beau. Vous croyez qu'on m'offre souvent, ces jours-ci, de tels plaisirs ?

— Et qu'est-ce qui vous porte à croire que je pourrais accepter de me faire baver dessus par un type de votre genre ? demanda-t-elle en me retirant sa main.

— Votre gentillesse innée, répliquai-je en allant me verser un verre de xérès. La certitude qu'en le faisant vous feriez de moi un imbécile heureux.

— Vous avez un culot monstre d'oser me proposer ça !

— Ha, ha ! m'exclamai-je, triomphant. Et pourquoi donc, s'il vous plaît ?

— Pourquoi quoi ?

— Pourquoi ai-je un culot monstre de vous demander ça ? Qu'est-ce que vous voulez dire ?

— Eh bien, apprenez, pour votre gouverne, que mon corps n'est pas un objet que j'offre à la ronde comme un plateau de petits fours.

— Et pourquoi pas ?

— Pourquoi pas ? Pourquoi pas ? Parce que c'est quelque chose que je respecte.

— Donc, claironnai-je, pourquoi avez-vous besoin que Davey vous donne le sens de votre propre valeur si c'est une chose que vous possédez déjà ?

— Oh, pour l'amour du ciel ! Comme minable...

— Vous m'avez clairement fait comprendre que ma proposition d'affection et de compagnie est une offre largement inférieure à ce que vous vous jugez en droit d'exiger. Vous estimez donc que votre corps et vos faveurs sont d'une valeur bien supérieure à la mienne.

— Il y a une grande différence entre avoir conscience de la valeur de son corps et avoir conscience de sa propre valeur. Vous ne m'avez pas proposé affection ou compagnie. Vous avez offert de me mettre sur un lit et de me lécher.

— Ce qui est chez l'homme sa façon maladroite de parler d'amour, comme vous devriez le savoir. Si je vous avais dit que vous êtes la plus belle femme que j'aie vue depuis longtemps et que je meurs d'envie de vous avoir à mes côtés, vous auriez pu penser que j'avais pitié de

288

vous. Un jeudi me conviendrait assez bien, lançai-je enfin avant de ficher le camp et de la laisser mijoter dans son jus.

Je me dirigeai vers la Villa Rotunda, cahier et crayon dans une main, verre de xérès dans l'autre. Des nuages s'accumulaient à l'horizon et le mauvais temps promis depuis longtemps semblait vouloir enfin s'annoncer. J'avais moi aussi des cumulus et comme un bruit de tonnerre dans la tête.

L'intérieur de la Villa était frais et sombre. Je m'assis sur le coffre en bois du jeu de croquet et allumai une clope. Les deux jours précédents, inutile de le cacher, m'avaient laissé dans un grand état d'isolement et de désarroi. Sur la première page de mon calepin, je commençai à noter la liste des contradictions qui s'enfonçaient comme des épingles dans la pelote de mon esprit.

On prétend que faire des listes est un acte anal, preuve de «rétention anale». Je suis persuadé que les gens qui utilisent cette expression crétine n'ont pas la moindre idée de ce qu'elle signifie. Un jour, le critique Edward Wilson a décrit Charles Dickens comme un «dandy anal». Je ne pense pas une seconde que ce connard ait su ce qu'il entendait par là. Faire des listes, comme je le fais avec les mots lorsque par exemple je prépare un poème, me semble n'avoir aucun rapport avec l'envie irrésistible de me fourrer des trucs dans le derrière. L'autre jour, Oliver et moi étions en train d'admirer le nouveau papier à lettres à en-tête de Swafford Hall que Michael a commandé chez Smythson de Bond Street et que Podmore a répandu sur tous les bureaux et tables des chambres, bibliothèques ou salons de la maison.

— Oooh! a-t-il glapi. Je trouve ce papier délicieusement anal.

«Il» étant Oliver, bien sûr, pas Podmore.

— Pourquoi *anal*? ai-je demandé, agacé. Pourquoi pas rénal, ou crânien, ou pulmonaire, ou nasal, ou testiculaire ? Franchement, quel rapport cela a-t-il avec le cul ? C'est inepte.

— Ne coupe pas les cheveux en quatre, mon chou. Chacun sait que la papeterie est anale. C'est un fait établi.

À ce qu'il paraît, il y a des phases de la petite enfance où l'on est tenté de se mettre des objets dans la bouche ou bien dans le derrière. C'est ainsi qu'on finit par appartenir aux catégories de rétention orale ou bien anale. Étant moi-même fumeur, buveur, goinfre et mâchouilleur de stylo-bille, j'imagine qu'on peut me classer comme oral. Je peux le comprendre puisque les items susnommés se prennent par la bouche. Mais, apparemment, en tant qu'adepte des listes et amateur de belle papeterie, je suis également anal. Ça vous semble logique ? Bien sûr que non ! Je ne vois aucune utilité à de telles classifications, sinon de fournir aux gens comme Oliver l'occasion de lancer quelques remarques faciles dans les dîners mondains.

Anal, mon cul. J'aime mes listes. La liste en question était très importante. Établir une liste, c'est, pour moi, un peu comme planifier un jardin à la française dans les étendues sauvages de mon cerveau. Anal ? N'importe quoi !

Tout en mâchonnant le bout de mon crayon – ce qui entraîna une rétention orale de quelques échardes de bois – je finis par écrire :

1. Edward, Jane, Lilac, et maintenant, semble-t-il, Oliver, ont tous été guéris par une séance d'imposition des mains de David.

2. Une main chaude, posée sur un corps humain, remplit à peu près les mêmes fonctions qu'une compresse chaude, un gant de toilette chaud ou, pourquoi pas, une crêpe au beurre bien brûlante. Si la chaleur pouvait à elle seule traiter le cancer, l'asthme ou les

problèmes cardiaques, le monde médical nous l'aurait certainement fait savoir.

3. Donc, les mains de David doivent transmettre un pouvoir qui n'a rien à voir avec la chaleur.

4. D'après ce que je sais, l'électricité, le magnétisme et la gravité sont les seuls champs de force de l'univers. Une molécule, ou un atome, ou appelez ça comme vous voulez, ne peut pas être déplacée par d'autres forces. Enfin, il en existe peut-être d'autres, mais en théorie seulement.

5. La seule autre force digne de ce nom est, d'après moi, la force créatrice de l'homme. Cette force qui lui permet d'écrire un poème ou de réparer une injustice.

6. Cependant, il existe aussi la force de suggestion. L'esprit humain peut être hypnotisé ou se laisser persuader par un autre esprit humain. Il y a la foi. Hitler. La publicité. Mais que la foi *guérisse* ? Allons donc ! La douleur est peut-être une illusion mentale mais les tumeurs et les artères bouchées, certainement pas ! De plus, il y a des témoins : le vétérinaire et, semblerait-t-il, les médecins de Jane.

7. Si tout est vrai, si David est capable de modifier une structure moléculaire – car c'est bien de cela qu'il s'agit –, alors il faudrait que le monde en soit informé.

8. Je suis le parrain de David. Est-ce que je trouve moral de tolérer que son nom apparaisse à la une des journaux ? Qu'il soit tiraillé entre scientifiques et fanatiques religieux déterminés à prouver qu'il est un charlatan ou au contraire à magnifier ses dons ?

9. Qu'entend-on par «dons» ? Quelque chose qu'on vous donne. Ce qui nécessite un donneur. Pourquoi

Dieu perdrait-il son temps à accorder le pouvoir de guérir ? Que devient le libre arbitre, ce pouvoir qu'a l'homme de mener sa vie sans redouter l'impertinente interférence de son créateur ? Et que dire des millions de gens qui mourront chaque année sans avoir eu la chance d'être guéris par David ? Les enfants d'Afrique aux visages ravagés ? Les paraplégiques du Pérou ? Les lépreux de Libye ? Les aveugles de Delhi et les sourds de Bali ? Ça n'a aucun sens, absolument aucun sens. Même le Dieu que nous avons, si tordu et imparfait soit-il, n'aurait pas la cruauté de n'offrir à ses enfants qu'une poignée de guérisseurs pour s'occuper de quatre milliards de créatures.

10. Et si Dieu nous envoyait un guérisseur, nul doute qu'il lui donnerait aussi d'autres tâches que celle de guérir. Comme prêcher l'abstinence, le salut éternel, la crainte des feux de l'enfer. Enfin, des conneries de ce genre. Alors que David se contente de rabâcher des âneries gnangnan d'écolo primaire ou de débiter des couillonnades panthéistes sur la Nature et la Pureté.

11. Autre chose. La musique est un don. La peinture est un don. Même la poésie est un don. Il existe un nombre suffisant de talents et de charismes avérés qui améliorent la condition humaine sur la terre. Pourquoi pas celui de guérir ? Le « donneur » n'est peut-être pas Dieu mais la génétique ou l'évolution. Après tout, certains indices laissent penser que le pouvoir de David est congénital, véritablement hérité, comme le talent de nombreux musiciens.

12. Mais, mais, mais... Pour être un grand musicien, le don seul ne suffit pas. Il faut vivre avec les hommes, les comprendre, souffrir. Et, surtout, il faut TRAVAILLER. Je n'ai jamais vu quiconque accomplir quoi que ce soit de valable sur cette terre sans travailler.

13. Ah bon ? Pourquoi donc te donnes-tu tant de mal, Ted ? Quel est ton problème ? Fais donc confiance à ce que tu vois de tes yeux.

14. À ce que je vois ? Qu'est-ce que j'ai vu, en fait ?

15. Oh, ça va ! Fais confiance à tes oreilles, si tu préfères.

16. Des ouï-dire.

17. C'est par ouï-dire que tu sais que le Mexique existe. Est-ce que tu en doutes ?

18. D'accord, d'accord. Mais cela ne résout pas le problème de David. J'ai fait une promesse sur les fonts baptismaux. Son père, mon ami, m'a demandé conseil. Pour la première fois de sa vie, il ne sait que faire. Je peux aider.

19. C'est ça, tu peux aider. Tu peux...

Je m'interrompis. Des voix approchaient. Deux personnes, en pleine conversation. Elles s'arrêtèrent sous la fenêtre ouverte de la Villa, celle qui donne sur le lac, à l'arrière.
— Ici, je crois qu'on sera tranquilles, dit la voix de Max Clifford.
— Tout à fait tranquilles, fit la voix de Davey.
Intrigué, je me figeai dans une immobilité absolue, comme un enfant maladroit jouant aux statues musicales. Ils n'étaient qu'à deux mètres de moi et auraient perçu tout bruit venant du pavillon d'été aussi facilement que moi j'entendais leur conversation.
— Bon, j'irai droit aux faits, Davey. J'ai vu Oliver ce matin.
Pas de réponse.

— Il n'a rien voulu me dire mais il est évident qu'il s'est passé quelque chose. Une chose de même nature que la guérison extraordinaire de ta cousine Jane, guérison dont nous avons été témoins un peu plus tôt cette année, Mary et moi.

— C'est tout à fait vrai. Le cœur d'Oliver fonctionne parfaitement, maintenant.

— Renversant. Tout à fait renversant.

— Il n'y a rien de renversant, vous savez. En tout cas, pas pour moi.

— Je suppose que ces activités exigent quelque chose de toi ?

— Oui, c'est ça. Elles sont assez exigeantes.

— Voilà, c'est que précisément… Je me sens assez bête de te faire cette demande. Je me rends compte que ce n'est pas comme demander à quelqu'un de vous prêter un livre ou de faire du baby-sitting pour la soirée.

— Vous pouvez me demander ce que vous voulez, Max.

— Ma fille, Clara, a… certaines choses qui ne vont pas.

— Je suis sûr que je peux l'aider, Max.

— Elle n'est pas exactement malade… Plutôt bizarre… Elle est maladroite, gauche et…

— Et malheureuse.

— C'est très difficile de la sortir en public. Les gens la dévisagent, tu sais. D'abord il y a son strabisme et ses dents qui avancent. Et pour ne rien arranger, elle ne fait aucun effort pour être aimable ou…

— Oui, je sais. Je serais très heureux de la voir et de faire ce que je peux.

— Je ne sais pas exactement en quoi consiste ta technique. Est-ce que Mary et moi pourrions t'aider ?

— Eh bien, franchement, Max, il faut que vous me fassiez confiance. J'aimerais mieux que vous ne soyez pas là quand je serai seul avec elle.

— Bien sûr, bien sûr. Comme tu veux. Mais tu t'en sens la force ? Parce que tu ne sembles pas un garçon très costaud quand on te voit. Il ne faudrait pas qu'on t'épuise.

— En fait, je suis très fort. Mon pouvoir se régénère très vite. Si je ne le gaspille pas.

— Parfait.

Grand silence. J'étendis ma jambe ankylosée en faisant le moins de bruit possible. Peut-être étaient-ils partis. J'hésitai à me lever et à m'approcher de la fenêtre pour jeter un coup d'œil en bas. Puis j'entendis le bruit d'un caillou jeté dans le lac. Ils étaient toujours là. D'autres jets de cailloux suivirent, et David reprit la parole.

— Qu'avez-vous dit à Clara, à mon sujet ?

— Nous lui avons dit qu'il était possible que tu acceptes de l'aider.

— Et qu'en pense-t-elle ?

— Clara a quatorze ans, elle fera ce qu'on lui dira, rétorqua Max brutalement.

Il dut se rendre compte de la brusquerie de sa voix car il s'empressa d'ajouter :

— Remarque, elle n'a pas besoin qu'on lui en donne l'ordre. Elle y tient beaucoup elle-même. Son strabisme, ses dents, ses manières godiches, c'est une rude épreuve pour elle. Pour nous aussi.

— Où est-elle maintenant ?

— Quelque part avec Simon, d'après ta mère. Elle doit traîner dans les écuries. Ou nettoyer les écuries, plus probablement. Tu veux que je te l'envoie ?

— Plutôt cet après-midi, si ça ne vous fait rien. Après le déjeuner.

— Ah, oui, bien sûr. J'imagine qu'il vaut mieux que tu manges avant. Euh… Où, exactement, comptes-tu procéder ?

— Je ne sais pas encore, Max. On ira peut-être faire une promenade. Mais en tout cas, il faut que ça se fasse dans l'intimité. Il faut qu'on soit seuls, totalement seuls.

— Comme tu veux, comme tu veux… Je te suis très reconnaissant… Mary et moi, nous te sommes tous les deux très…

La voix de Max s'éteignit et je me retrouvai à nouveau seul.

Je repris mon cahier et terminai, provisoirement, ma liste.

20. Je verrai peut-être la preuve, bientôt, de mes propres yeux. Je crois qu'il vaut mieux suspendre tout jugement jusque-là.

Je passai voir Michael avant le déjeuner. Il dictait du courrier. Il semblait plus serein, plus assuré que lors de notre dernière conversation. Sa tête habituelle d'homme d'affaires, j'imagine. Il parut heureux de me voir. Mais il avait paru heureux de me voir la semaine dernière alors que, je le sais maintenant, il était en fait prodigieusement agacé par ma présence. Si cela se trouve, personne au monde n'a jamais été heureux de me voir mais il y a des gens qui parviennent mieux que d'autres à le cacher.

— Holà, Tedward ! Comment se passe cette matinée ?

— Je veux juste te dire un mot, Michael.

— Merci, Valerie. Je dois parler à M. Wallace maintenant.

— Très bien, lord logan.

Valerie s'éclipsa en refermant la porte derrière elle.

— Alors, quoi de neuf ?

Je pris place dans le fauteuil, face au bureau.

— Tu es au courant, pour Oliver ?

Michael poussa un soupir et tapota sa tempe du doigt.

— Annie est passée. Vraiment contrariée. Elle a dit qu'elle avait bien recommandé à Davey de ne voir personne sans lui en parler d'abord. Elle est furieuse qu'il ait désobéi. « Bien sûr qu'il t'a désobéi, lui ai-je dit. Si mes oncles m'avaient dit, à son âge : "Ne fais plus rien dans la boutique, Michael. Reste assis à écouter la radio ou à lire, mais ne t'occupe plus des affaires, des clients ou de l'argent", est-ce que tu crois que j'y aurais prêté attention ? Tu parles ! » Mais Annie n'a pas été convaincue.

Michael poussa un long soupir et sortit un nouveau cigare de son étui.

— Alors dis-moi, Tedward, qu'en penses-tu, maintenant ?

— Ce que j'en pense ? Je ne sais pas trop. Cependant, ajoutai-je avec un sourire de connivence, il se peut que j'en sache davantage plus tard, aujourd'hui.

Michael fronça les sourcils.

— Plus tard ? Aujourd'hui ? Que va-t-il donc se passer plus tard, aujourd'hui ?

— Michael, il ne faut pas m'en vouloir si je ne te dis rien. Mais je te garantis que je veillerai à ce qu'il ne se passe rien de grave, tu as ma parole.

— Et est-ce que tu me donnes ta parole que cette parole vaut quelque chose ?

— En tout cas, au moins autant que l'air que je respire.

Logan grogna son approbation.

— Tu vas donc parler à Davey ? demanda-t-il.

— Peut-être. Je te le dirai ce soir.

— Jane sera là. Elle arrive cet après-midi.

— Oui, je sais. Ce sera le grand jeu : valets, reines, rois,

Logan se leva et nous passâmes dans la bibliothèque pour siroter quelque chose avant le déjeuner. Mais là, l'extrême dynamisme d'Oliver et la manifestation éhontée de sa bonne santé réussirent à gâcher le goût de mon xérès.

Sept

IV

Les repas, à Swafford, gagnent en formalisme au cours de la journée. C'est chose courante dans les grandes demeures du Royaume. J'imagine que, s'ils étaient encore en vie, Lévi-Strauss et Margaret Mead pourraient expliquer ce phénomène et sauraient décaper ces traditions aristos de leur élégant vernis pour mettre au jour le robuste bois anthropologique du tabou tribal. Mais, en l'occurrence, il faudra nous contenter des explications que pourront nous fournir les chroniqueurs imbéciles de la presse du dimanche. Le petit déjeuner, pour le plus grand bonheur du traditionaliste que je suis, est, comme il se doit, une affaire qui se gère pratiquement sans domesticité – Podmore se contentant d'apparaître pour refaire le plein de café ou de toasts quand on le convoque à coups de gueule ou de sonnette. La desserte est couverte d'une rangée de plats étincelants qui contiennent, outre bacon, œufs, saucisses, champignons et tomates rissolées, qu'on est en droit d'attendre d'un petit déjeuner, ces trois *must* du folklore gastronomique anglais : Kedgeree, kippers et rognons (bien relevés). La surface de la table est harmonieusement ponctuée de coupelles de confiture d'oranges, de pots de café, de théières, de porte-toasts en argent, de carafes remplies, au ras de leur goulot de cristal, de jus d'orange, de jus de tomate ou de jus de pamplemousse. Chaque matin, Podmore se charge de couvrir la table Hepplewhite en bois de citronnier d'un éventail de journaux locaux et nationaux. Les revues sont fournies, elles aussi, *The Spectator, Private Eye, The Oldie, Country Life, The Field, Norfolk Fair, The Illustrated London News, The Economist, Investors Chronicle* et *Beano* pour les jumeaux. J'ai coutume, comme je l'ai dit précédemment, d'arriver le dernier, ce qui me laisse la pièce à moi tout seul. Je reste là une bonne heure, jusqu'à ce que les premières manifestations de flatulences matutinales me poussent à gagner les toilettes. Si saint Pierre me demandait de choisir le moment et le lieu où je désire passer l'éternité de ma carrière céleste, je répondrais sans hésiter : dix heures et demie, un matin d'été, dans la salle à manger de Swafford Hall.

Le dîner, lorsqu'il y a des invités venus de l'extérieur, est une cérémonie en grand tralala. Les dames mettent des robes qui dénudent leurs épaules, les domestiques présentent la nourriture par-dessus les vôtres et font le service en grand style – gants blancs, cuillère et fourchette maniées d'une seule main, serviettes blanches étincelantes nouées au goulot des bouteilles. Le vin et les conversations coulent à flots, les joues rutilent et les chandeliers resplendissent. Même les jours où seuls les résidents de la maison sont présentés, une certaine élégance subsiste dans le protocole. Les femmes font leur entrée à huit heures, le bras passé sous celui de leur cavalier. Elles se retirent *en masse*[1] dans le salon, au moment du café, vers les onze heures, abandonnant les mâles de la compagnie à leurs blagues, cigares et verres de

---

1. En français dans le texte.

porto. Cette procédure, tant décriée de nos jours, remonte, d'après ce que m'a dit Simon, à l'époque victorienne, lorsque les femmes tenaient absolument à cacher à leurs maris, frères et fils, la nouvelle effarante et scandaleuse qu'elles possédaient, elles aussi, une vessie et un système urinaire. Personnellement, quelle qu'en soit l'origine, je trouve cette tradition extrêmement satisfaisante. Anne a la délicieuse habitude, lorsqu'elle juge que la ségrégation des sexes a assez duré, de nous rassembler en interprétant doucement une sonate de Schumann au piano. C'est très agréable de jouer les civilisés, mais cela requiert d'avoir des amis fortunés qui soient à même de faire face aux coûts grandissants d'un tel exercice. La civilisation, après tout, n'est pas un état d'esprit. C'est l'attribut de la richesse. Les dîners à Swafford, à mon avis, peuvent presque rivaliser en raffinement avec les petits déjeuners.

Le déjeuner se situe entre les deux, à la fois sur les plans chronologique et protocolaire. La bibliothèque sert de point de ralliement et constitue un abreuvoir préprandial de choix. De là, nous sommes invités par le gong à passer dans la salle à manger pour des nourritures plus substantielles. Podmore apporte les plats sans cérémonie et les dépose devant Anne qui se charge de la distribution. C'est le repas le plus vite expédié, les desserts repartent souvent intacts en cuisine, l'absorption de liquide plus corsé que de l'eau glacée est rare, les conversations sont limitées. Les Anglais ne savent pas trop comment s'y prendre avec les déjeuners, les jours ouvrables. L'éthique du travail est si profondément enracinée dans notre nature que même les classes oisives aiment à se comporter comme si le repas de midi constituait une intrusion insupportable dans une vie trépidante d'honnête labeur.

Lorsque nous passâmes dans la salle à manger ce jour-là, mon appétit avait déjà été coupé par la bonne santé insolente d'Oliver et la contrariété affichée d'Anne. L'ambiance qui régnait entre les murs était chargée de la même tension électrique qui prévalait à l'extérieur. C'est un indice, je l'ai souvent remarqué, de cette propension du Seigneur à céder au cliché littéraire facile, cette tendance qu'il a de fournir des conditions climatiques qui reflètent notre pathos. Le jour du baptême de Jane, par exemple, inscrit dans ma mémoire comme le Jour de la Malédiction de Rebecca, il pleuvait à torrents, ce qui s'accordait parfaitement avec les larmes versées à cette occasion. Le départ d'Helen, sortie de ma maison et de ma vie en emmenant un Roman hurlant et une Leonora reniflante, s'est déroulé un jour glacial, par un froid sibérien qui me plongea dans une apathie glacée, en harmonie parfaite avec mon humeur. Et, si l'on revient quelques pages en arrière, le jour qui vit mon renvoi du *Sunday Shite* était une journée claire, chaude, dégagée, lumineuse. Aujourd'hui, cette atmosphère chargée de menaces électriques crépitantes, bien qu'un peu emphatique comme tous les effets spéciaux divins, était d'une indéniable opportunité.

Michael se taisait. Anne était d'une nervosité crispée. J'observais Clara qui, elle, jetait des regards furtifs en direction de David, rouge et impatient. Simon, chose exceptionnelle, semblait de mauvaise humeur et peu communicatif. Max se contentait de répondre avec onctuosité au bavardage d'Anne. Patricia, Rebecca et Oliver échangeaient des potins londoniens. Les jumeaux, qui auraient peut-être apporté un peu de vie à la tablée, prenaient leur repas à la nursery. Mary Clifford n'ouvrit la bouche qu'à la fin du repas, quand elle essaya de persuader Clara de prendre un dessert.

— Tu devrais te servir, ma chérie.

— Mais je n'ai pas très faim, maman.

— D'accord, mais je crois que ce serait une bonne idée de prendre un morceau de tarte au sucre. Qu'est-ce que tu en penses, Davey ?

Cette remarque, d'une mégalithique imbécillité, amena Max à se mordre la lèvre et Oliver à hausser le sourcil. Davey s'apprêtait à répondre lorsque Simon le coupa :

— Elle est fameuse, cette tarte, Clara. Si tu ne finis pas ta part, je m'en chargerai, fais-moi confiance.

— Simon fait partie de ces gens qui peuvent manger comme des gorets sans grossir d'un seul gramme, commenta Anne en coupant une tranche de tarte pour Clara. Il en a déjà pris trois parts.

— En fait, seulement deux, maman, fit Simon en tendant son assiette pour une troisième tranche. Il faut que je prenne des forces. Nous devons faire sortir les cochons pour les mener à la glandée, cet après-midi. Tu veux venir, Clara ?

Clara jeta un regard misérable vers Simon, les yeux écarquillés et larmoyants sous le verre épais de ses lunettes.

— Clara et moi pensons faire une petite promenade, Simon, lança Max avant de poursuivre d'un ton dégagé : Quand tu dis « glandée », est-ce que cela signifie qu'ils doivent trouver leur propre nourriture ou bien est-ce un supplément à leur régime ? J'ai toujours voulu le savoir.

Tandis que Simon se lançait dans des explications, j'observais Clara qui, le nez baissé sur son assiette, triturait misérablement sa tarte. Je remarquai alors que, ce moment de déprime mis à part, la gamine avait bien meilleure allure qu'à son arrivée à Swafford, la semaine précédente. Selon moi, Dame Nature se chargerait avec le temps de corriger ses imperfections sans l'intervention mystique de Davey. Prenez par exemple les Américaines. À quatorze ans, elles ont l'air de sortir d'un carambolage avec un poids lourd : leur bouche est un enchevêtrement de fil de fer, leurs jambes et leur dos sont emprisonnés dans des bas et des corsets orthopédiques, leur visage est criblé de boutons d'acné, leur lèvre supérieure couverte de duvet, leur pitoyable petit soutien-gorge bourré de Kleenex et leurs yeux vont dans toutes les directions excepté en ligne droite. Pourtant, lorsqu'elles atteignent dix-huit ans, elles sont devenues d'une beauté presque insoutenable, avec des dents comme des pastilles Rennie, des yeux où l'on voudrait plonger, une peau que l'on voudrait lécher, des seins tout neufs et un port de reine. Mais pas de poils sous les aisselles, cependant, ce qui est, d'après moi, une erreur monumentale. Est-ce que vous avez déjà fait l'expérience avec le chèvrefeuille ? Vous avez un jour goûté son miel ? Vous prenez une fleur, retirez l'étamine et une goutte de nectar étincelant se forme. Eh bien, une goutte de sueur perlant au bout des poils d'une aisselle féminine est un spectacle d'une beauté comparable. Votre serviteur, en vrai connaisseur des charmes féminins, se délecte à respirer les robustes effluves de l'essence féminine – et non les notes acidulées et stériles des sprays et autres déodorants. Ce que les Français ont compris, eux. C'est d'ailleurs à peu près la seule chose qu'ils comprennent – à part le français, naturellement. Pensez à tous ces voluptueux amants baudelairiens fourrant leur tête sous les aisselles moites de comédiennes affolées. Aaah…

Je vous prie de m'excuser. Revenons au déjeuner.

Michael se leva.

— Pardonnez-moi de vous quitter, mais j'ai du travail cet après-midi. Cependant, je compte sur vous pour être tous présents à quatre heures, quand Janie arrivera.

Hochements de tête approbateurs à la ronde.

Je partis le plus vite possible rejoindre mon poste d'observation secret. Atteindre la Villa Rotunda sans me faire remarquer du reste de la maisonnée n'allait pas sans difficulté. Je savais que certains invités se tenaient dans le salon donnant sur la pelouse sud, au bout de laquelle s'élève la Villa Rotunda. Il me fallait donc contourner entièrement la pelouse en décrivant un arc de cercle et parvenir au pavillon d'été par l'arrière. Je devais négocier mon passage à travers une épaisse végétation. Cet après-midi-là, les buissons et les arbustes semblaient s'être assigné la tâche espiègle, comme je devais rapidement le constater, de m'arracher le café que je tenais en main, en utilisant astucieusement branchages articulés ou racines bondissantes. J'avais, en effet, été assez fou pour prendre avec moi ma tasse de moka. Quand, enfin, je me hissai, avec force grognements, par la fenêtre arrière de la Villa Rotunda, il ne restait plus que deux centimètres de café dans la tasse, saupoudré de divers détritus végétaux. Mais enfin, me dis-je, deux centimètres valent mieux qu'un, et j'avalai donc mon café, avec, en prime, feuilles, moucherons, bouts d'écorce, etc. Néanmoins, la perte de tant de précieux breuvage allait être responsable d'un moment de panique, comme je ne tardai pas à le constater.

Confortablement installé, une fois encore, sur le coffre du jeu de croquet, j'observai une araignée se balançant au plafond et me mis à réfléchir, tel Robert Bruce, au problème de l'effort. Se mettre debout exige un effort. Bouger requiert un effort. Rester immobile, et garder cette position un bon moment, même cela, c'est aussi un effort. Un effort, c'est de la force qui dure. La force nous vient de la nourriture. On continue à vivre parce qu'on mange. Mais l'effort *créatif* ? Comment régénérons-nous cette dépense ? D'où vient l'énergie créatrice ? De la nourriture, également ? Alors comment se fait-il que, par exemple, un poète, un homme qui écrivait autrefois, cesse tout à coup de pouvoir écrire ? Certainement pas parce qu'il a cessé de manger des épinards ? David croit qu'il possède une énergie créatrice qui vient de... Dieu sait quoi. De la nature, d'un réseau de connexions complexes, d'un champ de force galvanisant, comme celui qui est décrit dans cette absurde histoire de science-fiction avec Alec Guinness, ce film que j'ai été ébahi d'en-

tendre mon fils Roman appeler un « vieux » film...
Que la force soit avec toi... Si l'on appelle ça un vieux
film (il me semble que le titre, c'était *Star Trek*, ou
quelque chose dans ce genre), alors comment va-t-on
qualifier *La Soupe au canard* !

— Ça brûle ! Ça brûle !

Une voix excitée, à l'extérieur. Je bondis sur mes
pieds. La tasse tombe de mes genoux et vole par terre
en morceaux.

Ce n'est pas la voix de David. Ni celle de Clara.

Je m'approche de la fenêtre pour regarder.

C'étaient les jumeaux, accroupis sur le sentier qui
longe l'arrière de la maison et fait le tour du lac. L'un
des deux tenait une loupe et l'autre un escargot. Une
volute de vapeur s'échappait d'un trou percé dans la
coquille.

— Hé ! Ho ! criai-je.

Ils se retournèrent, l'air inquiet et coupable, puis se
mirent à sourire en me reconnaissant.

— Salut, oncle Ted !

— On fait des expériences.

— Eh bien, vous ne devriez pas les faire ici.

Celui des jumeaux qui avait la loupe en main fronça
les sourcils.

— Pourquoi pas ?

— Parce que... dis-je en cherchant une raison. Imaginez que votre frère David vous voie. Vous savez ce
qu'il pense des gens qui sont cruels avec les animaux.

— On risque rien.

— David est quelque part dans les bois.

— Il est parti avec Clara.

— Y a longtemps.

Longtemps ? *Longtemps* ? Je consultai ma montre.
Trois heures dix.

Que le diable t'emporte, Ted, espèce de vieux buffle
obèse ! Vieille carcasse avachie, tu as dormi pendant
quarante minutes ! Si seulement tu avais bu une
pleine tasse de café fort, alors peut-être...

305

Je descendis l'escalier quatre à quatre et fis le tour de la Villa Rotunda pour rejoindre les jumeaux.

— Où ?

— Où quoi ?

— Davey et Clara ! Où sont-ils partis, dans les bois ?

Ils haussèrent les épaules.

— Nous, on sait pas.

Ils firent un geste en direction de l'autre rive du lac.

— Par là.

— Tu veux qu'on aille jouer à la cachette avec eux ?

— Non, non ! Restez ici ! Je voulais juste… les rattraper, pour leur dire un mot.

— Bon, ça va.

— On va rester ici.

— Exactement ici.

— On bougera pas.

Je partis d'un pas énergique, contournant le lac et maudissant mon vieux corps paresseux. C'était précisément ce que je disais. L'énergie. L'effort. Où cela se passe-t-il donc ?

Mes pieds s'enfonçaient dans la puanteur spongieuse des bords du lac, se frayant avec peine un passage dans l'enchevêtrement des salicaires, soucis, mauves et renoncules. Devant moi s'étendait le petit bois où Davey et moi avions fait une promenade, le premier jour. Il faisait plus humide, maintenant. L'air était chargé de vapeur d'eau et, au-dessus de nous, les nuages s'épaississaient et viraient au noir d'encre.

Je restai debout sous les arbres, immobile, prêtant l'oreille. Alouettes, pinsons, cailles et mouches vaquaient à leurs trilles, gazouillis, gloussements et bourdonnements respectifs. De petits escadrons de moucherons tournoyaient dans l'obscurité des buissons les plus épais. Je me dirigeai vers la partie la plus touffue et la plus noire du bosquet aussi silencieusement qu'un homme de ma corpulence peut le faire sur un sol tapissé de bois sec et d'écorces craquantes.

Devant moi, quelque part, j'entendis la voix de David, un murmure rauque. Le dos courbé, je me dirigeai vers le bruit, en prenant soin de lever bien haut les pieds avant de les reposer avec toute la délicatesse laborieuse dont j'étais capable. L'effort me faisait haleter et souffler comme un rouleau compresseur. La sueur inondait mes sourcils.

— Alors, tu vois, il faut que l'esprit trouve le chemin vers l'intérieur, expliquait la voix de David.

— Un esprit comme de l'air ? demanda Clara.

Je m'étais arrêté derrière un buisson de ronces et, de là, j'observais la scène. Dans une petite clairière, à une longueur de comptoir de bar de mon abri, il y avait Clara et David, assis par terre. Clara était de profil mais David me faisait face. Il portait un jean gris anthracite et un tee-shirt blanc. Ses genoux étaient légèrement fléchis et sa main était posée sur l'épaule de Clara. J'essayai de respirer aussi silencieusement que possible.

— Non, non, pas exactement comme de l'air. Tu as dû entendre parler de l'esprit de l'homme. L'esprit qui donne la vie...

Clara eut un rire nerveux.

— Tu veux dire un truc comme... le *sperme* ?

Une goutte de sueur tombant de mon front vint me piquer les yeux. La lumière du jour faiblissait et il faisait si lourd que la peau me démangeait.

— Cela n'est pas une plaisanterie, Clara. Si cet esprit est très pur et très saint, il peut apporter pureté et sainteté à la personne qui le reçoit.

Clara le regarda, interloquée.

— Tu ne vas pas...

J'avalai ma salive. Ce n'était pas ce que j'avais imaginé. Pas du tout ce que j'avais imaginé.

— J'ai bien réfléchi. Tu vois, les problèmes pour lesquels tu me demandes de t'aider se situent ici.

David passa ses doigts autour du visage de Clara.

— Normalement, tu vois, je devrais introduire l'esprit bien au fond de toi...

Je me rappelai soudain Oliver et ses hémorroïdes, au petit déjeuner, et je réprimai un haut-le-cœur. Une grosse goutte chaude s'écrasa sur ma tête. Merde, un pigeon ramier ! Une autre goutte tomba sur ma main. Non, seulement la pluie.

— ... mais je crois que le mieux, dans ton cas, poursuivit David, sera d'introduire l'esprit par ici.

Il passa son pouce entre les lèvres de Clara.

— Tu veux dire qu'il faut que je le *boive* ?

David soupira. Visiblement, la naïveté des réponses de Clara ne semblait pas beaucoup l'aider.

— Ton père t'a bien expliqué, non ? Il t'a dit que j'avais le pouvoir d'aider les gens. Il t'a dit de me faire confiance et de faire ce que je dis, non ?

Clara hocha la tête. Elle n'avait pas l'air à l'aise du tout.

— La seule façon de te faire absorber l'esprit, c'est de t'allaiter. Que je t'allaite comme les mamans allaitent leur bébé.

Clara ne répondit pas.

— Tu dois penser à la pureté de l'esprit qui va te pénétrer pour tout remettre en place. Il guérira tes yeux et tes dents. Il te donnera force et beauté.

— Et il aura le goût de quoi ?

Brave petite ! Décidément, elle me plaisait bien. La poésie repose sur de tels détails pratiques.

— Ça aura le goût de tout ce que tu aimes. Le goût du miel et du lait chaud.

— Le goût de l'anis ?

— Si tu aimes l'anis, ça aura le goût d'anis.

— Je *déteste* l'anis.

— Eh bien, pas d'anis. Qu'est-ce que tu aimes ?

— Le ketchup.

— Hum...

David marqua un temps de pause. J'imagine qu'il était en train d'évaluer quelles seraient ses chances de crédibilité s'il proclamait que ce flot sacré avait vraiment un goût de ketchup.

308

— Ton esprit créera le parfum qu'il désire, finit-il par conclure.

— Mais est-ce que ça ressemblera à du ketchup ?

— Écoute, ne t'occupe pas de ça !

La voix de David trahissait une certaine exaspération.

— Il commence à pleuvoir, maintenant.

— C'est bon, la pluie. C'est propre, pur et tiède.

Je me baissai un peu pour prendre abri sous le buisson. Les ronces coiffèrent mes cheveux à grands coups d'épines.

David, ayant dominé son agacement, lui parlait maintenant d'une voix douce, chargée d'un calme hypnotique.

— Clara, on t'a dit de me faire confiance et tu me fais confiance. On t'a dit que je t'aiderais et je vais t'aider. Je vais me coucher comme ceci, d'accord ? Et maintenant je vais prendre ta main et la poser ici, exactement là, sur mon jean. Voilà.

— Qu'est ce que c'est que ça ?

— Tu le sais très bien. Tu le sais certainement, non ? Touche-le un instant. Tu sens comme c'est chaud et dur ? C'est de là que vient l'esprit. Parfait !

Le corps de Clara me cachait les détails de cette scène sylvestre. Je voyais le visage de David tourné vers le haut des arbres et ses doigts de pied qui se recroquevillaient dans ses chaussures. Je voyais les épaules de Clara et l'arrière de ses bras. Un grondement de tonnerre roula dans le lointain et la pluie se mit à fouetter les feuilles.

— Maintenant, continua David, ouvre ici et… c'est ça… mais va doucement.

— Elles sont toutes comme ça ?

— Tu ne vas pas me dire que tu n'en as jamais vu ?

— Une fille, à l'école, m'a montré un magazine. Mais il n'y avait pas toute cette peau qui pend.

— Aïe ! ATTENTION !

— Qu'est-ce que j'ai fait ? Qu'est-ce que j'ai fait ?

— Rien, ça va. Mais vas-y doucement. C'est extrêmement sensible, tu sais. Alors, doucement !

— C'est drôlement chaud.

— Oui, c'est vrai. C'est très chaud. La chaleur vient de l'esprit qui va te guérir, te soigner. Maintenant, il faut que tu baisses la tête et que tu viennes...

— J'ai pas envie de...

— Clara ! C'est pourtant simple !

— Mais c'est là que tu fais...

— Quoi ?

— Que tu fais pipi !

— Clara, s'il te plaît ! C'est tout à fait propre. Tellement propre que cela peut purifier ton corps tout entier. Il faut me faire confiance. Qu'est-ce que ton père va dire quand je lui dirai que tu as refusé de me faire confiance ?

— Bon, alors d'accord...

À travers les branches entrelacées, je vis Clara baisser la tête, guidée par la main de David appuyée sur sa nuque.

— Tout doux, fit David.

Je me dis qu'il était heureux pour ce garçon que les dents de Clara aient tendance à avancer et non l'inverse.

— Wimbledon, dit-elle.

Ou du moins c'est ce que je crus comprendre. Peut-être avait-elle dit autre chose mais je suppose que toute parole prononcée en pareille circonstance doit donner quelque chose comme « Wimbledon ».

— Birmingham, fit-elle encore, prouvant que j'avais tort.

— Bois l'esprit jusqu'à la dernière goutte ! dit David dont la main libre jouait convulsivement avec les débris d'humus près de lui.

La pluie tombait dru désormais et les gouttes ricochaient sur une souche d'arbre à côté de sa tête.

— Oui, n'arrête pas... Continue. Oui. Bientôt... Bientôt tu vas sentir couler l'esprit...

310

Bientôt ? Putain, ils sont vraiment extraordinaires, ces jeunes. En ce qui me concerne, il m'aurait fallu une demi-heure rien que pour commencer à m'échauffer.

— Oui… Oui… Oui… Ouiii !

La voix de David s'éleva comme un chant. Mais brusquement, avec une violence dont la puissance couvrit le bruit du tonnerre roulant au lointain, un cri jaillit des taillis derrière eux.

— Non, non ! Lâche-la !

Quatre choses se produisirent en même temps.

Ted Wallace, de surprise, tomba tête la première dans les buissons où il se déchira les poignets sur des épines.

David poussa un hurlement de douleur.

Clara s'arracha au giron de David, la bouche dégoulinante d'une mousse de crème écarlate.

Simon, se frayant bruyamment un passage entre les branches des arbres, déboula dans la clairière, livide de fureur.

Je réussis à me dégager des épines et vis Clara, hoquetant et sanglotant, se jeter dans les bras de Simon. David s'assit, le regard fixé sur la masse de chair déchirée et sanguinolente gisant entre ses cuisses. Son dard magique semblait, fort heureusement pour lui, en un seul morceau. Mais les dents inférieures de Clara avaient taillé une profonde estafilade et emporté un morceau de peau. Simon, la tête de Clara reposant au creux de son épaule, regardait son frère. Sa respiration haletante soulevait ses épaules et sa langue humectait ses lèvres tandis qu'il cherchait ses mots. La pluie ruisselait entre les deux frères et une odeur fauve de forêt mouillée s'élevait du sol.

Finalement, Simon trouva quelque chose à dire.

— Charlatan… C'est toi qu'on devrait soigner !

Pauvre Simon… Toujours aussi doué pour l'éloquence !

Puis il se tourna vers Clara et lui parla à l'oreille tandis que les coups de tonnerre maintenant tout proches secouaient le bosquet.

— Tu ne peux pas rentrer dans cet état. Viens, je vais te conduire chez Jarrold et tu pourras te nettoyer là-bas.

Ils quittèrent la clairière, Clara collée à lui. Le devant de sa robe était trempé de pluie, de sang, de sperme et de débris de tarte à la mélasse fraîchement vomie.

— Vous ne pouvez pas m'abandonner comme ça ! leur hurla David. Simon ! Reviens !

Ils disparurent dans le bois. David resta assis, se berçant d'avant en arrière. La pluie aplatissait ses cheveux sur son crâne.

Voilà un enfant, me dis-je, qui me semble avoir grand besoin de son parrain. Avec un soupir, je tirai un mouchoir de ma poche et je me remis debout. David me regarda arriver, silencieux et tremblant comme un lapin pris au piège. Ses inspirations violentes faisaient vibrer le registre supérieur de ses cordes vocales.

— Vous avez tout vu ? réussit-il à articuler.

— Tu te tais ! ordonnai-je. Tu la fermes ! Est-ce que tu peux te tenir debout ?

Il saisit mon bras et se releva péniblement, avec d'horribles grimaces. Pauvre petit salopiot !

Huit

Lorsque Gordon Fell fut anobli en 1987, il organisa une grande bringue au Savoy pour fêter l'événement. Pas au Dominion Club, notez bien, comme on aurait pu s'y attendre. Mais au Savoy. Bon, bref, peu importe. Au cours de la fête, il nous raconta la cérémonie à Buckingham Palace. Gordie n'avait pas été le seul à se faire anoblir ce matin-là, bien évidemment. La reine s'arrange toujours pour faire passer des douzaines de candidats en une seule séance. Ils sont disposés, à ce qu'il paraît, sur des rangées de chaises, comme pour une conférence, tandis qu'en musique de fond l'orchestre de la Garde joue des airs cucul, des trucs qui vous contractent le sphincter, du genre tubes tirés de *Mary Poppins* ou *Chitty Chitty Bang Bang*. Gordon devait s'agenouiller et recevoir l'accolade immédiatement après un individu, un crétin imbu de lui-même, assis à côté de lui. Cette nullité prétentieuse avait réussi à intriguer pour se faire élire président d'une œuvre de charité quelconque et venait ce jour-là récolter la récompense qu'il estimait lui être due.

Le bonhomme s'était présenté à Gordon avec fierté et, quand celui-ci lui eut dit son nom, avait demandé :

— Et vous êtes quoi ? Diplomate, non ?

— Je suis peintre, avait dit Gordon.

— Ah bon ? Mais pas un de ces horribles peintres modernes, j'espère !

— Moderne, mézigue ? Déconnez pas ! rétorqua Gordon. En fait, je suis né au XVIᵉ siècle. Je suis un authentique primitif flamand, moi, mon pote.

Ce qui n'est sans doute pas le langage habituel de la Cour mais parfaitement excusable, vu les circonstances. Le gars avait tourné le dos à Gordie, écœuré d'être obligé de partager ce jour d'honneur avec un rustre de cette espèce. Gordon, pour sa part, s'était mis à se gratter ostensiblement les couilles tout en bâillant.

Vint le tour de la fouine de s'agenouiller et de se faire adouber. Le hasard fit que son investiture comme commandeur des chevaliers de l'ordre des Crapauds rampants, ou enfin un truc de ce genre, se passe sans accompagnement musical, l'orchestre étant occupé à changer les partitions sur les chevalets pour remplacer *Tea For Two* par *Jingle Bells*. L'épée de Sa Majesté tomba sur l'épaule du bonhomme dans le plus profond silence et celui-ci se releva alors pour prendre la position verticale convenant à sa nouvelle dignité, tout en exécutant de la tête un salut d'automate que lui aurait envié le meilleur écuyer. Ce faisant, son système nerveux, tendu et contracté, ne put réprimer un formidable pet, d'une longueur, d'une force et d'une sonorité tout à fait stupéfiantes. La souveraine fit un pas en arrière, chose en fait prévue au programme mais que l'assistance interpréta comme une réaction involontaire à cette violente flatulence. Le visage du malheureux, lorsque celui-ci redescendit, penaud, l'allée centrale, portait tous les stigmates de la plus profonde humiliation. Chacun dans la salle le fixait du regard ou bien, pis encore, attendait qu'il arrivât à son niveau pour détourner les yeux. Gordon, le croisant dans l'allée alors qu'il s'approchait à son tour des marches du trône, lui lança dans un murmure calculé pour être audible de tous :

— T'en fais pas, mon vieux, elle doit en avoir l'habitude. Avec tous les chiens et les chevaux qu'elle a !

Selon Gordie, on vit distinctement les lèvres de la reine ébaucher un léger sourire. Et elle lui parla beaucoup plus longuement qu'à tout autre candidat. Quand il eut repris sa place à côté du pétomane toujours écarlate, sir Gordon entonna d'une voix gouailleuse, en mesure avec l'orchestre qui avait repris du service :

— Vive le VENT ! Vive le VENT ! Vive le VENT d'hiver !

Mais, teigneux et vindicatif comme il est, Gordon ne s'en tint pas là, vous imaginez bien. Après la séance, dans la mêlée médiatique qui se pressait autour du palais et surtout autour de lui, un journaliste lui demanda comment s'était passée la cérémonie.

— Vous voyez cet homme, là-bas, fit Gordon en montrant du doigt l'infortuné qui posait à côté de sa femme devant un unique photographe, délégué par un journal local du Hampshire pour lui faire un peu de pub. Eh bien, il a envoyé un pet absolument extraordinaire pratiquement dans la figure de la reine. Renversant ! Un genre d'anarchiste, je suppose.

La meute des journalistes fonça dare-dare sur le bonhomme, telle une nuée de mouches sur une bouse de vache, et l'on vit la malheureuse créature disparaître à toutes jambes sur le Mall, abandonnant dans son sillage son haut-de-forme sur le pavé. Voilà un homme qui perdit son chapeau, sa réputation et, selon toute probabilité, sa femme, grâce au seul Gordon Fell. N'insultez jamais un peintre. Ne prenez pas ce risque !

J'avais cru, jusqu'alors, que la mésaventure de cet individu représentait le comble de la gêne dans la catégorie « situations embarrassantes ». Je ne savais pas, alors, ce que Dieu m'avait réservé par ce bel après-midi d'orage dans le Norfolk.

J'accompagnai donc le pauvre David grimaçant de douleur jusqu'au début de l'allée ouest, sous une pluie torrentielle. On avançait lentement : David marchait plié en deux, mon mouchoir appuyé sur l'entrejambe, à une allure de vieillard cacochyme. Nous arrivâmes enfin au but et je lui dis de s'abriter sous un arbre jusqu'à mon retour. Je me précipitai à la maison où je tombai sur Rebecca.

— Ted, pour l'amour du ciel! s'écria-t-elle. D'où sors-tu? D'un marécage?

— Pas le temps de t'expliquer, Rebecca. Peux-tu sauver une vie humaine et me prêter ta voiture?

— Pourquoi?

— T'expliquerai plus tard. Pas le temps maintenant. S'il te plaît!

Elle haussa les épaules.

— Je t'en prie, mon chéri. Elle est derrière la maison.

— Tu es un ange! Et, Rebecca, encore une faveur. Simon va rentrer dans un moment, tu peux lui remettre un mot?

J'attrapai un bloc-notes de la maison et griffonnai un message pour Simon, que je glissai dans une enveloppe.

— Voilà de bien sombres mystères! fit Rebecca.

— C'est terriblement important, ma puce. Tu n'oublieras pas? Promis?

Elle promit.

— Et les clés de la bagnole?

— Derrière le pare-soleil.

Je n'avais pas conduit depuis l'armée, et, même à cette époque, très peu souvent. En ce temps-là, on obtenait son permis en allant voir l'adjudant qui vous signait un papier vous déclarant apte à conduire tout véhicule, de la motocyclette au camion de trois tonnes. Mais je ne doutais pas d'avoir gardé mes aptitudes. Quand je pensais au nombre de crétins qui semblent capables de tenir un volant de façon tout à fait compétente, Simon en particulier, je ne pouvais imaginer en être incapable.

La Mercedes de Rebecca était remisée dans le garage derrière l'écurie, un cabriolet, avec sa capote baissée.

Une vacherie de capote à commande électrique, évidemment. Après m'être bagarré avec la clé de contact pendant un moment, sans résultat – cette saloperie refusait même de tourner! –, je partis à fond de train chercher Tubby qui réussit à faire démarrer la voiture et à refermer le toit en un clin d'œil.

J'avais réussi – avec moult difficultés – à glisser mon ventre sous le volant, quand je me trouvai confronté à un autre problème.

— Cette saleté de bagnole n'a que deux pédales! m'exclamai-je.

— C'est une automatique, dit Tubby.

Il gaspilla dix précieuses minutes à m'expliquer en détail le mode d'emploi puis je sortis du garage avec précaution et me dirigeai aussi vite que possible vers l'allée ouest. Je réussis à l'atteindre sans anicroche mais ce ne fut pas sans peine, les abords du parc étant abondamment garnis de grands vases en pierre de Portland et littéralement jonchés de bancs rustiques. J'y voyais à peine : la pluie tombait à seaux et je n'avais pas la moindre idée de l'endroit où l'on avait pu cacher la commande des essuie-glaces.

J'arrêtai la voiture pile au bout de l'allée, dans un tête-à-queue qui souleva une gerbe de boue. David gisait sous un cèdre, immobile.

Merde, pensai-je. Il a été foudroyé. Je n'aurais jamais dû lui dire de s'abriter sous un arbre.

Ce n'était pas aussi grave que cela. Il avait perdu connaissance mais, d'après mon diagnostic, pas à cause de l'hémorragie : le mouchoir était taché mais pas inondé. Je me baissai et essayai de le soulever. Pas lourd, le gamin, mais trop lourd pour moi. Ce n'était pas le moment de compliquer les choses avec une hernie discale et un lumbago.

— Davey, lui murmurai-je à l'oreille. Réveille-toi. Réveille-toi! Davey, réveille-toi!

Il cligna des yeux et me regarda fixement.

— Viens, mon gars. Faut que tu te lèves. J'ai une voiture et on va aller à l'hôpital. Il faut qu'on te soigne.

Il essaya de se remettre sur pied d'un seul coup, comme si rien ne s'était passé. La douleur le frappa brutalement et il s'effondra contre moi en gémissant. Mais il était pratiquement debout et dans une position qui me permit de le traîner vers la voiture puis de le pousser, de le hisser et de l'installer sur le siège avant.

— Oh, oncle Ted, oncle Ted ! répétait-il sans arrêt.

— Chut ! Faut que je me concentre sur cette foutue bagnole.

— Sont su'l'vlan, marmonna-t-il comme un ivrogne.

— Plaît-il ?

— Sont sur le volant… Les essuie-glaces… là !

Les essuie-glaces aidèrent, certes, mais la route fut un cauchemar. La chaussée dégageait des nuages de vapeur et certains vieux réflexes enfouis resurgissaient, me commandant d'utiliser mon pied gauche pour débrayer. La seule pédale que je rencontrais alors était celle du frein sur laquelle j'appuyais de toutes mes forces, ce qui nous embarquait en aquaplaning sur le macadam mouillé, dans une valse accompagnée par le concert des klaxons de conducteurs terrorisés.

Mes grognements et jurons divers eurent le mérite de distraire David qui resta suffisamment lucide pour me guider jusqu'à l'hôpital Norfolk et Norwich.

Ce ne fut qu'au moment où j'arrêtai la voiture dans une spectaculaire glissade devant les portes du service des urgences que je mesurai pleinement les aspects embarrassants de cette consultation. Michael attendait certainement de moi que je résolve toute cette histoire sans provoquer la moindre publicité, pour lui comme pour sa famille. Je me tournai vers David.

— Quoi que je dise pour expliquer ce qui est arrivé, tu devras t'en souvenir et dire la même chose. Compris ?

Il me regarda, l'air ahuri.

— Quoi ?

— Je vais dire qui tu es et comment tu as eu cet accident. Tu t'en tiendras à ma version des faits, à la lettre et sans y changer une syllabe. Tu comprends? Il ne faut pas que Clara soit mêlée à cette affaire. Ni tes parents non plus, si on peut l'éviter.

— Qu'est-ce que tu vas dire?

— Je n'en sais foutre rien, mon chéri. Rien du tout. Allons bon, qu'est-ce que c'est?

Quelqu'un tambourinait sur la vitre de ma portière, un homme vêtu d'une sorte de gilet en plastique jaune fluo. Incapable de trouver la commande de la vitre, j'ouvris la portière, bousculant le malheureux qui atterrit dans une flaque. Je m'extirpai de la voiture pour me porter à son secours.

— Je suis terriblement désolé… Absolument navré… Ô mon Dieu, vous êtes trempé!

— Vous ne pouvez pas vous garer ici, fit-il, dédaignant ces péripéties secondaires. Réservé aux ambulances.

— Mais c'est une urgence! Et en plus je ne sais pas faire les créneaux. Si je laisse la voiture ici, est-ce que vous seriez assez aimable de la garer quelque part pour moi, s'il vous plaît?

— Je vous demande pardon?

Je fis le tour de la voiture pour aller aider David à en sortir.

— Dites donc! hurla le gars. Si vous croyez que…

Il aperçut le chiffon écarlate pressé contre le jean de David et ses paroles de protestation moururent sur ses lèvres.

— Vaut mieux vous presser, dit-il alors. La voiture sera derrière. Vous passerez prendre les clés dans ma loge.

On entend dire un tas de niaiseries sur l'état catastrophique de la Santé publique. On entend parler de listes d'attente, de réductions budgétaires, de manque de conscience. Et l'on ne peut se défendre d'être contaminé par cette vague de récriminations débiles que nous infligent divers ratés ou branleurs déçus de la gauche, ces pharisiens sans humour. Même un vieux réactionnaire sceptique de mon acabit ne peut manquer d'être influencé, bon gré, mal gré, par ce genre de discours au point d'imaginer que tous les établissements de la Santé publique sont remplis de malades en phase terminale, gisant sur des grabats de paille dans les couloirs en attendant que les autorités sanitaires veuillent bien leur envoyer l'unique médecin de service, un étudiant surmené et épuisé, qui leur dira d'arrêter de faire des manières.

Pas le moins du monde. Des couillonnades, tout ça. Il se peut que l'hôpital Norfolk et Norwich soit une exception – l'East Anglia, il est vrai, n'est pas à proprement parler une zone urbaine à problèmes ni une banlieue sensible. On peut même imaginer que l'urgence médicale la plus courante soit le paysan mordu par un ragondin ou le touriste victime d'une overdose de crêpes et d'églises. Je m'attendais, néanmoins, à y trouver au moins une bonne mesure de crasse et un soupçon de surmenage hystérique. Mais, lorsque les portes électroniques du sas d'entrée se furent ouvertes devant David et moi pour nous mener au bureau des entrées, je me sentais moins dans la peau d'un soldat traînant son camarade blessé vers une infirmerie sordide de la campagne de Crimée, comme nous le dépeint l'imagination populaire de la gauche, que dans le rôle de Richard Burton se présentant à la réception d'un hôtel quatre étoiles avec une Liz Taylor un peu pompette à son bras.

— Ô mon Dieu ! Doux Jésus ! s'exclama une petite dame d'âge mûr derrière le comptoir. Un grand blessé de guerre, pas vrai ?

— Ce jeune gaillard a eu un accident, lui lançai-je avec un clin d'œil jovial. Le truc classique. On coince Popaul dans la fermeture Éclair. Pauvre lapin !

— Ouille ! Vos noms, s'il vous plaît ?

— Ah !... Edward Lennox.

David leva les sourcils.

— Et le nom de votre fils ?

— David. Il s'appelle David.

— Est-ce que vous avez la carte de Sécurité sociale de David avec vous, par hasard ?

— Ah, mince ! Complètement oubliée dans ma hâte de venir ici, malheureusement.

— Aucune importance, vous pourrez remplir le formulaire plus tard. En attendant, si vous voulez bien prendre un siège… Le docteur viendra vous voir dès que possible.

— Tu piges, soufflai-je à David en prenant place sur une chaise. David Lennox. Un accident quand tu as voulu pisser.

Il hocha la tête. Il était très pale, ses cheveux étaient encore mouillés et sa lèvre inférieure, mordue sous le coup de la douleur, saignait encore.

Il restait là, sans parler, fixant l'horloge sur le mur d'un air absent.

— Ça va aller, lui dis-je, interprétant son silence comme de l'angoisse. Ils sauront ce qu'il faut faire. Ces choses-là arrivent tous les jours.

— Le problème, c'est que…

— C'est quoi ?

— Ce jean. C'est un 501.

— 501 ? Je ne vois pas…

Une infirmière vint vers nous, irradiant la bienvenue, la force tranquille et le désinfectant.

— David Lennox ?

— Le problème avec les 501, me chuchota précipitamment David, c'est qu'ils ont des boutons et pas de fermeture Éclair.

Puis il se laissa emmener. Et je restai assis à me donner des coups de poing sur la cuisse.

Vacherie de mode américaine ! Putains d'Amerloques ! Les enfoirés !

Une braguette de jean à *boutons* ? Quelle idée à la noix… Les boutons, c'était pour les costumes de la

321

démobilisation, les vieux pantalons de mariage… Une braguette à boutons ? Putain de vérole de merde, nous voilà beaux ! Des boutons ! Absurde.

Après vingt minutes de cette fureur solitaire, je vis s'avancer vers moi, d'un pas décidé, une grande femme aux cheveux gris coiffés en chignon, une lueur dangereuse dans ses yeux bleu glacier.

— Monsieur Lennox ?

— Euh, oui, c'est moi.

— Docteur Fraser. Je peux vous parler un moment ?

— Oui, oui. Bien sûr. Absolument. Comment va Davey ?

— Par ici, s'il vous plaît, dans mon bureau.

Je la suivis docilement, meublant le court trajet par d'amusantes remarques sur le temps et la circulation, tout comme un vrai papa adulte.

Le Dr Fraser – Margaret Fraser, à en croire le badge fixé sur sa blouse – referma la porte du bureau derrière elle et m'indiqua une chaise.

— Monsieur Lennox, dit-elle tandis que je prenais place, j'aimerais que vous soyez assez aimable pour me décrire la nature des relations que vous avez avec David ?

— Eh bien ! fis-je d'un ton dégagé. Il y a de bons et de mauvais jours. Vous savez comment sont les adolescents, j'imagine.

— Ce n'est pas tout à fait ce que je voulais dire, monsieur Lennox, lança-t-elle en allant s'asseoir derrière le bureau. Vous êtes le père du garçon, c'est bien ça ?

— Pour mon malheur !

— Alors vous allez sans doute pouvoir m'expliquer, poursuivit-elle en décrochant un stylo-bille de sa poche, pourquoi David m'a déclaré, je le cite : « La douleur n'a fait qu'augmenter dans la voiture, surtout parce que oncle Ted conduit comme un pied » ? Ce sont ses propres mots. « Oncle Ted ».

— Vraiment ?

— Vraiment. Alors je me demande pourquoi un fils appellerait son père « oncle Ted » ?

— Ah, j'ai dit « père » ? Je voulais dire parrain, évidemment.

— Parrain ?

— Parrain, oui ! insistai-je d'une voix qui me parut soudain sèche et peu convaincante. Vous savez bien, parrain, « qui remplace le père ».

— Vous n'êtes pas apparenté à David, donc.

— Pas vraiment !

— Pas vraiment. Je vois.

Comme pour rédiger une ordonnance, elle sortit un bloc-notes d'un tiroir et se mit à écrire.

— Pourquoi, reprit-elle tout en écrivant, « évidemment » ?

— Je vous demande pardon ?

— Vous venez de me dire que, lorsque vous aviez dit père, vous vouliez dire « parrain, évidemment ». Pourquoi cet « évidemment » ?

— Eh bien… commençai-je, mourant d'envie de griller une clope tout à coup. Je me rends compte que ce n'est pas aussi évident que ça, maintenant que vous me le faites remarquer. Vous n'êtes pas de la famille, alors rien ne doit vous sembler évident, bien sûr. Finalement, la vie des autres… quel grand mystère ! Un profond mystère, vous ne trouvez pas ?

— Donc vous êtes également « extérieur » à la famille, si je comprends bien ?

— Euh… Eh bien… Oui, en un certain sens.

— La blessure de David, selon le rapport du bureau des entrées, s'est produite quand il s'est coincé le pénis dans une fermeture Éclair.

Pénis ! Quel vilain mot dans la bouche d'une femme aux yeux si froids et aux seins si fermes.

— Oui, une fermeture Éclair. C'est ça.

— Bien que le jean qu'il porte…

— … possède une braguette boutonnée, oui. Eh bien, évidemment, c'est qu'il a changé de pantalon.

323

— Évidemment, à nouveau ?

— Enfin, vous voyez la scène, non ? Il va pisser, coince Popaul. Moi, de mon côté, ne sachant que faire, je cours lui chercher un autre pantalon et alors…

— Vous étiez présent pendant qu'il urinait ?

— Non, évidem… Non, bien sûr ! Davey a crié, naturellement. J'ai monté l'escalier quatre à quatre…

— Monté ?

— Monté, dans la salle de bains.

— Tout cela se passait dans une salle de bains ?

— Oui, dans une salle de bains. Où vous voulez que cela se passe ? Dans une boulangerie ? Chez le coiffeur ?

Elle écrivit quelques mots.

Son silence et sa patience devenaient parfaitement irritants. Je glissai ma main vers la poche de mon veston.

— J'espère que vous n'envisagez pas une minute de pouvoir fumer dans ces lieux, monsieur Lennox ! lança-t-elle sans lever les yeux. Nous sommes dans un hôpital.

Je poussai un soupir. Elle reprit, tout en continuant à écrire :

— Pourquoi les habits de David sont-ils trempés, vous pouvez m'expliquer ?

— Il a plu. Il a plu presque tout l'après-midi, docteur Fraser. Vous ne l'avez peut-être pas remarqué ?

— Si, je l'ai remarqué, monsieur Lennox. Ce genre de mauvais temps nous amène généralement un surcroît de travail avec les accidents, monsieur Lennox.

Je commençais à trouver détestable cette façon de répéter mon nom sans arrêt.

— Mais, pour en revenir à notre histoire, poursuivit-elle, la mésaventure de David s'est donc produite dans la salle de bains, non ? Je peux comprendre, à la rigueur, qu'il ait changé de pantalon, mais qu'il reste debout sous la pluie, à l'extérieur…

— Il fallait bien que je sorte la voiture ! Dites donc,

ça rime à quoi, toutes ces questions ? Ce genre d'accident doit arriver tous les jours...

— Je suis heureuse de vous informer, monsieur Lennox, qu'il est très rare, fort heureusement, qu'un enfant soit admis à l'hôpital avec des traces de morsure humaine sur le pénis.

— Ah bon ?

— Parfaitement. Et il est plus rare encore qu'un médecin du service des urgences, débordé de travail, soit obligé d'écouter des histoires farfelues de salle de bains, de miction, de fermeture Éclair et de changement de pantalon alors qu'il est tout à fait clair, même pour l'intelligence la plus limitée, que ce jean taché de boue, de sperme, de sang – ajouté à l'état d'hystérie du gamin en question – laisse entrevoir une tout autre version de l'histoire.

— Ah ! Eh bien...

— Et ce qui rend ce cas beaucoup plus rare encore, c'est que l'enfant a été conduit aux urgences par un homme que j'ai immédiatement reconnu comme étant le poète E.L. Wallace, bien qu'il ait prétendu s'appeler simplement Edward Lennox.

— Oh, alors, bonté divine, si vous saviez depuis le début qui j'étais...

— De plus, ce même E.L. Wallace prétend être le père du garçon puis, quand on découvre que c'est une pure invention, il me demande de croire qu'il voulait « évidemment » dire qu'il était le parrain !

— Ce que je suis !

— Je crois, monsieur Wallace, dit-elle en appuyant son menton sur ses mains, qu'il est temps que vous me donniez maintenant le nom des vrais parents de ce gosse, vous ne croyez pas ?

Je passai outre.

— J'aimerais parler à Davey, s'il vous plaît.

— Je suis sûre que la police, quand je l'aurai appelée, ne sera pas d'accord pour que je vous en donne l'autorisation.

— La police ? Vous êtes devenue folle ? Qu'est-ce que la police peut bien avoir à faire dans cette histoire ?

— S'il vous plaît, ne criez pas, monsieur Wallace.

— Pardon, mais écoutez…

Je me penchai vers elle en baissant la voix.

— Écoutez… bon, d'accord. On va se parler comme des adultes et des gens du monde bien élevés. J'admets que l'histoire de la braguette à fermeture Éclair était un pieux mensonge. Mais vous conviendrez que ce n'est pas parce que deux amants, victimes d'un malheureux incident…

— David n'a que quinze ans, monsieur Wallace. Je sais bien que dans ce monde bohème qui est le vôtre…

— Ça va, ça va ! Épargnez-moi vos clichés de pacotille sur la bohème. Les jeunes ont le droit de faire leurs propres expériences, vous ne croyez pas ?

— J'ai moi-même un garçon de l'âge de David, monsieur Wallace.

— Et il se trouve que moi aussi, docteur Fraser.

Elle me regarda, abasourdie.

— Vous aussi ?

— Parfaitement. Et si la même chose lui arrivait, est-ce que vous croyez que je ferais tout ce tintouin ? Bien sûr que non. Plus on fait d'histoires et plus les choses s'enveniment. Vous connaissez la jeunesse. Sentiment de culpabilité, rancœur, colère, agression. Non, non, non ! La dernière des choses à faire, c'est justement d'en faire une montagne. Ce n'est pas être bohème, ça. C'est une simple question de bon sens. Je m'oppose de façon catégorique à l'intervention de la police. Que les parents soient tenus en dehors de l'affaire, c'est le conseil que je vous donne. Et maintenant je voudrais voir David, s'il vous plaît.

Elle me fixait, les yeux écarquillés, négligeant désormais son bloc-notes.

— Ça alors ! finit-elle par articuler. Pour ce qui est du culot, je vous accorde la palme, monsieur Wallace.

C'est peut-être ce qu'on entend par «licence poétique», j'imagine?

— Oh, sacré bon Dieu!

Je commençais à en avoir plein les bottes de cette prude aux seins durs.

— Vous êtes médecin, pas assistante sociale, bonté! Vous avez bien prêté ce fameux serment qui vous interdit d'aller colporter des ragots sur la vie privée de vos patients, non? Enfin, qu'est-ce qui se passe dans ce putain de pays? Qu'est-ce qui autorise des créatures tyranniques de votre espèce à fourrer leur nez inquisiteur dans les affaires privées des gens? Contentez-vous de recoudre la quéquette de ce pauvre garçon, donnez-lui quelques comprimés et laissez-le repartir. Qu'est-ce que ça peut bien vous foutre comment c'est arrivé et avec qui? Fichez-nous la paix, s'il vous plaît!

— Pour votre gouverne, j'ai le plaisir de vous informer que je suis aussi magistrat. Juge de paix, monsieur Wallace.

— Et membre de la Société calviniste contre la fellation. Et présidente de la Ligue des ménagères contre les pipes? Sans aucun doute. Ce que vous faites de votre vie privée m'indiffère totalement. Et ce que fait un adolescent devrait vous être tout aussi indifférent. Vous êtes médecin. Votre travail, c'est de soigner les gens. Pas de leur faire des sermons.

Elle me lança un nouveau regard noir et tendit la main vers le téléphone.

— Si vous ne me donnez pas sur-le-champ le nom et l'adresse des parents de David, monsieur Wallace, j'appelle la police.

Je poussai un grand soupir.

— Très bien, très bien! J'imagine que vous voulez aussi le nom des parents de la fille, n'est-ce pas? Pour que vous puissiez mettre dans la merde deux familles en même temps?

— La fille? Quelle fille? fit-elle en me regardant avec ahurissement.

— Quelle fille ? Quelle fille ? Quoi, « quelle fille » ? Sacré bon Dieu, est-ce que vous imaginez, par hasard, qu'il s'est fait sucer la queue par une girafe ?

— Non, monsieur Wallace. J'ai pensé que l'autre partenaire, c'était vous.

Ce fut à mon tour de lui envoyer un regard effaré, les yeux exorbités.

— QUOI ? Vous avez pensé que QUOI ?

— Je vous en prie, monsieur Wallace, parlez moins fort !

— Vous avez cru que *moi*...

Toute ma vie, j'ai dû supporter que des gens de la trempe de ce Dr Fraser me traitent de « bohème », mais je reste sincèrement persuadé que mon seul défaut c'est de ne pas avoir l'esprit aussi mal tourné que la plupart d'entre eux. On m'accuse aussi d'être un cynique et un sceptique, mais c'est simplement parce que je dis les choses comme elles sont et non comme l'on voudrait qu'elles soient. Lorsqu'on passe son existence juché sur une montagne de moralité, on ne voit rien d'autre que la boue au-dessous de soi. Si, au contraire, comme moi, vous vivez dans la boue elle-même, vous avez une vue du tonnerre sur le joli ciel bleu et les chouettes collines vert tendre au-dessus de votre tête. Personne n'a l'esprit plus pervers que les êtres investis d'une mission morale et personne n'a le cœur plus pur que les dépravés. N'empêche que j'avais été un peu stupide de ne pas avoir compris dès le début ce qu'elle insinuait.

— Si j'ai fait une erreur, monsieur Wallace, je vous assure que j'en suis sincèrement désolée, mais vous comprendrez que, dans un cas semblable, je dois établir les faits. Les parents sont...

— Lorsque je vous l'aurai dit, vous comprendrez pourquoi je m'inquiète de voir la police intervenir, avec tout le battage que cela risque d'entraîner. En ce qui concerne les parents de ce garçon...

Je marquai une pause théâtrale.

— … il s'agit de Michael et Anne Logan.

Elle resta bouche bée.

Je hochai la tête.

— Parfaitement !

— Si je vous disais, monsieur Wallace, que j'ai trouvé le visage de David familier dès le début ? Je l'ai déjà rencontré. Lady Anne et moi travaillons pour le même tribunal.

— Pas possible ?

Tu parles d'une surprise. Je l'imaginais très bien se délectant à condamner à mort les braconniers et les exhibitionnistes.

— Il se trouve, continuai-je, qu'une jeune fille réside actuellement à Swafford. Clara Clifford, la fille de Max Clifford. Que vous connaissez peut-être également ?

— De nom seulement… Je ne savais pas qu'il avait une fille.

— Elle a quatorze ans. Bref, pour résumer une longue histoire, je me promenais dans les bois de Swafford cet après-midi quand j'ai entendu un grand cri. En arrivant sur les lieux, j'ai constaté que l'ardeur juvénile et l'inexpérience avaient mis Davey dans l'état où vous l'avez trouvé. Un incident regrettable et bien embarrassant mais qui ne relève certainement pas de la police.

Elle m'examina longuement à nouveau.

— Vous êtes vraiment le parrain de David ?

Je levai ma main droite.

— Parole de poète !

Elle me sourit et, pour la première fois, je distinguai une lueur de gentillesse, voire d'érotisme dans ses yeux perçants.

— Si vous voulez, proposai-je, vous pouvez prendre une empreinte de mes dents. Ce n'est pas ce qu'on fait d'habitude ?

— Je crois que je vais plutôt revoir David, dit-elle en se levant, et discuter un peu avec lui. Cela ne vous ennuie pas de rester ici un moment ?

— Pas du tout. J'en profiterai pour lire votre courrier.

— Il n'y a rien de bien intéressant, dit-elle en riant.
Vous trouverez un cendrier dans le tiroir du milieu.

Je lui composai un petit poème-cadeau sur son
bloc-notes.

> *Y avait un beau docteur nommé Fraser*
> *Possédant deux beaux yeux bleu laser*
> *Pour tout l'hôpital*
> *Ce regard glacial*
> *Évitait l'emploi d'un frigidaire.*

Au-dessous, j'écrivis : « Les limericks sont les seuls
poèmes que j'arrive à écrire depuis quelque temps. Je
regrette seulement de n'avoir pas trouvé de bonnes
rimes à Margaret... Cordialement, Ted Wallace. »

Sous cette couche de glace épaisse, me dis-je, gisaient
les restes parfaitement conservés d'une nature pas-
sionnée. J'imaginais très bien les bruits qu'elle devait
émettre au moment de l'orgasme. Entre le portail qui
grince et le jaguar qui bondit. Mais passons ! Je n'aurais jamais la chance de vérifier ma théorie.

David, un peu penaud, m'attendait à la réception
pendant qu'elle remplissait les paperasses. Une infirmière prévenante, ou peut-être le Dr Fraser elle-même,
lui avait fourni quelques magazines pour cacher son
entrejambe. Derrière les pages de papier glacé, on aper-
cevait un épais pansement blanc.

— J'ai fait des points de suture, me dit-elle. Ils se
résorberont d'eux-mêmes dans un jour ou deux.

— Rien d'endommagé ?

— Ce sera peut-être un peu douloureux quand il
urinera pendant quelque temps et plus douloureux
encore s'il...

— Je vois.

— Autrement, ça ira bien. Je suis sûre que c'est un
garçon qui guérit bien.

— Vous n'imaginez pas à quel point vous pouvez avoir raison, fis-je – ce qui me valut un regard au vitriol de David.

— Je lui ai fait un rappel de tétanos et donné quelques antibiotiques.

— Et il pourra refaire le pansement lui-même, chaque fois qu'il fait pipi ?

— Aucun problème, n'est-ce pas, Davey ? dit-elle en posant une main sur son épaule.

— Ça ira, marmonna David en se tortillant comme une ablette, gêné de se voir traité comme un mioche de cinq ans.

Le voyage de retour se passa en silence. J'étais trop occupé à éviter les poteaux et les camions pour pouvoir parler et David avait assez à faire avec ses propres pensées.

— Heureusement, dis-je, ce docteur est une amie de ta maman.

— C'est ce qu'elle m'a dit. Elle va tout lui raconter ?

— Non, je ne crois pas.

— Moi, peut-être, fit David à ma grande surprise.

— Si tu penses que c'est une bonne idée…

Il se tortilla sur le siège.

— Il faut absolument qu'elle sache ce qu'a fait Simon. C'était méchant. C'était mal.

— Dis donc, attends un peu !

Je quittai un instant la route des yeux pour le regarder.

— Qu'est-ce que tu voulais qu'il fasse, Simon ? Il arrive, il tombe sur ce spectacle…

— Il savait. Il savait parfaitement ce qui se passait. Il le savait et il était jaloux. Il a voulu m'humilier et me démolir. Il a toujours été jaloux, en fait. Il est comme ce frère dans la parabole du Fils prodigue. Il ne peut pas supporter l'idée d'être ordinaire et il ne peut pas supporter que papa et maman pensent que je suis différent et spécial.

— Parce que c'est ce que tu penses être ? Différent et « spécial » ?

Ce mot m'écorchait la bouche.

— Tu sais très bien que je le suis, Ted.

— Pardonne-moi cette platitude, mais ne le sommes-nous pas tous ?

— C'est vrai. En fait, je ne pense pas que ce que je fais soit si extraordinaire. Je crois que n'importe qui pourrait avoir mon pouvoir, s'il le souhaitait.

— Même moi ?

— Surtout toi ! Tu as déjà eu ce pouvoir, quand tu étais un poète. Tu as bien écrit « Là où finit la rivière », non ?

— J'ai toujours pensé que mon pouvoir, en tant que poète, venait de l'étude de la forme et de la prosodie et, bien sûr, de l'étude d'autres poètes. Mais certainement pas de la captation de grandes forces mystiques. De plus…

Je sentis que le moment était venu de lui dire ce que j'avais sur le cœur.

— … De plus, au risque de te décevoir, « Là où finit la rivière » n'est pas un poème sur la nature et la contamination par l'homme.

— Si. Si. C'est sur la pollution.

— C'est un poème pour protester contre l'inscription au programme du secondaire des poésies de Lawrence Ferlinghetti et Gregory Corso.

— Quoi ?

Il me dévisagea comme si j'étais devenu fou.

— Les poèmes sont inspirés par des choses vraies, des trucs merdiques, du concret. Ce poème-là est une amère plaisanterie qui décrit comment les sources pures de la poésie sont salies par des gens que je considère comme des nullités sans inspiration ni talent. J'ai volontairement utilisé cette vieille métaphore éculée des fleuves courant à la mer, ce qui m'a permis de décrire ces deux inoffensifs poètes américains comme deux merdes entraînées par les flots.

— N'empêche ! lança David en recommençant à se dandiner inconfortablement. Ça ne change rien. Ton poème garde, malgré tout, le sens que je lui donne. La rivière est pure au début et, en allant à la mer, au fur et à mesure qu'elle traverse les villages et les grandes villes, elle devient de plus en plus sombre, sale et dégoûtante. C'est ce que dit ton poème. Je ne pense pas que les gens qui le lisent pour la première fois aujourd'hui connaissent ces deux poètes. Il s'agit vraiment de pureté.

— D'accord. Mais le problème c'est qu'on n'écrit pas un poème en se disant qu'on va traiter d'idées qui commencent par une majuscule, du style Pureté ou Amour ou Beauté. Un poème est fait de vrais mots et de choses concrètes. On part à un niveau très terre à terre. Avec le monde physique, le «moi» physique. Si un sens quelconque ou une beauté quelconque émerge de tout ça, c'est, j'imagine, le miracle et la magie de l'art. Si tu veux de l'or, il te faudra descendre dans une mine pour l'arracher à la terre, suer sang et eau dans une forge pour faire fondre le minerai. L'or ne tombe pas en pluies dorées de la voûte céleste. Si tu veux de la poésie, tu dois d'abord te salir au contact de l'humanité, te battre avec papier et crayon pendant des semaines et des semaines à t'en faire péter la cervelle. Les poèmes ne sont pas envoyés dans ta tête par des anges, des muses ou les esprits de la nature. Non, je ne vois aucun rapport entre mon «don», pour autant que j'en aie un, et le tien, Davey.

David resta à cogiter pendant un moment.

— Mais alors qu'est-ce que tu veux dire exactement ?

— Je n'en sais rien, mon petit lapin. C'est bien là le hic. Je n'en sais foutre rien.

La voiture qui nous suivait klaxonna et je remarquai que je roulais maintenant à moins de cinquante à l'heure. Il me vint à l'esprit qu'une technologie astucieuse pourrait facilement établir une corrélation entre l'état émotionnel d'un conducteur et les variations de sa vitesse. J'imaginais des automobiles équipées de détecteurs qui relèveraient tout changement dans la conduite puis en calculeraient les causes en se référant à une échelle électronique établie par un psychologue compétent. Les données analysées transmettraient ensuite un signal à un panneau sur le toit. « Attention, le conducteur de cette voiture vient de se disputer avec sa femme. » « Ce conducteur est amoureux fou de sa nouvelle maîtresse. » « Ce conducteur a les boules parce qu'il n'a pas retrouvé ses lunettes ce matin. » « Ce conducteur est calme et d'humeur égale. » Je suis convaincu que cette disposition contribuerait efficacement à réduire l'hécatombe sur les routes, selon l'expression consacrée. La seule faille de mon système, c'est que la plupart des conducteurs expérimentés sont plus aptes que moi à conduire régulièrement, quelle que soit leur humeur.

Nous rattrapâmes une camionnette et je me secouai pour me sortir de ces rêveries inutiles. C'est terrible, quand on conduit. On sent ses pensées aspirées dans un long tunnel, comme lorsqu'on s'endort. On ne contrôle plus le cours de ses réflexions. On se contente de les laisser partir à la dérive.

Je jetai un coup d'œil vers David. Il était avachi sur le siège, la mâchoire pendante, les yeux vitreux, plongé dans cet état comateux où excellent les adolescents.

— Il serait peut-être utile que tu me parles davantage de la nature exacte de tes pouvoirs. Je crois avoir ma petite idée là-dessus mais tu pourrais combler mes lacunes.

— D'accord.

Lorsque nous retrouvâmes enfin les haies denses bordant la route et les pignons de Swafford Hall scintillant à travers les arbres du parc, j'estimais avoir été à peu près « mis au parfum », comme dirait Max Clifford, sur toute l'histoire, Lilac et compagnie.

Je déposai David à l'arrière de la maison avant d'aller garer la voiture dans son écurie. Je lui avais conseillé de se faufiler dans sa chambre en évitant si possible d'être vu. Pour ma part, je me chargerais d'expliquer à la maisonnée que le pauvre gamin était vanné, ayant passé une dure journée à réparer les ailes des abeilles, à soigner les boutons-d'or blessés, à sourire gentiment aux gouttes de pluie, bref à être David. Une fois glissé sous ses draps, il pourrait recevoir des visites sans que personne puisse soupçonner la nature exacte de sa blessure.

Simon me guettait dans la cour du garage. J'arrêtai la voiture et je m'en extirpai en laissant tourner le moteur.

— Il est presque sept heures, fit-il remarquer avec une pointe de reproche dans la voix.

Dans ma note, je lui avais fixé rendez-vous vers cinq heures et demie.

— Laisse tomber, lui dis-je. Occupe-toi plutôt de faire entrer cette saleté de bagnole dans le garage. Pour moi, ma carrière de pilote est terminée.

Son amour des automobiles l'emporta sur sa mauvaise humeur. Il prit le volant, manœuvra habilement la Mercedes jusqu'au fond du garage puis coupa le moteur. Je restai dans la cour à l'attendre. La pluie avait cessé et tout reluisait et dégoulinait, avec la fraîcheur d'une salade lavée.

Simon resta dans l'obscurité du garage pendant un moment qui me parut interminable.

— Qu'est-ce que tu fiches dans cette bagnole ? lui criai-je. Tu lui chantes une berceuse pour l'endormir ?

Il en sortit deux ou trois minutes plus tard, contourna la voiture et referma la double porte du garage.

— Il y avait du sang sur le siège du passager, à l'avant. J'ai tout nettoyé.

— Ah, bien joué ! Bon, il est sept heures. Je dois monter me changer.

Nous partîmes vers la maison.

— J'ai reçu ta note, oncle Ted. Je n'ai rien dit à personne. De toute façon, je m'aurais tu.

— Je me *serais* tu, grommelai-je.

— Oh, pardon. Je fais toujours cette faute.

— Cesse de t'excuser, sacrebleu !

Simon possède le don de réveiller tous les instincts de persécuteur qui sommeillent en moi. C'est le problème de tous les persécuteurs. Plus leurs victimes se laissent persécuter et plus ils se sentent poussés à les persécuter.

— Tu es fâché contre moi ? demanda Simon.

— Je suis en fait excessivement fâché contre moi-même, fâché de me mettre en colère contre toi, fâché parce que tu m'encourages à me mettre en colère contre toi, fâché parce que je n'arrive pas à m'empêcher d'être fâché et surtout fâché contre moi-même à cause de ma propre stupidité.

Il y avait un peu trop de « fâché » et de « en colère » dans cette phrase pour que Simon puisse en capter le message, aussi changea-t-il de sujet.

— David va bien ?

— Il survivra. Je l'ai exilé dans sa chambre. Et Clara ?

— Ça ira. Je l'ai envoyée se coucher, elle aussi.

Il se pencha pour arracher une mauvaise herbe sous le cotonéaster qui poussait contre le mur de la maison.

— J'imagine que David est furieux contre moi, reprit-il.

— Il pense que tu es jaloux de son pouvoir, que tu as fait exprès de sortir du bois à ce moment-là pour l'humilier. Il pense que tu es méchant.

Simon écarquilla les yeux.

— C'est nul !

— Peut-être. Quel est ton point de vue ? Que penses-tu de Davey ?

Il réfléchit.

— C'est mon frère.

— Oui, d'accord. Mais que penses-tu de lui ? Du fait d'avoir un frère comme lui ?

— Je n'arrive pas à me rappeler *ne pas* l'avoir eu comme frère. Il peut être vraiment pénible, parfois. Franchement, il faut reconnaître qu'il est un peu bizarre. Et il me les gonfle avec ses discours à la noix contre les sports sanglants. D'accord, il est amoureux de la nature mais il ne se rend pas compte qu'on n'aurait plus tous ces arbres et tous ces bois s'il n'y avait pas les faisans. On n'aurait plus que des milliers d'hectares de champs plats aux alentours. Il n'y a pas que du gibier dans les bois, tu sais. Il y a des fleurs, des animaux sauvages, des insectes qui dépendent complètement du maintien de la chasse.

— Évidemment, évidemment ! coupai-je, vraiment pas d'humeur à me laisser infliger un sermon sur les bons côtés du massacre. Non, je parlais de l'autre aspect de Davey.

— Tiens, voici Max ! s'exclama Simon.

J'eus la nette impression qu'il était heureux de cette diversion qui lui évitait de répondre.

Max, sur le seuil de l'entrée, en costume sombre, inspectait le ciel d'un œil approbateur, comme si celui-ci était un jeune cadre parvenu à négocier une compression de personnel sans déclencher de grève.

— Ted ! Simon ! Super ! s'écria-t-il en nous voyant approcher. Pluie terminée ! Soirée magnifique !

— La pluie va reprendre, en fait, dit Simon.

— Tu m'as l'air bien joyeux, Max, commentai-je.

— Et toi, tu as vraiment triste mine, mon vieux !

Ce qui était probablement vrai. Ma peau et mon crâne avaient été griffés par les ronces et mes vêtements étaient trempés de pluie, de sueur et de boue.

— Je rentre maintenant, dit Simon. On se voit au dîner.

Max me prit par le bras et m'entraîna faire quelques pas sur la pelouse.

— En fait, c'est exact, Tedward. Je suis vraiment joyeux.

— Ah oui ? fis-je d'un ton glacial.

Je déteste que Max utilise le surnom que Michael me donne.

— Autant te le dire tout de suite, si tu ne l'as pas déjà deviné, j'ai demandé à Davey de voir ce qu'il pouvait faire pour Clara.

— Elle a été malade ?

— Allons donc, Tedward, comme si tu ne savais pas de quoi je parle ! Quoi qu'il en soit, David l'a vue. Je l'ai toujours considéré comme un petit merdeux insupportable, entre nous. Ça m'a vraiment flanqué les boules d'avoir à lui demander une faveur. Ce petit béni-oui-oui ! Rien dans ce bas monde n'est plus intolérable qu'un snob qui méprise les affaires. Mais, sois tranquille, il sera le premier à dépenser l'argent du paternel quand viendra son tour. Cependant… Eh bien… je ne peux pas nier qu'il possède un don. Je ne sais pas ce qu'il lui a fait. Un truc sans doute très fort car Clara est complètement KO maintenant.

— Et ça a marché ? demandai-je, stupéfait.

Il ne m'était pas un seul instant venu à l'idée que la thérapie de David ait pu marcher après l'intervention de Simon. Toute autre considération mise à part, et pour en rester à l'aspect purement pratique, Clara avait semblé vomir le médicament sur sa robe plutôt que l'avaler.

— Je viens de passer une demi-heure avec elle dans sa chambre.

— Ne me dis pas que ses dents se sont redressées et que ses yeux vont dans la même direction.

— Non, naturellement. De toute évidence, il ne peut pas changer son physique en une seule séance. Mais *intérieurement*, Tedward ! Je ne l'ai jamais vue aussi… joyeuse et confiante. C'est absolument miraculeux ! On a envoyé cette fille consulter des psychiatres, on l'a mise chez les bonnes sœurs, en camp de vacances et Dieu sait quoi encore. C'est incroyable !

J'en convins et approuvai d'un hochement de tête enthousiaste tandis qu'il continuait à pérorer.

— Elle n'a pas voulu me dire comment il s'y était pris mais, même s'il lui avait fait avaler une queue de salamandre ou un œil de chauve-souris, je m'en ficherais. Le strabisme se corrigera un jour ou l'autre, ainsi que les dents. Mais elle est devenue tellement... Oh, tu verras. Tu verras !

— Super ! Absolument super ! Bon, mais il faut que je prenne mon bain si je ne veux pas être en retard pour le dîner. Rendez-vous à l'abreuvoir !

Oliver montait d'un pas léger l'escalier quand j'entrai dans le hall.

— Eh bien, lança-t-il en se retournant au bruit de la porte. On dirait qu'on vient de jouer une reconstitution de la bataille de la Somme !

— Ha, ha. Très drôle. J'ai été surpris par l'orage, pour tout te dire.

— À mon avis, c'est plutôt l'orage qui a dû être surpris, mon cher !

Je m'engageai dans l'escalier pour le rejoindre.

— Au fait, est-ce que Jane m'a demandé ?

— Non, mon cœur. Il y a eu un message disant qu'elle n'arriverait que demain.

— Pourquoi ?

— De nouvelles analyses. Les disciples d'Esculape n'arrivent pas à y croire. Ils veulent probablement l'exhiber à l'Académie de médecine. Si on se dépêchait ? Pas question d'être en retard pour la soupe.

Je me vautrai dans la baignoire, admirant le ciel et les nuages peints au plafond, un verre de ce vieux single malt à la main. J'aurais tellement voulu me laver de tout. Tellement voulu que Jane soit là. Voulu être à Londres. Voulu ne pas être aussi vieux, ni aussi perturbé, ni d'aussi mauvais poil. Mais enfin, il y avait le whisky. Une bouteille, c'est tout ce qu'il me fallait, une pleine bouteille de...

Alors que j'essayais d'apercevoir, à travers le nuage de vapeur, les chérubins qui me lorgnaient du haut de leur ciel en trompe-l'œil, une petite pensée vint me titiller les méninges, comme une bulle de gaz perçant la surface d'un marécage. J'en lâchai mon verre de saisissement. D'autres pensées émergèrent, chacune éclairant la suivante comme une succession de feux follets. Était-ce vraiment possible ? Ces soudains zig-zags cérébraux me conduiraient-ils quelque part ? Ou s'agissait-il seulement d'un *ignis fatuus*, une illusion qui me mènerait à une fausse piste à travers les maré-cages ? Hum…

Je tendis le bras pour prendre le récepteur du télé-phone, providentiellement placé dans une niche à côté de la baignoire.

Neuf

I

Le gong feutré de Podmore mit fin à la conversation. Je raccrochai le combiné et m'extirpai de la baignoire. Voilà des années que j'ai découvert – information qui vous sera peut-être utile – le truc qui permet de se rhabiller rapidement en sortant du bain. Généralement, le problème, lorsqu'on n'est pas tout à fait sec, se situe au niveau de la chemise et surtout des chaussettes, articles qui ont tendance à frotter et à coller à la peau. Pas facile de les faire glisser. On a vu plus d'un homme, en situation d'humidité postbalnéaire, se démettre l'épaule ou attraper un torticolis en livrant un combat contre ses propres vêtements. Ma grande découverte, c'est que ce problème se trouve résolu si l'on prend soin d'ajouter une bonne rasade d'huile de bain dans l'eau de sa baignoire. Cela laisse la peau douce et lisse comme celle d'un bébé phoque, et les chemises et le petit linge de Monsieur bondissent presque tout seuls du plancher pour venir s'entortiller joyeusement autour de son corps.

Ayant donc réussi à me glisser sereinement dans mes sous-vêtements, je restai debout devant le miroir à tapoter mon petit bedon replet tout en faisant mentalement la liste des menues commissions qu'il me restait à faire avant le repas. Il me suffirait de deux visites…

Je fus perturbé dans ma réflexion par des gémissements et des râles venant du mur mitoyen, très exactement de la chambre Fuseli où l'on avait casé Oliver. Je finis de m'habiller, me brossai les cheveux et sortis dans le couloir. Oliver sortit au même moment. Il jeta un regard contrit du côté de sa porte.

— Ted, perfide animal, je parie que tu écoutais, juste à l'instant.

— Écoutais ? Et quoi donc ?

— Mère Mills s'autorisait une rapide petite branlette. Je suis un amant bruyant quand je me fais l'amour.

— Mon cher vieil Oliver, répliquai-je, quand ma vie sera devenue assez misérable pour que je n'aie rien de mieux à faire qu'écouter un vieillard secouer Popaul, je me tirerai une balle dans la tête.

Mais j'avais écouté, naturellement. Un homme écoute toujours. Je quittai Oliver au sommet de l'escalier.

— Faut que je retourne vérifier quelque chose, lançai-je. Je crois que j'ai laissé mon paquet de clopes dans la chambre.

Je me précipitai dans le couloir menant à l'aile où dormaient les enfants. Puis, après une petite visite de courtoisie à Clara – conversation fructueuse –, je descendis discrètement l'escalier et m'éclipsai par la porte d'entrée. Je rasai l'allée, haletant comme un chiot un jour de canicule, traversai la pelouse de devant, contournai l'allée ouest et gagnai le parc par le côté. Je voulais éviter d'avoir à crapahuter pour franchir ce sacré saut-de-loup. Le ciel virait au gris anthracite et se chargeait de nouveaux nuages d'orage mais la lumière, bien que voilée pour un soir de juillet, permettait d'y voir suffisamment. Je progressai en évitant soigneusement les tas de crottin, rassuré de savoir que Tubby avait dû rentrer les chevaux à l'écurie par peur du mauvais temps, ce qui m'épargnait le risque d'être violé ou piétiné à mort par un étalon en liberté. Je trouvai ce que j'étais venu chercher et me penchai pour examiner la chose de plus près. Satisfait de mon inspection, je me relevai avec un grognement et je retournai à la maison.

Il n'y avait que Max, Mary, Michael et Oliver dans le petit salon. Michael et Mary étaient assis sur un canapé dans un coin, bavardant tranquillement tandis qu'Oliver présidait au bar.

Max regardait par la fenêtre qui donnait sur la Villa Rotunda et, au-delà, sur le lac. Il n'avait donc pas pu me voir traverser la pelouse de devant.

— Simon avait raison, lança-t-il à la cantonade. D'autres orages se préparent.

— Ah, nous zaut', gens de la terre, on s'y connaît ben, ma foué ! fit Oliver.

— Ton accent du Norfolk est franchement pitoyable, dis-je.

— Alors, c'est que tu n'as jamais entendu parler de vrais indigènes du Norfolk. Leur accent est encore moins vraisemblable que le mien. Sans blague. Je te sers un whisky ?

— Volontiers, et ne lésine pas sur la dose !

Je m'approchai du canapé où se trouvaient Michael et Mary.

— Mais Michael, *tout le monde* devrait être informé, disait celle-ci.

— Mary, crois-moi, je suis ravi, absolument ravi, mais restons-en là.

— Tout de même, Michael, tu ne penses pas que tu as un devoir ? À mon avis, ce don est une chose remarquable, quelque chose que l'on doit absolument utiliser.

Je passai, mine de rien, derrière le canapé, désireux de ne pas les interrompre.

— Je ne sais pas, Mary. Je ne sais vraiment pas. Tu comprends, Annie n'aime pas…

343

— Et qu'est-ce qu'elle n'aime pas, Annie ? demanda Anne en personne, sur le seuil de la porte.

Une sacrée paire d'oreilles, la nana.

Il y eut un silence – pas suffisant pour être consigné par un tribunal mais assez pesant pour mettre Michael mal à l'aise – avant qu'Oliver vienne à la rescousse.

— La vodka, ma chère. Voilà ce que tu n'aimes pas. Tu es une femme de type gin. La vodka te rend grognon. Ce qui explique pourquoi je vais illico t'octroyer une bonne mesure de l'excellent élixir du révérend père Gordon.

— Merci, Oliver.

Je saisis un regard d'Annie chargé d'une expression suppliante que je n'arrivai pas à interpréter. Elle m'indiqua d'un geste le fond de la pièce, à l'écart de tous. Je l'y rejoignis et nous fîmes mine d'admirer un portrait acrylique de la famille Logan réalisé par Oakshett.

— Je viens de voir David, chuchota-t-elle. Quel est son problème ?

— Oh, fis-je, un peu crevé, c'est tout. Autant que tu le saches... Il a eu une petite séance avec Clara, cet après-midi.

— Oh, non...

— Ils ont été surpris par la pluie. Vont bien tous les deux. Un peu fatigués. En fait, Max pense que Clara a merveilleusement progressé.

— Vraiment ? dit Anne en secouant tristement la tête. David a évoqué une dispute avec Simon, mais il n'a rien voulu me dire de plus. Que s'est-il passé ?

— Cela ne sert à rien de te le cacher, Anne, ce garçon-là fait réellement des miracles. Il n'y a aucun doute à avoir. Tu es d'accord ?

Elle voulut parler.

— Tu es d'accord ? répétai-je lentement.

Elle me regarda en retenant son souffle.

— Oh, Ted, murmura-t-elle. Oh, Ted, tu es un homme merveilleux !

Elle me tira par la chemise comme un enfant.

— Je *savais* que je pouvais compter sur toi. Je le *savais* !

— Compter sur Ted ? tonitrua Oliver près de nous. Je trouve ça difficile à croire, reprit-il en tendant à Anne son verre de gin.

— Ted est un ange, lança Anne d'une voix pétulante. Il a promis d'emmener les jumeaux faire de la montgolfière à Brockdish, demain. C'est tellement gentil de sa part !

— De la montgolfière à Brockdish ? Avec un caleçon de Ted dont on a cousu le fond et qu'on a rempli d'air, c'est ça ?

— Non, Oliver. On prend une baudruche de la taille de ton ego et on te demande de la remplir du vide de ta conversation. Voilà comment on procède !

— L'humour n'est pas tout à fait ton domaine, mon chou, fit Oliver. Juste un chouïa trop lourdingue, vois-tu.

Rebecca, Patricia et Simon arrivèrent les derniers. Patricia me lança un petit sourire discret. Elle avait dû réfléchir à ma proposition, me dis-je. Vraiment délicieux !

Neuf

II

— Nous devions être douze à table, ce soir, annonça Anne alors que nous nous dirigions vers la salle à manger. Mais Jane n'est pas encore arrivée et Davey et Clara sont allés se coucher de bonne heure. Donc, il va falloir mettre Max, Oliver, Mary et Simon de ce côté-là, et Rebecca, Ted et Patricia de ce côté-ci.

— Il fait si sombre qu'on se croirait en hiver, remarqua Michael en fermant les volets.

— C'est intime, dit Oliver.

— Sinistre, fis-je.

On servit en entrée un magret d'oie fumé et côté conversation tout se passait plutôt bien jusqu'à ce que Patricia s'enquière de la santé de Lilac.

— Elle va bien, répondit Simon. Parfaitement remise.

— Ce qu'il y a de plus remarquable, commenta Patricia, c'est que ce vétérinaire était absolument catégorique : empoisonnement à la jacobée. J'ai regardé à la bibliothèque. C'est une maladie grave qui entraîne des lésions irréversibles du foie. Comment expliquer que Lilac puisse s'en être tirée ?

Simon marmonna quelque chose sur les vétérinaires qui pouvaient se tromper comme tout le monde.

346

— Il faut que l'on regarde les choses en face, Anne, dit Mary. Je sais que tu n'aimes pas qu'on aborde ce sujet mais certaines choses doivent être dites. En dehors de toute autre considération, Max et moi tenons à exprimer notre reconnaissance envers Davey.

Simon entama son magret d'un coup de couteau qui fit crisser l'assiette.

— Je suis ravie que vous soyez heureux, dit Anne. Ravie aussi pour Clara.

— Et pour Oliver, reprit Max. Oliver aussi est heureux.

— Absolument, approuva Oliver. Je suis heureux. Je peux manger des trucs répugnants et descendre les verres de vodka sans me faire de souci !

— Et moi je suis heureuse, reprit Rebecca. Heureuse pour ma fille.

— Et vous aussi vous devez être heureux, n'est-ce pas, Anne et Michael ? demanda Patricia. Heureux pour le petit Edward.

— Et Simon doit être heureux pour Lilac, dit Mary.

Simon acquiesça, mal à l'aise.

— C'est tellement *stupide* de ne pas en parler ! poursuivit Mary, les yeux brillants. Comme s'il s'agissait d'un secret honteux et non d'un miracle, d'un merveilleux miracle qui a rendu tout le monde heureux !

Je plaquai bruyamment mon couteau et ma fourchette sur la table. C'était le moment. Autant se lancer maintenant.

— Eh bien, au risque de paraître pisser sur le feu de joie, lançai-je, je dois dire que je ne suis pas heureux du tout ! Putain, non, je ne suis pas heureux ! En fait, je me sens malheureux à en crever.

— Naturellement, sinistre vieux débris ! Ça ne m'étonne pas ! jappa Oliver. Et tu l'as bien mérité ! Dieu tout-puissant, quel triste spécimen tu es !

— Du calme, du calme ! s'écria Michael en tapant du poing sur la table. Qu'est-ce qui se passe ici ? Je vous en prie : nous sommes à table !

— Je suis désolé, Michael. Tu es notre hôte et tes désirs sont des ordres, mais je pense que Ted Wallace la Menace l'a bien cherché !

— Oyez, oyez ! fit Rebecca.

Oliver pointa sa cuillère dans ma direction.

— Tu ne crois toujours pas au pouvoir de Davey, admets-le, Ted ?

Je regardai Anne dans les yeux et haussai les épaules.

— Puisque vous insistez, alors autant vous le dire : non, je ne crois pas au pouvoir de Davey.

— Vous voyez ! Il n'arrive pas à l'accepter ! glapit Oliver d'une voix devenue suraiguë. Il se voit accorder une chance unique, comme nous tous ici, une chance que personne ne rencontrera jamais en un millier de vies. On lui accorde cette chance *unique* de pouvoir s'extirper enfin, tout seul, de ce marécage où il est resté embourbé depuis des années, cette chance unique de pouvoir regarder vers le haut et de voir la beauté des choses, et quelle est sa réaction ? « Putain, non, que je ne suis pas heureux ! Je suis malheureux à en crever. » Évidemment qu'il n'est pas heureux. Ce dont nous avons tous été témoins, la semaine passée, n'est rien de moins qu'une révélation divine ! Une révélation divine, sacré nom d'un chien, sous nos yeux, et que chacun d'entre nous peut constater et fêter. Car nous possédons encore cette infime dose d'humilité qui nous permet de crier et de pleurer de joie sans vergogne. Chacun d'entre nous, sauf un sacré vieil entêté, une tête de mule, qui refuse de voir, qui refuse d'entendre, Ted l'esprit fort !

Il en avait les larmes aux yeux. Gêné, je piquai du nez dans mon assiette.

— Je suis désolé, reprit Oliver. Je suis désolé, Ted, mais la vérité, c'est que je t'aime, sacré vieil imbécile. Tu es mon ami et je t'aime. Nous t'aimons tous... Mais tu es un tel... un tel...

— Ça va, Oliver, coupa Rebecca. Nous savons tous ce qu'il est. Je voudrais seulement savoir une chose, chéri, reprit-elle en se tournant vers moi. Pourquoi ne peux-tu accepter ce que tu vois ? Te serait-il tellement difficile de regarder la vérité en face, pour une fois ?

— Quelle vérité ? demandai-je.

— Reconnaître, dit Oliver, qu'il existe vraiment une chose qu'on peut appeler l'opération de la Grâce.

— Reconnaître, ajouta Rebecca, qu'il existe vraiment quelque chose, là-haut.

— Je ne m'intéresse pas à ce qui se passe là-haut. Je m'intéresse seulement à ce qui se passe là-dedans, fis-je en me tapant la poitrine.

— *Bon Dieu !*

Oliver fit claquer sa fourchette sur la table.

— Pourquoi diable as-tu besoin de dire des choses pareilles ? Ce n'est pas un débat de philo de terminale, merde ! Arrête de jouer les malins !

— Je dois dire, intervint Max, qu'il est assez curieux de remarquer que, parmi nous tous, seul le poète reste impossible à convaincre. Où est passé ton sens du mystère, ton imagination ?

— Non ! dis-je. Ce n'est pas curieux du tout. Si les mystères ou l'imagination m'intéressaient, je serais devenu physicien. Je suis poète parce que je suis très terre à terre. Je ne suis bon qu'avec les choses que je peux goûter, et voir, et entendre, et sentir, et toucher.

— Allons bon, nous y voilà ! Le paradoxe avec ses foutus gros pataugas !

— Cela n'est pas un paradoxe du tout, Oliver.

— Alors explique-nous ce que tu es venu faire ici ? Seulement nous flanquer à tous une bonne douche glacée ? Rire en douce dans ta barbe pleine de morve ? Si tu n'arrives pas à prendre les choses au sérieux, pourquoi t'acharner à gâcher notre bonheur ?

— Mais si, je prends tout cela au sérieux. Très au sérieux, même. Jane et Davey sont tous deux mes filleuls. Croyez-le ou non, mais pour moi c'est une chose sérieuse. Vraiment très, très sérieuse.

— Alors pourquoi donc… commença Rebecca avant d'être interrompue par Anne.

— Il faut que je sonne Podmore, expliqua celle-ci. Je préférerais que nous arrêtions cette conversation en sa présence.

Nous restâmes figés dans un silence pesant et tendu tandis que Podmore changeait les assiettes et servait le plat principal. J'avalai coup sur coup deux grands verres de vin. J'avais chaud et je me sentais mal à l'aise. Oliver, en face de moi, m'adressait en alternance des regards noirs et des hochements de tête pleins de compassion. J'avais été touché de l'entendre dire qu'il m'aimait.

Michael faisait rouler le pied de son verre entre ses doigts et fronçait les sourcils. Par moments, il me jetait des regards furtifs, intrigués. Simon, écarlate, paraissait très gêné. Max, Mary, Rebecca et Patricia semblaient s'être ligués pour bavarder avec ostentation du temps et de la politique. Chacune de leurs remarques idiotes semblait délibérément me narguer comme s'ils me mettaient au défi de briser leur unité. Cela me rappelait une mise en quarantaine à l'école.

Finalement, Podmore quitta la pièce.

— Fin de la mi-temps, dit Oliver. Deuxième round.

— Tedward, dit Michael en s'attaquant à une pomme de terre rôtie. Je ne comprends pas. Est-ce que tu refuses tout en bloc? Tout ce que je t'ai raconté?

— Le problème n'est pas de refuser, Michael. Je ne refuse pas de croire ce que tu m'as raconté sur ton père, pas ce que tu m'as raconté sur…

— Hé! Holà! s'écria Oliver. Minute, papillon! Le *père* de Michael?

Je cherchai le regard de Michael. Celui-ci haussa les épaules et marqua son accord d'un hochement de tête. Je racontai donc l'histoire d'Albert Bienenstock, de ses chevaux et de Benko, son ordonnance. Rien de nouveau pour Anne ou Rebecca mais, visiblement, les autres, y compris Simon, en restèrent stupéfaits.

— Eh bien, vous voyez, fit Patricia en me donnant un coup de coude. C'est héréditaire. Ça a sauté une génération mais c'est une histoire héréditaire.

— Oh, mais je n'en doute pas, répliquai-je. À vrai dire, j'en suis tout à fait persuadé.

— Mais alors, bon Dieu, de quoi doutes-tu donc ? demanda Oliver, exaspéré.

— Écoutez, dis-je, il vaudrait mieux que je commence par vous dire pourquoi je suis ici. En fait, c'est parce qu'on me l'a demandé.

— Demandé ?

— Jane me l'a demandé. Je suis tombé sur elle par hasard à Londres, il y a deux semaines. Elle m'a dit... en fait, elle m'a dit très peu de chose. Elle m'a dit qu'elle était débarrassée de sa leucémie et qu'il y avait eu un genre de miracle à Swafford pendant son dernier séjour. C'est tout. Elle voulait que je découvre le reste moi-même.

— Ce que tu as fait.

— Ce que j'ai fait.

— Alors, où est le problème ? demanda Michael.

— Il n'y a pas de problème, dis-je. Pas de problème du tout.

— Mais Davey ? dit Oliver. Que penses-tu de Davey ?

— Tu veux vraiment que je te le dise ?

— *Oui !* hurla Oliver.

— Doucement, Oliver, fit Michael.

Je comprenais assez bien la note d'hystérie dans la voix d'Oliver. Personnellement, je faisais de mon mieux pour avoir l'air aussi détaché et neutre que possible. Mais je me demandais bien comment on allait accueillir ce que j'avais à dire.

— Je pense que Davey...

La porte s'ouvrit.

— Qu'y a-t-il, Podmore ? demanda Anne d'un ton inhabituellement sec.

— Je vous demande pardon, lady Anne. On demande lord Logan au téléphone, dans son bureau.

351

Agacement général autour de la table. Soulagement de mon côté : cette diversion allait m'accorder quelques minutes pour rassembler mes idées et mettre un peu d'ordre et de cohérence dans mes pensées. Si j'avais eu un crayon et du papier, j'aurais probablement fait une liste. Ted et ses tendances anales !

Michael se leva.

— Zut, je suis désolé. Si on m'appelle sur la ligne de mon bureau, c'est sans doute l'Amérique et très urgent. Je serai aussi bref que possible. Tu veux bien m'attendre, Ted ? Je ne veux rien rater de ce que tu as à dire.

Trois minutes tendues s'écoulèrent dans un silence général. Je bus un autre verre de vin sous les regards réprobateurs de l'assistance.

Michael revint et ferma la porte derrière lui.

— Désolé, dit-il en reprenant sa place. Ted, je t'en prie, continue !

— Qu'est-ce que je disais ?

— Oh, pitié, Seigneur, voilà qu'il est saoul, à présent ! fit Oliver. Tu t'apprêtais, gros Teddy, à nous exposer ton avis d'expert sur David.

— Ah, oui ! Eh bien, je crois qu'on peut la résumer ainsi : David est un garçon sensible et un garçon orgueilleux.

Max éclata de rire et les autres l'accompagnèrent. Oliver émit un grognement de mépris.

— Et voilà tout ? « David est un garçon sensible et un garçon orgueilleux. » Fin de l'analyse. Je crois que tu as trouvé les mots, mon cher. S'il y a quelqu'un qui est sensible et orgueilleux, c'est Edward Wallace. Trop fier et trop sensible pour croire ce qui entre en conflit avec ses théories fumeuses. Ou pour admettre ses erreurs, même quand il reconnaît lui-même s'être trompé.

— Tais-toi, Oliver ! fit Michael d'un ton si féroce que chacun sursauta. Je tiens à entendre ce que Ted a à dire. Maintenant plus que jamais, je tiens à l'entendre.

Vous comprendrez pourquoi plus tard. Pour l'instant, tais-toi.

Je le regardai, intrigué. Il me fixa à son tour avec une grande intensité et – je crois que je m'en suis rendu compte dès ce moment-là – avec effroi. Rétrospectivement, je me dis que c'était probablement surtout de la détresse. Mais sur le moment, je n'ai pas su décrypter ce regard.

— Eh bien, repris-je, comme je le disais, David est sensible et orgueilleux. Il aime la poésie et ce qu'il considère comme la Nature – avec un N majuscule. Il n'est pas tout à fait aussi intelligent qu'il souhaiterait l'être, mais qui l'est, parmi nous ? Notez bien qu'il n'est pas inintelligent. Il est suffisamment intelligent pour avoir une vague idée de ce qui est important ou sérieux, et pour se sentir frustré de ne pas pouvoir tout comprendre. Comme la plupart des choses qu'il estime restent hors de sa portée intellectuelle, il se figure qu'il peut saisir la vérité par intuition ou par quelque processus plus profond, quelque esprit de la nature. Il n'arrive pas à croire que Dieu aurait pu lui accorder assez de sensibilité pour réagir à la beauté et aux idéaux sans lui fournir, en même temps, l'équipement mental ou le talent artistique pour y participer. Rien de tout cela, à mon avis, n'est inhabituel chez un garçon de quinze ans. En fait, il serait vraiment bizarre et monstrueux que David soit réellement aussi intelligent et précoce qu'il le désire. Il y a une croissance de l'intellect tout comme il y a une croissance du corps. Davey diffère des autres enfants, cependant, par son extraordinaire sensibilité. Certains enfants hypersensibles se contentent de souffrir en silence, mais David allie à cette sensibilité hors du commun un formidable orgueil. Il déteste ses manques. Il ne peut pas les supporter. Cela l'a conduit à un état d'hystérie déprimant et dangereux. Confrontés à la même situation, certains enfants, tout aussi sensibles et orgueilleux, se réfugient dans le fantasme et inventent, par exemple, que leurs parents sont milliardaires. Dans le cas de David, son père l'est déjà, ce qui exclut cette ressource. D'autres imaginent être des enfants trouvés, des extraterrestres, des agents secrets ou bien se croient capables de voler, de devenir invisibles ou habités de pouvoirs surnaturels. Et c'est ce que David a choisi : les pouvoirs surnaturels. Normalement, cela n'aurait pas eu d'importance car, dans un contexte banal, l'entourage de cet enfant aurait dissipé ces illusions à force de taquineries ou de raisonnements. Mais, bien au contraire, vous les avez encouragées, chose absurde, irresponsable et, à mon avis, terriblement dangereuse. L'hystérie de David n'a fait que croître et embellir. Elle a même fini par contaminer la maisonnée tout entière.

Je bus une longue gorgée de bordeaux.

Ce fut Oliver, évidemment, qui rompit le silence. Il me regardait, les yeux ronds, incrédule.

— Comment peux-tu rester là, à nous déballer tout ça ? Nous sommes sûrs de ce que nous avons vu.

— Oh, que non ! Vous n'avez pas la moindre idée de ce que vous avez vu. Et tu peux me croire quand je dis ça. David ne possède pas le moindre pouvoir surnaturel. Il n'y a rien de miraculeux dans ce qu'il a fait ou peut faire. C'est un enfant très, très, très ordinaire qui possède une dose un peu moins ordinaire de sensibilité et d'orgueil...

Il y eut un bruit derrière la porte. Nous fîmes silence.

La porte ne s'ouvrit pas.

— Entrez ! cria Michael.

Aucune réponse. Avec un claquement de langue agacé, Michael marcha vers la porte, l'ouvrit, jeta un regard à gauche et à droite : le couloir était vide.

— Ô, mon Dieu ! fit Anne. Tu crois que Podmore écoutait ?

— C'est probablement le vent, dit Michael en refermant la porte et en regagnant sa place. Un autre orage se prépare.

Il était vrai que le vent avait recommencé à hurler aux fenêtres et dans les cheminées.

— Continue, Ted, fit Oliver d'une voix rauque. Tu disais, je crois, que nous étions tous irresponsables et absurdes, et que David était un enfant très, très ordinaire.

— C'est un enfant normal qui a besoin d'énormément de gentillesse et de compréhension si l'on ne veut pas le voir sombrer dans l'hystérie et la confusion.

— Mais tu n'es qu'un tissu de contradictions, coupa Max. Tu viens d'admettre, à l'instant, que les pouvoirs du père de Michael étaient héréditaires et maintenant tu nous dis que ces pouvoirs n'existent pas.

— Je n'ai jamais rien dit de pareil.

— Il est saoul, dit Patricia. Si quelqu'un a besoin de gentillesse et de compréhension, c'est bien *vous*, Ted !

— J'ai besoin d'en avoir ma part, c'est certain.

— Nous pouvons tous jouer à l'apprenti psychiatre, tu ne crois pas, Ted ? dit Rebecca. On pourrait, par exemple, étudier l'esprit du poète vieillissant…

— Bonne idée, fit Oliver. L'homme qui croit que la spiritualité est son domaine, un domaine réservé à lui seul. L'homme qui croit que les visions d'art et d'infini sont l'apanage exclusif des croulants cacochymes qui pintent sec et comprennent Ezra Pound. L'homme qui a tant de mal à écrire ses propres poèmes qu'il a forgé une théorie déniant aux autres toute possibilité d'inspiration. « Si, moi, je dois crapahuter des heures dans la boue, à suer et en baver, j'en conclus fatalement que c'est le lot de chacun. » C'est là ta grande et noble philosophie, non ? Admets que le spectacle d'un enfant innocent, doté par le ciel d'une grâce particulière, t'est insupportable à en crever.

— Tu peux, à bon droit, penser que je manque de grâce, dis-je, mais tu…

— Manquer de grâce, chéri ? Pourquoi irions-nous donc penser cela ? Ta propre inspiration s'est tarie il y a bien longtemps et tu as vécu sur un crédit usurpé depuis lors. Le vieil escroc que tu es ne peut que se moquer ou rejeter le Beau ou l'Authentique. Manquer de grâce ? Seigneur Dieu, certainement pas !

— Laissons de côté ces problèmes de personnalité pour l'instant, interrompit Max avec l'autorité d'un président de conseil d'administration. Est-ce que tu refuses d'admettre, Ted, que la vie d'Edward a été sauvée ?

— Non. Je dois admettre que je ne peux pas le nier.

— Et pour Lilac ? dit Oliver. Et Jane ? Et moi ? Et Clara ? Tu refuses de l'admettre ? Regarde un peu ce qui est sous ton gros pif, mon gars !

— Ça va, Oliver. Calme-toi, dit Michael. Disons les choses clairement, Ted. Est-ce que tu affirmes que mon fils ne possède absolument aucun pouvoir ?

— *Non !* m'écriai-je. Ce n'est pas du tout ce que je dis ! Je pense que c'est un garçon remarquable et merveilleux. Je pense qu'il est, à sa manière, un miracle. Pas un magicien, mais un être assez exceptionnel pour être un miracle dans ce monde. Je pense qu'il possède des pouvoirs qui sont aussi rares que précieux.

— Je deviens folle, fit Patricia en se tirant les cheveux. Vous nous avez déclaré, il y a une minute : « David ne possède pas le moindre pouvoir surnaturel. C'est un enfant très, très, très ordinaire. » Ce sont vos termes exacts. Et une minute plus tard...

— Je maintiens chaque mot que j'ai prononcé.

Il y eut un tohu-bohu unanime et outragé devant tant de mauvaise foi. Anne imposa brutalement le silence.

— Oh, taisez-vous, tous ! coupa-t-elle d'un ton furieux. Vous êtes aveugles, non ? Vous ne voyez rien ? Vous dites à Ted qu'il refuse de voir la vérité qui est sous son nez mais ce n'est pas Ted, c'est vous, vous qui êtes aveugles ! Ted a absolument raison. Tout ce qu'il vient de dire est absolument exact et plein de bon sens et vous n'arrivez pas à le voir.

— Annie, ma chérie ! Je ne comprends pas ! dit Michael en regardant sa femme avec des yeux effarés.

356

— Excuse-moi, Michael, dis-je. Mais je n'ai pas joué franc jeu avec toi.

— Un jeu ? Tu as joué à un jeu ?

— Oh, pas un jeu exactement. Disons que j'ai voulu prendre une revanche. Favoriser le quiproquo. Tu m'as demandé si, oui ou non, je pensais que ton fils possédait des pouvoirs quelconques. Et j'ai dit oui. J'ai dit que c'était un garçon remarquable et merveilleux. Ce que tu n'as pas compris, ce qu'Annie a été la seule à comprendre, c'est que *je ne parlais pas de Davey*.

Mais il ne voyait toujours pas. Les autres non plus, d'ailleurs.

— Tu ne parlais pas de Davey ?

— Non. Je parlais de *Simon*.

— Quoi ?

Oliver se tourna d'un bond vers Simon qui, pétrifié de stupéfaction et d'inquiétude, restait bouche bée, la fourchette figée à mi-chemin entre l'assiette et le menton.

— Oh, écoutez... balbutia-t-il. Franchement, oncle Ted... Je, je...

— Je suis désolé, Simon, dis-je. Mais il faut qu'on dise la vérité.

Annie se pencha pour poser la main sur le bras de Simon.

— Ted, Annie ! Expliquez-nous... Qu'est-ce qu'il se passe, je vous en prie ? demanda Michael.

— Tu as vu toi-même comment tout a commencé, il y a deux ans, Michael. Pour l'instant, nous appellerons ça le premier miracle. Tu es entré dans la chambre où Edward était étendu, victime d'une crise d'asthme, suffoquant et quasiment inconscient. Simon a fait ce que n'importe quel être sain d'esprit aurait fait : activer les bras du gamin d'avant en arrière pour essayer de réamorcer sa respiration, donner des coups de poing dans la cage thoracique. Quelques secondes plus tard, David, le sentimental, hystérique David, l'écarte d'une bourrade, effrayé par ce qu'il juge être une violence gratuite dont il ne voit pas l'utilité. Davey vient juste de poser sa main sur la poitrine de l'enfant lorsque Annie et toi vous entrez dans la pièce. À ce moment précis, les résultats des premiers secours tout à fait appropriés de Simon commencent à se manifester. Voilà donc Edward qui tousse et qui crache. Tu vois la main posée sur la poitrine du gamin et tu penses immédiatement à ton père qui, en dépit de ce que lui disait son propre bon sens, a failli se laisser persuader qu'il avait opéré un miracle avec le pied de son ordonnance. Un peu plus tard, tu racontes l'histoire de Benko à Davey et ce petit benêt, qui avait seulement posé la main sur la poitrine de l'enfant pour sentir battre son cœur ou toute autre raison aussi futile, se retrouve convaincu d'avoir hérité du pouvoir magique de son grand-père.

— Mais… vous ne pouvez pas *tout* expliquer de manière aussi rationnelle, dit Patricia, avec, cependant, une légère trace de doute dans la voix.

— Expliquer un coucher de soleil ne diminue pas sa beauté. Et ce n'est pas là le propos. Simon possède du tact et un grand sens pratique. Il n'est pas sentimental mais il est bon. Et il est totalement dépourvu d'ego. Il ne lui est jamais venu à l'esprit de s'attribuer un mérite quelconque ou de s'attendre à des remerciements. Davey, en revanche… Eh bien, réfléchissez un peu. Voyez la suite. Michael et Anne décident que la guérison miraculeuse d'Edward par Davey doit rester un secret. Michael parce qu'il ne veut pas que son fils soit harcelé ou rejeté comme l'avait été Albert. Annie parce qu'elle sent que cela renforce l'orgueil familial de Michael et aussi parce qu'elle a peur que Michael ne puisse penser qu'elle est jalouse des talents apparents de Davey. Ce qui était précisément le cas, n'est-ce pas, Michael ?

Michael approuva d'un hochement de tête.

— Seulement voilà ! En dépit de cette conspiration du silence, le secret des pouvoirs de Davey s'est répandu. Comment ? Je vais vous le dire. C'est ce sacré

358

Davey qui a fait en sorte que cela s'ébruite, voilà tout. J'en ai eu la preuve dans une récente lettre de Jane. « Au début, quand Davey m'a dit comment il avait guéri Edward... » Il n'entrait pas du tout dans les intentions de Davey de garder sous le boisseau ses dons magiques ! Jane en a parlé à Patricia et à Rebecca, qui l'ont dit à Max et à Mary et à Oliver. Davey a proclamé au monde entier son statut de guérisseur et de faiseur de miracles.

— Je pense que je vais me retirer, maintenant, si vous permettez, fit Simon en se levant de son siège.

Il avait écouté toute cette conversation avec une gêne et un malaise grandissants.

— Oh, non ! Je t'en prie... intervint Michael. Je t'en supplie, reste !

À regret, Simon se rassit. Tout le monde le regardait, ce qu'il détestait.

— Ce que vous essayez de nous dire, donc, c'est que l'artisan de toutes ces guérisons, c'est *Simon* ? résuma Patricia. C'est Simon qui aurait hérité des dons de son grand-père ?

— Il est évident que Simon a hérité des dons d'Albert Bienenstock, dis-je.

— Simon, un guérisseur... fit Michael en secouant la tête.

Simon, quant à lui, se contentait de se tortiller sur sa chaise, tout gêné, le pauvre gamin.

— Michael, comment ne comprends-tu pas ce que je veux dire ? Ton grand-père n'était pas un « guérisseur ». Les dons qu'il possédait n'étaient rien d'autre que les dons d'une bonne nature : le sang-froid, la gentillesse, la droiture, l'altruisme, le courage, la modestie et le bon sens. Prosaïque, me direz-vous ? Mais la poésie n'est-elle pas l'exaltation du prosaïque ? Les qualités d'Albert Bienenstock peuvent paraître ternes comme un morceau de charbon mais, toutes ensemble, concentrées en un seul homme, elles brillent de l'éclat du diamant. Voilà l'héritage de Simon. Cela ne te suffit pas ?

En tout cas, cela ne suffisait pas aux autres.

— Je regrette d'insister là-dessus, reprit Patricia. Mais vous évitez le vrai sujet, Ted. Qu'en est-il de Jane, et Lilac, et Oliver, et Clara ?

Je me versai un autre verre de vin. Ce vin, qui descendait si bien, mêlé à ma tension nerveuse et à l'adrénaline circulant dans mes veines, commençait à affecter mes intestins et à produire force borborygmes et flatulences.

— Davey croyait sincèrement posséder le don de guérir les maladies, poursuivis-je en contenant de justesse un pet foireux. Je crois que nous pouvons en être certains. Il a échafaudé toute une théorie fumeuse sur la nécessité d'être pur pour pouvoir canaliser son mystérieux pouvoir.

— Pur ? demanda Michael.

C'est là que cela devenait extrêmement épineux.

— Je pense qu'il a dû découvrir, peut-être en s'exerçant sur des animaux blessés, qu'il ne pouvait pas toujours guérir par simple imposition des mains. Il a concocté une théorie bizarre. « Pur et naturel » en étaient les mots clés. Ce qu'il entendait par là, Dieu seul le sait ! Des mots à peu près aussi creux et vides que la moyenne des slogans publicitaires. Pour David, il importait d'être aussi pur et naturel qu'un animal. Pur et naturel comme une coccinelle, bien sûr. Pas pur et naturel comme le cousin de la coccinelle, le bousier. Pur et naturel comme la gazelle. Pas pur et naturel comme la hyène qui dévore à belles dents les yeux de la gazelle et se repaît de ses intestins. Ses idées de pureté et de naturel se rapprochent davantage des livres de cantiques pour enfants de l'époque victorienne que d'une vraie connaissance du monde de la nature. À moi les petites abeilles et les papillons. Loin de moi les limaces et les rats, sales et répugnants. Mais en même temps, ne l'oublions pas, David se trouvait en pleine puberté, événement qui n'est pas mentionné dans les livres de cantiques victoriens, événement aussi sale et répugnant qu'on peut l'imaginer. Il se trouve que David est un enfant d'une sensualité dévorante. Ceux d'entre nous, autour de cette table, qui sont du sexe masculin n'ont certainement pas oublié, j'en suis sûr, l'activité frénétique de nos gonades et de nos gamètes lorsque nous avions quinze ans. Dans mon cas, ils continuent à s'agiter, même s'ils ont perdu la fougue et l'énergie d'antan. David a été mortifié de découvrir un matin qu'il avait été victime d'une pollution nocturne. Gros dilemme. Pourquoi Dieu et la Nature avaient-ils rempli son corps de ce fluide répugnant ? Comment rester un joli petit lis immaculé quand on se sent habité d'une horreur gluante, toujours prête à jaillir ? Il trouva le moyen de le résoudre de la façon suivante. Le sperme était un agent de vie, c'était un fait avéré. Tant qu'il évitait de répandre cette semence par luxure, cet agent resterait pur, et même, en fait, serait l'essence la plus pure et puissante que l'on puisse imaginer. Il se dit que son sperme… j'espère que tu es prête, Annie… que ce sperme serait le vecteur idéal de ses pouvoirs de guérison. Et lorsque sa cousine Jane vint séjourner à Swafford, il s'est dit qu'il avait trouvé la patiente idéale pour un essai. Il a convaincu Jane que l'imposition des mains ne suffirait pas et qu'il avait besoin de l'imprégner de son essence. C'est une technique classique, celle qu'utilisent les gourous et les chefs spirituels de nombreuses sectes. Dans le cas de Davey, le désir ou l'appétit sexuel n'étaient pas son moteur et je suis certain que sa seule motivation était de guérir et d'aider.

— Oh, Davey… murmura Annie qui avait totalement ignoré jusqu'à maintenant cet aspect de la mission – et des émissions – de son fils.

Je me sentis un peu salaud de l'en informer publiquement.

— Je suis au regret d'avoir à vous dire, ajoutai-je, qu'il a sans doute utilisé la même technique avec Lilac.

Mâchoires tombant dans les assiettes, mitraillage oculaire d'Oliver.

— En ce qui concerne Oliver, poursuivis-je en me disant qu'il l'avait bien mérité, seul lui-même pourra vous décrire la technique employée dans son cas.

Mouvement de têtes en direction d'Oliver. Pauvre Oliver, quel piètre dissimulateur !

— Écoutez, fit-il en humectant ses lèvres. On y a tous cru, non ? Certains d'entre nous y croient encore. Tout ce que Ted a dit n'est que pur parti pris et fadaises. En fait, il n'a rien réfuté.

— Tu as séduit mon fils ? gronda Michael.

— Mais non, bon sang de bonsoir ! C'est lui qui m'a séduit ! Seigneur... cela va vous sembler absurde si je vous raconte ça... Enfin bon, pour utiliser un langage que Ted Wallace peut comprendre, je le reconnais : Davey m'a foutu sa bite dans le cul. Mais je vais beaucoup mieux, non ? Et c'était Davey. Pas Simon. Simon n'a pas levé le petit doigt pour moi. Je lui ai à peine parlé de toute la semaine, à ce petit plouc. C'est Davey. Naturellement que c'est Davey ! Qu'est-ce qui vous prend d'écouter radoter ce gros lard, bon Dieu ! Et que dites-vous de Jane et Lilac ?

Mary et Max échangèrent des regards horrifiés. Ils pensaient à Clara, les pauvres chéris.

— Je peux vous expliquer, pour Lilac, dis-je. Malheureusement, je crois que tout a été de ma faute.

— De *ta* faute ? fit Michael en fronçant les sourcils.

— Oui, c'est une histoire complètement idiote. J'ai appelé le vétérinaire, Nigel Ogden, ce soir. Je lui ai demandé de confirmer que Lilac avait bien été victime d'un empoisonnement à la jacobée. Il m'a dit que seule cette maladie pouvait expliquer la dépression, le saignement de la bouche, l'agitation, la position penchée contre le mur, les douleurs abdominales, le manque d'appétit, la diarrhée, la soif inextinguible, tout. Mais ce soir, dans mon bain, j'ai eu une inspiration. Comme Archimède ! Je ne suis pas vétérinaire mais personne ne me dénie mon titre d'ivrogne. Et si, ai-je demandé au véto, et si Lilac avait été saoule ? Franchement beurrée, complètement schlasse ? Une vraie biture de cheval à se réveiller avec mal à la crinière. Nigel a réfléchi une minute et a dû reconnaître que, bien qu'il n'ait jamais encore vu un seul cheval saoul de sa vie, oui, effectivement, les symptômes pouvaient être similaires à ceux qu'il avait constatés. L'alcool affecterait gravement un cheval, d'autant plus que cet animal a des difficultés à vomir. Cependant, cela n'expliquerait pas les saignements de la bouche. Mais sur ce point-là, moi, j'avais ma petite explication. Je vous épargnerai l'histoire complète. Très tôt, le deuxième jour de mon séjour à Swafford, j'avais jeté une pleine bouteille de vieux whisky single malt dans un seau. Précisément à l'ouest du parc, à l'endroit où par la suite Lilac et ses collègues à quatre pattes ont été mis en pâture.

— Vous avez fait *quoi* ? siffla Patricia.

— Oui, je sais, ça peut paraître complètement dingue mais sur le moment je m'étais senti obligé de le faire. On pourra en parler plus tard. Pour en revenir à ce soir, dans mon bain, à la minute où je me suis rappelé cet incident, toutes les pièces du puzzle se sont mises en place. Je suis sorti en douce avant le dîner pour retrouver le seau. La bouteille s'était cassée et tout le whisky s'en était échappé. Il y avait des traces de sang sur le verre brisé. Lilac, que l'on peut féliciter de son bon goût, a sans doute découvert ce trésor en paissant dans le parc avant-hier et s'en est donné à cœur joie, léchant, buvant et lapant joyeusement cette manne tout l'après-midi. Gageons qu'on ne lui avait jamais présenté de l'orge sous une forme aussi alléchante ! Elle n'a pas tout bu, fort heureusement, mais juste assez cependant pour se payer du bon temps et souffrir d'une méchante gueule de bois. C'est aussi simple que ça.

Ils me regardaient tous, les yeux ronds, sans mot dire. Et puis Simon s'est mis à rire.

— Saoule! Alors Lilac était saoule! Si je vous disais que j'étais sûr, moi, que ça ne pouvait pas être de la jacobée? Alec et moi avons passé un après-midi entier à inspecter le champ, parce qu'il en pousse parfois. Et c'est à surveiller, vous savez. Et inutile d'utiliser un herbicide parce que, bizarrement, ça ne fait que rendre la plante plus attirante pour les chevaux. Saoule!

Oliver tapa du poing sur la table.

— D'accord, dit-il, livide de colère. C'est peut-être vrai. Peut-être. Mais…

— Clara, coupa Max. Et pour Clara? Est-ce que tu prétends que ce garçon a osé…

J'ai senti qu'un peu de tact s'imposait.

— Tu seras heureux d'apprendre que David n'a pas appliqué à Clara le traitement employé avec Jane, Oliver et Lilac. Il a essayé cet après-midi de lui faire avaler quelque chose imprégné de son essence…

Je me suis dit que c'était assez proche de la réalité et qu'on pouvait interpréter la phrase littéralement ou métaphoriquement, à eux de choisir!

— … mais Simon l'en a empêché. Quelle idée a bien pu te prendre d'envoyer cette pauvre fille voir Davey, franchement, je me demande!

— On croyait bien faire, fit misérablement Mary. Il nous a semblé que c'était une bonne idée.

— Écoutez, loin de moi la prétention de vous faire la morale, mais je n'ai jamais vu de gamine aussi constamment humiliée que Clara. Vous proclamez, ouvertement, que vous avez honte d'elle. Vous la reprenez en public pour sa maladresse, ce qui, naturellement, ne fait que tout aggraver et vous ne lui manifestez jamais, me semble-t-il, la moindre marque d'amour ou d'estime.

— Quel culot! rugit Max de l'autre côté de la table. Qui te permet de…

— Oh, tais-toi, Max, il a raison et tu le sais bien, coupa Mary. Ted a raison. Clara ne répond pas à l'image que tu te fais de la parfaite héritière et tu ne le supportes pas !

Max chercha une seconde la bonne réponse puis, l'idée d'une querelle en public ne cadrant pas avec sa propre image, il se contenta de hausser les épaules et de se murer dans le silence.

— Simon a accompli un miracle avec Clara, la semaine passée, ai-je continué. Il lui a demandé de l'aider à l'écurie, de nourrir les poussins, de promener les chiots, de nager avec lui dans le lac. Il lui a donné confiance en elle. Il lui a montré qu'il l'aimait telle qu'elle était.

— Non, franchement, je n'ai rien fait... commença Simon.

— La pauvre fille a été très secouée par son expérience avec David, cet après-midi. Elle me l'a confié lorsque je suis passé la voir dans sa chambre, juste avant le repas.

— Eh bien, dis donc, on n'a pas chômé, à ce qu'il paraît ! lança Oliver. Tout à fait le...

— Qu'est-ce que tu veux dire par « son expérience » précisément ? interrompit Mary.

— Eh bien, comme je le disais, il arrive à David d'être assez intense dans sa manière d'agir. Clara a été effrayée. Et aussi un peu humiliée, j'imagine. Vous n'avez pas arrêté de l'envoyer consulter des médecins et des psys. Vous l'avez envoyée dans des colonies de vacances spécialisées, faire des retraites religieuses. Vous l'avez toujours traitée comme si elle était malade ou complètement maboule. Maintenant vous lui donnez l'ordre d'aller se faire soigner par David dans les bois, comme si elle avait la lèpre. Il se trouve que Simon les a vus ensemble et qu'il a emmené Clara avec lui. Il lui a dit qu'elle n'avait absolument rien d'anormal. Qu'il l'aimait telle qu'elle était et que si elle s'avisait de changer quoi que ce soit, il ne le lui pardonnerait jamais. Elle idolâtre Simon, évidemment, car pour la première fois de sa vie elle se sent aimée, tout simplement aimée. Je pense que ça, en ce qui la concerne, c'est un vrai miracle.

Mary chercha le regard de Simon.

— Écoutez… commença celui-ci tandis que de grosses larmes roulaient sur ses joues. Écoutez, il ne faut pas en vouloir à Davey. Il ne voulait pas faire de mal. Il voulait seulement aider. Il n'est pas méchant, pas du tout. Il est seulement un peu perturbé, c'est tout.

Annie lui caressa le bras.

Oliver s'était mis à trembler.

— Mais qu'est-ce que vous avez tous ? cria-t-il. Ted n'a toujours pas expliqué le plus important : Jane. Tu en es incapable, n'est-ce pas ?

J'ai haussé les épaules en guise d'excuse.

— Il arrive parfois qu'il y ait des rémissions, Oliver.

— Il arrive parfois ! Il arrive parfois que le pain se transforme en poisson ! Que les morts se mettent à marcher ! Que les poules aient des dents ! Tu te fous de nous ?

— Je peux vous en dire plus sur Jane, fit alors Michael d'une voix si grave que nous nous sommes tous tournés vers lui. Bex, je suis vraiment navré. Ce coup de téléphone, juste à l'instant… Jane est morte. À l'hôpital. Dans son sommeil. J'ai voulu attendre d'avoir entendu ce que Ted avait à nous dire.

Je fixai mon verre de vin. Depuis un moment j'avais deviné que quelque chose n'allait pas. Je repensai aux phrases débordantes d'enthousiasme de sa dernière lettre : « Souris ! Nous sommes aimés. Nous sommes aimés ! Tout sera merveilleux. Tout est lumineux ! Tout ce qui arrive *doit* arriver, *devait* arriver ! » Pauvre gamine !

— Passons à côté, dit Anne. Je ne pense pas que nous ayons envie de continuer le repas.

Nous avons quitté la table en silence pour passer au salon, Michael réconfortant Rebecca qui sanglotait sur son épaule, moi le bras passé autour de Patricia.

Je me sentais curieusement coupable, comme si, en rompant le charme de David, j'avais provoqué la mort de Jane et attiré le malheur sur cette maison.

Nous nous sommes assis sur les canapés entourant la grande ottomane au centre du salon, la contemplant tristement pour nous éviter la torture d'avoir à affronter nos regards. Avec le vent qui soufflait en rafales autour de la maison et la pluie fouettant les fenêtres, notre petit groupe ressemblait à une horde d'hommes des cavernes terrorisés, blottis autour d'un feu.

— Elle a fait une rechute, ce matin, expliqua Michael. Elle pensait qu'il s'agissait d'une erreur. Elle n'arrêtait pas de répéter aux médecins qu'elle allait bien, qu'elle devait absolument partir pour le Norfolk. Elle est morte à huit heures moins dix, ce soir.

Huit heures moins dix. Le moment précis où cette bouteille de whisky lâchée dans un seau m'est revenue en mémoire. Oh, du calme, Ted! Ressaisis-toi, mon vieux!

— Et tout ce temps, reprit Michael, tout ce temps-là, elle était persuadée de ne plus être malade. Elle n'a jamais fait ses adieux parce qu'elle était persuadée d'être guérie.

— Mais… et *moi*? explosa Oliver, incapable de se contenir plus longtemps. Et moi, alors? Je suis bien guéri, non?

— Mon pauvre Oliver! Tu as vraiment jeté toutes ces pilules?

— Je n'en ai pas besoin! J'en ai plus rien à foutre de ces sacrées pilules! Tu ne comprends pas?

— Alors pourquoi poussais-tu ces gémissements de douleur, tout à l'heure dans ta chambre?

— Je ne gémissais pas de douleur, je…

Pauvre bougre !

— Je *grognais* de douleur, dit-il enfin avec dignité. Il y a une grande différence.

— Je vais envoyer quelqu'un à Norwich te prendre des médicaments, dit Michael.

— C'est seulement de l'angine de poitrine, dit Oliver. Si j'arrive à avaler assez de vodka pour calmer la douleur, cela peut attendre jusqu'à demain.

Annie s'éclipsa de la pièce et Oliver me fixa de ses yeux rougis.

— Pourquoi, Ted ? Qu'est-ce qui t'a pris de tout gâcher ? Cela aurait pu être vrai. Pourquoi ne pouvais-tu pas nous laisser croire que c'était vrai ?

— Oh, Oliver, c'est toi le prêtre. Pas moi. Est-ce qu'on ne dit pas quelque chose comme « laisser l'homme face à son destin » ?

— Mais l'idée était tellement belle ! Et nous donnait tant d'espoir !

— Dis-toi bien que renoncer à l'idée d'une guérison par imposition des mains ou par l'injection du saint sperme ne signifie pas forcément que la vie et le monde sont sans espoir. Si tu veux parler de Grâce, parlons un peu de Simon !

— Oh, je vous en prie…

Simon se leva.

— Oncle Ted, s'il vous plaît, j'aimerais mieux que vous ne parliez pas de moi comme ça.

Je lui fis un petit signe de la main.

— Désolé, mon pote. Cela a été assez dur pour toi. Mais, tu vas voir, plus on vieillit et moins on redoute de se montrer sentimental. Je regrette de t'avoir mis mal à l'aise.

— Il faut que je sorte promener Soda, maintenant, dit-il en reculant vers la porte.

— Bonne idée !

Il s'arrêta sur le seuil.

— Euh… tante Rebecca. Je suis vraiment très triste pour Jane. Je te présente… euh… tu sais… mes plus sincères…

Il se tourna pour sortir mais se heurta à Annie.

— Simon ! cria-t-elle, paniquée. Davey n'est pas dans sa chambre !

Neuf

III

La première pensée de Mary Clifford fut pour sa fille.

— Et Clara ? gémit-elle.

Pauvre idiote ! Comme si David avait pu avoir l'idée de la kidnapper ou de partir au grand galop pour Gretna Green avec la pauvre créature ficelée sur son cheval, luttant et se débattant ! À mon avis, il n'avait plus envie de la revoir de sa vie, elle et ses grandes dents protubérantes.

— Clara est dans son lit et dort à poings fermés, dit Annie.

— Tedward, dit Michael. Ce bruit… derrière la porte… tout à l'heure.

La même pensée désagréable m'était venue à l'esprit. Si David avait entendu mon analyse pompeuse et féroce de sa psyché perturbée, Dieu seul sait comment il avait dû réagir. Vieux con maladroit que je suis ! D'une connerie désespérante !

— Oh merde ! Il ne peut pas être sorti par une nuit pareille. Non, pas dans son état !

— Son état ? fit Annie en me saisissant le bras. Qu'est-ce que tu veux dire, état ?

— Écoute, je n'ai pas le temps de t'expliquer. David s'est blessé cet après-midi. Il va parfaitement bien mais il devrait être dans son lit.

— Dis, papa, si tu fouillais la maison avec maman, Mary, Patricia et Rebecca ? dit Simon. Je vais chercher Soda et, avec les autres, nous chercherons dehors.

Simon me conduisit avec Max au vestiaire où nous nous équipâmes en bottes, cirés et lampes de poche.

Parés de pied en cap, nous traversâmes les cuisines sous les regards médusés du personnel et sortîmes par la porte arrière. Comme j'étais l'arrière-garde, c'est moi que Podmore choisit d'interroger.

— Quelque chose ne va pas, monsieur Wallace ?

— Mais si, mon vieux, tout baigne. On fait une course au trésor. Très marrant !

Arrivés dans la cour derrière les cuisines, Simon hurla pour couvrir le grondement du vent et le sifflement des rafales de pluie :

— D'abord au chenil. Chercher Soda.

Max et moi le suivîmes. La pluie me dégoulinait dans le cou.

— Tu crois vraiment qu'il a pu faire une fugue ? me demanda Max.

— Pas la moindre idée. Bon Dieu, j'espère que non. Mais s'il a entendu ce que je disais de lui tout à l'heure, on comprend qu'il n'ait pas vraiment envie de se présenter devant nous !

— Et c'est quoi, exactement, cette blessure ?

— Ta fille l'a mordu.

Max hocha la tête.

— Je vois. Oui, je vois. Ce qui est idiot, c'est que je ne l'ai jamais vraiment aimé, ce petit merdeux. J'ai toujours été soulagé que ce soit Simon mon filleul et pas lui. J'aurais dû me fier à mon instinct.

— Ce n'est pas un petit merdeux, répliquai-je en essayant de sortir la capuche de mon Barbour. Ce n'est tout de même pas sa faute si tout le monde l'a encouragé à se prendre pour Jésus-Christ !

Nous étions arrivés au chenil. Soda vivait à l'écart des beagles qui aboyaient et glapissaient dans leurs niches. Max et moi essayâmes de les calmer en leur disant que les orages, c'était de la rigolade, tandis que Simon sortait Soda et la prenait en laisse.

— Elle a un flair du tonnerre, vous savez. Davey et moi avons souvent joué à cache-cache avec elle. La chasse à l'homme et tout ça.

Il se pencha pour parler à Soda avec cette voix rapide et excitée que les humains prennent pour parler aux chiens.

— Cherche Davey, Soda ! Vas-y, ma fille, cherche ! Cherche Davey ! Où il est, Soda ? Allez, où il est ?

Soda gambadait et jappait de plaisir, pas étonnée le moins du monde de voir des bipèdes jouer à ces jeux débiles au milieu d'une nuit d'orage. Enfin, j'imagine que quand on est un chien et qu'on a l'habitude de voir les humains passer en trombe dans des boîtes en fer ou s'absorber dans la contemplation de grands morceaux de papier au moment du petit déjeuner en faisant sortir de la fumée de petits tubes blancs, rien ne vous étonne plus, venant de cette race.

Notre groupe, Simon et Soda en tête, quitta les chenils et fit le tour de la maison. Soda, la truffe au sol, reniflait et haletait. De temps à autre, elle faisait une boucle, suivant une fausse piste, puis revenait sur l'allée.

— Rien pour l'instant, dit Simon.

Je regardai les fenêtres de la maison, constatant qu'on allumait une à une toutes les pièces, à tous les étages. L'équipe de l'intérieur ne semblait pas avoir plus de chance que nous. Je me demandai si quelqu'un aurait le courage d'appeler les domestiques à la rescousse.

Nous étions arrivés devant la porte d'entrée quand Soda se mit à flairer les marches et à japper en tournant en rond, tout excitée.

— Je crois qu'elle a trouvé quelque chose, cria Simon. Vas-y, ma fille ! Cherche Davey ! Cherche !

Soda aboya deux fois et partit en flèche sur la pelouse centrale, entraînant dans son sillage Simon cramponné à sa laisse. Max piqua un sprint pour les suivre, bien décidé à prouver qu'il ne se laissait pas distancer par un épagneul et un gamin de dix-sept ans. En petites foulées moins sportives, je ne tardai pas à rejoindre le trio au bout de la pelouse. Le faisceau des lampes de Max et de Simon explorait tous les alentours mais il y faisait assez clair pour qu'on pût constater rapidement qu'il n'y avait pas trace de David. Peut-être avait-il franchi le saut-de-loup pour passer dans le parc ? C'est là que je m'étais rendu, au début de la soirée, pour examiner ce seau plein de whisky. Une inspiration me vint, par association d'idées.

— Fausse piste, fit Simon.

Soda n'arrêtait pas d'aboyer furieusement en décrivant des cercles frénétiques au niveau du fossé.

— Attends un peu, haletai-je. C'est là que j'étais, l'autre jour. C'était très tôt, le matin.

— Et alors ? dit Max.

— Eh bien, j'ai suivi des marques de pas dans la rosée, sur la pelouse, et c'est là, exactement, que j'ai perdu ces traces. J'ai trouvé ça incompréhensible. Ce même matin, je suis allé dans le parc et j'ai jeté la bouteille de whisky. Il me semblait que je devenais fou : une trace de pas conduisait jusqu'ici, s'arrêtait et puis plus rien.

Simon examina la pelouse et le côté du fossé où Soda continuait à bondir et à japper comme une folle. Puis il se laissa glisser le long de la pente et encouragea Soda de la voix.

— Cherche Davey ! Trouve-le, vas-y ! Soda, ma fille, trouve-le !

Tout en maintenant la note aiguë de ses glapissements excités, Soda se mit à gratter le talus de ses pattes. Simon l'observa un moment puis la saisit par le collier pour la tirer en arrière.

— Regardez, fit-il en montrant quelque chose du doigt. Par ici !

Nous étions toujours sur la pelouse, aussi Max dut-il se mettre à plat ventre pour examiner le côté du talus et suivre du faisceau de sa torche la direction que Simon lui indiquait, une ligne qui formait les trois côtés d'un carré.

Simon saisit une poignée d'herbe et se mit à tirer en ahanant. Il réussit à détacher une plaque de gazon, d'environ un mètre carré. Le côté supérieur restait collé, formant une sorte de charnière. Mais Simon finit par dégager le tout. Max et moi, penchés au-dessus de lui, l'aidâmes à supporter ce poids et à jeter la plaque de pelouse au fond du fossé.

Dès que l'entrée fut découverte, Soda voulut se précipiter mais Simon la retint.

— Laisse, Soda, laisse. Brave fille ! Tu es une brave fille ! Reste ici.

Il éclaira le trou du faisceau de sa torche.

Max et moi, couchés sur la pelouse au-dessus de lui, distinguâmes l'entrée d'un tunnel creusé dans le talus et, éclairés par la lampe de Simon, deux pieds nus dans la boue.

— Il va bien ? criai-je. Comment va-t-il ?

Simon attrapa les chevilles et essaya de tirer.

— Je ne sais pas. J'ai besoin d'un coup de main.

Max et moi glissâmes dans le fossé pour l'aider. Max nous éclairait de sa torche tandis que Simon et moi, tirant de toutes nos forces, dégagions peu à peu le corps de David. Il était allongé, nu, dans ce boyau juste assez grand pour le contenir. Les trous d'aération que, j'imagine, il avait pris la peine de percer avaient été envahis par la pluie et colmatés par la boue. À mon avis, Davey ne devait pas être là depuis plus d'une heure, mais il n'empêche que le sol n'était plus que de la gadoue et que l'air s'était raréfié.

374

J'entendis des voix et une cavalcade venant de la maison. Michael et Annie arrivaient en courant sur la pelouse, suivis de Rebecca, Mary et Patricia.

— Vous l'avez trouvé ? demanda Annie. Où était-il ?

Ils se penchèrent sur le saut-de-loup où Simon et moi venions de déposer le corps de David. Soda léchait la boue de son bras en couinant comme une vieille grille rouillée.

— Qu'est-ce que c'est que ce pansement ? s'exclama Michael. Il y a du sang dessus ! Au nom du ciel, qu'est-ce qu'il a voulu faire ?

— Ne t'en fais pas pour ça, coupai-je.

— Il ne respire pas, gémit Annie. Michael, il a les yeux fermés et il ne respire plus !

Simon saisit l'un des bras de Davey allongés le long de son corps. Je pris l'autre. Nous les levâmes, en les étirant bien au-dessus de sa tête, répétant le mouvement plusieurs fois, d'abord lentement puis en accélérant le rythme. Simon posa ensuite la paume de ses mains sur la poitrine de David et, appuyant de tout son poids, poussa et poussa et poussa encore. Annie se mit à pleurer.

Finalement, Simon secoua la tête. D'une main, il pinça alors le nez de son frère, et, de l'autre, il lui ouvrit la bouche. Il se pencha et commença à souffler.

Neuf

IV

— Écoutez, magnez-vous un peu le train, vous deux! grommelai-je. J'ai déjà dix minutes de retard, merde!

— Eh bien, on va courir, dit Roman. Ouais, m'sieur, on va courir!

— On sprinte! Et à fond la caisse!

Ils me dépassèrent et remontèrent la rue en courant, s'engageant à gauche dans Great Marlborough Street où je les vis disparaître.

Lorsque je les rejoignis, trois minutes plus tard, ils étaient devant Marks et Spencer, virevoltant autour d'un réverbère et, en me voyant arriver, consultant ostensiblement une montre imaginaire avec de petites exclamations excédées.

— Je dois aller en face, leur dis-je, dans cet immeuble. Cela ne devrait pas me prendre plus d'une heure.

— Il y a un McDo dans Oxford Street, fit remarquer Davey.

— Oh, ouais! On peut y aller et se payer un Big Mac?

— Dix Big Macs!

— Allez, papa! La semaine prochaine c'est la rentrée…

— Ça va, ça va, ça va! Arrêtez de me tanner! Tenez…
Je leur tendis à chacun un billet de cinq livres.

— Et ne vomissez pas sur le trottoir!

— On t'attendra là-bas, c'est dans Oxford Street.

— À plus!

Je traversai la rue et appuyai sur le bouton de l'interphone.

— Ted Wallace pour maître Lionel Greene.

— Deuxième étage.

Greene n'avait pas grand-chose à m'apprendre. Pas grand-chose de plus que ce que m'avait déjà dit Michael, en tant qu'exécuteur testamentaire.

— La succession comprend la propriété de South Kensington, quatre cent mille livres en actions, et cent trente mille livres placées à terme à la Coutts Bank, agence de Chelsea.

— Cela me semble beaucoup.

— Préféreriez-vous que nous vendions les actions?

— Sais pas.

Si je faisais don de ce fric à une quelconque association contre la leucémie, j'étais sûr et certain de le regretter un jour. Les gestes nobles, c'est bien beau mais ça ne nourrit pas son homme. Et puis ça semblerait tellement faux-cul et fayot.

— C'est à vous de décider, en tant que seul héritier.

— Oui, je sais.

— Et la maison, monsieur Wallace? Peut-être souhaitez-vous la vendre?

— Je ne vais certainement pas y vivre. Vous devriez voir les papiers peints!

— J'ai reçu pour instruction de vous remettre cette lettre ajouta Greene en me tendant une enveloppe.

L'écriture était horrible et il me fallut un bon moment avant d'arriver à déchiffrer un seul mot. Avec discrétion, Greene se détourna pour que je puisse la lire sans être observé.

Mon cher Ted,

Je suis vraiment désolée. Je n'arrive pas à comprendre ce qui s'est passé. Je veux que tu m'envoies Davey à l'hôpital. Je me sens tout à coup si faible. Je n'y comprends rien. Rien du tout.

Les médecins disent que c'est la leucémie mais nous savons parfaitement que ça ne peut pas être vrai, n'est-ce pas ? Nous savons qu'ils doivent se tromper.

Merci de toutes tes lettres. Merci de t'être jeté de tout cœur dans cette histoire. Je ne me suis pas trompée lorsque je t'ai envoyé en mission et je n'ai pas oublié notre marché. Je viens de rédiger un nouveau testament devant les infirmières. Utilise cet argent pour révéler les dons de Davey au monde entier.

Dès que tu recevras ce mot, viens avec Davey. Il saura tout arranger.

Tendresses

Jane

— D'après ce qu'on m'a dit, reprit Greene, elle est morte moins d'une demi-heure après avoir écrit ces lignes. Bien triste. Un de mes frères est mort de leucémie. Une maladie terrible.

— Vraiment terrible, dis-je en me levant.

— Encore deux choses, monsieur Wallace. J'ai ici les clés d'Onslow Terrace. Les voulez-vous ?

— Pourquoi pas ? Il y a là-bas quelques papiers que j'aimerais consulter.

Je fus frappé par cette étrange habitude que nous avons d'ériger au noble rang de «papiers» les lettres des gens, leurs factures et autres paperasses sans intérêt, une fois qu'ils sont morts. Quant aux objets, comme les trousseaux de clés, ils deviennent des «effets personnels».

Greene me tendit les clés avec un petit salut cérémonieux de la tête.

— Et la seconde chose ? demandai-je.

— Eh bien, la seconde chose, c'est ceci, fit-il avec un sourire timide en prenant un livre sur son bureau. Me feriez-vous l'insigne honneur de bien vouloir dédicacer mon exemplaire de votre *Anthologie de poèmes* ?

Les garçons m'attendaient à l'étage, dans la partie baptisée « restaurant ».

— Alors tout baigne, papa ?

— Oui, merci. Bon Dieu, ne me dites pas que vous aimez vraiment ces choses-là ?

— Bien sûr que non, papa. Si on les mange, c'est parce qu'on les déteste. Sans déconner, bien sûr qu'on aime ça ! Tu devrais goûter.

— Je préfère m'abstenir.

— Allez, oncle Ted, vas-y ! insista Davey. Tu dois au moins essayer une fois. Autrement tu n'as aucun droit de critiquer !

— Hé ! Minute…

— Je descends t'en acheter un.

— Il ne pouvait pas appeler la serveuse ? demandai-je en le voyant dévaler l'escalier.

— Allons donc, papa. Ne fais pas semblant d'être plus ignorant que tu n'es.

— Bof…

— Est-ce que tu sais qu'il y a seulement deux semaines Davey n'avait encore jamais goûté de McDo ?

— Oui, je sais.

— Maintenant il est complètement accro.

— Roman, dis-je.

— Ouais ?

— Je sais que nous n'avons pas souvent l'occasion de nous parler tous les deux mais je voulais te dire…

— Dire quoi ? fit-il en rotant.

— Je voulais te dire que c'est vraiment super que tu sois là. Je ne m'étais jamais rendu compte que tu étais… enfin, tu es vraiment un chouette garçon.

Il me sourit.

— Papa, tu regardes trop de feuilletons américains à la téloch.

— J'ai regardé à peu près autant de feuilletons américains que j'ai mangé de Big Macs ! Allons, accorde-moi une fois l'occasion de jouer mon rôle de père, même si je ne suis pas très doué. Mais je tenais à te dire ceci. Helen t'expédie souvent à Londres au mois d'août quand elle part en vacances avec Brian. Mais si tu veux profiter de l'appartement à d'autres moments, eh bien…

— Je ne suis pas contre !

— Brave gars !

— Alors qu'est-ce que tu nous proposes comme programme pour le reste de l'après-midi ?

— Eh bien, en fait, je vais avoir une journée assez chargée. Je dois faire un saut au Harpo, dans une demi-heure. Ta sœur Leonora veut me voir ; je crois que son petit ami l'a plaquée.

— Encore ?

— Encore. Elle n'a plus de logement. Il se peut que je puisse lui proposer un toit. Après cela, j'ai un rendez-vous avec un éditeur.

— Tu t'es remis à écrire des poèmes ?

— Non, un roman. Inspiré par… inspiré par une idée qui m'est venue le mois dernier à Swafford.

— Et ça va te prendre longtemps ?

— Pas la moindre idée. Je n'ai encore jamais écrit de roman de ma vie.

— Non ! Le rendez-vous ! Avec l'éditeur. Il va prendre longtemps ?

— Oh, pas plus d'une demi-heure, je pense. Mais normalement, il faudrait ensuite que je file rendre visite à Oliver, à l'hôpital.

— La barbe ! Et nous, qu'est-ce qu'on va faire pendant ce temps-là ?

— Justement, j'y venais… Voyons… tends ta main ! dis-je en sortant mon portefeuille. Il me semble que trente livres chacun devraient suffire.

— Oui, merci, dit Roman. Pour faire quoi ?

— Votre devoir, cet après-midi, dis-je en comptant six billets de dix livres, consistera à aller tous les deux dans Brewer Street voir si vous arrivez à entrer dans un cinéma porno ou un peep-show. J'exige que vous me rapportiez les tickets comme preuves.

— Et quel prix on gagne, si on y arrive ?

— Le prix, infâme Roman, fils ingrat, sera le plaisir d'avoir vu un film cochon ou d'avoir assisté à un peep-show. Ça ne suffit pas ?

— D'accord. Ça marche !

— Parfait !

— Mais, en fait, qu'est-ce que tu as vraiment derrière la tête ? demanda Roman en empochant l'argent. Seulement le plaisir de faire râler maman si elle l'apprend ?

— Cela n'a absolument rien à voir avec ta chère mère. Absolument rien. C'est uniquement pour le bien de vos âmes immortelles, si tu veux savoir.

— OK. C'était juste par curiosité.

— Et vous feriez bien aussi de vous trouver une occupation, pour la soirée. J'emmène Patricia dîner au Caprice et on rentrera peut-être ensemble, après.

— Il nous faudra plus de thune, alors.

— Tu fais partie de ces rares personnes, dis-je en lui allongeant quatre nouveaux billets de dix livres, qu'on peut sans regret traiter de « fils de pute ».

— Votre Big Mac, monsieur, annonça Davey en déposant devant moi un plateau en plastique. Avec portion normale de frites et un Coca Light.

— Mais il n'y a pas de couverts ! protestai-je.

— Les pouces et les doigts sont les couverts de Dame Nature, répliqua-t-il avec un sourire.

J'ouvris le carton de polystyrène brun et en contemplai tristement le contenu.

— Est-ce que je suis vraiment obligé d'en passer par là ?

— Absolument, monsieur ! s'écrièrent-ils en chœur.

— Le truc, c'est de vider tes frites dans le couvercle, fit Davey, charitable. Regarde, comme ça. Pratique, non ?

Je portai le petit pain à hauteur de mon nez et reniflai.

— C'est quoi, cette sauce rose ?

— Ah, ça, personne ne le sait. C'est le secret le mieux gardé du monde.

Je mordis dans cette masse spongieuse et gluante.

Les garçons m'observaient avec inquiétude, tels des savants étudiant les réactions d'un cobaye.

— Eh bien, papa ? Qu'est-ce que tu en dis ?

— Absolument dé-gueu-lasse.

— Alors, t'en veux un autre ? suggéra Davey.

— Pourquoi pas ?

L'auteur tient à remercier Matthew Rice de son aide précieuse pour les scènes de chasse. Qu'il soit tenu pour responsable de toute erreur éventuelle dans ce chapitre.

6319

Composition Chesteroc International Graphics
Achevé d'imprimer en Europe (France)
par Brodard et Taupin à la Flèche
le 19 juillet 2002. 13748
Dépôt légal juillet 2002. ISBN 2-290-31975-9

Éditions J'ai lu
84, rue de Grenelle, 75007 Paris
Diffusion France et étranger : Flammarion